本書據香港研究資助局項目
"Secularization of a Canon: the Reception of
Chu Ci in late Ming Period (ca. 1500－1644)"
(14400614)之研究成果修訂擴充而成

香港中文大學
中文系學術文庫

陳煒舜———著

明代後期《楚辭》接受研究論集

中華書局

圖書在版編目(CIP)數據

明代後期《楚辭》接受研究論集/陳煒舜著. —北京:中華書局,2019.9
(香港中文大學中文系學術文庫)
ISBN 978-7-101-14102-3

Ⅰ.明… Ⅱ.陳… Ⅲ.《楚辭》-研究 Ⅳ.I207.223

中國版本圖書館 CIP 數據核字(2019)第 191302 號

書　　名	明代後期《楚辭》接受研究論集	
著　　者	陳煒舜	
叢 書 名	香港中文大學中文系學術文庫	
責任編輯	葛洪春	
出版發行	中華書局	
	(北京市豐臺區太平橋西里 38 號　100073)	
	http://www.zhbc.com.cn	
	E-mail:zhbc@zhbc.com.cn	
印　　刷	北京市白帆印務有限公司	
版　　次	2019 年 9 月北京第 1 版	
	2019 年 9 月北京第 1 次印刷	
規　　格	開本/920×1250 毫米　1/32	
	印張 10½　插頁 4　字數 240 千字	
國際書號	ISBN 978-7-101-14102-3	
定　　價	76.00 元	

饒宗頤教授爲香港中文大學中國語言及文學系
系慶五十周年題字：“中和依正道，文質煥貞徽。”

香港中文大學本部校園百萬大道
圖片來源：香港中文大學資訊處

目　录

序　一

黃靈庚

　　《明代後期〈楚辭〉接受研究論集》者，香江陳君煒舜之所作也。煒舜既有《明代前期楚辭學史論》，余已盥手拜讀之，受益匪淺矣。而此書顏“明代後期”，則知爲續前之作，可稱之爲“雙璧”。煒舜好學勤劬，十數年間，孜孜矻矻，心無旁騖，專力於研討明代《楚辭》史，成果豐碩，當下港臺贊序，似無能出其右者。固無庸藉余揄揚也。余與煒舜交誼近二十載，於《楚辭文獻叢刊》及《楚辭文獻叢考》二編，皆有合作之誼。煒舜承擔撰寫其中“考述”二十餘種，計十三萬言，其無任感幸之情，迄今難盡言表。余又頗知其學術淵源，師友傳授，故其命余序之首簡，則欣然樂爲之。

　　抑又有說焉。煒舜二《論》，固屬《楚辭》學史之範疇，且其致力明代三百年間，則恪守史氏家法，不溢美，不隱惡，務必求其確實可信。余意謂治《楚辭》史者，當須注意三事：一則立足於基礎文獻，即以東漢王逸《楚辭章句》、南宋朱熹《楚辭集注》爲基礎，須臾不可離棄，以二書爲《楚辭》史之“標志”性著作故也。在《集注》以前，《楚辭》文獻承傳以《章句》爲主；在《集注》以後，則以《集注》爲主。故不論考察何種《楚辭》注本，尤其考察明清《楚辭》注本所依據底本及其注義繫屬，何者從王，何者依朱，似皆不得與此二書割舍。二則須通讀、熟稔自王逸《章句》以來至晚清間全部《楚辭》著作，從中梳理二千年來《楚辭》承傳、嬗變之跡，別白是非如蠶絲牛毛，澄清其間注家，何者是述，何者爲傳，何者屬創新，何者歸剿襲，不作函胡其詞，而作客觀公允評述。設若局限於一時一書，或者僅作孤立考察，未與上下左右相關聯，則難免顧此失彼，致其論説偏頗失實。如，釋《離騷》"敗績"爲"車覆"，"三后"爲楚之"三賢王"，"樂娱"爲"娱樂"而非指太康，今人多委之於戴東原《屈原賦注》，而不知明汪瑗《楚辭集解》固已先發之（且戴氏有剿略趙一清《離騷札記》之嫌）。梁任公有言：不讀盡天下書，不得妄下雌黄。余以爲不讀盡天下《楚辭》書，於《楚辭》亦不得妄下雌黄，蓋藉是故也。三則爲"知人論世"。余觀明代注《楚辭》者多是身處於蹇難之中，鬱抑不得其志，藉屈原之酒杯，以澆己之塊壘。其注本中屈原之形象各不相同，均附著以注解者之身影，如汪瑗、黄文煥、陸時雍、周孟侯、錢澄之、林雲銘以至晚清劉光第、馬其昶、郭焯瑩等及日本學者龜井昭陽、岡田正之，莫不例外。故宜恪守"知人論世"原則，結合各人生際遇，以探究明清學者對於《楚辭》再度解讀、闡述所表達之學術思想及其屈原精神價值之嬗變也。

乙未之夏六月，受煒舜之邀，余赴港列席首屆"古典文學體式與研究方法學術研討會"。兹後已歷三載，未嘗再度晤面，則未免爲牽掛之思。幸與煒舜互通微信，彼此傳遞消息，致送問候。余見其常常往返於港臺及内地之間，精力旺盛，異常活躍。又見其除研習《楚辭》外，别爲帝王詩詞賞識之作，且多才藝，酷愛西夷樂歌，不時發布吟咏上世紀名伶逸事詩作，妙趣横生。其興趣之廣泛，積累之深厚，思維之敏捷，越度倫輩者甚多，誠非如吾輩拘守於一《楚辭》而已。則預其所造，前程不可估量矣，余且將翹首而望之。余年逾七旬，髮白種種，且垂垂已老，於學術已無大作爲矣。雖未致休，出行多有不便（需安排隨從方准出行），故於海内外學術會議多堅辭深拒之，香港以後恐亦難成行。惟望香江諸友辱來金華，相與泛婺水之清波，挹北山之秋翠，切磋問學，盡其平生相得之驩，亦洵可樂也。未審煒舜君以爲何如？是爲叙。己亥之歲孟春十三日，七十六翁作於古婺麗澤寓舍。

序 二

張高評

清初顧炎武著《日知録》，撰述旨趣，標榜"其必古人之所未及就，後世之所不可無，而後爲之"。必有如此之自我期許，方能開拓新創亮點，填補學術空白，擴充研究能量，生發嶄新的學術生長點。有如是之終極追求，順理成章，自有明確之問題意識，爲之導航，爲之指南，以之匡謬補闕，以之闡幽發微。

章學誠以兼治文學史學名家，其《文史通義·答客問上》，舉孔子筆削魯史而作《春秋》爲例，申説如何而能自成一家之言。章氏以爲"事具始末，文成規矩"乃其基本必備條件。至於自成一家之言之攻略，則在"詳人之所略，異人之所同，重人之所輕，而忽人之所謹"。必有如是之別識心裁，方能孕育不凡之創意發想，進而落實於研究選題，開展爲學術成果之創新。

近讀陳煒舜君大作，名爲《明代後期〈楚辭〉接受研究論集》，乃《明代前期楚辭學史論》之姊妹編。顧炎武所謂"古人之所未及就"；章學誠所謂"詳人之所略，異人之所同，重人之所輕"云云，於煒舜君之接受研究，髣髴依稀見之。自選題、考辨、論證、闡説觀之，明代楚辭學之疏鑿手，陳君可以當之無愧。如張鳳翼《楚辭》眉批，一直乏人研究，煒舜君特闢第四章，考論其評點文學，掘發其蒙昧。張鳳翼《文選纂注·楚辭》，民初以還，幾乎無人問津，陳君設立第五章,全面深入探討,論其短長優劣。郝敬《藝圃傖談》之楚辭論,傳世甚鮮,人多不知,陳君考其淵源,賞其辭章,究其影響,而成就第六章。陳仁錫編有《古文奇賞》、《諸子奇賞》二書,中有《楚辭》評注,亦學界注意力所未及。陳君爲之顯微闡幽:強調屈騷地位、標舉屈原人格、探析作品辭章,以發明其創見與價值,即本《論集》之第七章也。顧炎武所謂采銅於山,庶幾近之。

　　本書以“接受研究”名書,詳究諸家楚辭學之始末,參以佐證之著述特色,頗具顧炎武《日知錄》“博贍而能通貫”之優長。陳君外語流利,通達無礙,卻未操持西方接受反應之理論,藉以詮釋古典文學,甚至於明代楚辭學。此一抉擇,章學誠所謂“忽人之所謹”。本書探討世俗化語境下,明代後期《楚辭》之接受情況。以爲儒學社會有變,學術特色出新,多體現在接受反應上。所持以檢驗之視角有二:或以地緣文化,或以政治氣候。地緣文化,因長江沿岸出版事業,而影響著作型態;政治場域,其風向則左右楚辭學之流行與沉寂。吾人研究風格之形成,多取決於地理、政治、經濟、文風、思潮、作者、作品、讀者等等元素。兩者相較,風格之探索,不妨轉換爲接受之研究,要亦殊途而同歸,可以相互發明。至於第三章揭示“博學與尚趣”二者,作爲明代楚辭學之一面向,先之以歷時性討論,再轉入共時性之凸顯強調;管見以爲:不亦前述風格形成之綜合體現乎?

　　煒舜君,謙沖誠懇,令人如沐凱風;率真賦詩,往往倚馬可待。學術興趣多方,自先秦神話、楚辭,六朝《文選》、辭賦,明代楚辭學、文論,多有涉獵與著述。即近現代民初袁世凱、段祺瑞時代之文學,三十年代上海影歌戲劇之文藝,亦有專著出版流傳。真多才多藝,學界之翩翩公子也。近日,傳寄其新著樣稿,問序於余,雖敬謝不敏者再，不果。爲出版在即，不便再延誤，於是草撰數語如上，一則示閱讀之心得，再則結文字之因緣，三則賀新著之發行，是爲序。張高評序於府城鹽水溪畔，二〇一九年七月。

引　論

　　本書爲《明代前期楚辭學史論》的姊妹編，以明人楚辭學著述爲核心，輔以其他著作中的相關材料，探討傳統經典《楚辭》在明代後期世俗化語境下的接受情況。明代前期，皇權膨脹，道學獨尊。由於道學家認爲屈原行徑有失中庸，作品華而少實，故作爲傳統經典的《楚辭》也鮮爲學者論及，唯一流通的本子爲南宋朱熹的《楚辭集注》。明人葉盛即以爲《楚辭》在朱熹注釋後，就獲得了儒家規範。正德以降，君主怠政，經濟發展，心學興起，文壇繁榮，楚辭學著述大量湧現。這些著述除了傳統的輯注外，尚有評點、總集、考證、詩話、類書等各種形式。因爲屈騷的獨特性，學術風氣在儒學主導的傳統社會中一旦有變，新的學術特色很快就體現於《楚辭》的接受情況。明代楚辭學著述體現出明代後期《楚辭》接受的三種面貌：一、地緣文化的反映：明代《楚辭》著述者的籍貫絕大多數在長江沿岸，如四川、湖廣、江西、南直隸及浙江諸省份，這與當地的文化傳統、地理環境、經濟發展、出版事業關係甚大。二、政治取向的呈現：明代後期，政爭甚爲激烈。由於屈騷對忠奸之辨的强調，影響到趙南星、何喬遠、黄文焕等皆透過注騷來表達政見，乃至官場失意的哀憤。三、博雅尚趣的潮流：博雅風氣在明代前期已流行於吳中，明代後期更有影響全國的趨勢。在《楚辭》著述中的體現，可歸納爲兩方面，一爲對名物考據的重視，二爲對神話材料的興趣。而心學的流行引發個性解放的思維,以致《楚辭》著述和評點者對屈原個性及作品的審視不再以儒家思想爲唯一準則,對於屈騷"有失中庸"、"華而少實"的特徵,表露出理解的態度,如桑悅、陸時雍注重屈騷的"深情"即是。

故此,本書整體分爲兩個部分,第一部分共三章,分別就上文所言三種面貌加以討論,茲縷述如下:

第一章題爲"從區域出發:明代楚辭學的地緣文化特徵"。明代弘治、正德以降,楚辭學著述大量湧現。這些著述者的籍貫絶大多數在長江沿岸,如湖廣、江西、安徽、南直隸諸省份,這固然與屈騷的地域色彩關係甚大,也涉及明代自身的地緣文化特徵。舉例而言,江浙經濟繁榮,出版業發達,文風昌盛,是楚辭學著作迭出的主因。江西直到明末清初才出現李陳玉、賀貽孫、漆嘉祉三家注,蓋此地爲明代前期臺閣重臣故里,中葉以後又是江右學派重鎮,故終明一代文化與屈騷格格不入。至於湖北著述者每多"狂狷景行"之士,未必非千百年來地域性格一脈相承。有見及此,本章依次檢視湖廣、江西、南直(江蘇)、南直(安徽)、浙江、福建、其他(四川、山東、北直)諸區域的地緣文化與楚辭學面貌。每節先從地理環境、經濟活動、文化傳統等宏觀角度考察各區域,其次以專書爲主,宏觀介紹當地楚辭學發展情況。最後再以楚辭學最爲興盛、著作型態最爲多樣化的明代江南地區爲例,探論該學科在當地流行的原因,以窺測明代楚辭學的地緣文化特徵。

第二章題爲"忠清與愛國:明代政治場域下的楚辭學"。明代後期,人們對《楚辭》的評論與研究皆與政治環境關係密切,而這必須從明代前期尋找肇因。明代前期,皇權膨脹,理學獨大,朱熹《楚辭集注》大抵是唯一流行的《楚辭》本子。明代中葉以後,學術思想轉趨自由,《楚辭》新刊新注本的大量出現,標志著楚辭學的日益興盛。故此，本章以明代政治場域爲背景，考察明人《楚辭》研究的特色。全章共分爲四節：一、明代前期政治場域下的楚辭學，二、明代後期政治場域下的楚辭學，三、明末政治場域下的楚辭學，四、清初明遺民的楚辭學。

第三章題爲"博學與尚趣：明代《楚辭》接受史的一個面向"。近人嵇文甫指出，明朝中葉以後，學者漸漸厭棄爛熟的宋人格套，爭出手眼，自標新意，表現爲心學和古學運動。心學與古學看似相反，但其打破當時傳統格套的精神則一。影響所及，博學與尚趣的風氣在士林間頗爲盛行，尚趣肇乎師心，博學主於師古。且博學之風並非純爲考據，尚有助於文人之間適玩賞、涵養性情。換言之，學術之古學與心學、文學之師古與師心、士風之博學與尚趣，皆可謂一體兩面，在程朱道學以及與之相隨的臺閣文風式微後，逐漸自吳中波及全國。博學與尚趣的風氣，也呈現在《楚辭》研究上。屈原人格高潔而未必合乎中庸，《楚辭》文字絢麗而多有異於經典的內容，在明代後期自然受到世人的重視。如黎民表稱許屠本畯《離騷草木疏補》有益於考據，袁宏道以楚風原本就"勁直而多懟，峭急而多露"，馮夢禎視乎《楚辭》爲"消塵滓之上藥，蹈雲天之秘典"，不一而足。本文嘗試以明人有關屈騷的論述爲中心，探析明代後期博學尚趣之風如何影響《楚辭》之接受。

本書第二部分，則以明代後期《楚辭》論者爲討論核心。由於當時論者多有，本書僅以張鳳翼、郝敬和陳仁錫三位論者爲關注點。縱然三人只佔了明代後期芸芸《楚辭》學者中的少數，但從籍貫、身分及評論方式各方面來說都具有一定的代表性，讀者自能收一臠知味之效。現分述如下：

第四、五章分別題爲"張鳳翼及其《楚辭》眉批"、"張鳳翼《文選纂注·楚辭》初探"。第四章以晚明文人張鳳翼及其《楚辭》眉批爲中心，主體共分爲四節：第一節概述張鳳翼的生平，並以吳中文氏及後七子派成員爲例，管窺其交遊狀況；第二節考察張鳳翼的著述，初步考述其文集《處實堂集》的編刊情形，並就《楚辭合纂》的真僞提出看法；第三節考論張鳳翼的詩文觀，主要歸納爲論作者心志、論詩文作法及論文壇風氣三目；第四節以諸家集評所見張鳳翼《楚辭》眉批爲中心，從探研比興、討論文意、辨析文體三方面探析其《楚辭》評點之内容與特色。而第五章則就張氏《文選纂注·楚辭》作一通盤考察。

第六章題爲"郝敬《藝圃傖談》的楚辭論"。明代中葉以後，作爲屈原故里的湖北也出現了好幾種楚辭學著作。專著之外，其他著作中論及《楚辭》者亦爲數不少，郝敬《藝圃傖談》便是其一。有明一代，以經學家之身份而研究《楚辭》者爲數寥寥。有見及此，本章嘗試以《藝圃傖談》爲本，勾勒郝敬詩論的内涵，進而著眼於郝氏對《楚辭》淵源、辭章和影響的觀點，探析其楚辭論。

第七章題爲"陳仁錫及其《楚辭》眉批考探"。萬曆、天啓時，陳仁錫先後編印《古文奇賞》及《諸子奇賞》，其中亦皆有評注《楚辭》的部分。本章在就陳氏生平、著述及文學思想作出初步論述後，以二《賞》的眉批爲中心，考探陳仁錫《楚辭》研究的内涵，包括論述二《賞》編纂及評注情況，統計分析其眉批數量，由檢點舊説、文本互證兩方面討論陳氏運用舊説的方式。並從强調屈騷地位、標舉屈原人格、探析作品章法三端，探析陳仁錫《楚辭》眉批的創見與價值。

第一章　從區域出發:明代楚辭學的地緣文化特徵

一、引言

段義孚指出,地方的重要性在於它是一個過去的存儲庫。"我們現在是誰"取決於"我們過去是誰".① 對於地方過去的記憶,構成了地緣文化。所謂地緣文化,又稱區域文化、地域文化,指一定範圍內地理空間相關的文化現象。地緣文化是文化的空間分類,是類型文化在空間地域中的凝聚和固定,是研究文化原生形態和發展過程的、以空間地域爲前提的文化分佈。它將具有相近的生存方式和文化特徵的集結作爲單獨的認識對象,然後進行歷史的、分類的歸納和探源,了解每一個地緣文化中所擁有的內容。② 先秦詩歌的兩部總集《詩經》與《楚辭》皆帶有濃郁的地緣文化色彩。《詩經·國風》收錄了周代十五個地區的樂歌,其文

---

① Tuan, Yi-fu: "Place matters because, among other things, it is a reposito of the past. 'Who we are' depends on 'who we were'." See "Perceptual and Cultural Geography: A Commentary", *Annals of the Association of American Geographers*, Vol. 93, No. 4 (Dec., 2003), pp. 878.

② 李勤德:《中國區域文化》(太原:山西高校聯合出版社,1995),頁 2。

字雖然可能經過統一整理，但内容仍體現出各各不同的地方色彩，如唐魏之粗獷、鄭衛之熱烈、秦風之殺伐、齊風之洋灑，不一而足。至於《楚辭》所收，更屬於楚國爲主體的地方文學作品。對於《楚辭》作品的風格，北宋末年學者黄伯思作過一番歸納：

> 屈、宋諸《騷》皆書楚語、作楚聲、紀楚地、名楚物，故可謂之楚辭。若"些"、"只"、"羌"、"誶"、"蹇"、"紛"、"侘傺"者，楚語也。悲壯頓挫，或韻或否者，楚聲也。沅、湘、江、澧，修門、夏首者，楚地也。蘭、茝、荃、藥、蕙、若、芷、蘅者，楚物也。①

黄氏之言可分爲形式和内容兩方面。他認爲，《楚辭》作品在形式方面採用了楚地方言詞彙（楚語）和音韻（楚聲），内容方面記錄了楚地的地理環境（楚地）和土特産（楚物）。西漢皇室原籍楚國，令楚辭之學日益興盛，屈宋騷體於焉成爲上承《詩經》、下啓漢賦的不祧之宗。

然而，先秦楚國與中原在地緣文化上畢竟存在著很大的差異。正如 David Hawkes 所説，中國詩歌有著雙重的祖系，一北一南，在某些方面與兩種詩歌功能相對應。二者區别如此之大，不妨將之視爲兩個不同的源頭，同樣地促使新體詩在公元二世紀的滋生。② 在

---

① [宋]黄伯思：《校定楚詞序》，載《東觀餘論》（北京：中華書局據《古逸叢書三編》影印，1988），頁 344。

② Hawkes, David: "For Chinese poetry has a dual ancestry, a Northern and a Southern, corresponding in some respects to these two poetic functions. [...] the difference between them are so great that it is more convenient to think of them as two separate sources, contributing in equal measure to the new kind of poetry that began to emerge in the second century A. D." See *The Songs of the South: An Ancient Chinese Anthology of Poems by Qu Yuan and Other Poets* (London: Penguin Group, 2011), p. 15.

儒家的論述中,《楚辭》始終不合乎中庸之道。如班固、顔之推、朱熹批評屈原是"狂狷景行"之徒,"顯暴君過"、"忠而過、過於忠",劉勰認爲《楚辭》與經典有"四同四異",不勝枚舉。即如王逸將屈騷與儒家經典勉力牽合,仍未免削足適履之譏。因此,縱然屈原的忠君愛國、發憤抒情贏得後世的稱讚,但這種稱讚就儒家而言仍是有保留的。如班固所言,屈原"競乎危國群小之間,以離讒賊",①故《楚辭》無可避免被視爲亂世亡國之音。因此唐代以降,儒家文化高揚的盛世,往往就是楚辭學的衰落期。另一方面,屈原對騷體的巨大影響導致其風格、情調過早地固定,承載的內容也不及繼興之賦體的廣博。因此,雖然後世作者無人不讀《楚辭》,但騷體卻不再成爲他們致力模擬、創新的對象。然而,當身處明夷之際,注騷就成了紓憂的一種方法。如李永明指出,《楚辭補注》的作者洪興祖因反對和議,得罪秦檜而編管昭州,卒於任所。當時許多忠臣義士的遭際與悒鬱悲憤之情與屈原的遭際與心境都是相似的。② 至於朱熹作《楚辭集注》,趙希弁《郡齋讀書附志》認爲是"有感于趙忠定之變而然",即與趙汝愚被貶死及慶元黨禁有關。此説然否至今仍有爭議,但卻進一步標志著"發憤注騷"之傳統的建立。到了明代,源於這個傳統而產生的楚辭學著作更是日漸增加。如張之象作《楚範》、劉永澄作《離騷經纂注》、黃文煥作《楚辭聽直》等皆然。

據統計,目前所知見的明代楚辭學著作有近八十種之多(包

①[漢]班固:《離騷序》,載[漢]王逸章句,[宋]洪興祖補注:《楚辭補注》(北京:中華書局,1983),頁49。
②李永明:《朱熹〈楚辭集注〉成書考論》,《西南交通大學學報(社會科學版)》2008年4月號,頁51。

括注釋、析論、評點類的單著，以及作爲大部頭著作内章節者）。

茲將這些書籍作者中姓名、爵里可考者依籍貫表列如下：

明代楚辭學著作編撰者籍貫分佈表

地區	編撰者	人數
湖廣 （湖北）	郝敬（安陸京山）、鍾惺（安陸天門）、王萌（安陸天門）、夏鼎（德安孝感）、汪陛延（黃州黃岡）、熊仕徵（武昌咸寧）	6
湖廣 （湖南）	周聖楷（長沙湘潭）、王夫之（衡州衡陽）	2
江西	漆嘉祉（瑞州新昌）、李陳玉（吉安吉水）、賀貽孫（吉安永新）	3
南直 （江蘇）	黃省曾（蘇州吳縣）、劉鳳（蘇州長洲）、張鳳翼（蘇州長洲）、陳仁錫（蘇州長洲）、周用（蘇州吳江）、徐師曾（蘇州吳江）、吳訥（蘇州常熟）、桑悅（蘇州常熟）、戈汕（蘇州常熟）、毛晉（蘇州常熟）、張所敬（松江華亭）、張之象（松江華亭）、黃廷鵠（松江青浦）、許學夷（常州江陰）、張京元（揚州泰州）、劉永澄（揚州寶應）、張學禮（揚州江都）、李向陽（徐州）	18
南直 （安徽）	汪瑗（徽州歙縣）、汪仲弘（徽州歙縣）、洪舫（徽州歙縣）、俞王言（徽州休寧）、梁世祥（安慶懷寧）、錢澄之（安慶桐城）、吳光裕（池州青陽）、甯時（廣德）	8
浙江	胡文煥（杭州仁和）、丁澎（杭州仁和）、潘三槐（杭州錢塘）、陳渼子（杭州）、馮紹祖（杭州海寧）、陳與郊（杭州海寧）、黃洪憲（嘉興秀水）、馮夢禎（嘉興秀水）、周履靖（嘉興秀水）、蔣之翹（嘉興秀水）、陸時雍（嘉興桐鄉）、周拱辰（嘉興桐鄉）、譚貞默（嘉興）、陳深（湖州長興）、姚龍之（湖州長興）、閔齊伋（湖州烏程）、屠本畯（寧波鄞縣）、孫鑛（紹興餘姚）、來欽之（紹興蕭山）、沈雲翔（溫州鹿城）	20
福建	李贄（泉州晉江）、陳第（福州連江）、郭惟賢（泉州晉江）、林兆珂（興化莆田）、何喬遠（泉州晉江）、黃文煥（福州永福）	6
四川	楊慎（成都新都）、張頌（未詳）、熊蘭徵（未詳）	3

地區	編撰者	人數
山東	馮惟訥（青州臨朐）	1
北直	趙南星（保定高陽）	1
總　計		68

　　據此表顯示，六十八位編撰者中以南直隸籍爲最多，共二十六人，其次浙江籍二十人，共佔去總數三分之二。餘下爲湖廣籍八人，福建籍六人，江西籍、四川籍各三人，北直隸及山東籍各一人。考明代除南北直隸外，計有山東、山西、河南、陝西、四川、江西、湖廣、浙江、福建、廣東、廣西、雲南、貴州十三個布政使司，俗稱爲十五省。然晉、豫、秦、粵、桂、滇、黔七省皆無楚辭學著作傳世。其餘八省中，除北直、山東、福建外，皆可謂先秦時代楚文化所覆蓋、波及的區域。① 由此可見，明代楚辭學編撰者的籍貫分佈，與區域文化傳統頗有關連。其次，這些省份多在長江沿岸，交通便捷，經濟發達，有利於文化交流，商業互動。至於北直隸不在傳統楚文化區域之內，原籍此處而注騷者爲數極少。但京師作爲天子腳下的政治樞紐、士大夫聚集之地，宦海浮沉自亦成爲注騷的肇因。再如浙江、福建雖非長江流域，而讀書風氣興盛，出版事業發達，自然也促成楚辭學新著的問世。

　　翟忠義、李樹德提出人文地理區劃的幾點原則：一爲社會文

---

① 按：就先秦時代的楚文化而言，現今湖北省大部、河南西南部爲早期楚文化的中心地區；河南省東南部、江蘇、浙江和安徽的北部爲晚期楚文化的中心；湖南、江西是春秋中期以後楚文化的中心地區；貴州、雲南、廣東等地的部分地區也受到了楚文化影響。

化：民族、語言、宗教、民俗、文化教育應該成爲進行人文地理分區
的首要原則。二爲經濟聯繫：蘇滬浙皖四省市雖有語系上的差
別，但經濟聯繫的密切程度甚至超過某些省區內部，權衡全局，劃
作一區更爲有利。三爲行政區劃：行政區劃界綫是長期形成的傳
統習慣綫，人們在心理上已基本適應，爲簡便計，不打破現行省區
的組合，是最方便易行的區劃方法。四爲"寧大不小、寧少不多"：
由於國土遼闊，條件複雜，若苛求詳細，並非必要，應當盡量並小
爲大、就近組合。五爲"適當考慮地域單元的完整性"。各原則分
別側重某一方面，實際應用中未必完全適合，也有可能相互矛盾
牴牾，應當綜合權衡，突出重點，抓住關鍵。① 若從明代楚辭學研
究的角度來看，南直隸內部各地區雖然經濟關係密切，但作爲楚
辭學最爲興盛的地區之一，自然依清代以後的行政劃分，分作江
蘇、安徽兩部分進行論述，更能體現地緣文化特徵。另一方面，雖
然蘇南在元代以前屬於浙江，文化與浙西極爲接近，但浙江楚辭
學也同樣興盛，限於篇幅，先分節探討，至第九節方以綜論形式一
併觀照。又如湖廣一省中，湖北、湖南的地緣文化有同有異，然因
楚辭學著作有限，故無須分節析論。如是不一而足。有見及此，
本文將依次分節檢視湖廣、江西、南直（江蘇）、南直（安徽）、浙江、
福建諸區域的地緣文化與楚辭學面貌。每節先從地理環境、經濟
活動、文化傳統等宏觀角度考察各區域，其次以專書爲主，宏觀介
紹當地楚辭學發展情況。最後再以楚辭學最爲興盛、著作型態最
爲多樣化的明代江南地區爲例，以探論該學科在當地流行的
原因。

────────

① 翟忠義、李樹德：《中國人文地理學》（濟南：山東教育出版社，1991），頁
　380—381。

二、明代湖廣楚辭學述要

湖廣布政司包含現在的湖北及湖南地區。湖北地區主要在江漢平原,有武昌、漢陽、黃州、承天、德安、荆州、襄陽、鄖陽八府。湖南地區在洞庭湖流域,有岳州、長沙、常德、衡州、永州、寶慶、辰州七府及郴州、靖州二直隸州。湖北地勢東、西、北三面環山,中間低平,略呈盆地之貌。其中山地丘陵佔八成,平原湖區佔兩成。湖南地勢屬於雲貴高原向江南丘陵和南嶺山地向江漢平原的過渡地帶,地區山地丘陵佔六成半,臺地佔一成半,平原、水面佔兩成。由於湖北境内湖泊甚多,又是長江、漢水交匯之處,農業發達。今人江凌指出,兩宋時期,荆楚地區最發達的文化中心爲荆州(江陵)和潭州(長沙)。元代,隨著鄂東經濟文化的發展,武昌設爲省會,漢陽設爲府治,成爲區域經濟、文化中心。明清之際,作爲沿江港口的漢口開始崛起,商業經濟迅猛發展,躍居全國四大名鎮之一,成爲兩湖地區最大的區域中心城市和文化中心。[1]漢口、沙市等商埠的崛起,乃是明代中葉以後交通便利而促使轉口貿易興盛的結果。復如陳廷鈞《同治安陸縣志》云:"弘治中,藩封再建,道路斯通,而民之耳目浸失其舊。於是,浮靡之習,盈於市廛。"[2]其他如天門、沔陽、蘄州、黃岡、羅田、漢陽諸府、州、縣,漸趨奢靡之風皆然。至於湖南,在元明之際尚處於開發不足的狀

---

① 江凌:《試論荆楚文化的流變、分期與近代轉型》,《史學集刊》第 5 期 (2011.09),頁 76。
② [清]陳廷鈞纂:《同治安陸縣志》(清同治十一年[1872]刻本)卷八《風俗》。

態。故明太祖招撫流民墾荒,而遷入者以江西人爲多。何文君論云:江西明、清時爲文化發達省份之一。明初以降,江西大量移民的湧入使湖南許多榛莽之區得到了開發,對湖南農業、手工業、商業貿易的振興均產生了重大的影響,對近代湖湘文化的興起也有不可低估的作用。①

湖廣爲楚國故地,湖北有屈、宋故里,湖南爲屈、賈貶謫之所,爲楚辭誕生之區、楚文化核心地域所在。如江凌所言,明清時期,先秦荆楚文化中"信巫鬼、重淫祀"的傳統和强悍尚武的精神也得到了傳承和發揚光大。不過,湖北、湖南之間也存在著文化差異:湖北商業興旺,交通發達,居民個性比較開放自由;湖南地處內陸,居民個性比較進取執著。呈現在文化上,湖北偏向於博采衆家,胸無成見;湖南信奉身體力行,反對不究實用的空洞學說。晚明京山儒者郝敬云:"方内目楚爲'傖楚',楚人爲'楚傖'。楚風氣剽悍,人卞急而少淹雅。辭林喁不文人,亦曰'傖父'……余生江介,其麤驵本天性。"②雖不無調侃自嘲之意,卻也道出了明代湖北地區的文化面貌。晚明公安派領袖袁宏道《敘小修詩》則云:"若夫勁質而多懟,峭急而多露,是之謂楚風,又何疑焉?"③換言之,袁宏道認爲"麤驵"的天性形諸文學,就是地道的楚風。如果説袁宏道的"勁質多懟,峭急多露"帶有進取的狂者特徵,那麼矯正公安之粗豪的竟陵派領袖鍾惺,强調"幽情單緒、孤行静寄"之

---

① 何文君:《明至清初江西對湖南人口的遷徙》,《湖南師範大學社會科學學報》第 19 卷第 3 期(1990.05),頁 90—93。

② [明]郝敬:《藝圃傖談題辭》,《藝圃傖談》,吳文治主編:《明詩話全編》(南京:江蘇古籍出版社,1997),頁 5897。

③ [明]袁宏道著,錢伯城箋校:《袁宏道集箋校》(上海:上海古籍出版社,1981),頁 188—189。

美,則體現出湖北人狷潔的另一面。而湖南方面,周躍雲認爲,自宋代理學根植於湖南並被弘揚光大後,湖南士人就很難從"正統的"理學傳統文化氛圍中挣脱出來。這種保守的觀念一旦形成,又在湖南這個封閉的小世界裏滋生蔓延,影響自然深刻,湖湘文化在宋至明清的漫長歲月裏它只能是以自我封閉、思想保守爲特徵的傳統湖湘文化。① 然如普拉特(Stephen R. Platt)所言,明清數百年間,湖南産生的著名學者甚少,從當地通過科考成爲舉人和進士的士子人數來看,湖南在諸省中也幾乎是敬陪末座。他省人喜歡稱湖南人爲"騾子",藉以形容他們吃苦耐勞且固執的個性,但這種個性幾乎出不了一流學者或領導人。然而,普拉特氏將近代湖南的文化復興追溯至十九世紀前期王夫之著作的重新面世。而王夫之本人也體認到自己與屈原相似的遭遇,卻並未如屈原般自殺明志,而是在山中隱居四十年,鑽研傳統典籍,追索明亡之因和天下撥亂反正之道。② 換言之,近代湖南相較於湖北更爲人才輩出,究其原因固然由於鍥而不捨的省籍個性,而王夫之身處明清易代而引屈原爲知己,則是這條文化復興之路的邏輯起點。

　　湖廣地區留下《楚辭》論著的作者八位,計有湖北的郝敬(安陸京山)、鍾惺(安陸天門)、王萌(安陸天門)、夏鼎(德安孝感)、汪陞延(黃州黃岡)、熊仕徵(武昌咸寧)及湖南的周聖楷(長沙湘潭)、王夫之(衡州衡陽)。其中夏鼎《楚辭韻寶》、汪陞延《離騷注》、熊仕徵《離騷存疑》三種已經亡佚。今人洪湛侯主編《楚辭要集解題》著録有明崇禎十六年(1643)刊本《楚辭》八卷,鍾惺訂,丁

① 周躍雲:《湖南地理與湖湘文化》,《求索》1993 年第 3 期,頁 116。
② (美)普拉特(Stephen R. Platt)著,黄中憲譯:《湖南人與現代中國》(臺北:衛城出版,2015),頁 16—18。

澎匯評，現藏鄭州大學圖書館。① 郝敬《藝圃傖談》共分四卷，卷一論古詩，卷二論辭賦、樂府，卷三論唐體，卷四則爲雜文、燕閒語，卷二涉及《楚辭》的篇幅甚多。王萌《楚辭評注》十卷，大約著於明亡之後，其侄王遠多有增補。周聖楷《楚寶》分二十五門，編録楚地人物名勝，内含屈宋傳記及相關考證。王夫之《楚辭通釋》十四卷，亦作於明亡之後。

　　湖北爲屈原故里，學者研究鄉先賢的著作，理所當然。袁宏道並無《楚辭》專著，但對於屈騷有這樣的認知：

　　　　大概至情之語，自能感人，是謂真詩，可傳也。而或者猶以太露病之，曾不知情隨境變，字逐情生，但恐不達，何露之有？且《離騷》一經，忿懟之極，黨人偷樂，衆女謠詠，不揆中情，信讒齎怒，皆明示唾罵，安在所謂怨而不傷者乎？窮愁之詩，痛哭流涕，顚倒反覆，不暇擇音，怨矣，寧有不傷者？②

認爲《離騷》一篇感情强烈、愛憎分明，並不合於儒家温柔敦厚之旨，然而這正是楚風的特徵。至如郝敬之辨文體、夏鼎之探聲韻、熊仕徵之存疑、鍾惺之評點、王萌之評注，研究方法及著眼處各有不同。有趣的是，幾位生活在明代後期的著者，除了鍾惺（1574—1624）循正常途徑仕進外，其餘幾位皆有不同。如名儒郝敬（1558—1639）少年時放縱不羈，《明史·文苑傳》云：

---

① 見洪湛侯主編：《楚辭要集解題》（武漢：湖北人民出版社，1984），頁 457。按：據洪氏著録，可知此書爲匯評本，然不知鍾惺之"訂"屬於甚麽性質的工作。筆者曾多方嘗試搜求此書，惜無進展。
② ［明］袁宏道：《敘小修詩》，［明］袁宏道著，錢伯城箋校：《袁宏道集箋校》，頁 188—189。

敬幼稱神童,性跅弛,嘗殺人繫獄。維楨,其父執也,援
出之,館於家。始折節讀書。①

《孝感縣志》夏鼎本傳云:

高才不第,棄諸生,中萬曆丙午武科。《策刻程式錄序》
即出其手。後病足,杜門讀書,目過不忘,喜讀《離騷》。晚年
以沈約四聲部勒其書爲《楚詞韻寶》,書成,笑曰:"人謂楚音
蛪舌,今歸宮商矣。"②

《湖北通志》汪陛延本傳則云:

諸生,從馮雲路寓居武昌。張獻忠陷城,相計禦寇。陛
延守東門,括宗室及民壯爲二營,別募勇士號新營,間諜多應
募。守三日,計不得發,多有斬獲。會監軍參政王揚基千人
開城渡江,間諜納賊,陛延大呼曰:"殺賊者我也!"賊以刃脅
降,不屈,賊怒之,投之湖水,不滅頂。陛延坐而死。③

郝敬行兇繫獄,其後才折節讀書。夏鼎高才不第,報國無門,最終
以武舉出身。汪陛延爲諸生,毫無功名,卻助馮雲路在武昌抵禦
流寇,最後壯烈犧牲。三人的經歷從不同角度呈現出湖北人卞急
尚武、熱衷事功的個性。至於王萌,則體現出湖北人的另一面向。

《天門縣志》王萌傳云:

王萌,字遜直。童年出口成詩,機神天邃,譚元春早識
之。事親至性,不隨年疏。檢束笑言,不使志放,諧俗而自

①《明史》(北京:中華書局,1997),頁 7386。

②[清]沈用增纂,[清]朱希白等修:《孝感縣志》(臺北:成文出版社據清光緒
八年[1882]刊本影印,1976),頁 988—989。

③[清]楊承禧等纂,[清]張仲炘等修:《湖北通志》(上海:商務印書館據清宣
統三年[1911]修、1921 年增刊本影印,1934),頁 3474。

矩。不求名而讀書,終其身貧窶,著身皆韻也。①

王萌生於明季,入清後以遺民自居,生活困苦。《明史·文苑傳》謂鍾惺"爲人嚴冷,不喜接俗客",②王萌的"檢束笑言,不使志放",似乎與鄉賢鍾惺的性格一脈相承,此當與其幼年獲竟陵派另一領袖譚元春(1586—1637)賞識有關。四庫館臣謂鍾惺、譚元春《詩歸》點逗一二新雋字句,矜爲玄妙。③ 此説施於王萌亦然,蓋其評騷時多著眼於字法、句法,甚少論及章法,和鍾、譚點逗字句的方式一致。④ 進而言之,鍾惺、王萌的狷潔不苟,與袁宏道的狂放,乃至郝敬、夏鼎、汪陛延等人的進取,與班固所稱屈原的"狂狷景行"正相呼應。

與湖北諸人不同,湖南籍的兩家更著重考據與義理。周聖楷《楚寶》卷十五爲《文苑》,有屈原、宋玉、景差、王逸等傳,各傳後皆有按語。又屈原傳附有《汨羅考》、《屈原田宅考》、《競渡考》,宋玉傳附有《鄀中考》、《宋玉田宅考》。《湘潭縣志》謂周氏"善竟陵鍾惺,詩篇益清峭然"。可見仍受竟陵派文學思想較大影響。與王萌一樣,周聖楷終身不仕,雖然以詩自許,卻"性專穆,好學深思,閉帷含豪邁如"。又開壇講學,大要宗王陽明。明亡後以遺民自居,順治初年死於流寇之手。⑤ 其編著《楚寶》之宗旨有四條:定

---

① [清]胡翼修,[清]章鑣纂:《天門縣志》(1922 年天門縣署據清乾隆三十年 [1765]刻本石印)卷十七,頁 7a。

② 《明史》,頁 7399。

③ [清]永瑢主編:《四庫全書總目》(北京:中華書局 1965),頁 1759。

④ 見拙著:《從〈楚辭評注〉看明末清初的學風轉變》,《中國文化研究所學報》第 46 期(2006.08),頁 313—338。

⑤ [清]王闓運等纂,[清]陳嘉榆等修:《湘潭縣志》(臺北:成文出版社據清光緒十五年[1889]刊本影印,1970),頁 1009—1010。

區域以尊王,別人物以徵傳,約論注以歸雅,考遺勝以闕疑。可見
義理與考據之結合,故四庫館臣謂此書"既非傳記,又非輿圖,在
地志之中別爲一例"。① 王夫之(1619—1692)《楚辭通釋》共十
四卷,亦作於明亡之後。王氏於崇禎十五年(1642)成舉人,南
明桂王時曾任行人,後歸隱衡陽石船山,杜門著書,卒前自題墓
碣曰"明遺臣王某之墓"。《清史稿》謂其論學以漢儒爲門户,以
宋五子爲堂奧。② 張仕可《楚辭通釋序》謂王氏於屈原"曠世同
情,深山嗣響",於是"更爲《通釋》,用達微言"。③ 王氏《九昭序》
亦自云"生於屈子之鄉,而遭閔戮志,有過於屈者"。④ 可知其注
《騷》主要是爲了寄託亡國之思、哀憤之情。普拉特云,1810 年
代,湖南學者鄧顯鶴訪求到《楚寶》孤本,加以校訂增補重刊,《文
苑》門即以屈原爲始、王夫之作結。⑤ 王夫之在清兵入關後依然
忠於故明,畢生守節,這與屈原可相比埒。《通釋》一書的特色,洪
湛侯以爲在於考釋屈原生平,説明時代背景,闡發微言大義,訂正
舊説訛誤,同時還很注意段落層次之間的聯繫。⑥ 吳旻旻則認
爲,王氏力圖還原屈原文字之言意關聯,避免舊注牽強之弊,在
"有意的排遣"與"不經意的流露"中凸顯屈原忠憤出於至性。⑦

---

① [清]永瑢主編:《四庫全書總目》,頁 564。
② 《清史稿》(北京:中華書局,1997),頁 13106—13108。
③ [明]王夫之:《楚辭通釋》(香港:中華書局,1960),頁 4。
④ [明]王夫之:《九昭序》,同前注,頁 174。
⑤ (美)普拉特(Stephen R. Platt)著,黄中憲譯:《湖南人與現代中國》,頁
　16—17。
⑥ 洪湛侯:《楚辭要籍解題》,頁 84—85。
⑦ 吳旻旻:《〈楚辭通釋〉的楚辭學意義解讀:兼論其於船山詩學之位置》,《臺
　大文史哲學報》第 76 期(2012.05),頁 159—192。

整體而言，湖南學者對義理、考據、詞章三者兼重，誠有過於湖北者。

三、明代江西楚辭學述要

江西布政司包括南昌、瑞州、九江、南康、饒州、廣信、建昌、撫州、吉安、臨江、袁州、贛州、南安十三府。全省東、西、南三面環山，地形以丘陵山地爲主，盆地、谷地、江湖廣佈，北部爲鄱陽湖平原，中部丘陵和河谷平原交錯分佈，南部以丘陵爲主。江西爲開發甚早的南方地區，可追溯自秦漢之際設立豫章郡。魏晉隋唐之間，江西地區社會相對安定，經濟持續發展，人文昌盛。宋代開始，以製瓷、采銅、鑄錢爲主的手工業快速發展，書院教育發達，成爲江南重要的經濟文化中心。明代江西人口激增，僅次於浙江，在十三布政司中位列第二。除農業外，茶葉、陶瓷、紙張、布匹、木材等特產，成爲江西重要的經濟來源，弘治至萬曆間，江西繳納稅糧額居各省之首。

江西自宋代以來儒學興盛，如歐陽修、楊萬里、李覯、王安石、陸九淵、文天祥等，皆有名儒之稱。而魏崇新指出，有明一代，江西共有進士 320 餘人（《明史》有傳的江西籍人物近 40 人，其中宰輔近 20 人，部院大臣 50 餘人）。江西科舉之盛與進士人數之多爲江西人進入內閣與翰林院提供了機遇。永樂初，成祖將七人簡入內閣，其中楊士奇、金幼孜、胡儼、解縉、胡廣皆爲江西人。明代前期，臺閣大臣與翰林以江西人爲多。仁宗在東宮覽歐陽修奏議而愛重不已，以爲"三代以下之文，惟歐陽文忠有雍容醇厚氣象"。歐陽修及其門人曾鞏的純正文風被視爲儒學在文學上的完美體現,也成爲江西籍的楊士奇等臺閣重臣的取法對象。① 明代中葉,臺閣文學衰落。此時王陽明繼承陸九淵而在江西首倡、發展心學,提出知行合一、致良知的理論,廣受江西士子歡迎。黄宗羲云"姚江之學,惟江右爲得其傳",②可見王學在江西影響之大。《明儒學案・江右王門學案》記載學者 30 多人,其中鄒守益、王時槐、劉元卿、歐陽德、胡直、聶豹、羅洪先、鄒元標、魏良弼、鄧以贊、鄧元錫、章潢等,都是佼佼者。

由於明代江西深受理學及臺閣文學影響,二者又與"有失中庸"的屈騷文風頗爲扞格,故直至晚明猶無楚辭學專著。當然,江西學者對於《楚辭》的零星論述是不絕如縷的。如永、宣之際的臺閣文人王直在《蘭所記》中寫道:

> 屈原之賦,曰"紉秋蘭以爲佩",曰"滋蘭之九畹",曰"馳馬於蘭臯",曰"飲木蘭之墜露",皆言其以善自修也。嗟夫,世之人有以善爲不足爲者矣,有棄其善而入於不善者矣。此原所以嘆"幽蘭其不可佩"、與夫"蘭芷變而不芳"者。③

《楚辭》視蘭爲君子,遺世獨立,不以躁進爲務,故王直列舉《離騷》中的相關文字,指出蘭草象徵美善,佩帶蘭草則象徵著以善自修。實際上,蘭的形象在先秦時代不僅出現於《楚辭》中。如著名的《猗蘭操》,相傳爲孔子所作,時代較《楚辭》更早。王直强調蘭草慎獨修善的象徵意義,自然與其儒學信仰及閣臣身分關係甚大。

---

①魏崇新:《明代江西文人與臺閣文學》,《中國典籍與文化》2004 年 1 月號,頁 32—37。

②[明]黄宗羲:《明儒學案》(北京:中華書局,1985),頁 333。

③[明]王直:《抑菴文集》(臺北:臺灣商務印書館影印文淵閣《四庫全書》,1983),頁 29—30。

正如魏崇新所言，明代江西臺閣文學有歌頌盛世、弘揚教化的功能，體現出典雅純正、温柔敦厚的特點，被視爲臺閣文學正宗以至有明一代詩歌典範。① 直到晚明，對屈騷的看法仍一脈相承。如湯顯祖《騷苑笙簧序》將《楚辭》推許爲"有道者之言"，卻又認爲：

> 風雅之道息，聲貌流絕。屈大夫獨與其弟子，依詩人之義，隤源發波，崩煙絕雲，爲千秋賦頌弘麗之祖。文則盛矣。當其時，堯舜道德之純粹，未得爲懷、襄用也，言殺張儀，止王無西而止。顧是時楚獨無將。其將唐昧、景缺輩戰死，武安君且來。屈子之材誠用，固亦未能當也。蓋文盛，武不能無衰。②

黃建榮就而論道，"文盛，武不能無衰"的結論映出作爲文人的湯顯祖在家居期間的一種微妙心態。③ 然而正如鄒元江所論，湯顯祖一生的心靈矛盾和苦悶在於文章名世與大道踐履的抉擇兩難。他也具有强烈的中國士大夫文人濟世立功的情懷，這使他甚至認爲詩人也"誠不足爲"，"吾所爲期於用世"。然而，當濟世大道難以踐履時，文章名世也難以理成前緒。④ 如果從整個江西文化傳統的背景來觀照，不難發現這種濟世情懷自明初以來的傳承。

直到明末清初時局動盪，才出現漆嘉祉（瑞州新昌）、李陳玉

---

① 魏崇新：《明代江西文人與臺閣文學》，《中國典籍與文化》2004 年第 1 期，頁 37。
② ［明］湯顯祖著，徐朔方箋校：《湯顯祖詩文集》（上海：上海古籍出版社，1982），頁 1018。
③ 黃建榮：《湯顯祖與楚辭的關係論析》，《江西社會科學》2009 年 10 月號，頁 106。
④ 鄒元江：《明清思想啓蒙的兩難抉擇：以湯顯祖爲研究個案》，《華中師範大學學報（人文社會科學版）》2002 年第 4 期，頁 93—99。

（吉安吉水）、賀貽孫（吉安永新）三家注。① 漆嘉祉《楚辭補注》今
已亡佚。《瑞州府志》漆氏傳云：

> 漆嘉祉，字受百，新昌人。崇正進士，除順德令，調朝陽，
> 兼攝揭陽。惠來興學恤刑，清逋捕盜，所至有聲。升兵部主
> 事，忤輔臣，降照磨，復起甯國推官，署科試提學，合郡稱快，
> 爲刻《保宣錄》。旋陞浙江按察僉事，分巡杭嚴道。告養歸。
> 國朝巡撫薦，以母老力辭，祀鄉賢。②

此傳有兩點需要補充。其一，漆嘉祉中進士在崇禎四年（1631）。
其二，明亡之時，漆氏在新昌家居。降清將領金聲桓攻新昌，邑
舉人戴國士開城投降，漆氏有脅從的嫌疑。③ 然筆者以爲，漆嘉
祉果有主動降清之舉，恐怕無法入鄉賢祠。其以母老力辭清朝

---

① [清]劉坤一等修，[清]劉鐸、趙之謙撰：《江西通志》（北京：北京圖書館出
　　版社據清光緒七年[1881]刊本影印，2004），冊21，頁1。
② [清]黃廷金修，[清]蕭浚蘭等纂：《瑞州府志》（臺北：成文出版社據清同治
　　十二年[1873]刊本影印，1970），頁276。
③ 《明史·陳泰來傳》記載："唐王擢（泰來）爲太僕寺少卿，與萬元吉同守贛
　　州。再擢右僉都御史，提督江西義軍。李自成敗走武昌，其部下散掠新昌
　　境，泰來大破之。初，益王起兵建昌，泰來欲從之。同邑按察使漆嘉祉、舉
　　人戴國士持不可。已而新昌破，國士出降，泰來惡之。"（見《明史》，頁
　　7125。）可見李自成部破新昌時，漆嘉祉已辭官家居。又《南疆繹史》卷二
　　十九《列傳二十三》的《陳泰來傳》紀錄漆嘉祉、戴國士勸説之言云："公受
　　閩命矣。今復從王，將奉王臣閩乎，王必不屈；將兩事乎，是懷二心也。公
　　爲國事捐身家，本以教忠；而先示二心於人，人誰諒之！"認爲陳泰來既已
　　受福建唐王之命，不宜更向益王稱臣。然而不久後，"建康失援，新昌破，
　　王奔；國士降，翻爲金聲桓用。泰來恨之曰：'吾乃爲賊所紿，彼固爲敵游
　　説也！均之國事，益與閩又何所分乎！'意欲誅之。"見[清]溫睿臨：《南疆
　　繹史》（臺北：臺灣大通書局，1987），頁411。

巡撫的舉薦，蓋有自我澄清之意。其作《楚辭補注》在崇禎"忤輔臣，降照磨"之際，抑或明亡家居之時，已難以考證。若説漆嘉祉對清廷猶有曖昧之處，那麽吉安籍的李陳玉、賀貽孫二人則是態度鮮明地以遺民自居，其《楚詞箋注》、《騷筏》亦作於此時。

李陳玉（1598—1660），字石守，號謙菴，都御史李邦華之侄，崇禎八年（1635）進士。《吉安府志》云：李陳玉得第後受嘉善知縣，縣劇難理，逾年稱治。清漕弊，建鶴湖書院，擢禮部主事，召對德政殿，有儒林循史之稱。除浙江道御史，所論列皆當時急務，以憂歸，卒祀鄉賢。① 李氏弟子魏學渠《楚詞箋注後序》謂李氏拜侍御史後，"直言正色，傾動一時"。又云甲申之變後，李陳玉棄家入山，往來楚粵間，②窮愁著書以終。李陳玉《令書自敘》云："余九齡時從塾師案頭見《近思録》，啞啞有省，自是喜讀。讀竟必冥目枯坐，慨然有明道濟時之意。"③其門人錢繼章則曰："先生獨深於性命之學。"④則李陳玉對於理學亦用功甚深。《楚詞箋注》乃順治十年（1653）李陳玉途經雲陽時因門人執《楚辭》爲問，而立心注騷，三十日而事畢。⑤ 魏學渠云："先生之志，屈子之志也。其所爲箋注者，惻愴悲思，結撰變化，猶夫《離騷》之辭，托于美人香草山鬼漁父，縹緲怳忽，而情深以正也。"⑥可知李氏此書寄寓了故

---

① 見［清］劉繹纂，［清］定祥修：《吉安府志》（臺北：成文出版社據清光緒元年［1875］刊本影印，1975），頁 976。
② ［清］魏學渠：《楚詞箋注後序》，［明］李陳玉：《楚詞箋注》（復旦大學圖書館藏清康熙十一年［1672］魏學渠刊本），頁 2b。
③ ［明］李陳玉：《退思堂集》（上海圖書館藏明崇禎十年［1637］刊本），序，頁 1a。
④ ［清］錢繼章：《李謙菴先生楚辭箋注後序》，［明］李陳玉：《楚詞箋注》，頁 1a。
⑤ ［明］李陳玉：《楚詞箋注自敘》，同前注，頁 3a—5a。
⑥ ［清］魏學渠：《楚詞箋注後序》，同前注，頁 2b—3a。

國黍離之悲。

賀貽孫(1605—1688),字子翼,自號水田居士,廩諸生。崇禎時結社於豫章。清人入關,避跡茶陵,自此高蹈不出,專心著述。順治六年(1649)列貢榜,拒不就。十三年(1656),御史欲以博學鴻詞薦,乃剪髮衣緇,結茅深山。晚歲家道益落,布衣疏食,毫無慍色,日以著作自娱。① 晚年參禪禮佛,詩風趨於平淡閒適。其論詩承祧嚴羽,主本色、貴自然,而講鍛鍊、重章法,反擬古而近於三袁、鍾譚;然其因際遇影響,又能不囿於獨抒單緒之境。賀貽孫《騷筏序》曰:"東坡教人作詩,云熟讀《毛詩·國風》與《離騷》,曲折盡在是矣。此語甚妙。但《國風》曲折,深于《三百篇》者能言之;而《離騷》則鮮有疏其曲折者。余故將《離騷》及諸《楚辭》一併拈出,倘由吾言以學詩,則知屈宋與漢唐詩人相去不遠也。"②《騷筏》一書大約作於康熙初年。

漆嘉祉似乎對清廷有適度的認可,李陳玉、賀貽孫則堅決採取不合作態度。然李陳玉信奉理學,著書因窮愁,賀貽孫參禪禮佛,著書爲自娱,此又相異之處。三種處世方式,無疑代表著江西文人學者面對明清易代巨變時的三種不同的典型。

四、明代南直隸(江蘇)楚辭學述要

南直隸的疆域,大致包含了現在的江蘇、安徽兩省,在明代共

---

① 徐世昌:《晚晴簃詩匯》(北京:中國書店據天津徐氏退耕堂1928年雕版影印,1988),頁194。

② [明]賀貽孫:《騷筏序》,《騷筏》(北京:北京出版社影印清道光丙午[1846]重鐫本,2000),頁2。

計有府八,直隸州二,屬州十七,縣一百一十六。就江蘇而言,由長江天然劃分爲南北兩區。元代蘇南屬江浙等處行中書省(簡稱江浙行省),蘇北屬河南江北行省。蘇北文化與安徽相似,蘇南文化與浙江接近。明代,江蘇南北一同劃歸南直隸。直到清代江蘇建省,還曾幾度南北分治:江南屬於駐紮蘇州的江蘇布政使管轄,江北屬於駐紮南京的江寧布政使管轄,由此可見兩區文化之差異。今人劉廷乾將明代江蘇分爲蘇常、金陵、廣陵三個文化區域。① 蘇常屬於今人所言蘇南,主要指長江三角洲的蘇州、松江、常州三府,區内低山、丘陵、平原、江河、湖泊縱橫交錯。太湖平原由於是長江及京杭大運河流域而航道密集,經濟發達,民生富庶。金陵、廣陵區域大抵爲地勢低平的平原,河湖網路縱橫,包括應天、鎮江、揚州、淮安四府,屬於廣義的蘇北。應天府(南京)是明太祖定都之處,縱然成祖遷都北京,此處仍爲留都,設六部等機構,終明一代都是南方政治、經濟、文化中心。陳冠至指出,由於南京的政治地位和地理優勢,書籍市場廣大,官刻、坊刻、私刻都非常興盛。② 鎮江在江南,與應天及蘇常接壤,文化較爲興盛。揚州地處京杭運河節點,雖不及應天、蘇州,然亦頗爲繁榮。淮安幅員宏闊,然因南宋時黄河奪淮,此後洪水頻仍,導致經濟發展落後於他處。加上淮安爲拱衛應天的屯兵之處,重武輕文。如崔溥《漂海録》云:"江南人以讀書爲業,雖里閈童稚及津夫、水夫皆識文字。臣至其地寫以問之,則凡山川古跡、土地沿革,皆曉解詳告之。江北則不學者多,故臣欲問之則皆曰:'我不識字。'就是無識

---

① 劉廷乾:《江蘇明代作家研究》(南京:東南大學出版社,2010),頁 15。
② 陳冠至:《明代南京的書籍市場》,《國家圖書館館刊》2014 年第 2 期(2014.12),頁 153—172。

人也。"①由是可知其梗概。

進而言之,同處長江三角洲的蘇南與浙西構成了狹義的江南。景遐東將江南文化傳統的主要特徵歸納爲五點:一、江南山川秀美氣候温暖水域衆多,人性普遍較靈秀穎慧,利於藝術。二、在長期的征服江河海洋的過程中,江南居民又養成剛毅的品性,形成心胸曠放、豪邁勇武的氣質。三、江南文化具有突出的崇文特徵,社會普遍崇尚文教,重視文化教育。四、江南文化具有開放性與包容性的特點。五、江南文化具有較爲濃厚的宗教性内涵,從漢至唐代,江南因地理的相對偏遠,受儒家影響要比中原晚而輕一些,在文化個性上也就比中原更自由、活躍,佛教、道教在此的流播非常迅速,進而與古老的好神巫的傳統結合,産生了鮮明的宗教特質。② 在商業發達、文化交流頻密的明代,這些特徵更爲明顯。而江北地區亦往往爲其流波所及。

江蘇籍明代《楚辭》編撰者的人數達十八位,其中蘇州府十位,黄省曾爲吴縣人,劉鳳、張鳳翼、陳仁錫爲長洲人,周用、徐師曾爲吴江人,吴訥、桑悦、戈汕、毛晉爲常熟人。松江府四位,張所敬、張之象爲華亭人,黄廷鵠爲青浦人。揚州府三位,張京元(泰州)、劉永澄(寶應)、張學禮(江都)。常州府江陰縣有許學夷一位,徐州直隸州有李向陽一位。其中張京元、劉永澄、張學禮、李向陽四人籍貫江北,其餘十四位皆來自蘇南。芸芸編撰者中,時代較早的吴訥、桑悦、黄省曾、周用四人,可謂開啓了明代楚辭學著作的四條脈絡:吴訥《文章辨體》以總集形式納入《楚辭》篇章,

① (朝鮮)崔溥《漂海録》(北京:社會科學文獻出版社,1992),頁194。
② 景遐東:《江南文化傳統的形成及其主要特徵》,《浙江師範大學學報(社會科學版)》2006年第4期,頁17—19。

並從文體學的角度通過敘説加以探討。桑悦《楚辭評》以評點形式分析《楚辭》作品。黃省曾《騷苑》將《楚辭》詞藻分門別項,以類書形式出版。周用《楚詞注略》則以詩話形式條列自己對《楚辭》的看法。

與前節所論湖廣、江西編撰者相比,江蘇編撰者對《楚辭》的探究不再囿於注釋,而採用了各種新的型態,新注相對來説反在江蘇明代楚辭學著作中未佔主流,僅劉永澄《離騷經纂注》、李向陽《離騷注》(已佚)兩種而已。且劉、李鄉里皆爲江北,經濟文化不及蘇南繁榮,此蓋亦二人採用較傳統形式探研《楚辭》的原因之一。

諸家之中,吳訥(1372—1457)年代最早,永樂中以醫薦至京,官至監察御史,浙江、貴州按察使,左副都御史。①其《文章辨體》五十卷,外集五卷,係仿宋真德秀《文章正宗》、元祝堯《古賦辨體》之例,擴充增益而成。其書分文體爲五十九類,第二類即古賦。此類以時代爲序,以《楚辭》居首。晚明徐師曾(1517—1580)《文體明辨》八十四卷,則"大抵以同郡常熟吳文恪公所纂《文章辨體》爲主而損益之",②其書首二卷亦爲《楚辭》。吳、徐二人之書,分爲序説及選篇兩部分。就《楚辭》而言,序説部分主要參考了朱熹和祝堯的研究成果,加以融會貫通,出以己意,選篇則以删節朱注爲主。如吳訥在漢代揚雄詩人之賦、辭人之賦的基礎上提出騷人之賦的概念,對騷、賦二者的辨析逐漸深入。明末許學夷《詩源辨體》一書,亦是參考吳、徐二書而成,著眼於韻文,小論(序説)達十六卷,新見迭出。可惜選篇部分因無資金付梓而亡佚。許氏不少

---

① 《明史》,頁 4317—4318。
② [明]徐師曾:《文體明辨序》,[明]吳訥、[明]徐師曾:《文章辨體序説·文體明辨序説》(北京:人民文學出版社,1962),頁 77。

見解都不落儒家窠臼,如論屈原思想道:"屈原之忠,忠而過,乃千古定論。今但以其辭之工也,而謂其無偏無過,欲強躋之於大聖中和之域,後世其孰信之?　此不足以揚原,適足以累己耳。"①頗爲通達。

　　桑悦(1447—1513)《楚辭評》作於弘治時,年代相對其他楚辭學專著爲早。桑氏字民懌,成化元年(1465)舉人,歷任泰和訓導、柳州通判等職,②被視爲前七子之先驅。③《楚辭評》蓋爲桑悦仕途坎坷時批點屈騷的文字,晚明蔣之翹《七十二家評楚辭》稱之爲"家藏桑民懌未刻本"。《七十二家評楚辭》存其說二十五條所涉及的内容可歸納爲五點:《楚辭》文本注釋,字、句、章法分析,文體研究,作者考辨,感悟式批評。桑悦不少論點總體來看仍欠深入,有臆斷之嫌,但畢竟爲當時沉寂的學術界注入了新血,體現出明代中葉學風轉變時期的楚辭學特色。④　其後,劉鳳評《楚辭》十七卷、題張鳳翼《離騷合纂》、⑤張京元《删注楚辭》等書,皆採取了批點形式。不過,明代《楚辭》評點的興盛,還有賴浙江籍編撰者如馮紹祖、陳深、蔣之翹等人的推動。此待後節再作討論。值得注意的是,天啓間蘇州人陳仁錫先後出版《古文奇賞》、《諸子奇賞》,二書皆收録屈騷篇章,各篇多有眉批、夾批。這種形式蓋自陳深《諸子品節》問世後開始流行,陳仁錫二書更是將諸子、總集與批

①[明]許學夷:《詩源辯體》(北京:人民文學出版社,1987),頁 34。
②《明史》,頁 7353。
③見袁震宇、劉明今:《明代文學批評史》(上海:上海古籍出版社,1996),頁137—138。
④見拙著:《桑悦及其〈楚辭評〉考論》,《清華學報》新 36 卷第 1 期(2006.06),頁 237—272。
⑤按:張鳳翼《文選纂注·楚辭》,俟後章另詳。

點共冶一爐之作。至於題歸有光《諸子品彙》、①題焦竑《二十九子品彙釋評》亦其類也，然皆僞託之作，內容拼湊割裂，茲不詳論。

　　周用(1476—1547)，有《楚詞注略》一書，周用字行之，號伯川，弘治十五年(1502)進士，官至吏部尚書。②《楚詞注略》篇幅雖然簡短，卻率先提出了不少異於朱注的意見。與臺閣前輩相比，周用屈原抱持著遠爲正面的態度，他對各篇創作年代、《九歌》篇數等專題的考據推論，也與稍後衆多的《楚辭》注家一脈相承。③

　　黃省曾(1490—1540)，字勉之，學問廣博，然進士累舉不第。師承王陽明、湛若水、李夢陽。明代前期理學興盛，《楚辭》著作亦只有朱熹《楚辭集注》流行。正德十三年(1518)，黃省曾將家藏王逸《楚辭章句》刊印，請臺閣大老、同鄉前輩王鏊作序，其言云："朱子之注《楚辭》，豈盡朱子説哉！無亦因逸之注，參訂而折衷之？逸之注，亦豈盡逸之説哉！無亦因諸家之説，會粹而成之？"④黃氏自序則云："予則悲其泯廢，幸其復傳，豈特通賢之快覽，雖質之屈子，必以舊録爲佳也。"⑤王逸《章句》自此重新流傳世間，影響

---

① 見拙著:《歸有光編〈玉虛子〉辨僞》,《漢學研究》第 24 卷第 2 期(2006.12),頁 449—482。

②《明史》,頁 5330—5331。

③ 見拙著:《周用〈楚詞注略〉探析》,《東海中文學報》第 17 期(2005.07),頁 1—30。

④［明］王鏊:《重刊王逸注楚辭序》,《震澤集》(臺北:臺灣商務印書館影印文淵閣《四庫全書》,1983),頁 280—281。

⑤［明］黃省曾:《漢校書郎王逸楚辭章句序》,《五嶽山人集》(臺南:莊嚴文化事業有限公司據南京圖書館藏明嘉靖刻本影印,1997),頁 733。

甚大。此外，黃省曾又作《騷苑》三卷，將屈騷單詞抽出，列爲條目，先引原文，次列王逸注、洪興祖補注。四庫館臣稱此書“摘《楚辭》字句以供剽剟之用”，①是也。此書於黃氏生前並未付梓，萬曆間，張所敬得此稿本，又增補一卷而付梓，即今日所見四卷本。張所敬同鄉張之象（1507—1587）則有《楚騷綺語》一書，四庫館臣論其“摘《楚辭》字句以供搗捷，已爲剽剟之學。又參差雜録於二十五賦，不復著出自何篇，亦與黃省曾《騷苑》同一紕陋”。② 然今人毛慶謂此書將《楚辭》中大致同類的詞語匯集在一起，爲研究者提供了方便，③與《騷苑》相較，《楚騷綺語》所録資料更爲繁富，且將詞語卷列篇分，頗便讀者檢索。此外，張之象又有《楚範》、《楚林》、《楚翼》三書。④《楚林》、《楚翼》已亡，觀其名似爲紹騷文集。《楚範》六卷，四庫館臣稱“割裂《楚詞》之文，分標格目，以爲擬作之法”，⑤雖語帶貶損，但此書作爲一部系統性析論《楚辭》修辭學之著作的事實，卻難以否認。張之象正是通過這種“分標格目”的方法，較詳細而完備地分析了《楚辭》的語言特點。茅坤爲《楚範》作序曰：“《楚範》者，君亦自悲才廢，當其數手《天問》、《卜居》、《漁父》、《九歌》諸什而讀，讀而唏噓嗚咽不自已；遂以累箋簡端，爲之論次者。”⑥《楚範》內容更接近修辭學，而非以探析文義爲主，然其

---

① ［清］永瑢主編：《四庫全書總目》，頁 1167。

② 同前注，頁 1170。

③ 潘嘯龍、毛慶主編：《楚辭著作提要》（武漢：湖北教育出版社，2003），頁 62—63。

④ ［清］楊開第修，［清］姚光發等纂：《重修華亭縣志》（臺北：成文出版社據清光緒四年［1878］刊本影印，1970），頁 1492—1493。

⑤ ［清］永瑢主編：《四庫全書總目》，頁 1802。

⑥ ［明］茅坤：《楚範序》，《茅坤集》（杭州：浙江古籍出版社，1993），頁 447—448。

寫作依然有抒發哀憤之意。① 由此推求黃省曾刊印《楚辭章句》、
作《騷苑》的動機,則思過半矣。

　　萬曆、天啓間,黨爭熾烈,東林中人以清流自居,往往注騷以
明志,劉永澄(1576—1612)《離騷經纂注》即爲其一。劉氏字静
之,號練江,年十九舉於鄉,登萬曆辛丑(1601)進士第,授順天
儒學教授,北方稱爲淮南夫子。遷國子學正。滿考將遷,以省親
歸,杜門讀書。壬子(1612)起職方主事,未上而卒。《離騷經纂
注》是劉氏仕途淹滯時所作。由於他仰慕屈原好修的節操、自强
不息的態度,加上自己對官場的黑暗狀況頗有認知,因此對
《離騷》中的隱義掘析甚多。他刻意説理,不少注文類近語録,
旁徵博引、反覆透發,曲盡意態,或推求屈原之心,或表明一己
心志,深得人情道理之三昧。然此書蓋非定稿,故分段析篇尚嫌
紊亂。②

　　值得注意的還有常熟人戈汕、毛晉的《屈子》七卷。毛晉
(1599—1659)爲著名學者兼出版商,其書刊印精良,堪稱善本,此書
總評一卷、章評一卷、譯韻一卷、譯字一卷、參疑一卷、《列傳》一卷,
固以整理綜合前賢著作爲務,新説鮮有納入。然如今人姚福申所
論,毛晉編印書籍,考鏡源流、指導讀者研究乃其宗旨之一。③《屈
子》一書即其例也。再者,又有揚州人張學禮,與浙人胡文焕合著
《離騷直音》六卷。此書内容以《楚辭》白文爲主,時而標以小字。

---

① 見拙著:《張之象〈楚範〉題解》,《書目季刊》第 40 卷第 1 期(2006.06),頁
　　49—55。
② 見拙著:《劉永澄及其〈離騷經纂注〉》,高雄師範大學《國文學報》第 6 期
　　(2007.06),頁 97—122。
③ 姚福申:《明代出版家毛晉及其編校特色》,《編輯學刊》1991 年 4 月號,頁 93。

如《東皇太一》"瑤鏘鳴兮琳琅","瑤"下標一"球"字。① 知其所謂直音,乃以同音字標注《楚辭》文本中之生僻字,而不用反切法耳。然其直音仍不離協韻説,如《離騷》"周流乎天余乃下","下"直音"户"可知。② 然其直音亦偶有可議處,如《離騷》"紉秋蘭以爲佩","紉"直音"紾";③"高余冠之岌岌","岌"直音"疑";④《九歌·東君》"暾將出兮東方","暾"直音"敦"。⑤ 皆未妥。又如"鮌"標注"鯀"、又如"壄"標注"野"等,則應歸爲異文,若謂直音則未必然。可見此書之編撰,要爲便利明代江浙人誦讀《楚辭》也。

五、明代南直隸(安徽)楚辭學述要

　　安徽地區主要包括鳳陽、廬州、安慶、太平、池州、寧國、徽州七府及徐州、滁州、和州、廣德四直隸州。該區處於南方與北方交界處,爲長江、淮河流域,平原、臺地、丘陵、山地齊全,今人將之分成淮河平原區、江淮臺地丘陵區、皖西丘陵山地區、沿江平原區、皖南丘陵山地等五個地貌區。明代又設有漕運總督一職,駐節淮安,兼巡撫淮安、揚州、廬州、鳳陽四府及徐州、和州、滁州,稱爲漕撫。郭永鋭指出,安徽可以劃分爲三個文化圈:北部淮河流域文化圈、中部皖江流域文化圈和南部新安文化圈。淮河文化圈主要是鳳陽府所轄,跨越河南、安徽、山東、江蘇四省,存留著齊魯、荊

---

① [明]張學禮、[明]胡文焕:《離騷直音》(北京:國家圖書館出版社影印日藏抄本,2014),頁 32。
② 同前注,頁 21。
③ 同前注,頁 7。
④ 同前注,頁 14。
⑤ 同前注,頁 42。

楚、吳越文化長期相互交融的印跡。皖江文化圈包括廬州府、太平府、甯國府、安慶府、池州府、廣德州、滁州、和州。新安文化則自成體系,此區爲徽州府所轄,與浙江、江西交界,衆多大山和新安江爲主的江河水道使其形成了既封閉又開放的特點。特殊的地理環境和歷史因素使明代徽州逐漸走上了經濟和文化的巔峰。①

　　明代安徽籍楚辭學家可考者共有八位,其中徽州歙縣佔了四位:汪瑗、汪仲弘、俞王言、洪舫;安慶兩位:梁世祥(懷寧)、錢澄之(桐城);池州青陽及廣德直隸州各一位,即吳光裕、甯時。除汪瑗生活於嘉靖之世、錢澄之明亡後爲遺民外,其餘諸人主要活動時期爲晚明。陳冠至云,由於徽州附近的明宗室甯藩,自明初以來就出現不少以雅好藏書馳名者,他們大力提倡圖書事業,極大地促進了徽州地區私人藏書與刻書業的發展。② 又如韓結根指出,元末明初的徽州文學並不發達,明顯滯後,與同時期的吳中地區相比差距較大。但從明代中葉起,隨著商業的發展,徽州的哲學思想和文學就逐漸活躍起來,到了明代後期則已成爲文學上比較先進的地區之一了。③ 就楚辭學而言,汪瑗《楚辭集解》不僅開徽州風氣之先,也是明代較早而具規模的楚辭學專著,對後世有一定影響。汪氏生年不詳,約卒於嘉靖四十五年(1566)。④ 歸有光爲汪瑗之師,稱其"丰姿奇俊,迥異尋常,超然有塵世想。幼厭青

① 郭永銳:《安徽明代作家研究》(上海師範大學博士學位論文,2008),頁17—19。
② 陳冠至:《明代南京的書籍市場》,《國家圖書館館刊》2014 年第 2 期(2014.12),頁 158。
③ 韓結根:《明代徽州文學研究》(上海:復旦大學出版社,2006)。
④ 見金開誠、葛兆光:《汪瑗和他的楚辭集解》,收入《文史》第十九輯(北京:中華書局,1983),頁 172。

雲事,遊岸三年,飄然謝去,杜門卻牖,不與物接,志存著述"。①
潘之恆言汪氏詩宗李夢陽,《徽州府志》則謂其"博雅工詩,見重於
弇州、歷下"。②《楚辭集解》八卷,附《蒙引》二卷、《考異》一卷,在
汪瑗生前並未付梓。萬曆四十三年(1615),汪瑗季子文英首刊此
書。此本無《天問》注,據汪文英所言乃"爲近屬輩藏匿,欲揜没先
人之善"。③ 汪瑗侄仲弘"目擊《天問》之闕,欲補其全",於是以三
年時間作《天問注補》。④ 注補將竣之時,文英子麟攜歸有光《楚
辭集解序》、汪瑗《自序》等與仲弘,於是遂有萬曆四十六年(1618)
修版補刻本。⑤ 焦竑論汪瑗此書道:"核者存之,謬者去之,未備
者補之。或有援據失真,詞意未愜,即出自大儒,不難爲之是正。
至於名物字句,不憚猥細,一一詳就。"⑥對於汪瑗的考據工作給
予了很高的評價。汪瑗《自序》則云:"(《楚辭》舊注)其間有洞而
無疑者,則從而遵之;有隱而未耀者,則從而闡之;有諸家之論互
爲異同者,俾余弟珂博爲搜採,余以己意斷之。寧爲詳,毋爲簡;
寧蕪而未剪,毋缺而未周。務令昭然無晦,卓然有徵,以無失扶抑
邪正之意,庶可以得原之情於萬一乎!"⑦可見此書充分運用了考

---

① [明]歸有光:《楚辭集解序》,[明]汪瑗:《楚辭集解》(北京:北京古籍出版
　　社,1994),頁1。
② [清]劉大櫆纂,[清]張佩芳修:《歙縣志》(臺北:成文出版社據清乾隆三十
　　六年[1771]刊本尊經閣藏板影印,1975),頁1016。
③ [明]汪文英:《楚辭集解跋》,[明]汪瑗:《楚辭集解》,頁3。
④ 見[明]汪仲弘:《楚辭集解補紀由》,同前注,頁6—7。
⑤ 見汪仲弘於汪瑗《自序》末小字題識,見崔富章編:《楚辭書目五種續編》
　　(上海:上海古籍出版社,1994),頁91。
⑥ [明]焦竑:《楚辭集解序》,[明]汪瑗:《楚辭集解》,頁3。
⑦ [明]汪瑗:《楚辭集解·自序》,同前注,頁5。

據的方法,以闡發《楚辭》的大義。李中華、朱炳祥指出,《楚辭集解》成書的時代,正值文學師古説氾濫極盛之際,也是改革變異的思想孕育滋生的時期。當此學術觀念潛移暗換之際,汪瑗的態度是廣泛地搜集,獨立地思考。① 所論甚是。此外,汪仲弘作《天問注補》時繼承了其伯父的研究路數,除注解詳盡外,又附有《九重圖》、《南北二極圖》、《山海輿地全圖》、《十二支宫屬分野宿度圖》、《日月五星周天圖》、《太陽中道之圖》、《太陰九道之圖》、《列星圖》、《明魄晦朔弦望圖》、《古今州域新舊河道輿圖》等,皆極精緻,爲讀者提供了檢索之便。

　　汪氏《楚辭集解》以後,又有同鄉後進俞王言的《辭賦標義》十八卷面世。俞氏字皋如,大約出生於明末嘉靖年間,活動於萬曆年間。② 此書前六卷爲《楚辭》部分,崔富章謂其大體旨意多本王、朱舊説而特爲簡要,去取謹嚴。③ 而晚明洪舫《離騷辨》、梁世祥《楚辭輯韻》、吳光裕《離騷副墨》、甯時《屈辭疏指》四種著作皆已亡佚。此四位作者大抵可分爲兩類,一爲學者型,如梁世祥、吳光裕。梁世祥,字膺伯,爲天啓元年(1621)選貢。《懷寧縣志》稱其魁偉有大略,嗜古博學,精治六書,攻反切,著有《楚辭輯韻》、《毛詩輯韻》。④ 吳光裕,爲崇禎三年(1630)貢生,⑤博通古今,與

---

① 見李中華、朱炳祥:《楚辭學史》(武漢:武漢出版社,1996),頁 144。
② 蹤凡:《〈辭賦標義〉的編者、版本及其賦學觀》,《社會科學》2015 年第 5 期,頁 169—176。
③ 崔富章:《楚辭書目五種續編》,頁 100。
④ 朱之英等纂修:《懷寧縣志》(臺北:成文出版社影印 1915 年排印本,1985),頁 1007。
⑤ [清]段中律修纂:《青陽縣志》(臺北:成文出版社據清乾隆四十八年[1783]刊本影印,1985),頁 534。

其弟光錫以篆書齊名。二爲豪俊型,如甯時、洪舫。《廣德州志》
有甯時傳云:

> 甯時,字際之,號愚谷,郎中珂曾孫也。性磊落不羈,作
> 詩文,口占令人書之,不加點竄,悉抒妙蘊。從學宣城沈耕
> 巖,沈曰:"甯子始而博其學,無所弗函。既而抑其才,一求諸
> 道。"因貽書楊維斗,欲薦諸朝。不就,隱於義蒼山中,從遊者
> 甚衆。著有《尚書説》、《洪範解》、《論語口授講義》、《屈辭疏
> 指》。①

楊維斗即楊廷樞(1595—1647),早年爲諸生以氣節自任,曾營救
被魏忠賢迫害的周順昌。明亡隱居,被捕後備受酷刑拷打而就
義。甯時仰慕楊維斗爲人,足見嫉惡如仇的個性。《歙縣志》洪舫
傳云:

> 洪舫,字方舟,洪源人。常奉三閭、杜少陵木主,朔旦拜
> 之,慨然有慕於其人。有《苦竹軒詩》。②

當亦有聲氣相通、視爲異代知己之意。洪舫對屈原、杜甫的這種
仰慕之情,似可追溯至其同鄉先輩汪瑗。

　　吳光裕、甯時、洪舫諸人蓋經歷過明清鼎革,然因文獻難徵,
無法確認。確認在明亡後成爲遺民的安徽籍楚辭學者,僅錢澄之
一人。錢氏(1612—1693),字飲光,號田間,原名秉鐙。少以名節
自勵,以抗詆閹黨聞名。與方以智、陳子龍、夏允彝輩友善,以接
武東林自任。清兵入關,先後依福王、唐王、桂王。吳三桂破桂

---

① [清]胡有誠、丁寶書:《廣德州志》(臺北:成文出版社據清光緒七年[1881]
刊本影印,1985),頁 2149—2150。
② [清]劉大櫆纂,[清]張佩芳修:《歙縣志》(臺北:成文出版社據清乾隆三十
六年[1771]刊本尊經閣藏板影印,1975),頁 1010—1011。

林，一度削髮爲僧。後歸鄉結廬先人墓旁，課耕以終，著述豐富，《莊屈合詁》爲其中一種。《清史稿》謂澄之治《詩》，於名物、訓詁、山川、地理尤詳。① 而《屈詁》以朱熹《集注》爲基礎，酌採祝堯、王慎中、汪瑗、焦竑、張鳳翼、陸時雍、黄文焕、李陳玉各家之説，而以己意論斷於後。錢澄之以爲朱子《集注》的優點在於遵從王逸《章句》逐句解釋，不爲通篇貫串，以失於牽强。② 可見其注《騷》以平正通達爲主。正如四庫館臣所言，錢澄之注《騷》的動機在於丁明末造、寄寓幽憂，③故《屈詁》乃以闡發義理爲主，而兼及於考據、詞章，學風篤實。

六、明代浙江楚辭學述要

明代浙江承宣布政使司可分兩區，錢塘江以北爲浙西，包括杭州、湖州、嘉興"下三府"，錢塘江以南爲浙東，包括嚴州、紹興、寧波、台州、金華、衢州、處州、温州"上八府"。浙江地貌有"七山一水二分田"之説，蓋就其山地丘陵、河流湖泊及平原盆地分別佔全省面積的比例而言，大致可分爲浙北平原、浙西丘陵、浙東丘陵、中部金衢盆地、浙南山地、東南沿海平原及濱海島嶼等六個地形區。浙北平原即杭嘉湖下三府所在，地處長江三角洲，地勢低平，河網密布，爲京杭大運河流域。上八府除了寧紹、金麗衢、温台三平原外，大多爲山區、丘陵、盆地。浙西下三府與

---

①《清史稿》，頁 13834。
②［明］錢澄之：《屈詁自引》，《莊屈合詁》（合肥：黄山書社，1998）《屈詁》，頁 139。
③［清］永瑢主編：《四庫全書總目》，頁 1139。

蘇南在元代本屬一省,文化接近,工商業發達,爲生絲的主要產地。杭州府更是浙江布政使司治所,全省以至東南地區的政治經濟文化中心,出版業自宋代以來就非常興盛。相對而言,浙東地區雖以農業爲主,但明代後期商品經濟也日益發達。清人章學誠概括兩浙學風云:"浙東貴專家,浙西尚博雅。"進而言之,浙西之博雅實源於民生富裕、交通便利而導致資訊發達,故能於學無所不窺,不強調自立門户。而浙東則重史學,講經世致用,務求實而反空談,宋代金華、永康、永嘉諸學派皆強調以歷史爲基礎而思考現實。

　　浙江籍《楚辭》編撰者的人數達二十位,居明代之冠。杭州府共六位:胡文煥、丁澎爲仁和籍,潘三槐錢塘籍,馮紹祖、陳與郊海寧籍,陳渼子未詳。嘉興府七位:譚貞默嘉興籍,黄洪憲、馮夢禎、周履靖、蔣之翹皆秀水籍,陸時雍、周拱辰桐鄉籍。湖州府三位:陳深、姚龍之長興籍,閔齊伋烏程籍。寧波府一位:屠本畯鄞縣籍。紹興府兩位:孫鑛餘姚籍,來欽之蕭山籍。温州府一位:沈雲翔鹿城籍。除屠本畯、孫鑛、來欽之、沈雲翔四人來自浙東外,其餘十六人皆爲浙西人。然屠、孫、來三氏原籍皆與杭州毗鄰,唯沈雲翔故里較遠爾。

　　明代浙江籍《楚辭》著作編撰者,以集評、刊印者爲最多。其中馮紹祖萬曆十四年(1586)校刊王逸《楚辭章句》,附有眉批、總評、集評等部分,頗有影響。其後萬曆二十八年(1600)陳深朱墨套印本《批點本楚辭》、四十八年(1620)閔齊伋雙色及三色套印本《評點楚詞》、天啓五年(1625)蔣之翹《七十二家評楚辭》、崇禎十年(1637)沈雲翔《楚辭評林》這一系統的《楚辭》集評著作,其源頭可追溯至馮紹祖書。當然,這幾種著作也不乏各自的特色。如馮紹祖書附有《各

家楚詞書目》部分，①可謂最早的《楚辭》專目。閔齊伋書數次引用
陳深《秭歸外志》，令後人略可窺見這部軼書的内容。蔣之翹書所引
李賀、桑悦之説來自其家藏舊本，乃前人之所未睹。此外，馮夢禎
《讀本楚辭集評》、來欽之《楚辭述注》、潘三槐《屈子》、丁澎《楚辭彙
評》等書，其評語亦大抵是根據馮、陳、閔、蔣、沈一系的著作損益而
成。又周履靖《九歌》八卷、姚龍之《枕騷餘録》，今已不存，蓋亦此類
譚貞默《莊騷二學》今已不存，體例難知。然其提出"莊騷同怨"之
説，與同時期黃文焕、錢澄之等莊屈合論的風氣正相呼應。②　此外，
明代浙人編纂總集而收録《楚辭》者較江蘇爲少，僅陳澋子《周文歸》
一種。此書頗有眉批，亦當時風氣使然。總而言之，《楚辭》集評著
作在浙江尤爲興盛，此應與當地文風興盛、出版事業發達有莫大的
關係。集評内容雖被清人譏爲餖飣割裂，但畢竟保留了大量不見於
他書記載的前賢之説，在今天看來非常珍貴。

　　次者，浙江籍學者有兩部《楚辭》聲韻學著作，除前文所言胡
文焕、張學禮《楚辭直音》外，尚有屠本畯（1542—1622）《楚騷協
韻》。屠氏著作甚多，觀其内容，可知師古仍爲其論文本旨；而他
同時又注重生活情趣與享受、傾向於三袁的師心説。這與其友人
屠隆、黃姬水等師古説殿軍的文學思想是很類似的。爲行文方
便，屠氏《楚騷協韻》、《離騷草木疏補》二書將在第八節與楊慎一
併論述。然此處值得一提者，屠氏二書雕版精美，足見晚明浙江

————————

① 按：録有王逸《楚詞》、《楚詞釋文》、洪興祖《補注楚辭》、晁補之《重編楚
　　辭》、《續楚辭》、《變離騷》二十卷、林應辰《龍岡楚辭説》、周紫芝《楚辭贅
　　説》、朱熹《楚辭集注》共九種書籍。
② 謝明陽：《明遺民的莊子定位問題》（臺北：臺灣大學出版中心，2001），頁
　　202。

印刷業之水平。其聲韻考據之興趣固然承自楊慎，亦於同省後進周拱辰相呼應。

　　《楚辭》注釋方面，浙人共有三種，即黄洪憲《離騷解》、陸時雍《楚辭疏》、周拱辰《離騷草木史》。黄洪憲（1541—1600）字懋中，隆慶五年（1571）會試第二，選翰林編修。《離騷解》一書雖已亡佚，內容難考，然以黄氏身居玉堂清貴之地，而仍有意於屈騷，臺閣文學好尚視明代前期有所變化，似可窺知。陸時雍字仲昭，崇禎六年（1633）貢生，有《詩鏡》、《楚辭疏》傳世。性剛，好使氣，不能俯仰于人。① 因事牽連遭逮，卒於繫所。② 今人朱易安道：“‘師古’與‘師心’的調和，同樣也表現在接受‘性靈’學説的詩論家中間。這一時期出現的陸時雍輯纂的《詩鏡》，便反映出類似的調和。”③其《楚辭疏》十九卷取王、朱兩家注而以己意折衷之，亦正有此調和的趨向。然整體而言，陸氏《楚辭疏》仍以論文爲主，正如洪湛侯指出：“此書重在疏通文義，略於訓詁。”④洪氏又云：“此書突出了屈原愛國憂君的思想。”⑤蓋陸時雍疏《騷》的動機，一在於梳理舊注、以譚藝爲主，一在於闡發經傳大義、有益於世教人心。換言之，其所留意主要仍在詞章與義理。周拱辰，字孟侯，屢試不第，與同里陸時雍爲知己。《桐鄉縣志》云：“大兵南下，公避地窮鄉，比少定，檄諸生應貢者署職。公曰：‘休矣！吾第欠一死

---

① [清]吴仰賢等纂，[清]許瑶光等修：《嘉興府志》（臺北：成文出版社據清光緒五年[1879]刊本影印，1970），頁1808。

② [清]沈季友編：《檇李詩繫》（臺北：臺灣商務印書館影印文淵閣《四庫全書》，1983），頁457。

③ 朱易安：《中國詩學史·明代卷》（廈門：鷺江出版社，2002），頁186。

④ 洪湛侯主編：《楚辭要籍解題》，頁65。

⑤ 同前注，頁63。

耳，尚知身外事哉！'賦《揮杯勸孤影》詩見志，以歲貢終其身。"①
周氏在明亡後無奈成爲清廷歲貢，然内心未必坦然，故注騷自解。
周氏好考據博物之學，故陸時雍作《楚辭疏》時，已請周氏代注《天
問》。入清以後，周氏認爲："竊睹《騷》中山川人物、草木禽魚，一
名一物，皆三閭之碧血枯淚，附物而著其靈。而漢王叔師、宋洪慶
善、朱元晦三家，雖遞有注疏，未爲詳確。陸昭仲《新疏》仍涉訓詁
習氣，于典故復多挂漏。"遂"廣爲搜訂其中山川人物、草木禽魚，
多所弋獲，憲古條義，自謂兼之"。② 所以名爲"草木史"，周氏之
言曰："草木之中，有君子焉，有小人焉。一一比其類而暴其
情。"③該書每篇分段，先引朱説，再作補注。全書除注釋外，尚有
《離騷拾細》一卷，以條列方式"憲古條義"。此外，陸、周二書也輯
有不少評點之語，除迻録自他書者外，也有不少友儕之説。《桐鄉縣
志》稱許陸、周又云："桐邑自國初貝、程後，此道絶響，越二百八十餘
年，始得二子以振之，亦可謂才難矣。"④足見陸、周對明清之際桐鄉
文風之影響，而致力於屈騷，又是二人主要的文學取向之一。

　　在江浙印刷事業興盛的大環境下，《昭明文選》數度重印，也促成
《文選》新注新評的面世，内容自然涉及屈騷。然較早出現者，當推蘇
州人張鳳翼的《文選纂注》十二卷，自序題於萬曆庚辰（八年，1580）。⑤

----

① [清]嚴辰等纂修：《桐鄉縣志》（臺北：成文出版社據清光緒十三年［1887］
　　刊本影印，1970），頁 552。
② [明]周拱辰：《離騷經草木史敘》，《離騷草木史》（上海圖書館藏清嘉慶六
　　年癸亥［1803］聖雨齋刊本），序頁 3a—3b。
③ 同前注，序頁 4b—5b。
④ [清]嚴辰等纂修：《桐鄉縣志》，頁 552。
⑤ [明]張鳳翼：《自序》，《文選纂注》（臺南：莊嚴文化事業有限公司《四庫全書
　　存目叢書》據廣西師範大學圖書館藏明萬曆刊本影印，1997），頁 22—23。

此書以辭章賞析爲主,考據訓詁其非其長,故亦多取舊説而斟酌之。影響所及,浙人孫鑛(1542—1613)《文選瀹注》、陳與郊《文選章句》、鄒思明《文選尤》等先後付梓。鄒書不收《楚辭》,而孫書以評點爲主,陳書以補注爲宗,各有所長。

七、明代福建楚辭學述要

明代福建布政司共福州、興化、建寧、延平、汀州、邵武、泉州、漳州八府(合稱八閩)及福寧一直轄州。全省地形依山傍海,九成陸地爲山地丘陵,號稱爲"八山一水一分田"。總體地勢西北高而東南低,東部沿海爲丘陵、臺地和濱海平原,西部和中部形成斜貫全省的閩西大山帶和閩中大山帶,其間爲互不貫通的河谷、盆地。先秦時代,福建爲百越雜居之地。秦漢時期開始發展農業,中原漢族亦陸續遷入。唐宋以後,福建經濟因海上貿易的繁榮而迅速發展。明初,海上貿易被禁止,但居民尚可務農以自給自足。但隨著人口增長,而全省農地不多,糧食匱乏,於是與鄰省的糧食貿易開始活躍。漁業、種茶、製糖、造紙等都是明代福建流行的産業。① 鄭學檬指出,福建文化傳統主要源於三個方面:古閩越文化的遺存,漢唐以來中原漢文化的傳入,宋元明清時代阿拉伯、波斯與歐洲文化相繼東漸,而以中原漢文化爲主體。其内涵可歸納爲重商趨利的經濟觀、獨立不羈的尚武冒險精神、注重地域血緣關聯的宗派觀念、諸神並崇的宗教觀念。② 出版業是明代福建地

① 見唐文基:《福建古代經濟史》(福州:福建教育出版社,1995)。
② 鄭學檬、袁冰凌:《福建文化内涵的形成及其觀念的變遷》,《福建論壇(文史哲版)》1990 年 5 月號,頁 71—75。

區商業的重要組成部分。宋金元之世,福建與浙江、四川、山西平水皆爲出版業重鎮,但入明之後,四川、山西逐漸没落。今人林拓指出,由於沿海的閩地在元末明初未有大規模的屠殺與破壞,遂與浙江、江蘇三地成爲全國刻書重心。弘治以前,地處閩、浙、贛交界的建陽書坊已成爲當時許多學者購書的首選之地。此後,福州官刻的發展也頗爲突出。① 書籍之易得,自能提昇當地的文化風氣。根據何炳棣研究,宋代進士總數有四萬名左右,福建進士人數有七千人左右,爲全國第一,且遥遥領先於其他地區。在兩宋 118 名狀元中,福建人占 20 名,也爲全國之冠。明代福建進士爲 2116 名,位居全國第四,但按每百萬人口的進士數,福建省卻高達 428 人,名列全國第一,第二名爲浙江省 307 人,其餘各省均在 283 人以下。② 而福建不在長江流域,也非楚文化波及之處,卻在明代産生了六位《楚辭》編撰者,這也是絶無僅有的。

　　閩人注騷的傳統,固然始於朱熹。而明代六位《楚辭》編撰者之中,有兩位來自閩東的福州府,即黄文焕(永福)、陳第(連江),一位來自閩中的興化府莆田縣,即林兆珂,三位來自閩南的泉州府晉江縣,即郭惟賢、李贄、何喬遠。郭惟賢(1547—1606),字哲卿,晉江人。萬曆二年(1574)進士。官至湖廣巡撫、左副都御史。③《四庫總目・總集類存目》著録其所編撰《三忠集》十四卷,提要云:"是集乃惟賢官湖廣巡撫時所編,前有萬曆甲午自序,謂

①林拓:《文化的地理過程分析:福建文化的地域性考察》(上海:上海書店出版社,2004),頁 166—176。

②Ping-ti Ho, *The ladder of success in Imperial China : aspects of social mobility, 1368—1911*, New York : Da Capo Press, 1976, c1962.

③《明史》,頁 5969。

'屈原，秭歸人。孔明，南陽人。岳忠武雖起家湯陰而封鄂王，苗裔迄今在武、黃間。均以楚稱，故合爲一編。'於《離騷》取朱子注，編爲七卷。……於三賢事狀文章俱無可證驗。惟賢一代名臣，此編則未爲精善，蓋一時書帕本也。"①因《三忠集》爲饋贈之用的書帕本，《楚辭》部分僅删節朱熹集注而成，鮮有郭氏一己獨見。然此書於萬曆廿二年(1594)刊印，時代較大部分楚辭學著作爲早。

李贄(1527—1602)，字宏甫，號卓吾、温陵居士。中舉人，官至雲南姚安知府。後移居各地，著書立説，被當朝者以"敢倡亂道，惑世誣民"的罪名逮捕，自刎獄中。李氏師事泰州王襞，公然自居異端，批判儒家道德傳統。文學上反對擬古，崇尚自然，提倡俗文學，對公安三袁、焦竑、湯顯祖、馮夢龍影響甚大。祁承爜《澹生堂藏書目》著録《李卓吾批評楚辭抄》一卷一册，②現已不存。然其評論《楚辭》的《屈原傳贊》、《招魂》、《漁父》、《反騷》等文字，卻每每見於其文集及坊間《楚辭》集評中。我們由此可知李贄《楚辭》研究的三個特色：第一，能純從詞章的角度去分析《楚辭》；第二，通過對《楚辭》的論述來表達自己的異端精神；第三，通過《楚辭》的論述來表達自己對時局的看法。

何喬遠(1558—1632)，字稚孝，號匪莪。萬曆十四年(1586)進士，與東林學派頗有過從。除刑部主事，歷禮部儀制郎中。坐累謫廣西布政使經歷，以事歸。里居二十餘年，講學鏡山。崇禎年間累官至南京工部右侍郎。何喬遠有《釋騷》一卷具有鮮明的時代烙印。作爲臺閣後進、東林中人，他注《離騷》以明志，流露出

---

① [清]永瑢主編：《四庫全書總目》，頁1754。
② [明]祁承爜：《澹生堂藏書目》(上海：上海古籍出版社據北京圖書館藏清宋氏漫堂抄本影印，1995)，頁703。

對朝政日壞的焦慮，對於楚廷的政治鬥爭分析非常細緻。然而，何氏對訓詁聲韻不甚措意，也令《釋騷》一書存在著義理發揮有餘、立論證據不足的遺憾。①

林兆珂，萬曆二年（1974）進士。官刑部郎，歷知廉州、安慶，乞歸。頗有著述。② 其《楚辭述注》十卷，凡例有録篇、點序、分章、詮故、譯響、訂譌、印字、覈評八條。姜亮夫以爲此書"大抵訂王朱兩家之説，而以時文義例説古書，明人舉子業也"。③ 所言大抵非虚。

陳第（1541—1617），字季立，號一齋，嘉靖時爲諸生。嘉靖四十一年（1562），爲戚繼光定平倭策。後爲俞大猷召致幕中，居薊十一年。辭官後挾書雲遊，裹糧之南京與焦竑爲友，離經析疑，著述甚多。④ 陳第不循科舉之途，投筆從戎，體現了經世致用的思想。他對於《詩經》、《楚辭》的古音研究，也就是這種尚實學風的呈現。焦竑《筆乘》中提出"古無協音説"，所論仍限於片段式，而陳第則有《毛詩古音考》、《屈宋古音義》兩書申述此説。他認爲《詩經》、《楚辭》反映的是古音，不能以今音爲標準，隨音改讀來求韻腳諧合。陳第考證古音，以《詩經》、《楚辭》韻例作爲本證，以周秦漢魏語音材料作爲旁證，交相考辨，證實古音本讀，對清代古音學家影響巨大。除古音訂正外，《屈宋古音義》還有篇章考證、辭

①見拙著：《何喬遠及其〈釋騷〉》，載中國屈原學會編：《中國楚辭學》第九輯（北京：學苑出版社，2007），頁 200—217。
②宋若霖等纂，廖必琦等修：《莆田縣志》（臺北：成文出版社據 1926 年重印本影印，1968），頁 518。
③姜亮夫：《楚辭書目五種》（上海：上海古籍出版社，1993），頁 72。
④見曹剛等修：《連江縣志》（臺北：成文出版社影印 1927 年鉛印本，1967），頁 222。

章賞析的部分，所論亦甚精彩。

　　黄文焕（1598—1667），字維章，號坤五、觚庵、恕齋，天啓五年（1625）進士，官至翰林院編修、左春坊左中允。時文焕因好友黄道周彈劾重臣楊嗣昌、陳新甲，牽連下刑部獄，在獄中箋注《楚詞聽直》八卷，《陶詩析義》四卷。釋獄歸里，後寓金陵。① 黄氏明亡不仕，至順治十四年（1657）又作《聽直合論》。此書除了强調忠姦之辨、爲己鳴冤外，對於屈原生平事蹟和作品年代考索頗詳，對於《九歌》篇數、《招魂》作者等問題也有新見。洪湛侯認爲，黄氏這些説法未必完全正確，但他將屈原的作品與史料相印證，爲後人開了很好的風氣。②

八、其他

　　明代長江流域省份中，四川籍學者也有三種楚辭學著作，即楊慎《楚騷協韻》二卷、張頌《楚詞疏義》、熊蘭徵《離騷注》，三者皆亡。張頌、熊蘭徵二人之書見於《四川通志》，唯二人生平不詳，其書內容不得而知。楊慎之書著録於《澹生堂書目》，今亦不存。楊慎（1488—1559）學問淵博，對於《楚辭》每有考證，範圍涉及聲韻、訓詁、名物、史事各個方面，其説散見於《升菴集》、《丹鉛》諸録、《譚苑醍醐》等書中。觀《楚騷協韻》之名而思義，蓋亦申論朱熹協韻之説爾。楊慎爲內閣首輔楊廷和之子，大禮儀之爭後終生貶謫雲南，遂著書自遣，開明代考據學之風氣。然屈騷僅爲其學術研

①［清］魯曾煜等纂，［清］徐景熹修：《福州府志》（臺北：成文出版社據清道光　七年［1827］刊本影印，1967），頁1093。
②洪湛侯：《楚辭要籍題解》，頁72。

究之一端,似也與省籍背景關聯較少。晚明之世,於《楚辭》聲韻
考據之學直接師承楊慎者有浙江人屠本畯。其《楚騷協韻》書前
附有《讀騷大旨》,其言曰:"夫《楚詞》詞楚,故訛韻寔繁,因取《韻
補》《轉注音略》《獵要》《字苑》諸考要諸是定韻,或一二一二協之,
或三四三四協之,苟足兼收,無嫌並照,將使韻靡不通,協非强解,
刃發如新,法理不滯矣。"①然朱熹協韻之説,實非穩妥。楊慎《轉
注古音略》、《古音獵要》等書也未能衝出協韻説窠臼。屠本畯遵
從朱、楊,發明自然不多。《離騷草木疏補》乃以宋人吳仁傑《離騷
草木疏》爲基礎的增補之作。四庫館臣曰:"是書以宋吳仁傑《離
騷草木疏》多有未備,特於香草類增入麻、秬、黍、薇、藻、稻、粱、
麥、粱八種,於嘉木類增入楓、梧二種。其餘於仁傑疏多所刪汰,
自謂明簡過之,而實則反失之疏略。又每類冠以《離騷》本文及王
逸注,擬於《詩》之小序,亦無關宏旨,徒事更張。至仁傑謂宿莽非
卷葹,斥王逸注及郭璞《爾雅》注之誤,本畯是書引羅願《爾雅翼》
以明之,不知其引《南越志》'寧鄉草名卷葹,江淮間謂之宿莽'者,
正主郭之説,不免自相刺謬,尤失於考證矣。"②評價大抵可謂公
允。故屠氏二書,對時人及後世未見太大影響。

　　此外,尚有兩位北方學者留下《楚辭》著作,一爲馮惟訥《楚辭
旁注》,一爲趙南星《離騷經訂注》。馮惟訥(1513—1572)爲嘉靖
戊戌(1538)進士,位至光禄正卿,有《青州府志》、《光禄集》、《古詩
紀》、《風雅廣逸》等著作。其《楚辭旁注》如陳崔序文所言,"唯標
以音叶而注不與焉",實則幾無己見。趙南星(1550—1627)字夢

①[明]屠本畯:《讀騷大旨》,《楚騷協韻》(臺南:莊嚴文化事業有限公司據上
　海圖書館藏明隆慶六年[1572]刻本影印,1997),頁 374。
②[清]永瑢主編:《四庫全書總目》,頁 1269。

白,號儕鶴,高邑人。萬曆二年(1574)進士,是東林中堅人物,對
於當時政壇影響頗鉅。其人因在大計中秉公澄汰,觸犯時忌,遭
貶爲民,在神宗朝後期家居幾三十年。①《離騷經訂注》就是在這
段時間林居時講學的教材。趙南星認爲《離騷》之文是"奇正合
一"的表率。《離騷》大義粲然,符合趙氏所認知的教化意義;而其
文辭瑰麗、造意新異,又可迎合當時朝野的好奇文風。如果《離
騷》爛熟於胸,士人在義理、詞章兩道上都會有長足的進益。如果
在爲文、爲人兩個層面都有相當的修爲,不難得到有司的青睞,取
得功名。當然,此書寫作的遠因仍在於對當時朝政日壞、小人在
位的不滿,著書以寄託憂憤。其以親身經歷分析楚廷忠奸鬥爭,
而《後跋》又將《離騷》"求女"情節詮釋爲替懷王求賢妃,乃同類說
法中之最早者。②

九、明代楚辭學著作型態與地緣文化:
　　以江南地區爲中心的觀照

　　林拓指出,目前常見的文化地域性研究模式,乃是將地域文
化的發展分爲若干階段,研討各個階段的主要特徵,進而剖析其
政治、經濟及社會背景,並以一批具有鮮明時代色彩的文化現象
爲階段性特徵的代表,最後在各階段性特徵的基礎上總結出若干
基本特色,確信這些特色就是文化的地域性。實際上,那些及時
感悟時風之變的所謂全國影響的文化名人有不少是游離於地域

①《明史》,頁6298。
②見拙著:《趙南星及其〈離騷經訂注〉》,《中正大學中文學術年刊》第8期
　(2006.12),頁125—151。

文化的進程之外的,儘管人們總是樂於讓他們扮成某一時期地域文化的當然代表。其實,就是那些所謂影響深遠的文化名人又有多少是在當時稍縱即逝,待後人發掘才知他的重要性的。① 相對於理學而言,《楚辭》在明代算不上專家之學,加上地緣色彩較濃厚,又與儒家思想有所扞格,即便明代前期朱熹《集注》獨大,卻也未必能因爲中葉以後的編撰者時時引用朱注而爬疏出一條師承的譜系。如果説研習理學尚且與科舉仕進等利益因素有較大聯繫,那麼對屈騷的喜愛與探研更屬於個人領域的事(儘管趙南星也嘗試將之與科舉扣上關係)。換言之,《楚辭》在明代各區域之傳播,最多關乎商業考量,卻較少與官方政策與思想掛勾。因此,考察《楚辭》在明代之接受情況,更能了解各區域文學乃至學術風氣的自發性走向。本節以綜論的形式,以江南(蘇南和浙江)爲中心,從著作的型態檢核明代楚辭學的地緣文化特徵。

　　毋庸置疑,明代楚辭學注釋類著作數量仍佔了相當大的比例。以知見書目來計算,其編撰者遍及湖廣、江西、南直、浙江、福建、北直等地,人數尤以南直爲多(八人),次爲浙江、湖廣、福建各三人,江西、四川各二人,北直一人,似乎遍布了本文所論及的各區域。但值得注意的是,八位南直籍編撰者中,竟無一人來自蘇南地區。文風最爲興盛的蘇南,終明一代没有一部《楚辭》注釋的著作,固有其偶然性,然也有地緣文化的因素在焉。筆者曾論道,明太祖怒蘇、松爲張士誠所守,施政嚴酷,導致吳中逐漸發展出不同於官方的博學、尚趣的文化。仕途順遂者固然甚少談及屈騷,即便失志文人,固然予屈原以同情,卻刻意保持著一段心理距離。在尚趣傳統影響下,他們在放任個性之外,也追求閒適自足,這就

①林拓:《文化的地理過程分析:福建文化的地域性考察》,頁 8—9。

與屈騷的内涵、情調頗相逕庭了。① 參照與蘇南文化相近的浙江,也只有陸時雍、周拱辰兩種注釋著作。不可否認,注釋所花時間、精神甚鉅,若非深有契合、會心,當不會耗費如此功夫。陸氏性剛好使氣,與屈原自有共鳴之處;周拱辰先受陸氏影響、後逢國變,應是其注釋全騷的主要原因。至於其他編撰者的注騷,固然也有地緣文化的因素,然如趙南星、何喬遠、劉永澄、黃文煥因黨爭,洪舫因失志,汪陛延、李陳玉、錢澄之、王夫之、王萌因國變,一己遭際或因時代環境的影響顯然更大。

然而,蘇南籍士人卻留下了甚多其他型態的楚辭學著作。如周用《楚詞注略》,名爲注略,實爲詩話體。又如盛明吳訥《文章辨體》、中明徐師曾《文體明辨》、明末許學夷《詩體明辨》,都是從文體學與總集編纂入手,通過序説來表達自己對屈騷的看法。單獨觀其序説,又與周用之書相近。再如張之象有《楚騷綺語》、《楚範》、《楚林》、《楚翼》四種著作,前一種爲辭藻彙編,是予操觚者參考之用的類書。次二爲文體學專著,末兩種爲紹騷文集。這四種書籍既無張氏的抒情之語,也無注釋形式予其以微言大義之可能,然據茅坤之言,張之象的編撰動機仍有抒發懷才不遇的憤懣之意。前此黃省曾重刊王逸《楚辭章句》、編撰《騷苑》,庶幾近之。由此可見,蘇南籍士人"發憤"的方式更偏向於透過編纂印刷與屈騷相關的著作而點到即止。

至於集評類著作,則以浙人爲多。這與杭州一帶出版事業興盛有很大關係,前文已有論述。進而言之,集評部分一般不會獨立刊行,而是附於《楚辭》文本,或作爲單獨一卷,或散見於眉批、

---

① 見拙著:《永樂至弘治間吳中文士的楚辭論》,《東華漢學》第四期(2006. 09),頁 113—145。

側批。《楚辭》文本可以是白文形式（如陳深、閔齊伋刊本），也可以是王逸《章句》（如馮紹祖刊本）、朱熹《集注》（如蔣之翹、沈雲翔、來欽之刊本）。此外，編纂總集、重刊《文選》，乃至重新注釋，也往往會增入集評部分，如陳深《諸子品節》、陳禹子《周文歸》、孫鑛《文選瀹注》、陸時雍《楚辭疏》、周拱辰《離騷草木史》等，皆頗錄集評文字。蔣之翹《七十二家評楚辭》，底本爲朱熹《集注》，近人姜亮夫謂其"校理蓋極精審，當亦有明一代之佳槧也。"①蔣氏《自序》云："予酷嗜《騷》，未嘗一日肯釋手。每值明月下，必掃地焚香，坐石上，痛飲酒，熟讀之，如有淒風苦雨，颯颯從四壁間至，聞者莫不愴然，悲心生焉。"又曰："庶貽茲來世，以見予與原爲千古同調，獨有感於斯文云。"②可見如蔣氏刊騷，亦因自身好尚，非如坊賈徒以射利爲事。其後沈雲翔《楚辭評林》在蔣書基礎上增益十二家，號稱《八十四家評楚辭》，然如姜亮夫所説，"全襲蔣氏原文"而略爲增補者也。③　相比而言，蘇南籍人士的同類著作，大抵不出以上幾種情況。如桑悦《楚辭評》的評點内容原本蓋爲其信手眉批，後爲蔣之翹錄入《七十二家評楚辭》。劉鳳等《楚辭》十七卷，主要依據洪興祖《補注》，此書仍有浙江湖州的凌毓枬套印刊刻。題張鳳翼《楚辭合纂》則以王、洪、朱三家之注爲主，故名合纂。陳仁錫《古文奇賞》、《屈子奇賞》之《楚辭》部分，注文要爲朱注之節略，其編纂方法大體承自陳深《諸子品節》。比較值得注意的是明末毛晉的特出，令常熟成爲後起的出版重鎮。不過毛晉學識遠高於一般坊賈，其刊刻無論在内容、版式、紙張、裝潢各方面

---

① 姜亮夫編：《楚辭書目五種》，頁 51。

② ［明］蔣之翹：《七十二家評楚辭·自序》（明天啓六年［1626］刊本）。

③ 姜亮夫編：《楚辭書目五種》，頁 324。

皆求精善。如前節所論，毛氏與同里戈汕所編刊《屈子》七卷，含總評、章評、譯韻、譯字、參疑、《列傳》等部分。總評、章評所錄並未超出他家集評之內容，此書編纂目的，要為整合前人之説而精刊之爾。

此外，明人於《楚辭》音韻頗為重視，相關書籍也為數不少。如楊慎《楚騷協韻》、夏鼎《楚辭韻寶》、梁世祥《楚辭輯韻》等皆是。而浙人屠本畯《楚騷協韻》即直承楊慎之説，另又有胡文煥、張學禮合纂《楚辭直音》。但整體而言，明人對《楚辭》聲韻之研究要到陳第《屈宋古音義》面世才有突破性的發展，其餘諸書不出宋人協韻舊説，價值有限。進而言之，如陳新雄所論，晚明學問大家焦竑之古音學理論散見於所著《筆乘》中，其友陳第於《毛詩古音考》、《屈宋古音義》二書亦時時言及之，凡所立論，皆極精要。[1] 然焦竑於古音之學卻未有專書。焦氏原籍南京，然明代之江蘇全境皆無《楚辭》音韻新書問世，反不及相鄰地區，如此情況亦甚為耐人尋味。

十、結語

Elisabeth Herrmann 討論當代瑞典作家 Olov Enquist 的小説時指出，作者明瞭到寫小説對他意味著甚麼：那是一種文獻記錄，記錄了對於個人遺產滋生意識的過程，也記錄了對這份遺產遠離的動態，而這種動態也是走出一個熟知的、深度內化的地方——家，進入一個未知處，進入一個超越既定外緣、區域、國族、

---

[1] 陳新雄：《古音研究》（臺北：五南圖書出版股份有限公司，1999），頁 18。

社會以及個人邊界的世界。① 相形之下，作爲文學作品的小説，往往是透過注釋、評論而傳播的。這種傳播使《楚辭》走出具有文化傳承性之區域文學的畛域，而邁向全國，而其過程在明清兩代最爲顯著。明代中葉開始，楚辭學新著面世如雨後春筍。然與終清之世全國各地多有編撰者相比，明代楚辭學著作要從弘、正以後才逐漸問世，且絶大多數編撰者都分佈在長江沿岸諸省。這固然由於長江流域在明中葉以後經濟較發達、文化較興盛，也與其爲荆楚故地、流風所及有關。作爲先秦楚國核心地帶的湖北地區，繼承了卞急尚武的民風，其楚辭學編撰者每有"狂狷景行"之士，如郝敬、夏鼎、汪陛延、鍾惺、王萌等皆是，但整體著作數量、型態皆不算多，質量也未必超出其他地區的同類著作。相對而言，湖南地區僅有周聖楷《楚寶》、王夫之《楚辭通釋》兩種著作，其對義理、考據、詞章三者兼重，誠有過於湖北者。這大概與終明一代大量江西移民遷入湖南，令當地濡染理學風氣，將尚武精神潛移默化爲文化學術上自强不息的鑽研毅力有關。而江西在宋代已爲文化奧區，明代前期多産臺閣重臣，中期以後又成爲江右學派重鎮，文化與屈騷格格不入。直到明末清初，才因國變之痛而産生漆嘉祉、李陳玉、賀貽孫三家楚辭學著作。南直隸與浙江由於

------

① Herrmann, Elisabeth："The author makes clear what writing fiction means to him：documenting the process of becoming conscious of one's own heritage, as well as the movement away from it as a movement from a well-known and deeply internalized place the home, out into an unknown landscape, into a world beyond fixed external regional, national, and also societal and individual borders." See "Norrland's Regional Literature as World Literature：Per Olov Enquist's Literary Work", *The Journal of Northern Studies*, Vol. 8, No. 1, 2014, p. 163.

經濟、文化之領先地位，是明代楚辭學著作最多的地區。其中南直安徽地區以徽州一帶的楚辭學最爲興盛，汪瑗《楚辭集解》爲明代第一部具有規模的《楚辭》注釋作品，頗有新見。其後汪仲弘、俞王言、洪舫也各有論述。此外，值得注意的有明末清初錢澄之《屈詁》，錢氏身爲遺民，注騷動機與王夫之、李陳玉等大抵近似。福建是唯一遠離長江流域而產生了六種楚辭學專書的地區。這與福建科舉人數多、商業（包括出版業）發達、乃至朱熹注騷有莫大的關係。如郭惟賢、林兆珂、何喬遠、黃文煥等皆爲進士乃至朝廷命官，陳第醉心於音韻學研究，李贄爲王學左派鉅子，他們對屈騷的論述每有新説，可以想見。

至於南直隸的蘇南和浙江，亦即傳統所謂江南，是明代楚辭學最爲興盛的地區，著作達三十餘種。但整體來看，蘇南能開風氣之先，卻由浙江發揚光大。筆者以爲，這是由於文化認同與出版事業的影響。雖然南京與浙西同爲出版中心，但浙西與蘇南同屬江南，心理距離更近。加上浙西不具備南京的陪都性質，文化較不受官方思想左右，故更適合楚辭學的發展。如前文所言，蘇南的吳訥、桑悅、黃省曾、周用四人時代較早，開啓了明代楚辭學著作的四條脈絡：吳訥《文章辨體》以總集形式納入《楚辭》篇章，並從文體學的角度通過敘説加以探討。桑悅《楚辭評》以評點形式分析《楚辭》作品。黃省曾《騷苑》將《楚辭》詞藻分門別項，以類書形式出版。周用《楚詞注略》則以詩話形式條列自己對《楚辭》的看法。吳訥的繼承者徐師曾、許學夷，黃省曾的繼承者張所敬、張之象皆爲蘇南籍，但這類書籍的著述畢竟數量有限。詩話類的著作也爲數不多，且周用以後蘇南未見任何新著（郝敬、黃文煥、賀貽孫、周拱辰等皆非蘇南籍）。相比而言，浙西一帶在晚明刊印了不少《楚辭》白文與新舊注本，以及《文選》及新編總集，且往往加上諸家眉批、總評、集評，以吸引讀者，蘇南反而受此風氣影響。但如馮紹祖重刊《楚辭章句》、陳深編《諸子品節》、蔣之翹重刊《楚辭集注》，在校勘和集評工作上都頗下了功夫。相比之下，蘇南的同類著作卻常爲僞託，如張鳳翼《楚辭合纂》、歸有光《諸子彙函》、焦竑《二十九子品彙》等，皆爲坊賈剽竊射利之作。能步武陳深者，僅陳仁錫《古文奇賞》、《諸子奇賞》而已。再者，浙西於晚明有屠本畯《楚騷協韻》、胡文煥《楚辭直音》二書，明末清初又有陸時雍《楚辭疏》、周拱辰《離騷草木史》兩部注釋專書。然蘇南地區卻並未出現《楚辭》音韻及新注。筆者以爲，這與蘇南地區自明初以來孕育的博雅尚趣的風氣有關，當地失志文人即使予屈原以同情，卻刻意保持著一段心理距離，仍以閒適自足爲追求，與屈騷的内涵、情調頗相逕庭，因此對《楚辭》新著就不太措意了。

　　此外，如楊慎作《楚騷協韻》主要以考據爲依歸，趙南星、劉永澄注《離騷》則是晚明黨爭環境所致，受其鄉里文化風貌之影響較小。可見明代楚辭學的興盛，未必與地緣文化有著無法切斷的關聯。我們不妨將楚辭學在明清的發展分爲兩個階段：第一階段爲明代，楚辭學在長江流域的楚文化圈興起；第二階段爲清代，楚辭學從長江流域向外擴散。可以說在明清兩代的楚辭學史，就是循著一條由區域而邁向全國的軌跡。

第二章　忠清與愛國:明代政治場域下的楚辭學

一、引言

　　David Hawkes 論及郭沫若、聞一多抗戰期間對屈原的研究時指出:現代這些"改造"古代詩人的嘗試有時序錯置之嫌。屈原作爲偉大愛國者的想法,來自《史記》列傳的誤解。透過自戕而非在別國干禄,屈原所展示的忠誠,並非我們所習見的諜報人員面對外敵寧死不屈那般:那種意味著國族主義的忠誠在屈原時代是聞所未聞的。毋寧説,他是在昭示一種騎士性、貴族性的個人忠誠,子産對這種忠誠應該很理解,但在紀元前四世紀徹底"解放"的世界中,卻已顯得非常舊式。① 就楚辭學史而觀之,屈原作爲愛

---

① Hawkes, David: "In fact these modern attempts to ' reclaim ' an ancient poet for our own time are, I believe, anachronisms. The idea of Qu Yuan as a great patriot rests on a misunderstanding of the biography. By preferring self-immolation to the pursuit of a career in some other state Qu Yuan was not displaying the sort of loyalty we should associate with the intelligence officer who chooses to blow his brains out rather than defect to a foreign power: loyalty of that kind implies an idea of nationalism totally unheard of in Qu Yuan's day. Rather, he was demonstrating the chivalrous, aristocratic kind of personal loyalty which Zi Chan would（轉下頁）

國者或忠臣的形象是在王逸、朱熹等人不斷詮釋的過程中日益顯著的。朱熹認爲："竊嘗論之，原之爲人，其志行雖或過於中庸而不可以爲法，然皆出於忠君愛國之誠心。"且謂其"忠而過、過於忠"，①雖是站在儒家立場有所褒貶，但他認爲屈原可取之處在於忠，而忠的内涵不僅是忠君，還包括愛國，庶無疑問。這種論調在明代得到進一步闡發。

　　明中葉以後，《楚辭》新著逐漸出現，與政治場域發生不少互動，值得注意。不過，要追溯這種互動關係，必須追溯到明代前期。錢穆在《中國歷代政治得失》中指出，現代中國大體是由明開始的。洪武十三年（1380），宰相胡惟庸造反失敗，明太祖從此廢止宰相，不再設立，並説以後他的子孫也永遠不准重立宰相。這一大改變使中國傳統政治走向專制，政府從此由一個皇帝來獨裁。爲强化專制統治，明朝建立之初便將程朱理學欽定爲獨尊。科舉考試專用儒家經典中的文句命題，且只准用程朱道學的釋經觀點代聖人立言，不許有個人見解，知識份子的思想受到嚴重桎梏。明代中葉以後，君主每多倦勤，朝政紊亂，黨爭日熾。隨著陽明心學的興起，程朱道學遭到反撥。王陽明將"良知"作爲哲學體系的最高範疇，從而取代了"天理"最高的本體地位，打破了"天理"主宰一切的格局，人的主體意識因之得到高度的肯定和充分的弘揚。② 而萬曆初年的張居正的新政，使全國經濟空前繁榮，

（接上頁）very well have understood but which in the thoroughly 'liberated' world of the fourth century B. C. was remarkably old-fashioned. " See *The Songs of the South : An Ancient Chinese Anthology of Poems by Qu Yuan and Other Poets* (London: Penguin Group, 2011), p. 64.

① [宋]朱熹：《楚辭集注》（上海：上海古籍出版社，1979），頁 2。

② 宋克夫：《宋明理學與明代文學》（北京：中國社會科學出版社，2013），頁 139。

促成晚明文化事業的興盛。

　　明代洪武到弘治一百四十餘年，皇權膨脹，道學獨尊，《楚辭》研究也是沉寂的。由於屈原思想與儒家有同有異，《楚辭》受到了道學家和臺閣官員的抨擊。故此，明代前期幾乎没有新的楚辭學專著面世，朱熹《楚辭集注》大抵是唯一流行的《楚辭》本子。成化間，何喬新重刊朱注作序，認爲《楚辭》作爲辭賦之祖，導致後世文人捨質逐華、爲文害道。只有經朱熹删注，《楚辭》方才大義昭然，讀者可以放心閲讀了。① 弘治年間，出現了明代第一種楚辭學新著——桑悦的《楚辭評》。桑悦仕途偃蹇，故注《騷》以澆壘塊。正德中，王逸的《楚辭章句》得以重梓面世，當時臺閣大老、文壇耆宿王鏊爲之作序。這標志著明代楚辭學走出朱注獨尊的時代，進入了一個嶄新的階段。自此以後，楚辭學每有新著問世，形式上或爲注疏，或爲評點，或爲詩話，或爲繪本，不一而足。值得注意的是，楚辭能引發後世讀者共鳴，除因屈原的高潔品行，還由於不少作品是仕途不遂時發憤抒情而爲。因此，縱然屈原之"顯暴君惡"在明代前期頗受非議，但其忠君愛國之思在明代後期卻往往被黨争中的清流人士置以爲像。可以説，終明一代，人們對《楚辭》的評論與研究皆與政治環境關係密切。有見及此，本章擬以明代政

---

①［明］何喬新《楚辭序》："孔子之删《詩》，朱子之定《騷》，其意一也。詩之爲言，可以感發善心、懲創逸志，其有裨於風化也大矣。《騷》之爲辭，皆出於忠愛之誠心，而所謂'善不由外來、名不可以虚作'者，又皆聖賢之格言。使放臣屏子，呻吟詠嘆於寂寞之濱，則所以自處者，必有其道矣。而所天者幸而聽之，寧不淒然興感，而迪其倫紀之常哉！此聖賢删定之大意也。讀此書者因其辭以求其義，得其義而反諸身焉，庶幾乎朱子之意，而不流於雕蟲篆刻之末矣。"（見《椒邱文集》［臺北：臺灣商務印書館影印文淵閣《四庫全書》，1983］，頁138—139。）

治場域爲背景,考察明人《楚辭》研究的特色。

二、明代前期政治場域下的楚辭學

　　明代前期的文壇,大抵爲臺閣作家所領導。可以説,臺閣體就是程朱道學在文學上的呈現。對於屈騷,臺閣諸臣大都信奉朱熹的説法,認爲屈原並非儒者,其人可取之處只在於"忠"與"清"的品格情操;至於《楚辭》文本的訓詁、詞章卻鮮有談及者。他們從義理方面來觀照屈騷,其認知形成了當時的權威意見。蘇俄學者謝列布理亞柯夫(E. A. Serebryakov)以《天問》爲例,認爲這篇作品"滲透著懷疑精神",而屈原所播下的懷疑種子"在中國文藝復興與啓蒙運動時期引發了尖鋭的思想衝突"。① 與《天問》相比,《離騷》、《九章》對於人事、政教的懷疑精神更爲顯著,因此被後儒批評爲露才揚己、顯露君惡。但是,隨著屈騷的經典化,後世身處儒學大環境中的喜愛者必須將之與儒家思想加以彌合。對屈原用"忠"、"清"二字來評價,最具代表性。這般評價可以追溯至漢代,如司馬遷(146?—86? B.C.)云:"屈平正道直行,竭忠盡智以事其君。"又云:"其志絜,故其稱物芳。其行廉,故死而不容自疏。濯淖汙泥之中,蟬蜕於濁穢,以浮游塵埃之外,不獲世之滋垢,皭然泥而不滓者也。"② 分别點出其忠與清。唐玄宗天寶年間,詔立古忠臣義士祠宇,而長沙郡立楚三閭大夫屈原廟。徽宗

---

① (蘇)謝列布理亞柯夫(E. A. Serebryakov):《屈原與楚辭》,載氏著,李明濱、張冰編選:《中國古典詩詞論:謝列布理亞柯夫漢學論集》(北京:北京大學出版社,2018),頁84。
②《史記》(北京:中華書局,1997),頁2482。

大觀中，祕書監何志同言："諸州祠廟多有封爵未正之處，如屈原廟，在歸州者封清烈公，在潭州者封忠潔侯。……如此之類，皆未有祀典，致前後差誤。宜加稽考，取一高爵爲定，悉改正之。"①宋代謚屈原曰"忠"、"清"，當歸本於司馬遷。元仁宗延祐五年（1318）七月，"加封楚三閭大夫屈原爲忠節清烈公"，②當自"忠潔"、"清烈"二號而來。司馬遷、王茂元以"忠"、"清"二字評價屈原，實源自《論語・公冶長》：

> 子張問曰："令尹子文三仕爲令尹，無喜色；三已之，無慍色。舊令尹之政，必以告新令尹。何如？"子曰："忠矣。"曰："仁矣乎？"曰："未知，焉得仁？""崔子弑齊君，陳文子有馬十乘，棄而違之。至於他邦，則曰：'猶吾大夫崔子也。'違之。之一邦，則又曰：'猶吾大夫崔子也。'違之。何如？"子曰："清矣。"曰："仁矣乎？"曰："未知，焉得仁？"

邢昺疏云："此章明仁之難成也。"③可見唐代而還，官方站在儒家的角度，對於屈原的評價有所保留，追封則有增無減。前代以"忠"、"清"二字評價屈原，明人應當是有印象的。閣臣夏原吉《謁三閭祠》云："忍使清心蒙濁垢，寧將忠骨葬江魚。"④將"忠骨"與"清心"相對，當非無意之舉。兼以朱熹"忠而過、過於忠"的論斷，對明代影響深遠，因此若要正面肯定屈原，"忠"字自須用力著墨。

---

①見［清］楊承禧等纂，［清］張仲炘等修：《湖北通志》（上海：商務印書館據清宣統三年［1911］修、1921 年增刊本影印，1934），頁 2561—2562。

②《元史》（北京：中華書局，1997），頁 585。

③［魏］何晏注，［宋］邢昺疏：《論語正義》（臺北：藝文印書館影印清嘉慶二十年［1815］阮元南昌府學刊本，1985），頁 45。

④［明］夏原吉：《謁三閭祠》，《忠靖集》（臺北：臺灣商務印書館影印文淵閣《四庫全書》，1983）卷四，頁 2b—3a。

如宋濂《樗散雜言序》稱："夫《詩》一變而爲《楚騷》,雖其爲體有不同,至於緣情託物,以憂戀懇惻之意而寓尊君親上之情,猶夫《詩》也。"①認爲《楚辭》作品繼承了溫柔敦厚的詩教,體現出屈原的忠君愛國之情。此後,楊士奇也同樣强調了屈原之忠。他爲家藏《楚辭》作題跋曰:"《楚辭》出於忠臣愛君、憂國惻怛之誠,故先正以爲《三百篇》之續。"②《武昌十景圖詩序》謂武昌南浦實爲《九歌·河伯》中南浦之所在,又云:"睹南浦則思屈原之忠藎。"③周敘《弔屈三閭賈長沙詞序》則道:"自古有志之士,忠君愛國,不遇以死者多矣。未有若楚三閭大夫屈原、漢長沙太守賈誼之死之有深足悲者。"④所論大抵不外於此。

至於"清",可以説與屈原的"忠"是一體兩面。《論語·子路》記載孔子之言曰:"不得中行而與之,必也狂狷乎! 狂者進取,狷者有所不爲也。"邢疏:"狂者進取於善道,知進而不知退;狷者守節無爲,應進而退也。二者俱不得中,而性恆一。"⑤因此班固(32—92)批評屈原乃"狂狷景行之士",⑥正是本於《論語》的準則。所謂"狂",係指屈原"過於忠"、過於進取;而所謂"狷",則是指屈原"舉世皆濁我

---

① [明]宋濂:《樗散雜言序》,《宋文憲集》(臺北:臺灣商務印書館影印文淵閣《四庫全書》,1983)卷九,頁 56b。

② [明]楊士奇:《楚辭二集》,《東里集》(臺北:臺灣商務印書館影印文淵閣《四庫全書》,1983)續集卷十七,頁 11a。

③ [明]楊士奇:《武昌十景圖詩序》,同前注,文集卷三,頁 16a。

④ [明]周敘:《弔屈三閭賈長沙詞序》,《石溪周先生文集》(臺南:莊嚴文化事業有限公司據蘇州市圖書館藏清萬曆二十三年[1595]周承超等刻本,1997),頁 588。

⑤ [魏]何晏注,[宋]邢昺疏:《論語正義》,頁 118。

⑥ [漢]王逸章句,[宋]洪興祖補注:《楚辭補注》(北京:中華書局,2002),頁 49。

獨清"。正因屈原忠而遭貶，只好遠逝自疏、飲露衣荷，以明一己之清白。楊士奇即有詩道："折蘭閒詠《離騷》賦。"①王直則論云："夫善之在人而日彰，猶菊之芳香襲人而遠聞也。故屈原之賦以'飲木蘭之墜露，飡秋菊之落英'自比焉。原豈慕仙道之人哉！蓋以忠信樂善者而不見知於人，故言其自修者如此。"②王直認爲，屈原的行徑與儒家"達則兼濟天下，窮則獨善其身"的理念是一致的。既然不能見知於人，不如潔身自修。與王直同時的陳敬宗也在《種蘭記》中以屈原自勵："紉其花而佩之，則悲屈原之孤忠。……予雖傷……屈原之放逐，然亦足勵吾自守，不爲窮困而改節也。"③

　　其次，前引邢昺疏《論語・公冶長》，謂"子張問"一章乃是"明仁之難成"，可知在儒家看來，"忠"與"清"只是仁之一端。屈原雖然達到了"忠清"的境界，但去仁尚有一段差距。這段差距的出現，源自班固、顔之推等人對屈原"露才揚己"、"顯暴君惡"的批評，而由朱熹總結爲"忠而過、過於忠"。易重廉解釋朱熹此語道："'過於忠'是'過於中庸'的具體內容之一。儒家以'不偏'、'不易'爲中庸。'過於忠'而膽敢怨君，'過於忠'而不忍去國。這就是'過於中庸'。"④因此，臺閣諸臣對屈原的批評，皆是由此展開。如方孝孺《畸亭記》認爲，自古以來，只有聖人不會被形勢所拘囿，自聖人以下多不免爲勢所屈。而屈原就是爲勢所屈、不爲當時所

---

① ［明］楊士奇：《送尤文度赴貴州參議兼寄武昌故舊》，《東里集》詩集卷二，頁 25a。
② ［明］王直：《菊莊記》，《抑菴文集》（臺北：臺灣商務印書館影印文淵閣《四庫全書》，1983）後集卷三，頁 23b。
③ ［明］陳敬宗：《種蘭記》，《澹然先生文集》（臺南：莊嚴文化事業有限公司據浙江圖書館藏清鈔本影印，1997 年），頁 338。
④ 易重廉：《中國楚辭學史》（長沙：湖南出版社，1990），頁 310。

知的代表。① 周敘則進一步指出，儒者無論窮通，一定會固守中庸之道："爲士者當法孔孟，爲人君者當法堯舜而已矣。否焉，其不失中道耶！ 嘗誦屈賈文，悲其志，惜未達孔孟之道者。"②何喬新更以朱熹與屈原的遭貶相比對，對屈原的"爲勢所屈"、"未達孔孟之道"作出了批評：

> 朱子以豪傑之才、聖賢之學，當宋中葉，阨於權奸，迄不得施，不啻屈子之在楚也。而當時士大夫希世媚進者，從而沮之排之，目爲僞學，視子蘭上官之徒，殆於甚焉。然朱子方且與二三門弟子講道武夷，容與乎溪雲山月之間，所以自處者，蓋非屈子所能及。③

屈原、朱熹，一爲詩人，一爲道學家，兩人甚難相提並論。但何喬新引用朱熹的故事襯托屈原不善處窮，卻可讓我們了解當時的學術情況。由於道學獨大，一切學術思想都需經過道學的審視，以斷其高下利弊。如此單一的角度、偏狹的視野，自然會造成學術研究風氣的低落，明代前期楚辭學的不振，也可以想見了。直到吳中文士在英宗以後漸次進入臺閣，這種情況才開始改變。如吳寬《跋文信公墨蹟》云：

> 文信公之死，偉矣！ 其流離之際，亦惟其能以詩發之，故信公之有詩如屈原之有《騷》，皆善明其死者也。④

---

①［明］方孝孺：《畸亭記》，《遜志齋集》（臺北：臺灣商務印書館影印文淵閣《四庫全書》，1983）卷十五，頁 8a—10a。

②［明］周敘：《弔屈三閭賈長沙詞序》，《石溪周先生文集》，頁 588。

③［明］何喬新：《楚辭序》，《椒邱文集》（臺北：臺灣商務印書館影印文淵閣《四庫全書》，1983）卷九，頁 4b—5a。

④［明］吳寬：《跋文信公墨蹟》，《家藏集》（臺北：臺灣商務印書館影印文淵閣《四庫全書》，1983）卷五十二，頁 13b。

吳氏將屈原與文天祥並提，以爲屈原的赴水而死與文天祥的從容就義情況相似，都具備了以死明志的偉大情操。與片面强調屈原之"忠""清"而將其投水自盡斥爲狂狷之行的臺閣前輩相比，吳寬之論多少流露出一些不同於官方好尚的吳中文化意涵。

　　臺閣諸臣的忠清論，無疑會影響學者對《楚辭》詞章的看法。如楊士奇每每站在文學史的角度討論《楚辭》的文學性。《題東里詩集序》云：

> 《國風》、《雅》、《頌》，詩之源也。下此爲《楚辭》，爲漢、魏、晉，爲盛唐，如李、杜及高、岑、孟、韋諸家，皆詩正派，可以沂流而探源焉。①

然而在臺閣諸臣眼中，《楚辭》始終是衰世之音，屈原則狂狷之士。楊士奇之所以將《楚辭》視爲詩歌的正派，並非純然出於文學的考量，而是與道德教化關係甚大。所謂"言之無文，行而不遠"，《楚辭》華實兼備，有文采而多少仍保留了些和平微婉之詩教，不至於像漢賦一般耽於辭章，無益於義理。筆者曾就此而論道：楊士奇等人認爲在詩歌史中，《楚辭》只是發展的一環；創作涵泳之際，《楚辭》也僅爲衆多參考對象之一。因此，若要得"古意"，《詩三百》比《楚辭》更重要；若要作古詩，漢魏五言比《楚辭》更便於模仿。屈騷本身已經在義理上受到道學家的批評，而楊士奇等人之論更忽略了《楚辭》在文學上的重要性。由於臺閣諸臣對屈騷的偏見，明代前期對《楚辭詞章》之重視，更多的顯現在吳中士人之間。

---

① [明]楊士奇：《題東里詩集序》，《東里集》續集卷十五，頁24b。

三、明代後期政治場域下的楚辭學

　　明代萬曆、天啓年間,朝政敗壞、閹宦肆虐,引起清流群起抵制,史稱東林黨爭。萬曆三十二年(1604),顧憲成、高攀龍等清流領袖鑒於心學汜濫,在無錫重開宋代的東林書院,以程朱爲宗,講學授徒。東林講學者不過數人,但因他們以學問名節相砥礪,不斷對於時局作出尖銳而深刻的批評,因此在當時的政壇達到了一呼百應之效。① 晚明清初,朝野的東林中人對學風和時政的影響深遠。東林中人詞章造詣頗深,主張可謂博採衆長,既承襲了宋濂的文道合一論又主張"質文相當",既注重師古説者的"法"又反對剽竊,既反對師心説者的膚濫卻又提倡妙悟。

　　值得注意的是,由於萬曆後期政局的原因,《楚辭》直接影響到東林中人的創作風格。如葉向高認爲,《楚辭》這種"亂世之音"在萬曆後期也屬多見:

　　　　一時骨鯁諸臣,偶有違忤,投荒遠徙,接跡于春明,甚且淹頓至老,尚不得收。主非楚懷,世非天寶,而流離放逐,跡若同之,于是被厄者或不能無憤悶無聊之情,其形之聲詩亦或有鬱而不暢。②

以此推論,骨鯁的東林諸臣在詩歌風格上是近宗杜甫,遠紹屈原的。東林學派以程朱爲宗,自然要爲朱熹注《騷》找一條具説服力的理由,進而論證屈原的思想行爲合乎儒學。非僅如此,屈原的

---

① [明]黄宗羲:《明儒學案》(北京:中華書局,1986),頁1375。
② [明]葉向高:《何匡我先生詩選序》,《蒼霞草全集·蒼霞續草》(揚州:江蘇廣陵古籍刻印社據明天啓刊本影印,1994年),頁435。

精神其實對高攀龍有著深遠的影響。天啓六年（1626），閹黨勢熾，高攀龍赴水而死，其《遺表》云：“北向叩頭，從屈平之遺則；君恩未報，願結來生。”①高攀龍爲東林首領之一，他的《遺表》反映了東林中人爲人、爲文的整體趨向。進而言之，東林中人對於《楚辭》每有著述，如葉向高《楚辭序》、丁元薦《刻離騒經序》、趙南星《離騒經訂注》、劉永澄《離騒經纂注》、何喬遠《釋騒》等。萬曆、天啓間的楚辭學者多爲東林中人，這絕對不是一個偶然的現象。一如丁元薦所言：“世有屈子忠也者，不必其遇；有屈子遇也者，不必其忠。”②在當時，東林中人往往注《離騒》明志。如趙南星《離騒經訂注》係遭貶爲民後抑鬱不平而作，劉永澄《離騒經纂注》也是爲了表示對高踞要津、尸位素餐者的鄙視。本節綜論趙南星、何喬遠、劉永澄三家《離騒》注，以見明代萬曆後期至天啓間的楚辭學特色。

（一）趙南星

　　趙南星（1550—1627），字夢白，號儕鶴，高邑人。萬曆二年（1574）進士。歷任汝寧推官、户部主事、吏部考功、文選員外郎、考功郎中。二十一年（1593）大計京官，因故遭斥爲民。里居名益高，與鄒元標、顧憲成，海内擬之“三君”。光宗立，任右通政，進太常卿，歷工部右侍郎、左都御史。天啓時，忤魏忠賢，戍代州，卒於

---

① ［明］高攀龍：《遺表》，見［明］黄煜：《碧血録》，收入中國歷史研究社編：《東林始末》（上海：上海書店據神州國光社 1951 年排印本影印，1982），頁 128。

② ［明］丁元薦：《刻離騒經序》，《尊拙堂文集》（臺南：莊嚴文化事業有限公司據北京圖書館藏清順治十七年［1660］丁世潚刻本影印，1997），頁 703—704。

戍所。贈太子太保,謚忠毅。編著有《學庸正説》、《毛詩類鈔》、《增定二十一史韻》、《兩漢書選》、《羅近溪先生語録鈔》、《笑贊》、《上醫本草》、《離騷經訂注》、《嘉祐集選》、《味檗齋文集》、《趙忠毅公詩文全集》、《正心會選文》、《正心會房稿》、《開心集》、《時尚集》、《芳茹園樂府》等。

　　趙南星認爲研究《離騷》者必須了解屈原的生平背景,知人論世。因此閲讀時,必須與《屈原列傳》對看,"反覆抽繹"。由於歷史久遠,文獻散亡,有關屈原生平的可靠材料,首推《屈原列傳》。就現存楚辭學專著來看,將《屈原列傳》與《楚辭》作品合編爲一書,以萬曆二十八年(1600)刊印的陳深《批點本楚辭》爲最早。《離騷經訂注》遵循如此編排,除了方便學子查閲外,趙南星還認爲屈原的才情之高、遭遇之苦,非一般迂曲之人可以想像,而古今能體察屈原心態並爲之作傳的,唯有司馬遷一人。如果不研讀《屈原列傳》,不可能對屈原有全面理解。① 此外,趙南星對於屈原的處境與當時的國際形勢也有頗爲透闢的分析。在《後跋》中,趙南星從秦的策略、楚的内政兩方面探論了楚國必然衰亡的原因:認爲楚懷王本身愚貪,加上群臣爲求自身的富貴,不惜出賣楚國的利益以媚秦。屈原身處這樣的環境,要扭轉局面,無疑是螳臂當車。趙南星明白屈原思想行爲非儒家可以規範,認爲屈原投江、魯仲連蹈海,其意一也。② 關於《離騷》"三次求女"的情節,趙南星的解讀也別出一轍。他認爲屈原的動機是"患鄭袖之蠱,亦托爲遠遊,求古聖帝之妃,以配懷王",③其説甚新。《離騷經訂

① [明]趙南星:《離騷經訂注自序》,《離騷經訂注》(明萬曆刊本),頁 1a—2a。
② [明]趙南星:《離騷經訂注後跋》,同前注,頁 48a—48b。
③ [明]趙南星:《離騷經訂注自序》,同前注,頁 48b—49a。

注》的正文是在《楚辭章句》的基礎上删節補訂而成。《續修四庫全書總目提要》論曰："核其所釋，雖曰'訂注'，寔於王氏之説鮮所更易。"①作爲講授之作，趙南星不標新立異是可以理解的。持《楚辭章句》與《離騷經訂注》二書對讀，可以將趙南星删節補訂的特色歸納爲三點：删節撮寫、注音釋字和闡發文義。

(二)何喬遠

何喬遠(1558—1632)，字稚孝，號匪莪，晉江人。萬曆十四年(1586)進士。除刑部主事，歷禮部儀制郎中。坐累謫廣西布政使經歷，以事歸。里居二十餘年，中外交薦，不起。何喬遠與東林學派過從甚密，曾爲鄒元標的首善書院題上梁文，當時的東林黨領袖、首輔葉向高也甚與何氏相得。光宗立，召爲光禄少卿，移太僕。天啓初，堅拒魏忠賢之聘，終不附閹。二年(1622)，進左通政，旋進光禄卿、通政使。五疏引疾，以户部右侍郎致仕。崇禎二年(1629)起南京工部右侍郎。給事中盧兆龍劾其衰庸，自引去。卒年七十五。

何喬遠浮沉於晚明政壇，對於屈原的事蹟不無切膚之痛。他的《離騷》注文隱含了對朝政的一些批評。如他認爲"三次求女"實爲求賢臣、求同道之意，但在解釋時也涉及"紅顔禍水"之説：

> 古之昏主讒夫昌，而皆縣於女謁盛，妲己亡商，褒姒亡周。賢明之君，則有永巷之妃，雞鳴之女，太姒佐文，邑姜佐武。楚懷外欺張儀，内悦鄭袖，屈原不得於君，而尚望其君夫

①中國科學院圖書館整理：《續修四庫全書總目提要(稿本)》(濟南：齊魯書社，1996)，册19，頁487。

人託言於高邱，要求兩美之一合。①

此論驟看只是老調，但結合史實，萬曆後期的國本之爭中，神宗寵愛鄭貴妃，施及福王，欲三王並封，何喬遠力爭不可。故這番言論，可能影射鄭貴妃，並以神宗無賢妃爲憾。立身方面，何喬遠非常注重內省。如"不撫壯而棄穢兮，何不改乎此度"，朱熹云："言君何不及此年德壯盛之時，棄去惡行，改此惑誤之度。"何喬遠解作：

> 吾不撫此壯年，棄厥穢行，何能不改吾平日之所行之非乎？②

竟將"棄穢"歸諸屈原自己。"余既不難夫離別兮，傷靈脩之數化"，王逸云："傷念君信用讒言，志數變易，無常操也。"何喬遠解作：

> 吾自怨自艾，吾以靈脩爲善，而自好其恍洋溶瀁，無所底止，而實不涉世解事，不能察夫人心非我心也。③

這些詩句本皆指責懷王之語，而何喬遠悉目爲屈原自道、躬自內省之意。從楚辭學的角度看來，僅可聊備一說，難免斷章取義之譏。然這種注《騷》明志、强古人以就我的義理闡發方式，於東林中人非徒僅見。何喬遠鄉居講學，與東林遙相呼應。他於省身功夫蓋甚注重，如此注《騷》可以理解。

《釋騷》理解《離騷》文義，每能探其幽秘；其最引人注目處，是在分段析層、字解句析基礎上，結合前後文以透發大義、並得詞章之趣。如《離騷》一篇中數次提及帝舜及與之相關的人物、事物，

---

① ［明］何喬遠：《釋騷》（清咸豐間楊浚冠悔堂鈔本），頁 9a。
② 同前注，頁 2a。
③ 同前注，頁 5a。

但這些都没有得到前賢的注意。何喬遠則能將之串聯在一起,不僅令全篇的文脈更爲明顯,也使主旨更清晰地呈現出來。篇首"彼堯舜之耿介兮"數句,何喬遠釋曰:

> 吾監堯舜桀紂興亡之跡,以此脩身,即欲以此自靖自獻於吾君。①

可謂開宗明義。至篇末西極之行,有"奏九歌以舞《韶》兮"一句。何氏乃曰:

> 皇路緬邈,賢君難遇,吾將歷昆崙、至西極、行流沙、遵赤水、轉不周、指西海,吾不忘奏歌舞《韶》而見虞舜也。②

《韶》固舜樂,然何氏以前的解者甚少將之與前文帝舜的字面放在一起考慮。此又何喬遠細心之處。然而,何喬遠在因文析理之際,時或因好爲新説,求之過深,有失熨貼。如"曰黃昏以爲期兮"一句,解作:"黃昏相期,繇闇而將趨於明也。"甚爲迂曲,反不如朱熹舊注謂黃昏爲古人迎親之期,平實可信。

(三)劉永澄

劉永澄(1576—1612),字静之,號練江,揚州寶應人。八歲讀《正氣歌》、《衣帶贊》,即立文公神位,朝夕拜之。年十九,與文震孟同舉於鄉,結爲莫逆。登萬曆辛丑(1601)進士第,授順天儒學教授,北方稱爲淮南夫子。遷國子學正。與劉宗周、顧憲成、高攀龍等友善。滿考將遷,以省親歸,杜門讀書。壬子(1612),起職方主事,未上而卒,年三十七,私謚貞修先生。天啓中祀鄉賢。

《離騷經纂注》特色之一是藉解《騷》來表白心志,或借題發

---

① [明]何喬遠:《釋騷》,頁2b。
② 同前注,頁13a。

揮,寄寓時世之慨。如"長太息以掩涕兮"一章,劉氏注云:

> 既曰修姱,又曰鞿羈,喻己不敢自適也,即攬木根、貫薜
> 荔之意,氣節之士,憚於繩束,自治不嚴,何以能治人乎?①

所謂其身不正,雖令不行。劉永澄律己甚嚴,以致顯宦李三才都
有所忌憚,從這裏可以得到印證。不過,劉永澄在書中更表達了
自己欲爲世所用的殷切之情。次者,萬曆之世,君昏臣亂,故劉永
澄往往喜在注文中借題發揮。如《離騷》中屈原懸圃之遊,劉氏
解曰:

> 余謂君門遠於萬里,難於上天,安知原非假以喻楚乎?②

明神宗荒政,二十餘年不上朝,劉氏此語,大有絃外之音。無可否
認的是,由於劉氏注重義理,偶或導致注文發揮太過,以致本末倒
置。如"苟余情其信姱以練要兮,長顑頷亦何傷"兩句,劉氏注云:
"蓋飲餐可薄,姱節必不可疏;顑頷可忘,束脩必不可懈。如是始
爲法前脩,如是始可依彭咸,如是始可舉世非之而不加阻。不然
寬於自治,厚於尤人,非君子矣。故曰聖賢無討便宜的學問。"③
屈原此語,實因仕途受挫而發。而劉永澄以"飲餐可薄"等同於
"嚴於自治",如此議論就與《離騷》原文有所扞格了。

四、明末政治場域下的楚辭學

明末清初是一個天翻地覆的時代。萬曆末年黨爭熾烈,天啓
年間又有魏忠賢擅權,對清流人士大肆迫害。這時的東林中人與

---

① [明]劉永澄:《離騷經訂注》(明萬曆刊本),頁13a—13b。
② 同前注,頁25b。
③ 同前注,頁11b—12a。

邪惡勢力作出了慘烈的鬥争,"天下君子以清議歸於東林"。① 思宗繼位後,即雷厲風行地整肅了閹黨;然黨争、民變、外患日甚一日。李自成最終於崇禎十七年(1644)攻陷北京,思宗殉國。未幾清軍入關,順治一朝征伐不絶,先後消滅了沿海一代的福王、唐王、桂王幾個南明政權。由於南方士人的頑强抵禦,以致清軍在征伐中製造了揚州十日、嘉定三屠等慘案。加以滿洲貴族種種民族壓迫的政策,引起了廣大士民的極力反抗。如黄宗羲、顧炎武、王夫之、方以智、傅山、屈大均等學者,皆遁跡山林,一方面以遺民自居,一方面秘密與反清力量互通聲氣,以圖重建朱明社稷。直至聖祖登基,清廷統治地位方日益穩固。

　　明末的《楚辭》研究,與政治息息相關。如復社中堅陳子龍,在楚辭學上有引人矚目之處。陳氏爲友人譚貞默《莊騷二學》作序,將莊、屈二子進行了比較研究。他認爲世人以莊、屈立身處世爲截然相反,但二者間實存在著許多相同之處:一、莊子欲反天下於赫胥驪連之世,屈子思謁虞帝而從彭咸,二人皆在爲當時的社會思索著出路,非忘情於人世者。二、莊、屈由於各自的遭遇,一超然退隱,一赴淵而死。然究其性格,皆才高而善怨者。三、由於性格使然,故二人所著之書,用心恢奇,逞辭荒怪,其宕逸變幻,亦有相類。四、後人讀莊、屈之書,端倪莫測,於是視爲文人任誕、好爲恣放。實際上,《莊子》所用名稱方産最爲爾雅,而《騷經》所載神異詭見之物,皆依於職方山海之典。五、莊、屈之書在細節上都近於爾雅,可見其整體之著書立言,更不會流於聊自恣放、不復條理。② 儘管如此,陳子龍又論道:

①[明]黄宗羲:《明儒學案》,頁 1377。
②同前注。

　　古人之書，非苟而就，後之讀者，類未能推見至隱也。然
則譚子之獨有取於二子者，何居？ 夫譚子既不得志於時矣，
屈子之言曰："安能以身之皎皎，而受物之汶汶？"莊生之言
曰："寧遊戲污瀆之中，以快吾志焉。"譚子將安處乎？《易》
曰："困而不失其所亨。"又曰："尚口乃窮。"此君子之中道也。
又奚取乎二子哉？①

揭出譚氏著爲此書，實是爲了抒發其不得志於時的胸懷。但陳子
龍又徵引《周易》的説法，以爲莊、屈皆不善處窮者，有失於儒家中
庸之道。作爲一個儒者，應該順時而動，而非以怨懟、冷漠的態度
去面對現實。陳子龍這番論述，反映出明末尚未謀得功名的芸芸
士子的感遇之情。

　　明末通過注騷來表達仕途上的憤懣之情者，以黃文焕最爲知
名。黃文焕（1598—1667），字維章，號坤五，晚號䭬庵、愁齋，福建
永福人。天啟五年（1625）進士。崇禎間召試，擢翰林院編修。十
三年（1640），黃道周上疏彈劾楊嗣昌，奏對失旨，思宗令下詔獄，
株連及焕。事雪未幾，值甲申鼎革，於是僑寓金陵，與黃虞稷、方
以智等每有過從，爲遺民終老。② 黃文焕坐黃道周黨下獄，於獄
中品箋《楚辭》。其《凡例》云："余所冀王明之用汲，悲充位之胥
讒，自抒其無韻之騷，非但注屈而已。"③故其書額曰"聽直"，即取
自《惜誦》篇"命咎繇使聽直"之語。四庫館臣論此書道："大抵借
抒牢騷，不必盡屈原之本意。其詞氣傲睨恣肆，亦不出明末佻薄

①［明］黃宗羲：《明儒學案》，頁 1377。
②見任道斌：《方以智年譜》（合肥：安徽教育出版社，1983），頁 190。
③［明］黃文焕：《楚辭聽直》（明崇禎十六年［1643］初刊清順治十四年［1657］
　　補刻本），凡例，頁 4a。

之習也。"①其言雖略爲苛刻，卻也道出了事實：黃文煥作此書，其意正在爲黃道周和自己鳴冤。據《自序》所言，黃文煥在獄中幾度輟筆，實因得到方以智的勉勵才得以完成全書。② 十六年(1643)，品箋事畢，計八卷。既梓之後，發覺書中每篇之總品尚有未補者。甲申變起，未遑援筆。至順治十四年(1657)，方成《合論》十九聽。故黃氏云："箋品所未殫者，得《合論》而益詳也。亦可去全《騷》而單行。大意既得，貫串交通。讀《合論》不待讀箋品，併不待讀《騷》矣。"③黃氏本人又在《凡例》中介紹了本書的旨趣：

> 余所紬繹，概屬屈子深旨，與其作法之所在，從來埋没未抉，特爲創拈焉。凡複字複句，或以後翻前，或以後應前，旨法所關，尤倍致意。其餘字義訓詁，每多從略，業有王朱舊注，人人易考，不欲以襲混創也。④

紬繹深旨，即是對於義理的闡發。研究作法，也就是透過文本的分析對屈子的生平事蹟進行考證；詞章的分析，主要是出於考證的需要。至於訓詁方面，則非其所重。

　　黃文煥因黨爭而下獄，特殊的經歷使他對《楚辭》有了深刻的共鳴，並引屈原爲千古知己。因此，在《楚辭聽直》一書中，他駁斥了朱熹的言論，認爲屈原的行徑是合乎儒家原則的。他繼承葉向

---

①［清］永瑢主編：《四庫全書總目》(北京：中華書局，1965)，頁 1269。
②見［明］黃文煥《自序》：密之新第，尊人仁植公先余在獄。因入省，偶過余室，見片楮塗竄，紛若蟻屯。竭目力睨之，大叫得未曾睹。且云：生平受業於師，同鑽研久，顧繁未暇披，乃於茲地逢譴委哉。嗣遞入輒遞過，問新箋若何？逢余輟筆，諄諄囑曰："此千古大事，願勿休。"以是得底於成。(見《楚辭聽直》，自序，頁 3a。)
③同前注，合論序，頁 2b—3a。
④同前注，凡例，頁 4a。

高之説，以爲：“夫臣之於忠，只有不及耳，安得過哉？”①他又推求屈原之心，論其沉淵道：

> 原於懷王之時作《離騷》，即云“願依彭咸之遺則”、“將從彭咸之所居”，矢志於投水以死久矣，顧未嘗死也。懷王爲秦所留，宜死未嘗死也。懷王喪歸，宜死又未嘗死也。原固知後世之人必將詆之爲忿懟，故以未遽死，屢次自明……原固知後人必將詆之爲猖狹，故又亟自明，以遵堯舜之大路，斥小人之窘步……原知後之人必將詆之爲“忠而過”，故又屢自明……夫以原之自明如此，卒受世之共詆如彼，世固謂原之可以不死，而未知原之不可不死也。原不死即不忠，別無可以不死之途，容其中立也。②

然後列舉《離騷》“屈心而抑志”、“和調度以自娱”、《遠遊》“長嚮風而舒情”、“内欣欣而自美，聊媮娱以淫樂”等句證明屈子“未遽死”，列舉《遠遊》“悲時俗之迫阨”、《思美人》“廣遂前畫”、《橘頌》“廓其無求”等句證明屈原非猖狹之徒，又舉《離騷》“耿吾既得此中正”、“依前聖以節中”等句證明屈原之“中正”。其論激切昂揚，“不必盡屈原之本意”，但始終能探得屈原思想之一些層面。論及屈原的學問宗尚，黄文焕曰：“每見宋儒‘道學’二字，爲宋代直接孔孟，特登之私壇。凡於孔孟後，不許一人謂堪知學，故於原必斬之耳。”③又説“余所駁朱以尊屈者，固奉朱以尊屈”。④ 因此在《楚辭合論·聽學》中，黄文焕博引《楚辭》中的内證，以申明自己的觀

---

① ［明］黄文焕：《楚辭聽直》，合論，頁 5b。
② 同前注，合論，頁 5b—7a。
③ 同前注，合論，頁 9b。
④ 同前注，合論，頁 12b。

點。他認爲先秦諸子駁雜不醇,輕視仁義,詆毀先王;而屈子之言
卻必稱仁義,必道先王。二者之間不可同日而語。

　　黃文煥身處內憂外患交迫的明末,其後又經歷了明清易代,
因此在注《騷》時非常著重忠奸之辨。對於屈原的忠誠,《聽直》一
書極度推崇。黃文煥箋《離騷》第一段("帝高陽之苗裔兮"至"字
余曰靈均"),就認爲屈原自降生之後,出於家世、學養、乃至對自
身的期望的原因,注定要鞠躬盡瘁,死而後已。① 這種認知在《聽
直合論》中有進一步的闡發:

> 　千古忠臣,當推屈子爲第一。蓋凡死直諫者君死之,死
> 封疆者敵死之,均非自死。至國破君亡,而一暝以殉社稷,屬
> 之自死矣,然皆出於一時烈氣,勢必不容偷生,未有如屈子之
> 於故君既逝,新主復立,曠然十年外,竟終投水者。忠不首
> 屈,又將誰首哉!②

《聽直合論》作於順治年間。明朝的覆亡,予黃文煥很大的震撼。
所謂時窮節乃見,在此期間,士人對新朝、舊主的依違態度,非平
日可觀察得到。黃文煥因此對於"忠臣"有了進一步的體會。他
認爲,屈子死時,業已流放在外十幾年,死與不死是取決於自己,
而非君上、仇敵。然而屈子卻始終選擇了投水,而且這種選擇是

---

① [明]黃文煥《楚辭聽直》(卷一,頁1b至2a):祇言盡忠,尚有可諉。曰事是
　君者非獨我也,縱不得志,何至求死? 迫溯所自出,明爲宗臣,休戚存亡,
　誼弗獲避,此不得不竭忠之前因也。數月日而自矜命名,又於本名本字之
　外,別創美稱焉。既已許身鄭重,何得偷生苟簡? 顧名思義,當生之日,便
　是盡瘁之辰。使爲臣不忠,辱其名矣,辱其考矣。此又不得不竭忠之前因
　也。遠以亢宗,近以慰考。忠也,即所以爲孝也。忠孝兩失,而欲靦顏以
　立於人間,可乎哉? 此原所以未死而嘗矢死也。
② 同前注,合論,頁5a—5b。

經過深思熟慮,非"一時烈氣"可比。這樣方能居古今忠臣之首。

　　黄文焕在標揚屈子的忠烈之外,更著力於批判小人得志,昏君亡國,又爲忠臣的命運深爲不平。《惜誦》"設張辟以娱君兮,願側身而無所"句下,黄氏品曰:"曰設曰張,又曰辟,預開禍阱以待愚忠之自墜,君子自賈罪而小人乃若不與焉。殺之爲有名,陷之爲無跡。"①認爲兩句説盡了千古小人暗害君子之巧。又《離騒》"惟黨人之偷樂兮"至"傷靈修之數化"一段,黄文焕發揮道:

　　　　茫茫大地,舉眼皆靡騁之憂。黨人乃欲偷取須臾,以爲堂處之樂也。嗚呼,彼人是哉! ……甚哉黨人之以他路誤君也! 使君而不自誤,猶可及救。乃君之疑信,竟爾反常也。我之忍苦呼天,祇有獨知也。堯舜之路,坦坦在前,從彼黨人,幽險是即,始未嘗不遵,而中以改也。始未嘗不信余,而卒以遁也。一迷尚有醒時,一蹶尚有起時。迷而醒,醒而後迷,蹶而起,起而復蹶,末如之何矣。天下事永不可爲矣。此不揆余情之可嘆,而數化之尤可傷也。甚哉君之以改路自誤也!②

對於黨人的苟且偷安、構陷傾軋,黄氏固然深感憤怒。但國事敗壞的原因,歸根究柢,還是在於君主昏庸信讒,屢屢改易常操,自毁長城。正如易重廉所云,在《九章》的評注中,黄氏把批評的鋒芒一直指向楚王,然亦借屈子之忠,罵當世之奸,痛楚王之昏,斥當朝之庸。③ 因此他説《抽思》寫"衰朝庸主之性情難定",《哀郢》則"顯咎黨人"、"隱咎君心"。再如《惜往日》"君含怒以待臣,不清澂其然否"下,黄文焕更謂:"曰'蔽晦君',曰'被謗幽隱',曰'惜壅

---

① [明]黄文焕:《楚辭聽直》,卷七,頁 8b—9a。
② 同前注,卷一,頁 7b—8b。
③ 易重廉:《中國楚辭學史》,頁 445—446。

君之不昭’，貞臣以蒙罪，宵人所以得志，統此墮暗之一病……千古直臣受冤，昏君亡國，根因盡此二語中。”①由此不僅可見黄文焕對屈子的讚揚，更能體會到他夫子自道之意。

　　總體看來，黄文焕的品箋、合論固然闡發了不少《楚辭》的幽隱，但始終失之片面。他推崇屈子的方法，是“欲祀原於孔廡”，②完全將屈子裝扮爲儒者，與王逸相比依然是五十步笑百步。許學夷云：“屈原之忠，忠而過，乃千古定論。今但以其辭之工也，而謂其無偏無過，欲强躋之於大聖中和之域，後世其孰信之？此不足以揚原，適足以累己耳。”③雖同樣站在儒家的角度，但所論卻比黄文焕更接近事實。然黄文焕注《騷》既然存在著强烈的“自澆壘塊”之動機，《聽直》一書在“解屈”與“自道”兩方面産生不協調，自然是無可避免的。

五、清初明遺民的楚辭學

　　卜正民（Timothy Brook）指出：“清初有不少學者卻認爲，晚明並不算什麽好的時代，如果没有晚明的那個環境，明朝還可以存在。所以，明朝滅亡以後，他們很後悔。他們領教了滿族人的高壓統治之後，更覺得自己做錯了，要是自己能够做得好一些，明朝也許就不會滅亡。”④而孫立指出明清易代後，江南及黄河以北

①［明］黄文焕：《楚辭聽直》卷七，頁 62b。
②同前注，合論，頁 12a。
③［明］許學夷：《詩源辨體》（北京：人民文學出版社，2001），頁 34。
④（加）卜正民、周武：《明代中國：一個迷人和易變的世界——卜正民教授訪談録》，《歷史教學問題》，2015 年第 3 期，頁 38。

有若干帶異端色彩的遺民思想家,面對突如其來的變故,他們有
的拒清不仕,堅持遺民操守,有的遁入禪門,有的衣著黄冠,以遺
民兼思想家的身分,潛伏在山林僻地,專心地從事於哲學、傳統學
術,甚至是醫藥、數算、星曆等科學領域的工作。這些被稱爲"畸
儒"、"禪師"、"異端"的思想家,與當時的文人圈包括詩人保持著
密切的接觸,其中既有遺民詩人,也有降清官員。他們之間的詩
文唱和,是遺民文學的一個重要組成部分;由於兼有遺民、異端思
想家的雙重身分,也使他們的文學活動具有不尋常的意義。①　以
楚辭學觀之,如果説明末的陳子龍對於《離騷》之"怨"仍然存有微
辭,那麽遺民學者的態度則更爲包容。傅山在《霜紅龕集‧雜著》
中通過"知人論世"的主張,對於《離騷》之"怨"作出了全面的
肯定:

> 庾開府字字真、字字怨,説者乃曰:"詩要從容爾雅。"夫
> 《小弁》、屈原,何時何地也? 而概責之以從容爾雅,可謂全無
> 心肝矣。②

《詩‧小雅‧小弁》與《離騷》向爲人所並稱。《漢書‧馮奉世傳》
云:"讒邪交亂,貞良被害,自古而然。故伯奇放流,孟子宮刑,申
生雉經,屈原赴湘,《小弁》之詩作,《離騷》之辭興。"③尹吉甫之子
伯奇遭放而作《小弁》,屈原受讒而作《離騷》。庾信詩賦,同樣是
飽經戰亂流離後的作品。完全不考慮作者的時代背景,迂腐地以
"從容爾雅"爲準繩來衡量他們的作品,傅山憤而斥之爲"全無心

---

① 孫立:《明末清初詩論研究》(廣州:廣東高等教育出版社,2003),頁 128。
② [明]傅山:《霜紅龕集‧雜著》(上海:上海古籍出版社據清宣統三年
　　[1911]丁氏刻本影印,1995),頁 693。
③ 《漢書》(北京:中華書局,1997),頁 3308。

肝”。傅山經歷了明末清初的散亂的全過程，對於《楚辭》内容的
體會自然比陳子龍更爲深刻。再觀姜埰其人，崇禎朝時本爲兵科
左給事中，①“以抨擊柄臣忤旨廷杖繫詔獄”，後“謫戍宣州”。② 思
宗殉國之時，姜埰仍在戍中，故終生以戍人自居。錢澄之《敬亭集
序》云：“吾嘗讀《離騷》，而傷屈原之見信於懷王，一旦被讒得罪，
無由自明，而懷王昏惑，至死卒不知原之誣，毋怪乎原之沉冤抑
塞，以從彭咸之所居也。以烈皇帝之聖明，恩威不測，當先生奉譴
之日，天下已早卜賜環之期。何意宗社覆亡，鼎湖龍去，而令先生
竟以戍終也？”③把姜埰比爲屈原，更隱然對思宗不辨皂白、貶抑
忠臣的行爲抱有微言。此外，錢澄之對文燈巖詩作的論述，又可
得見清初遺民對《楚辭》的另一種看法：

> 陳大樽氏稱其惻隱溫厚，源於二《雅》，而廣引曲喻，有屈
> 平之遺風。此言先生甲申以前作也。當是時，先生以外吏目
> 擊國家多故，不能有所發攄，又時有憂讒畏譏之思。故託之
> 篇章，以寄其憤懑。大樽比諸《離騷》，良不誣也。迫甲申以
> 後，時事已非，其情概有三閭大夫之所不及、而《離騷》之所不
> 能哀者矣。而先生之詩，顧一出於柔澹平雅，其題亦不過遊
> 覽閒適、與諸故人賓友贈答唱和之作，蓋取法於靖節也。夫
> 靖節豈必以《詠荆軻》、《讀山海經》數首爲有所寄託乎？ 即其
> 《飲酒》、詠懷、《擬古》諸雜詩，皆甚不能忘情，而欲以是忘其
> 情者也？ 先生亦猶是也，先生之詩，不爲《騷》而深於《騷》，非

---

① 見《明史》（北京：中華書局，1997），頁6665。
② ［明］黄周星：《敬亭集序》，［明］姜埰：《敬亭集》（臺南：莊嚴文化事業有限
　公司據北京大學圖書館藏清康熙刻本影印，1997），頁543。
③ ［明］錢澄之：《敬亭集序》，《田間文集》（合肥：黄山書社，1998），頁241—242。

　　得學問之深而性情之至者,烏足以與於斯?①

從這些資料中,我們可以看到在甲申鼎革之時,《楚辭》在當時的士人的心理、行爲乃至學術上産生過多麼顯著的影響。下文中,我們依次考察李陳玉、錢澄之、王夫之三人的《楚辭》注。

(一)李陳玉《楚詞箋注》

　　李陳玉(1598—1660),字石守,號謙菴,又號謙道人、梅先生,江西吉陽人。都御史李邦華之侄。崇禎八年(1635)進士。《吉安府志》云:李陳玉得第後受嘉善知縣,縣劇難理,逾年稱治。清漕弊,建鶴湖書院,擢禮部主事,召對德政殿,有儒林循吏之稱。除浙江道御史,所論列皆當時急務,以憂歸,卒祀鄉賢。② 李氏弟子魏學渠《楚詞箋注後序》謂李氏拜侍御史後,"直言正色,傾動一時"。適其叔父李邦華爲都御史,陳玉以迴避例歸里。③ 知《吉安府志》"以憂歸"一語不確。魏序又云甲申之變後,李陳玉棄家入山,往來楚粵間,④窮愁著書以終。

　　《楚詞箋注》一書作於明亡之後。據李陳玉《自叙》,其於癸巳(順治十年,1653)途經雲陽,門人執《楚辭》爲問,因取而觀之,深感以往注家"塗污極矣",於是遂立心注《騷》。⑤ 三十日而事畢。⑥

---

①［明］錢澄之:《文燈巖詩集序》,同前注,頁 257。

②見［清］劉繹纂,［清］定祥修:《吉安府志》(臺北:成文出版社據清光緒元年［1875］刊本影印,1975),頁 976。

③［清］魏學渠:《楚詞箋注後序》,［明］李陳玉:《楚詞箋注》(復旦大學圖書館藏清康熙十一年［1672］刊本),頁 2a—2b。

④同前注,魏序,頁 2b。

⑤同前注,自叙,頁 3a—3b。

⑥同前注,自叙,頁 5a。

其門人魏學渠云："甲申三月之變，先生慷慨棄家入山，往來楚粵間，行吟澤畔，憔悴躑躅，猶屈子之志也。衡雲湘雨，往往作爲詩歌，以鳴其意。有《離騷箋注》數卷，其詞非前人所能道。然而涉憂患，寓哀感，猶屈子之志也。"①又謂："先生之志，屈子之志也。其所爲箋注者，惻愴悲思，結撰變化，猶夫《離騷》之辭，托于美人香草山鬼漁父，縹緲怳忽，而情深以正也。"②可知李陳玉此書，實寄寓了故國黍離之悲。

　　李陳玉親身經歷了明末清初的大變亂，所以在申訴屈子之意時，也寄寓著作者的家國之痛和壯年入仕、終生未能一展抱負的身世之感。他的身世遭遇與屈子有相似之處，體驗固然有獨到的地方，且《箋注》中也時有自澆壘塊之語。由於將屈原以儒者視之，所以李陳玉對《楚辭》是非常推崇的："(《離騷》)每讀一過，可以立身，可以事君，可以解憂，可以忘年。"③可謂褒揚備至。《離騷》全篇的大意，李陳玉在小叙中總結道："只爲好修二字，與人異趣，爲人所忌。"④又云："從先哲彭咸於江潭者，亦只結果此兩字公案而已，故千古忠臣悲痛，未有如《離騷》者也。"⑤"好修"爲屈原一生本領，許多學者業已言及；而李陳玉又扣緊"與人異趣，爲人所忌"進行發揮，以爲"離"字有三解，即"隔離"、"別離"、"與時乖離"之義：

　　　　蓋君臣之交，原自同心，而讒人間之，遂使疏遠，相望而

①［清］魏學渠：《楚詞箋注後序》，［明］李陳玉：《楚詞箋注》，頁 2b。
②同前注，魏序，頁 2b—3a。
③同前注，卷一，頁 3a。
④同前注，卷一，頁 2a。
⑤同前注，卷一，頁 3a。

不相見，是謂隔離，此《離騷》中有"何離心可同"之語。一去
而永不相見，孤臣無賜環之日，主上無宣室之望，是謂別離，
此《離騷》中有"余既不難夫離別"之語。若夫君子小人，枘鑿
不相入，薰蕕不同器，是謂乖離，此《離騷》中有"判獨離而不
服"之語。就《騷》解《騷》，方知作者當日命篇本意。而從來
解者，皆妄添之名目也。①

相對於王逸舊注"離，別也"一語，李陳玉無疑解釋得更爲全面、透
徹。本於這種認識，李氏在探求《楚辭》之微言大義時往往能通其
窾曲。如《離騷》"朝搴阰之木蘭兮，夕攬洲之宿莽"兩句，李陳玉
釋云："朝搴夕攬，朝夕爲國家進賢鋤奸也。舊注併以宿莽爲香
物，蓋始於郭璞之誤。郭以卷心草爲宿莽，故有贊曰：'卷施之草，
拔心不死。屈平嘉之，諷詠以比。取類雖邇，興有遠旨。'不知卷
施即後女嬃所云'薋菉葹以盈室'三惡草也。"②不僅引内證證明
宿莽爲惡草，更闡發了"進賢鋤奸"之義，可備一説。又如解"悔相
道之不察兮"至"豈余心之可懲"一段："言妒靈既深，便有抽身引
退之思，然猶徘徊躊躕不忍去，尚冀覺悟，不然退亦自樂矣。"③將
屈子那種進退兩難的心情描劃得非常細緻。再看李陳玉解釋《天
問》的創作動機道："天道多不可解，善未必蒙福，惡未必獲罪，忠
未必見賞，邪未必見誅。冥漠主宰，政有難詰，故著《天問》以自
解。此屈子思君之至，所以發憤爲此也。不曰問天，曰天問者，問
天則常人之怨尤，天問則上帝之前有此一段疑情，憑人猜揣。柳

————————

① ［明］李陳玉：《楚詞箋注》，卷一，頁 1b—2a。
② 同前注，卷一，頁 6a。
③ 同前注，卷一，頁 16a。

子厚《天對》失其旨矣。"①認爲《天問》的出現，是因爲屈子對於天道的往還産生了懷疑的態度。這比王逸、朱熹等純粹以"舒洩憤懣愁思"的説法更爲深刻。

（二）錢澄之《屈詁》

錢澄之（1612—1693），字飲光，號田間，原名秉鐙，桐城人。少以名節自勵，以抗詆閹黨聞名。清兵入關，赴南京依福王。阮大鋮既柄用，刊章捕治黨人，澄之先避吳中，又亡命走浙、閩，入粵。黃道周薦諸唐王，授吉安府推官，改延平府。桂王時，擢禮部主事，特試，授翰林院庶吉士，兼誥敕撰文。指陳皆切時弊。吳三桂破桂林，一度削髮爲僧，法名西頑。後歸鄉結廬先人墓旁，課耕以終。

錢氏《莊屈合詁自序》云，著《易》、《詩》成後，思所以翊二經者，而得莊周、屈子，乃復著《莊屈合詁》，以轉相發明。四庫館臣論云："屈原之賦固足繼《風》、《雅》之蹤，至於以老莊解《易》則晉人附會之失。澄之經學篤實，斷不沿其謬種。蓋澄之丁明末造，發憤著書，發《離騷》寓其幽憂，而以《莊子》寓其解脱，不欲明言，託於翼經焉耳。"②所言甚趣。《屈詁》能在字裏行間寄寓幽憂，一方面固因錢澄之的遭遇類近屈原、隔代相感，另一方面則是由於錢澄之注《騷》務歸本於屈原，故未貽"借抒牢騷，不必盡屈原本意"之譏。進而言之，錢澄之的發揮能盡量做到"屈子大義"與個人"身世之感"的重合、協調，因此有一舉兩得之效。

《屈詁》對於《楚辭》的義理，主要是就德性、黨爭和國運數端

---

① ［明］李陳玉：《楚詞箋注》，卷二，頁 1a。
② ［清］永瑢主編：《四庫全書總目》，頁 1139。

進行闡發的。錢氏認爲屈子個性嫉惡如仇，非鄉愿可比，故其詁《離騷》"雜申椒與菌桂兮"云："椒桂性芳而烈，比亢直之士，非如蕙芷，一味芳馥可親。雜字著眼，惟雜而後可以得純粹也。"①對待同道中人固當"芳馥可親"，而對於奸險小人就應不逢迎，不妥協，採取抗直而烈的態度。這樣才能稱作"純粹"。錢氏更認爲，屈子這種亢直的德性是先天自有的。《離騷》云："余固知謇謇之爲患兮，忍而不能捨也。"又云："寧溘死以流亡兮，余不忍爲此態也。"錢澄之結合兩句而論道："上言忍而不能舍，此言不忍爲此態，一忍一不忍，其忠直有不期然而然者。"②冒著生命的危險犯言直諫，卻始終不堪從俗工巧，二者其實是同一件事的兩面。由於屈子有著善善惡惡的本色，其忠直自是不期而然了。《天問》中提到的令尹子文，錢澄之以爲是屈子的自況。"吾知堵敖以不長，何試上自予，忠名彌彰"數句，錢氏結合史實，指出"堵敖"即楚成王兄杜敖，繼而發揮道：

> 楚文王死，子元爲亂，伏誅。子文爲令尹，相堵敖，盡毀其家，以紓楚國之難。敖立五年，謀殺成王，成王弒之而自立。子文知堵敖之不長久矣，而竭忠盡瘁。臣子之分，固應爾也。③

"何試上自予，忠名彌彰"二句，詁云：

> 子文盡忠直諫，皆試上而自予耳！試者，知君不見聽而試言之，以成己忠直之名。然至今亦以忠名彌彰耶！原以子

---

①［明］錢澄之：《莊屈合詁·屈詁》，頁 146。
②同前注，頁 154。
③同前注，頁 254。

文自況也。①

由此益可見錢澄之對於“忠直”的認知。錢氏又認爲，屈子的思想行事皆本於先王之道，一旦不合於俗，就會以另一種形式呈現。《涉江》“余幼好此奇服兮”至“冠切雲之崔嵬”四句，錢氏詁云：“服奇志淫。原所服，先王之法服也，非時俗之所尚，故轉以爲奇服；原亦自居于奇矣。”②所謂“自居于奇”，實際上變相肯定了屈子之狂狷是承自儒學的。屈子遠逝自疏，正體現了這種狂狷心理。錢氏肯定了這一點，故其詁《涉江》“哀吾生之無樂兮”至“固將愁苦而終窮”四句道：“志在瑶圃、昆侖，而忽幽獨自處于此。將終於此矣，能無哀乎？然其心忠不肯變也，故自甘于終窮。”③政治理想不能實現，當然是可哀的事，但只有“自居于奇”，才可保存自己德性的清白。

《離騷》云堯舜耿介、桀紂昌披，錢澄之詁云：“遵道則迂，由徑則捷。耿介，言不爲捷徑所惑；昌披，言不由道路以行。得路者，安坐而至；窘步者，覆轍以亡。從古以來，明明有此二種。”④王逸云：“耿，光也。介，大也。”“昌披，衣不帶之貌。”⑤錢氏則不膠著於訓詁，以引申義解釋二詞，使讀者一覽便得，而不嫌於穿鑿。對於小人們的醜態，錢澄之體察甚深。《離騷》“衆皆競進以貪婪兮，各興心而嫉妒”四句，錢氏詁云：“競進貪婪，則當時用人，非賄不行。求索者，求疵而索瘢也；求索乃所以爲貪婪之術也。内恕量

---

① [明]錢澄之：《莊屈合詁·屈詁》，頁255。
② 同前注，頁265。
③ 同前注，頁267。
④ 同前注，頁146—147。
⑤ [漢]王逸章句，[宋]洪興祖補注：《楚辭補注》，頁8。

人,不信世有進賢爲國之事,有一于此,群起而嫉妒之矣。此衆芳之不獲進用以至今也。"①《惜誦》"猶有曩之態也",詁云:"指忠直爲作態,酷似小人口吻。"②指出小人之"求索"不止聚斂納賄,更在於對賢人求疵索瘢、惡意污衊;他們自私自利,從不把國家放在心上,更推己及人,以爲天下公而忘私並不存在,所謂忠直只是要名作態而已。因此千古以來,忠直之人往往都抑鬱失意,沉淪下僚。更難得的是,錢澄之推求小人結黨營私的情況,能將原因歸於君主本身:"惟君不能信賢,故小人得以植黨,如上官、子蘭、靳尚、鄭袖輩,内外一氣,以成朋比,是也。"③所謂亂自上作,如果不是因爲君主的狐疑猶豫、昏憒苟且,小人們是難以朋比爲奸的。

(三)王夫之《楚辭通釋》

王夫之(1619—1692),字而農,衡陽人。崇禎十五年(1642)舉人。張獻忠陷衡州,夫之匿南岳。桂王時,大學士瞿式耜薦之,授行人。時國勢阽危,諸臣仍日相水火。夫之説嚴起恆救金堡等,又三劾王化澄,化澄欲殺之。聞母病,間道歸。明亡,益自韜晦。歸衡陽之石船山,晨夕杜門,學者稱船山先生,著書三百二十卷。康熙十八年,吳三桂僭號於衡州,有以勸進表相屬者,夫之遂逃入深山,作《袚褉賦》以示意。三桂平,大吏聞而嘉之,囑郡守餽粟帛,請見,以疾辭。未幾卒,自題墓碣曰"明遺臣王某之墓"。

王夫之身處明清易代之際,先遭南明黨争之禍,後避清廷於

①[明]錢澄之:《莊屈合詁·屈詁》,頁150。
②同前注,頁262。
③同前注,頁147。

楚山湘水之間，心念故國，窮愁著書。張仕可《楚辭通釋序》謂王氏於屈原"曠世同情，深山嗣響"，於是"更爲《通釋》，用達微言"。① 王氏《九昭序》亦自云"生於屈子之鄉，而遭閔戮志，有過於屈者"。② 可知其注《騷》主要是爲了寄託亡國之思、哀憤之情。美國學者施奈德以爲，王夫之"不能同意朱子認爲屈子之忠不免仍有瑕疵的意見，他説，屈原的忠誠與獻身精神，是根深蒂固的，並且置生死於度外。王氏把它的同情編織於他所模仿的騷體詩《九昭》中，而應用他對《天問》之類的評注以概括他的理論，認爲夷狄在華夏的政權，有如無道之人，其統治不合法，也不能長久"。③

　　《楚辭通釋》一書的焦點在於微言大義。由於王夫之本身的遭遇，使他對《楚辭》有著獨到的體會和見解。與錢澄之一樣，王夫之在闡發屈原義理與寄寓個人哀憤二者間取得了較好的平衡；但和錢氏相比，王氏的評論之語則數量更夥，其中有就論篇章者，有就論屈子者，有因楚國之背景而申引者，性質上也更爲多元化。王夫之感慨自己生不逢時，竄跡山野，更認識到晚明以來國君昏庸，是家國覆亡的主要原因。他在注《騷》時，因屈原之不遇，談到了東周許多不能用賢之主：

　　　　使魯侯以高宗之師傅説者師孔子，則孔子豈徒爲傅説？齊王以桓公之任管仲者任孟子，則孟子豈徒爲管仲？即懷王

---

①［清］張仕可：《楚辭通釋序》，［明］王夫之：《楚辭通釋》（香港：中華書局，1960），頁 4。

②［明］王夫之：《九昭序》，同前注，頁 174。

③（美）施耐德著，張囁虎、蔡靖泉譯：《楚國狂人屈原與中國政治神話》（武漢：湖北人民出版社，1990），頁 82。

> 以秦之待范雎、燕之待樂毅者待原，原亦不徒爲雎、毅而已。
> 然則當世豈無君臣相信之美，而己獨受謠諑之傷，君獨怙悔
> 遁之禍？哀憤忘生，雖欲返初服，以怡情芰荷，何能自戢乎？
> 忠貞之士，處無可如何之世，置心澹定，以隱伏自處，而一念
> 忽從中起，思古悲今，孤憤不能自已，固非柴桑獨酌，王官三
> 休可知，類若此夫。①

殷高宗、齊桓公、秦昭王、燕昭王禮賢下士，於是國運興隆，魯哀
公、齊宣王知孔孟之聖而不用，故而朝綱陵替。然而懷王視諸君
更等而下之，故屈原唯有遁身山林而已。君主無能，又直接導致
黨爭熾烈，忠賢遭害。王氏注"余既滋蘭之九畹兮"至"哀衆芳之
蕪穢"一段云：

> 己既不得於君，讒人指爲朋黨，驅逐皆盡，使衆芳萎廢。
> 在己之萎絶何傷？而群賢坐絀，此周公《鴟鴞》取子之悲，所
> 不能已。李杜戮而黨錮興，趙朱斥而道學禁，蓋古今之通
> 恨也。②

周公蒙三監之謗，李膺、杜密受十常侍之害，趙汝愚、朱子遭韓侂
冑之貶。小人結黨以殘害忠良，自古皆然。再者，王夫之目睹清
初的民族壓迫政策，自是義憤填膺，然其注《騷》之時，清廷業已平
定全國，大局底定，故王氏只有委曲地表露出自己的不忿：

> 秦人積怨於天下，如秋霖之害良稼。誅其君、吊其民，息
> 天下之禍，如滌陰翳而睹青天，訖於西極而後已。③

正如李中華、朱炳祥所言，設想奪武關、臨渭水、誅滅秦君、掃蕩天

---

①［明］王夫之：《楚辭通釋》，頁 10。
②同前注，頁 5—6。
③同前注，頁 182—183。

下的願望，只能是王夫之反抗清廷統治的幻想而已。① 這些評論，都是因楚國的背景而伸引者。再者，《楚辭》中不少的章節，王夫之和先賢一樣，認爲有深一層的意思，但解法卻有所不同。

再如《天問》一篇，王夫之指出"篇内言雖旁薄，而要歸之旨，則以有道而興，無道則喪，黷武忌諫，耽樂淫色，疑賢信姦，爲廢興存亡之本，原諫楚王之心，於此而至"。② 《天問》之中，天地萬物之變化、古今史實之羅列，固已能起到諷諫之作用；而王夫之更以爲問題之排列、設問之方式都有深意存焉。如"女歧無合，夫焉取九子。伯强何處，惠氣安在"四句，王注云：

> 此問氣化之變也……陰淫而生，或淫而害。知其所藏之處，與陽和所施之功，則賢姦治亂之故可徵矣。③

女歧爲陰，伯强爲癘。王夫之就他們的身分、特性進行分析，認爲屈原這樣提問，是因賢姦治亂而發。再如"日安不到，燭龍何照。羲和之未揚，若華何光"四句，注云：

> 天地之間，必無長夜之理。日所不至，尚或照之，見明可以察幽。人心其容終昧乎！④

歷來認爲這四句只是就自然、神話發問，而王夫之則將白晝黑夜的幽明之理提升到人心的層面，帶出邪不能勝正的道理。這些闡發雖不無求之過深的嫌疑，但始終條貫通暢，非牽强附會可比。然而，由於王夫之始終將儒家的學説奉爲至高無上的典範，因此一些解釋就不免紆曲。如"禹之力獻功"至"而快朝飽"八句，明顯

---

① 李中華、朱炳祥：《楚辭學史》，頁 191。
② ［明］王夫之：《楚辭通釋》，頁 46。
③ 同前注，頁 49。
④ 同前注，頁 51。

是對禹的行爲所有譏諷，而王夫之的注解則全然不同："此言禹力能平水土而獻功，四方皆其所降省，豈不能擇美而娶？乃道娶盍山氏，惟恤繼嗣之不立，而無擇於色。夫人悦色之情，同於甘食，雖賢者亦豈異於人哉！乃但快朝飽，不求甘旨。則禹之循理而遏欲，所以興也。若懷王徒以色故而寵鄭袖，縱嗜欲而無饜足之心，抑又何哉！"①由於禹是儒者念茲在茲的先王，因此王夫之竟將其貪圖一時之快的行徑詮釋爲"循理而遏欲"了。

五、結語

　　歷來每一種文體在發展的過程中，皆會承載不同的主題、體現不同的風格，因此也有不同的代表作家。然而，《楚辭》似乎是一個例外。《楚辭》的代表作家，屈原可謂首屈一指。而屈作忠君愛國、幽憂孤憤的主題，激越悵惘、靈動浪漫的風格，可説奠定了這種文體的基調。其後宋玉、賈誼、東方朔、王褒、劉向等人的作品，縱然不可一概視爲模擬，而在主題與風格上，幾乎未能脱離屈原之町畦。究其緣由，乃因作爲"亡國之音"的《楚辭》發展至大一統的西漢，已經難以呼應時代與政治的需要。因此，縱然《楚辭》有"怨而不怒、哀而不傷"的特徵，卻始終不適合用來鼓吹休明、藻飾承平。而作爲《楚辭》流亞的賦，恰好代《楚辭》承擔了這項工作。無論辭、賦分爲兩種文體抑或合而觀之，漢賦的大行其道，也就意味著《楚辭》的式微。故此，《楚辭》與屈原的關係，更加緊密地扣合在一起。回觀明代前期，政治相對清明，加上君主專制、道學盛行，則《楚辭》遭到忽略，乃至頗受責難，是並不令人意外的。

---

①［明］王夫之：《楚辭通釋》，頁52。

然而，明代中葉以降，政治局面江河日下，《楚辭》逐漸爲世人所重視。不論在朝者還是在野者，一旦仕途不遂，往往就會通過對《楚辭》的閱讀、援引乃至注解來紓解對自身以及國計民生的焦慮感。如萬曆天啓之際，東林黨爭熾烈，竟有趙南星、何喬遠、劉永澄三位清流官員透過注《騷》以自見。而崇禎末年，黃文煥在獄中著《楚辭聽直》，與趙、何、劉三人的心態可謂一脈相承。明亡以後，不少官員如黃文煥、李陳玉因不願降清而成爲遺民，一些士人如錢澄之、王夫之或先效力於南明政權，在這些政權覆滅後同樣歸隱山林，且不謀而合地注解《楚辭》以明志。與亡國前的官員相比，這些遺民對於明清易代逐漸有了深刻的反思，呈現在《楚辭》注解中，除仍以發掘文中大義爲務，也更注重考據，而非徒視《楚辭》爲一己之注腳。可以説，明遺民的楚辭學著作，爲清代楚辭學的興盛奠下了堅實的基礎。

第三章　博學與尚趣：明代《楚辭》接受史的一個面向

一、引言

卜正民（Timothy Brook）論及明代經濟與文化的關係道："明初那時侯貿易不是那麼發達，到十五世紀末，貿易才比較興旺。貿易發達以後，剩餘價值積累就比較多，然後才出現城市化，這對中國的文化有很大的影響。明末出現一個很特殊的文化界，就是由於經濟發達而形成的。"①明代後期，博學與尚趣的風氣在士林間頗爲盛行。這種風氣可以追溯至明代前期的吳中文士。所謂吳中，主要指蘇州府所領的一州七縣——即太倉州和長洲、吳縣、崑山、吳江、常熟、嘉定、崇明，其廣義更可涵蓋整個江南地區。②元末張士誠割據蘇州，蘇南一帶相對安寧繁榮。然入明伊始，吳中地區遭遇到重大的變故：

①（加）卜正民、周武：《明代中國：一個迷人和易變的世界——卜正民教授訪談録》，《歷史教學問題》2015 年第 3 期，頁 36。
②按：如范宜如論云："……楊維楨，自稱'會稽楊維楨'，會稽不屬於蘇州，但若以'吳中'爲範疇則又可納入討論。"見范宜如：《明代中期吳中文壇研究：一個地域文學的考察》（臺北：臺灣師範大學國文研究所博士論文，2001），頁 17—18。

> 惟蘇、松、嘉、湖，（明太祖）怒其爲張士誠守，乃籍諸豪族
> 及富民田以爲官田，按私租簿爲稅額……時蘇州一府……官
> 糧歲額與浙江通省相埒，其重猶此。①

不僅如此，明太祖出於私憤，對吳中文士進行了殘酷的打擊。在
嚴峻的政治環境下，吳中文士充滿了壓抑和痛苦。無論洪武朝以
宋濂爲首的浙東文士，還是永樂、宣德之際以楊士奇爲首的江右
文士，都深受理學影響，胸懷經邦治國的理想。而吳中文士無論
在朝在野，往往都懷有全身遠禍之想。因爲吳中富庶，生活條件
優渥，博學和尚趣的傳統就逐漸形成了。筆者曾指出，尚趣近乎
師心：如沈周、唐寅、文徵明等人都以其清雅脫俗的生活方式見稱
於世。博學主於師古：徐有貞學問博雜；吳寬詩文雖"未脫館閣之
習"，②而"深厚穠郁，脫去凡近而古意獨存"；③王鏊則好韓愈之
文，④與臺閣先輩宗歐之習大爲不同；祝允明"所尊而援引者《五
經》、孔氏；所喜者左氏、莊生、班、馬數子而已。下視歐、曾諸公，
蔑然也。"⑤進而言之，博學與尚趣的風氣還肇根於古學與心學的
興起。近人嵇文甫指出，明朝中葉以後，學者漸漸厭棄爛熟的宋

---

① 《明史》（北京：中華書局，1997），頁1896。
② 袁震宇、劉明今：《明代楚辭學批評史》（上海：上海古籍出版社，1996），
　　頁81。
③ ［清］朱彝尊：《明詩綜》（臺北：臺灣商務印書館影印文淵閣《四庫全書》，
　　1983），頁550。
④ 如其言云："《六經》之外，昌黎公其不可及乎！後世有作，其無以加矣。
　　《原道》等篇，固爲醇正……其他若《曹成王南海廟》、《徐偃王廟》等碑，奇
　　怪百出，何此老之多變化也！"見［明］王鏊：《震澤長語》（臺北：臺灣商務印
　　書館影印文淵閣《四庫全書》，1983），頁213。
⑤ ［明］王錡：《寓圃雜記》（北京：中華書局，1984），頁37。

人格套，爭出手眼，自標新意。於是乎一方面表現爲心學運動，另一方面表現爲古學運動。心學與古學看似相反，但其打破當時傳統格套，如陸象山所謂"掃俗學之凡陋"，其精神則一。王陽明要講古本《大學》了，王學左派的焦弱侯竟以古學出名了。自楊慎以下那班古學家，並不像乾嘉諸老那樣樸實頭下工夫，而都是才殊縱橫，帶些浪漫色彩的。他們都是大刀闊斧，而不是細針密綫。他們雖不免於駁雜，但古學復興的機運畢竟由此打開了。① 復如今人毛文芳所言，晚明學界流行廣博龐雜之學風，稗官野史不必定只是爲了補闕正史而存在，尚可以充作文人月夕花辰、山巔水湄閒適玩賞的對象；小說佳作不必爲了明一代之典刑而存在，其可以提供滅没喜愕之事，使人讀之心開神釋，稗官小説之遊戲墨花，除了可以有堂皇正大的學問目的之外，更可用以涵養性情，這是晚明文人曠覽博學的新角度，亦爲吾人觀察晚明美學文化的新視點。② 換言之，學術之古學與心學、文學之師古與師心、士風之博學與尚趣，皆可謂一體兩面，在程朱道學以及予之相隨的臺閣文風式微後，逐漸自吳中波及全國。

　　博學與尚趣的風氣，也呈現在《楚辭》研究上。屈原人格高潔而未必合乎中庸，《楚辭》文字絢麗而多有異於經典的内容，在明代後期自然受到世人的重視。如萬曆間屠本畯著《離騷草木疏補》，黎民表爲之作序云：

　　　　田叔（屠氏）好奇多愛，嘗輯陸璣之疏以附經，采才老之韻以協楚，修墜補亡，乃其所長。昌歜之嗜，宜其同之。夫《騷》，《詩》之變也。賦，《騷》之變也。溯厥原委，古學可興矣。

---

①嵇文甫：《晚明思想史論》（北京：東方出版社，1996），頁156。
②毛文芳：《晚明閒賞美學》（臺北：臺灣學生書局，2000），頁90。

《草木補》之於《騷》，比之於《毛詩》，若鄭司農之箋疏也。①
認爲古學即是涉及聲韻、訓詁、箋疏的考據之學，又指出考據之學
有助於辨章學術、考鏡源流。而蘇俄學者謝列布理亞柯夫（E.
A. Serebryakov）說：屈原在《離騷》中連續使用植物形象來表達自
己的社會理想，而且他所選用的形象還擔負著使表達更爲鮮明清
晰的美學職能。屈原精準地感受到每一種植物名稱中蘊含的"人
的喜悦"（laetus），領會這些形象的美學意義，並借助他們的美學
特質來表達自己對生活、對人民的態度。② 而後代學者對於屈騷
所載草木的訓詁考據，往往也出於對其蘊藏之政治隱喻和美學特
質的關注，這種情況在明代後期亦有所承繼和發展。而另一方
面，屈原"狂狷景行"之行止也逐漸獲得肯定。如袁宏道云：

> 大概至情之語，自能感人，是謂真詩，可傳也。而或者猶
> 以太露病之，曾不知情隨境變，字逐情生，但恐不達，何露之
> 有？且《離騷》一經，忿懟之極，黨人偷樂，衆女謠諑，不揆中
> 情，信讒齎怒，皆明示唾罵，安在所謂怨而不傷者乎？窮愁之
> 詩，痛哭流涕，顛倒反覆，不暇擇音，怨矣，寧有不傷者？且燥
> 濕異地，剛柔異性，若夫勁直而多懟，峭急而多露，是之謂楚
> 風，又何疑焉？③

---

① ［明］黎民表：《離騷草木疏補序》，［宋］吳仁傑疏，［明］屠本畯補：《離騷草
木疏補》（臺南：莊嚴文化事業有限公司據北京大學圖書館藏明萬曆刻本
影印，1997），頁 348。
② （蘇）謝列布理亞柯夫（E. A. Serebryakov）：《屈原與楚辭》，載氏著，李明
濱、張冰編選：《中國古典詩詞論：謝列布理亞柯夫漢學論集》（北京：北京
大學出版社，2018），頁 73。
③ ［明］袁宏道：《敘小修詩》，［明］袁宏道著，錢伯城箋校：《袁宏道集箋校》，
頁 188—189。

所論與其"信手信腕"的主張正相符合,也自可追溯至其師李贄的童心説,乃至晚明的心學傳統。再者,《楚辭》也成爲士人閒適賞玩的書籍。如馮夢禎《讀楚辭語》云:

> 世有屈原,迺見《離騷》。《離騷》不易讀也。攬其菁華,如微雲之染空,映手脱去;玩其瑤寶,將青春之無主,移人愈深。婉姬翱翔,從容綽至。來去如風雨之無從,明睇如日月之停照。乃若沿隨注疏,何異學究談禪? 或更執生意見,又是癡人説夢。唯當掃地焚香,馮山帶水,不偕入于人間,竟遠投于芳草。于是行潔琳琅,聲振金石。彼湘靈者,不難見其冰雪之肌,何嘗售我芬芳之志? 泠然而讀,一倡三歎。見其血縷清微,激潒掛空中之素;膚容丹的,層凌生水上之瀾。開意忽驚鬼神,披真不減提耳,所謂消塵滓之上藥、蹈雲天之秘典也。①

從馮夢禎這段清雅飄逸的文字可知,他認爲無論固守舊注還是標奇立異,皆非閱讀《楚辭》之法。而"掃地焚香,馮山帶水,不偕入于人間,竟遠投于芳草"這種令人心曠神怡的閱讀方式,所呈現的無疑是馮氏對"消塵滓、蹈雲天"之出世境界的追求,卻仍然未必合乎屈騷本意。此正如劉勰所云,"才高者莞其鴻裁,中巧者獵其豔辭,吟諷者銜其山川,童蒙者拾其香草"。②《楚辭》文本原來就具有多重解讀的可能,屠本畯、袁宏道、馮夢禎的不同態度,正體現了屈騷在晚明接受的一個面向。本文分別從《楚辭》之小學、文體、考據及刊印、集評、編纂幾點而進行論述,以見晚明之博學與

---

① [明]馮夢禎:《讀楚辭語》,載[宋]朱熹:《楚辭集注》(明萬曆間南京柏芝挺刊本)。

② [梁]劉勰著,范文瀾注:《文心雕龍注》(北京:人民文學出版社,1958),頁48。

尚趣兩種風氣，實爲一體而兩面。

二、博學風氣與《楚辭》

（一）《楚辭》小學

　　林慶彰指出，明代考據學之興起，原因之一即爲楊慎之特出。嘉靖三年(1524)，楊慎因大禮儀事件觸怒世宗，被貶雲南永昌，永不録用。楊慎自此度過了長達三十六年的謫戍生涯，直至嘉靖三十八年(1559)死於貶所。正如焦竑所云：“蓋先生謫居無事，遇物成書，有不可以數計者。”①政治上的失意、生活上的苦悶，令楊慎不得不埋首故籍，寄情古學。據祁承㸁記載，楊慎在楚辭學方面有《楚騷協韻》一書，②同樣是以古學爲主。楊慎現存關於屈騷的論述，每每有博洽而細緻的考證，範圍涉及聲韻、訓詁、名物、史事各個方面。這些考據散見於《升菴集》、《丹鉛》諸録、《譚苑醍醐》等書中。如：

　　　　《楚辭》：“紛旖旎乎都房。”王逸注引《詩》曰：“旖旎其華。”今《詩》作“猗儺”。司馬相如賦：“又旖旎以招摇。”揚雄賦：“旟旐郅之旖旎。”王褒《洞簫賦》：“形旖旎以順推。”其用字皆自《詩》、《楚辭》來，當依《詩》作“猗儺”，特古今之字形有異耳。今以“猗儺”爲平聲。“旖旎”作仄聲，誤矣。③

---

① [明]焦竑：《升菴外集題識》，《澹園集》(北京：中華書局，1999)，頁 1179。

② 見[明]祁承㸁：《澹生堂書目》(上海：上海古籍出版社據北京圖書館藏清宋氏漫堂抄本影印，1995)，頁 703。

③ [明]楊慎：《升庵集》(臺北：臺灣商務印書館影印文淵閣《四庫全書》，1983)，頁 598。

“紛旖旎乎都房”一句出自《九辯》，王逸引《詩‧檜風‧隰有萇楚》爲注。楊慎根據《章句》引詩與今本《詩三百》的異同，先斷定“旖旎”與“猗儺”爲古今字形之異，其義則相通；然後引揚雄、王褒等人之賦，證明“旖旎”爲後起之字形；繼而指出，兩詞義既相通，則聲調亦當相同，故今人以“旖旎”爲仄聲實誤。推論的過程嚴密，結論可靠。又如“車既駕兮朅而歸”一句出自《九辯》。“朅”字，王逸無注。洪興祖、朱熹皆曰：“朅，去也。”①楊慎引《呂氏春秋》高誘注及《文選》，以“朅”既非語辭，亦不可釋作“去”，當是“何”、“蓋”、“盍”字之義。此論亦頗具説服力。② 除辯駁成説外，楊慎也有舊注大義的闡發：

> 《楚辭‧九章》：“軫石崔嵬，蹇吾願兮。”王逸注：“軫，方也。”《周禮‧説車制》：“軫之方也，以象地也。”言己雖放棄，執履忠信，志如左右，終不可轉。③

王逸釋“軫”爲“方”，楊慎復引《周禮》證之，以爲有方正難轉之義。

---

① 見［漢］王逸章句，［宋］洪興祖補注：《楚辭補注》（北京：中華書局，1983），頁 184。又［宋］朱熹：《楚辭集注》（臺北：文津出版社，1987），頁 224。

② ［明］楊慎：《丹鉛摘録》（臺北：臺灣商務印書館影印文淵閣《四庫全書》，1983），頁 303：今文語辭“朅來”、“聿來”，不知所始。按《楚辭》“車既駕兮朅而歸，不得見兮心傷悲。”舊注：“朅，去也。”又按《呂氏春秋》：“膠鬲見武王於鮪水，曰：‘西伯朅來？ 無欺我也。’武王曰：‘不子欺，將伐殷也。’膠鬲曰：‘朅至？’武王曰：‘將以甲子日至。’”注：“朅，何也。”若然，則“朅”之爲言“盍”也。若以解《楚辭》，則謂車馬既駕矣，盍而歸乎？ 以不得見而心傷悲也。意尤婉至。則今文所襲用朅來者，亦謂盍來也。非是發語之辭矣。《文選》注劉向《七言》曰：“朅來歸耕永自疏。”顔延年《秋胡妻》詩曰：“朅來空復辭。”意皆謂“盍來”，始通。

③ ［明］楊慎：《升菴外集》（臺北：臺灣學生書局景印“中央圖書館”藏明萬曆四十四年［1616］顧起元校刊本，1971），頁 2333。

楊慎而後,又有焦竑號稱博雅。《明史》稱焦氏"博極群書,自經史至於稗官、雜説,無不淹貫"。①　焦竑自言:"蓋不佞屈首受經術,業已嗜屈宋兩司馬諸古文辭矣。"②就楚辭學而言,焦竑視楊慎已有所變化。首先,他對於協韻説已經提出了反對的意見。他説:"近世吳才老、楊用修……未嘗合《詩》《騷》古賦參讀之,猶溺於近世協音之説。"③在《焦氏筆乘》中,他明白提出了"古詩無協音"的論點:

> 詩有古韻今韻。古韻久不傳,學者於《毛詩》、《離騷》皆以今韻讀之,其有不合,則强爲之音曰:"此協也。"予意不然。④

繼而從《楚辭》舉出例證:"朕皇考曰伯庸"、"惟庚寅吾以降","庸"、"降"通押,"非世俗之所服"、"依彭咸之遺則","服"、"則"通押。此類甚多。焦竑總結道:"《離騷》漢魏,去詩人不遠,故其用韻皆同。世儒徒以耳目所不逮,而鑿空附會。"⑤焦竑與陳第向有交誼,故學術上會互相影響。相較於楊慎的説法,這實在是一大進步。除此之外,焦竑對於《楚辭》又作過一些輯佚的功夫,如《楚詞逸句》條云:

> 劉淵林注《魏都賦》,引《九章》之詞云:"蔀也必獨立。"引《卜居》之詞云:"橫江潭而漁。"今二篇無此句。又"橫江潭而

---

①《明史》,頁 7393。

②[明]焦竑:《四先生文範序》,《澹園集》,頁 1208。

③[明]焦竑:《題屈宋古音義》,[明]陳第:《屈宋古音義》(揚州:江蘇廣陵古籍刻印社影印清嘉慶十年[1805]虞山張氏學津討原刊本,1990),頁 120。

④[明]焦竑:《焦氏筆乘》(上海:商務印書館,1935),頁 63。

⑤同前注,頁 64。

漁”,見子雲《答客難》。①

劉淵林謂“橫江潭而漁”出自《卜居》,蓋一時誤記。然焦竑並未遽作斷語,而是指出揚雄《答客難》有此一句,供學者參考。這種以疑傳疑、不作強解的態度是非常可嘉的。另一方面,焦竑繼承了楊慎本於詞章而作考據的方法,提出《九辯》屈原所作:

> 《離騷經》:“啓《九辯》與《九歌》兮。”即後之言《九歌》《九辯》,皆原自作無疑。王逸因“夏康娛以自縱”之句,遂解《九歌》爲禹,不知時事難於顯言,乃託於古人。此詩人依仿形式之語耳,不然,則上所謂“就重華而陳詞”,豈真有重華可就邪? 舍原所自言不信,而別解之,不知何謂。《九辯》謂宋玉哀其師而作,熟讀之,皆原自爲悲憤之言,絶不類哀悼他人之意。蓋自作與爲他人作,旨趣故當霄壤,乃千百年讀者,無一人覺其誤,何邪?②

焦氏此論,主要在於兩端:其一,《離騷》以《九歌》《九辯》並稱,假託大禹所作,實皆屈子自作;其二,《九辯》文意皆原悲憤之言,而不類哀悼他人之辭。

　　焦竑與陳第爲友,二人對於屈騷的看法往往相近。而陳第《毛詩古音考》、《屈宋古音義》二書,更可謂聲韻學的里程碑之作。兩漢以降,以當時語音讀先秦古籍,感到不少句子頗不諧和,於是便臨時改某字讀某音,以合某韻,謂之協韻。朱熹注《詩經》《楚辭》即用協韻説,影響甚大。而《毛詩古音考·自序》中,陳第對傳統的協韻説提出了正面的批評,指出“時有古今、地有南北、字有

更革、聲有轉移"，①而《屈宋古音義·自序》又云："余獨慨夫注屈宋者率不論其音，故聲韻不諧。間有論音者，又率以協韻概之。何其不思之甚也？"且曰："竊念少好《楚辭》，《楚辭》之中尤好屈宋。一一以古音讀之，聲韻頗諧，故復集此一編，公之同好。噫，豈惟屈宋，是爲將以羽翼夫《毛詩》，使天下後世篤信古音而不疑，是區區論著之夙心也。"②

《屈宋古音義》卷一古音目錄中，共取屈、宋作品三十八篇中的韻字與今音不同者二百三十四字，各推其本音。又排列屈宋原文，別引他書，以相質證。其中八十餘字與《詩三百》韻字同，則注云："見於《毛詩古音考》。"另外一百五十餘字爲《詩三百》所無，則旁引周秦漢魏以來的歌謠辭賦、經傳典籍中的有關韻字爲證。以"爲"字爲例：

> 爲音怡，《老子》："愛民治國，能無爲乎？天門開闔，能無雌乎？明白四達，能無知乎？"王延壽《王孫賦》："原天地之造化，實神偉而崛奇。道元微以密妙，信無物而不爲。"《炭炭歌》："臨當別時烹乳難，今適富貴忘我爲？"
>
> 《大司命》"靈衣兮被被，玉佩兮陸離。壹陰兮壹陽，衆莫知兮余所爲。"又："愁人兮奈何？願若今兮無虧。固人命兮有當，孰離合兮可爲？"《思美人》、《悲回風》、《漁父》、《招魂》爲音皆同。③

列舉《老子》、《王孫賦》、《炭炭歌》等先秦兩漢之故籍於條目之下，又以《楚辭》本文證之。明晰通暢，一覽便得。此外，陳第在推求

---

①［明］陳第：《毛詩古音考》，頁 3。

②［明］陳第：《屈宋古音義》，頁 120—121。

③同前注，頁 130。

先秦古音的方法上也有發展和創新。全書主要的考據方法是字句的排比。就"爲"字而論之，朱熹等於不同的經文中，或讀本音，或協作"怡"，或協作"訛"，不一而足。陳第則在考定其古音之後，以一"怡"字標之，俾讀者知道此"爲"字於先秦只有此音，不可有他讀。相對於協韻説，這實是一種進步。抑有進者，陳氏同時也使用了一些科學的方法。如其考"蹠"字云："音鵲。《説文》從足，庶聲。庶古讀鵲。《詩·楚茨》：'爲豆孔庶，爲賓爲客。'"①又"橫"字："音黄。《説文》從木從黄聲。蘇秦語：'合縱連橫，兵革不藏。'"②以《説文》形聲字考求古音。又考"夜"字："音掖。夜縣古屬東海，今作掖。又借作液。漢樂歌：'浹嘉夜，芷蘭芳。'"③以古今字、通假字來考求古音。這對後世考據學者的啓發也是很大的。通過古音之考訂，陳第又能將其楚辭研究從考據之學帶入詞章之學。《凡例》云：

> 從前注《楚辭》者，或以一二句、三四句斷章，雖解其意，而其韻混淆，未易曉也。如《離騷》屢次轉韻，韻之多有至八句十二句爲一韻者。《招魂》亦屢次轉韻，韻之多有十六句二十句爲一韻者。今余一以韻爲斷。④

有意以韻分章，便於學者對《楚辭》音韻的把握。進而言之，陳第雖然没有進而對《楚辭》行文和押韻二者之間的關聯作出闡析，但這種分章的方式無疑予後人以靈感，在創作時考慮以押韻的方式來輔佐行文。然而，陳第在考音時，只採用了單個考訂的方法，尚

---

① ［明］陳第：《屈宋古音義》，頁 133。
② 同前注，頁 138。
③ 同前注，頁 141。
④ 同前注，頁 123。

未及於韻部的劃分。定音僅用直音的方式，常有一字數音的情況。對於語音的轉移，也並没有進一步作出考證。儘管這些都未能盡如人意，但陳第破除協音説的首功則是不可磨滅的。

（二）《楚辭》文體

明代中葉以後，前後七子的師古説促成了楚辭學的興盛，《楚辭》字詞、句式的分類彙編之書，應運而生。年代較早的有黄省曾、張所敬的《騷苑》，其後又有張之象的《楚騷綺語》、《楚範》等。

黄省曾（1490—1540），字勉之，號五嶽山人，爲李夢陽弟子、前七子羽翼，於正德十三年重刊當時坊間極爲王逸《楚辭章句》，並請臺閣重臣王鏊作序，此舉可謂明代楚辭學興起的標志。《騷苑》一書共四卷，前三卷爲黄氏原作，後一卷爲張所敬補，全書所收即以《楚辭章句》篇目爲依照。以卷一爲例，其中收《離騷》詞目一百零六條、《九歌》四十三條，現舉一例：

> 信姱
> 苟余情其——以練要兮
> 注云：練，簡也。五臣云：練，擇也，擇道要而行。補曰：信姱，言實好也，與信芳、信美同意。[1]

其體例爲抽出單詞條目，先引原文，次列王逸注、洪興祖補注，然無所發明。四庫館臣則曰："摘《楚辭》字句以供剽剟之用，亦劉放《文選雙字》之類。而併泯其篇題，則尤簡略。所敬所續，乃併劉勰《辨騷篇》亦摭入之，蓋以《楚詞》刊本附載此編也。亦可謂隨手

---

[1]［明］黄省曾撰，［明］張所敬補：《騷苑》（臺南：莊嚴文化事業有限公司據清華大學圖書館藏明萬曆二十六年[1598]潘雲獻刻本影印，1995），頁5。

捃拾,不核端末矣。"①潘雲獻於萬曆二十六年（1598）刊印此書,距離黃省曾去世已五十八年。潘氏且作序謂黃省曾深嗜《楚辭》,"曾手摘其腴,名爲《騷苑》,藏之于家"。② 蓋此書原爲黃氏隨手摘録編列,並非定稿。

然《騷苑》出版前二十多年,華亭人張之象已編撰了《楚騷綺語》一書。萬曆五年（1577）,凌迪知刊印此書,其敘云:"余少讀《楚騷》,苦其聱牙。先大夫藻泉君授以大父練溪翁所藏批本,展卷間群疑稍融,而尤拳拳於綺麗之語。間嘗採而輯之。適雲間張君玄超持所摘騷語印證,余重訂之,梓布海内。"③可見當時讀《騷》者每有摘摭詞彙的習慣。其書名"綺語",出自佛教口業之典故,意與黃省曾"手摘其腴"相近。而綺麗之語的編排與學習,固有助於操觚染翰。《楚騷綺語》共六卷,每卷分若干篇,每篇則收詞條若干,詞條下雙行小注,先釋其義,復列出處。如卷一收"幹維"、"皇天"、"沖天"、"寥廓"、"下土"、"接徑"、"峻高"、"褆氛"、"遂古"、"代序"十篇,"皇天篇"收日月風雲等與自然有關之詞語若干,其中"風雨"一條云:

> 風雨　風爲號令,雨爲德惠,故風動而草木揺,雨降而萬物殖。以風雨喻君,言政令德澤所由出也。"何曾華之無實兮,從風雨而飛颺。"言隨君嗜欲而回傾也。④

原句原注屬何篇何家,則皆未明言。四庫館臣論此書云:"是書摘

①［清］永瑢主編:《四庫全書總目》（北京:中華書局,1965）,頁1167。

②［明］潘雲獻:《騷苑序》,［明］黃省曾撰,張所敬補:《騷苑》,頁2。

③［明］凌迪知:《楚騷綺語敘》,［明］張之象:《楚騷綺語》（臺南:莊嚴文化事業有限公司據遼寧大學圖書館藏明萬曆四年至五年（1576—1577）吳興凌氏桂芝館刻文林綺繡本影印,1995）,頁183。

④［明］張之象:《楚騷綺語》,頁187。

《楚辭》字句以供撏撦，已爲剽剟之學。又參差雜録於二十五賦，不復著出自何篇，亦與黄省曾《騷苑》同一紕陋。"①檢閱全書，知其所録篇目、注文皆引自王逸《楚辭章句》，且不限於屈原二十五篇。此書所録之資料較《騷苑》更爲繁富，且將詞語卷列篇分，頗便讀者檢索。然其分篇過於細碎，詞目之下標句而不標篇，若非深於《騷》者，仍須花費功夫查覈。

　　張之象除《楚騷綺語》外，傳世尚有《楚範》一書。四庫館臣曰："是編割裂《楚詞》之文，分標格目，以爲擬作之法。分十二編：曰辨體，曰解題，曰發端，曰造句，曰麗詞，曰協韻，曰用韻，曰更韻，曰連文，曰疊字，曰助語，曰餘音。"②姜亮夫則謂其論楚騷體裁及造句用韻遺宗諸義，蓋專論《楚辭》修辭書，以爲擬作法式者。③　茅坤曾爲此書作序，謂張之象少時與何良俊、徐獻忠等人相倡和，"當其宴歌遊覽，情興所適，輒分曹而賦，相與比音節、刻字句，抉腸劌腎，以極騷人之變"。④　這種"比音節、刻字句"的創作方法，是其撰寫《楚範》的肇因。此書爲楚辭學史上較早的修辭學著作，甚具特色，如《辨體第一》涵蓋了寫作方法與句式正變兩個問題，在朱熹以賦、比、興分析《離騷》的基礎上，將其法細分爲"賦體"、"賦而比體"、"比體"、"比而又比體"、"比而賦體"、"興體"及"興而比體"七種，並分別舉例爲證。句式方面，將《楚辭》分長、中、短、散四種句式。每一式又分若干體，其下皆儘量蒐羅例句，

---

① ［清］永瑢主編：《四庫全書總目》，頁 1170。
② 同前注，頁 1802。
③ 姜亮夫編：《楚辭書目五種》（上海：上海古籍出版社，1993），頁 352。
④ ［明］茅坤：《楚範序》，《茅坤集》（杭州：浙江古籍出版社，1993），頁 447—448。

除可令讀者一目了然，更能進而統計這些句式在《楚辭》中出現的頻率。復次，《楚辭》作爲辭賦之祖，對於後世駢體文的影響也很深遠。《麗辭第五》窮蒐了《楚辭》作品中的對偶句達一百三十五組，令學者對楚騷文字中的駢儷情況有了準確的瞭解。又有三編專論連文（即連綿詞）、疊字及助語的用法，頗能體現《楚辭》的語言特點。聲韻學方面，《用韻第七》歸納出二十七種情況，使人得以了解《楚辭》韻式的變化多端。

此外，明人有不少辨析文體的著作，都涉及屈騷。羅根澤、丁北山云："所謂辨體，主要是從體裁形式和藝術風格方面論述歷代詩歌之發展衍變，辨體的最終目的是在於學古。"①而如近人劉咸炘指出，文之本義，實指文字所以代言、以意爲内實、而以符號爲外形者。而外形橫剖爲三件：一爲體性，即所謂客觀之文體，此由内實而定文本，以明事理情僞的，如敘述、論辯、抒情等；二爲篇中之規式，即全篇中諸字諸句之排列形式，如詩之五七言、文之駢散等；三爲格調，即所謂主觀之文體。② 明代的文體研究著作可以吳訥《文章辨體》和徐師曾《文體明辨》爲代表，羅根澤、丁北山稱之爲"文體學的總集大成之作"。這些著作又可分爲兩類：

一、總集類——如吳訥《文章辨體》、徐師曾《文體明辨》、黃溥《詩學權輿》、黃佐《六藝流別》、俞王言《辭賦標義》、徐獻忠《樂府原》、許學夷《詩源辨體》等。

二、詩文評類——如胡應麟《詩藪》、梁橋《冰川詩式》、譚浚

---

① 羅根澤、丁北山：《校點前言》，[明]吳訥、[明]徐師曾：《文章辨體序説・文體明辨序説》（北京：人民文學出版社，1962），頁 446。
② 見劉咸炘：《文學述林》，《推十書》（成都：成都古籍書店，1996），頁 1810。

《説詩》、郝敬《藝圃傖談》、朱荃宰《文通》、費經虞《雅倫》等。

　　早在宣德、正統間，吳訥《文章辨體》就對《楚辭》文體源流近行了考證。吳訥爲吳中士人，永樂中以醫薦至京，並非從科舉途徑出仕，論文較少受道學桎梏；故能在沖融演迤的文學風氣下獨鳴師古。其論屈騷遠紹朱熹《楚辭後語》，近宗祝堯《古賦辨體》，成爲《楚辭》文體研究史上的一個里程碑。有關《楚辭》對《詩》之六義的繼承，以及作品中特有的幽傷之情，此書都非常注意。吳訥作辨體之書，在明代前期可謂特例。弘治以後，辨體之風方才興起，徐師曾本吳書而作《文體明辨》，此外又有黃佐《六藝流別》、胡應麟《詩藪》、許學夷《詩源辨體》等作並行於世，吳書實乃濫觴。他認爲楚聲如《漢廣》、《江有汜》，在《詩三百》中已冠於《國風》之首。其後風雅雖變，楚聲之體稍易，卻仍能保存古詩的溫柔敦厚之義。此外，他也清楚意識到《詩三百》與《楚辭》的不同之處。他通過對風、賦、雅、頌、騷、辭諸先秦兩漢文體的界定而表達出這一點來：

　　　　夫刺美風化、緩而不迫謂之“風”；采摭事物、摘華布體謂之“賦”；推明政治、正言得失謂之“雅”；形容盛德、揚厲休功謂之“頌”；幽憂憤悱、寓之比興謂之“騷”；傷感事物、托於文章謂之“辭”。①

若從“正變”的角度來看，吳訥有關風、賦、雅、頌的描述非常傾向於“正”的一端：風有“刺”，卻說是“緩而不迫”；雅能言政治之“失”，卻稱爲“正言”。然而，此論與其說是淡化了風雅正變的區別，毋寧說是要強調《詩三百》與《楚辭》間的異同。風有“刺”，也“寓之比興”，但不像騷之“幽憂憤悱”；雅言得失，也“托於文章”，

①［明］吳訥、［明］徐師曾：《文章辨體序説·文體明辨序説》，頁12。

但不像辭之"傷感事物"。① 可見吳訥雖不否認《楚辭》源於《詩三百》，卻認識到二者不同之處就在於《楚辭》有幽憤感傷的情調。其後，黃佐《六藝流別》也談到屈騷的淵源：

> 騷者何也？騷之爲言擾也，遭憂之擾情而成言也。是故引物連類，不厭其繁者，以寫情也。體始於屈原之遭讒，爲之《離騷》。離騷也者，離憂也。世因謂爲楚騷體。然而秦漢以下，騷亦漸亡矣。②

所謂"引物連類，不厭其繁"，也正是賦的特點，這正是騷、賦的共通之處。然而，賦體運用這種手法，只是爲了鋪陳而已，而騷體則是爲了"寫情"，目標不同。換言之，騷體所獨有的特點是"寫情"，而且這種情往往是遭憂之情。進一步來講，秦漢以下騷體漸亡，也正是因爲賦體只注重鋪陳而不注重寫情。此外，黃佐對於詞的定義，也有助我們對其文體研究的了解：

> 詞者何也？思也，惟也。音內而言外，言在句之外，爲語助曰"兮"、曰"斯"之類是也。屈原始爲《楚詞》，以語助居中，使上下相聯，終篇或以語助終之，或錯綜用之。揚雄曰："詞人之辭麗以則。""詞"與"辭"雖通用，而義稍分。曰"辭"則有禮讓之義，每直言之，非音內而言外者，故辭別爲類。③

《説文》云："詞，意內而言外也。"段注："有是意於內，因有是言於

---

① 按：吳訥將《楚辭》的作品分爲"騷"、"辭"兩類，蓋承自《文選》的分類法。然觀其對"騷"、"辭"的界定非常接近，分爲兩類，實屬不必。
② ［明］黃佐：《六藝流別》（臺北：臺灣商務印書館影印清康熙丁卯黃銘刻本，1973），目録，頁 1a。
③ 同前注，頁 25a。

外，謂之詞。"①黃佐繼承了《說文》的講法，進而以爲"詞"與《楚辭》之"辭"相通。對於辭體的句式，黃佐的歸納是比較正確的。然而，其書既以《楚辭》諸篇爲騷體，卻又另立詞一類；故詞類之下只收了息夫躬的《絕命詞》一首。由此可見，黃氏沒有成功地將詞（辭）與騷、賦區別開來；至若説"辭"字有禮讓之義，更有穿鑿之嫌。其後如胡應麟《詩藪》，對《楚辭》文體亦每有論述。如胡氏從目録學入手，論騷賦之別云：

> 世謂楚騷漢賦，《昭明文選》分騷、賦爲二，歷代因之，名義既殊，體裁亦別。然屈原諸作，當時皆謂之賦，《漢·藝文志》所列詩賦一種，凡百六家，千三百一十八篇，而無所謂騷者。首冠屈原賦二十五篇。序稱楚臣屈原離讒憂國，作賦以風，則二十五篇之目，即今《九歌》、《九章》、《天問》、《遠遊》等作，明矣。所謂《離騷》，自是諸賦一篇之名。太史傳原，末舉《離騷》而與《哀郢》等篇並列，其義可見。自荀卿、宋玉指事詠物，別爲賦體。揚、馬而下，大演波流，屈氏諸作，遂俱系《離騷》爲名，實皆賦一體也。②

胡氏認爲，屈原的作品最早也是稱爲賦的，不然《漢志》不會列"屈原賦二十五篇"的字樣。然而荀卿、宋玉、司馬相如、揚雄等人的賦作皆以指事詠物爲能，指事詠物成爲了賦體的主要特徵，而與以抒情爲主的屈作有所差異。爲了區別二者，後世遂將屈作稱之爲"騷"。這是符合騷、賦演變的事實的。

---

① ［漢］許慎著，［清］段玉裁注：《説文解字注》（上海：上海古籍出版社影印清經韻樓刊本，1988），頁 429。

② ［明］胡應麟：《詩藪》（臺南：莊嚴文化事業有限公司據南開大學圖書館藏明刻本影印，1997），頁 2—3。

(三)楚辭考據

對於《楚辭》之篇章結構、創作背景、名物考證,明代學者亦每有創見。如《九歌·禮魂》,王逸解題曰:"禮魂,以禮善終者。"①朱熹從之。汪瑗《楚辭集解》則云:

> 蓋此篇乃前十篇之亂辭,故總以《禮魂》題之。前十篇祭神之時,歌以侑觴,而每篇歌後,當續以此歌也。後世不知此篇爲九歌之亂辭,故釋題義者多不明也。或曰《九歌》十篇,豈可總爲一亂辭乎?曰:東方朔《七諫》、王褒《九懷》、王逸《九思》,蓋皆於諸篇之後而總爲一亂辭,即其例也。②

觀王逸注"成禮兮會鼓"一句則道:"言祠祀九神,皆先齋戒,成其禮敬,乃傳歌作樂,急疾擊鼓,以稱神意也。"③此雖解一句而已,然汪瑗很可能從"祠祀九神、成其禮敬"等語中得到啓發,將《禮魂》篇與其餘的神祇串聯起來,且以《七諫》、《九懷》、《九思》之格式爲證,進一步印驗己說。此後王夫之《楚辭通釋》、屈復《楚辭新注》等皆接受了汪氏的説法。又如汪瑗以爲《哀郢》一篇作於白起破郢之時:

> 《史記·楚世家》:周成王時,封楚熊繹於丹陽,及楚文王自丹陽徙都江陵,謂之郢。後九世,平王城之。楚頃襄王之子爲考烈王,考烈王二十二年徙都壽春,名曰東郢。屈平當考烈王徙壽春之時,死已久矣。此郢乃指江陵之郢,頃襄王時事也。又按《秦世家》:秦昭王時,比年攻伐列國,赦罪人而

---

① [漢]王逸章句,[宋]洪興祖補注:《楚辭補注》,頁84。
② [明]汪瑗:《楚辭集解》(北京:北京古籍出版社,1994),頁144。
③ [漢]王逸章句,[宋]洪興祖補注:《楚辭補注》,頁84。

遷之。二十七八年間，連三攻楚，拔黔中，取鄢鄧，赦楚罪人，遷之南陽。二十九年，當頃襄王之二十一年，又攻楚而拔之，遂取郢。更東至竟陵，以爲南郡。東北退保於陳城，而江陵之郢，不復爲楚所有矣。秦又赦楚罪人而遷之東方，屈原亦在罪人赦遷之中。悲故都之云亡，傷主上之敗辱，而感己去終古之所居，遭讒妒之永廢，此《哀郢》所由作也。其曰"方仲春而東遷"、曰"今逍遥而來東"，其遷於東方無疑。但過夏浦、上洞庭、渡大江，不知其實爲東方之何郡邑也。舊注謂屈原被楚王遷己於江南所作，非也。朱子又謂原被放時，適會凶荒，人民離散，而原亦在行中。夫所謂"何百姓之震愆，民離散而相失"者，乃指國亡君敗，百姓被秦遷徙，即《史記》所謂"襄王兵散，遂不復戰而東走"是也。朱子謂離散爲凶荒，絕無所據，失其旨矣。①

汪氏此説，仔細地研究了《史記》之《楚世家》、《秦本紀》中的紀録，結合《哀郢》自身的文字，得出了頗具説服力的結論；王夫之、王闓運、乃至近人郭沫若都受到了影響。再如《離騷》"昔三后之純粹兮"一句，王逸以"三后"爲夏禹、商湯、周之文武，②朱熹因之。③洪興祖更推衍道："上言三后，下言堯舜，謂三后尊堯舜之道以得路也。"④然朱熹在《楚辭辯證》中提出了一點新見："三后若果如舊説，不應其下方言堯舜，疑謂三皇或少昊、顓頊、高辛也。"⑤汪

①［明］汪瑗：《楚辭集解》，頁 171—172。
②［漢］王逸章句，［宋］洪興祖補註：《楚辭補注》，頁 7。
③見［宋］朱熹：《楚辭集注》，頁 15。
④［漢］王逸章句，［宋］洪興祖補注：《楚辭補注》，頁 7。
⑤［宋］朱熹：《楚辭集注》，頁 329—330。

瑗則在《辯證》的基礎上進而提出了異議。他認爲《詩·大雅·下武》"三后在天"一句，三后指周之太王、王季、文王；則楚人所言三后，亦當爲本族之先祖，提出《離騷》所言"三后"當爲祝融、鬻熊、熊繹三人。① 汪氏雖對楚之先世作出了較詳細的考證，但由於年代久遠，史籍殘缺，此説仍有未明確之處。故汪瑗坦然承認此説需要進一步找尋證據，這種不作誑語的態度是值得尊敬的。

又如屠本畯《離騷草木疏補》四卷，對宋人吳仁傑《離騷草木疏》作出了增删。其書名卷一、卷二爲"香草部"，卷三爲"嘉木部"，卷四爲"惡木部"。又以吳書多有未備，特於"香草部"增入麻、秬黍、薇、藻、稻、粢、麥、粱八種，於"嘉木部"增入楓、梧二種。總計：卷一疏植物二十一種，卷二疏十五種、補八種，卷三疏十種、補二種，卷四疏十二種。對於每個條目之下的釋文，屠氏的方法是"芟彼蔓衍，每篇冠以'離騷'，若《毛詩》之有小序，然後標識物名，不至委瑣。"② 舉例言之，吳仁傑釋"蕙"，先羅列《離騷》、《東皇太一》、《湘夫人》原文，指出"蕙"可爲服飾、屋飾，又可喻姐羞、比賢人。然後引洪興祖、黄庭堅之語來描述這種植物的形貌。下爲

---

①［明］汪瑗：《楚辭集解》，頁 313—314：此只言三后而不著其名者，蓋指楚之先君耳。先言楚之先君，而後及堯舜，在屈子則得立言之序也。朱子疑爲少昊、顓頊、高辛，固皆是黄帝之子孫，而少昊、高辛又爲楚先人之別派也。吾嘗謂顓頊高陽氏爲楚之鼻祖矣，其餘若祝融氏、季連氏、鬻熊氏及熊繹爲受封之始，熊通爲稱王之始，熊貲爲遷都之始，但不知其何所指耳。昔夔不祀祝融、鬻熊，而楚成王滅之，則二氏爲楚之尊敬也久矣。然此所謂三后者，以理揆之，當指祝融、鬻熊、熊繹也。昔周成王舉文武勤勞之後嗣，而封熊繹於楚蠻，封以子男之田，則是熊繹爲楚之始祖，其必祀也無疑矣。今亦無所考證，姑志其疑。
②同前注。

按語,引郭璞注《山海經》、《廣博物志》以推敲定論。① 現舉一例,以見屠《補》之體例:

> 蕙
>
> 　《離騷》曰:"豈維紉夫蕙芷。"王逸注:"蕙、芷,香草,以喻賢者。"○"又樹蕙之百畝。"王逸注:"言己種蒔衆香,循行仁義,勤身勉力,朝暮不倦也。"補
>
> 　蕙,潔草也。似蘭,綠葉紫莖,生平澤中。花亦春開,蘭先蕙後。皆柔幹,蘭一幹一花,蕙一幹五六花。②

相比之下,雖明潔暢達,然僅陳結論而無論證過程,失之過簡。故四庫館臣論曰:"(此書)於仁傑疏多所刪汰,自謂明簡過之,而實則反失之疏略。"③至若每類冠以《離騷》本文及王逸注,則實較吳書更爲清晰,方便讀者閱覽。館臣譏爲"無關宏旨,徒事更張",④倒亦未必。對於吳書的一些疏失,屠本畯又旁徵博引以補之。茲不贅。

又如明末清初的周拱辰作《離騷草木史》,好奇務博,對於屈騷名物頗爲究心。如《湘夫人》"麋何食兮庭中,蛟何爲兮水裔"二句下,周拱辰對麋、蛟的屬性作出了細緻的考證。⑤ 眉批:"折倒宋人格物。"此一眉批更洩漏了周氏好古學的原因:宋儒提倡格物,但非失之粗略,便失之瑣細,對於大義的闡發幫助不大。學問

---

① 見[宋]吳仁傑:《離騷草木疏》(臺北:臺灣商務印書館,1979),頁 8。
② [明]屠本畯:《離騷草木疏補》,頁 351。
③ [清]永瑢主編:《四庫全書總目》,頁 1269。
④ 同前注,頁 1269。
⑤ [明]周拱辰:《離騷草木史》卷二,頁 9a—9b:舊訓:"麋當在山,蛟當居淵。"非是。按《白虎通》:麋性惑,故諸侯射麋。師曠《獸經》:"麋性喜澤。"麋,水獸也。蛟,龍屬,然不能致雨而能裂山。蓋龍居水,蛟居山。麋水獸而來庭,蛟山蟲而泳水,失其居矣。

之道,在於將旁徵博引、探幽發微這兩端加以結合。因此《離騷草木史》中,考據文字時時可見,有不少精闢的見解,有助於讀者對《楚辭》内容的認知和理解。如《離騷》"溘埃風余上征",舊注訓"埃"爲"塵",然周拱辰卻以爲"似矣,而未得埃風之義"。他引《莊子》云:"'野馬也,塵埃也,生物之以息相吹也。'野馬塵埃,絪緼吹息,即所云埃風也。"①以先秦古籍來疏通《楚辭》的文義,清楚明瞭。《湘夫人》"蓀壁兮紫壇"一句,舊注以《河伯》有"紫貝闕兮珠宫"的字樣,遂以此處"紫壇"爲紫貝所築。然周注云:"紫壇非紫貝所築。漢行宫用紫泥爲壇,齊梁《郊祀歌》亦有紫壇,即此也。"②指出舊注的闕漏。又辨芙蓉、蓮花道:"以芙蓉爲蓮花,是矣。此章之芙蓉,則非蓮花也,一花也。以爲衣,又以爲裳,不重出乎,《大招》'芙蓉始發,雜以芰荷乎。'③按《花木考》,芙蓉蓮花,自是兩物。唐詩云:芙蓉開在秋江上。荷開以夏,芙蓉以秋,何可混也!"④所言亦可謂深入透闢。《楚辭》每每言及三代之事。然由於年代荒遠,故籍殘佚,加上出於政治、學術等各種理由的僞造,這段歷史已經真假難辨。而周拱辰在注釋這些古事之時,常常會進行考據、梳理。如《天問》"干協時舞,何以懷之"二句,周氏遵從舊說,認爲是舜"舞干戚於兩階,七旬有苗格"之事;然又分析道:

> 頑以德懷,固也。然舞干自在蒲阪,有苗自在洞庭,相去幾千里,何由躬逢?而睹之格之,此亦太史借以贊舜德化之神耳。且羽干乃無情之器,有苗非遵道之人,不然他日又何

---

① [明]周拱辰:《離騷草木史》卷一,頁 17b。
② 同前注,卷二,頁 10a。
③ 語出《招魂》,原文作:"芙蓉始發,雜芰荷些。"
④ [明]周拱辰:《離騷草木史》(清嘉慶六年癸亥[1803]聖雨齋刊本)卷一,頁 12a。

以曰殺三苗於三危也？豈前日之羽干神而後日之羽干不靈
乎？真有多少疑義在。①

實際上，這兩句是否指舜格有苗之事，當今學者是抱有懷疑的。
周拱辰提出這個矛盾，固然限制了這兩句的解釋，但卻對於一些
儒家編造的史事作出了一些質疑，這種態度自是可取的。不過由
於好奇務博的關係，《離騷草木史》的考據文字往往過於繁複，導
致内容蕪雜，主旨不明。洪湛侯云："此書最大的問題在於，刻意
求深，標新立異，以至於穿鑿附會。"②李中華、朱炳祥也論道："有
些解説泛泛而論，語不中的，貪多務奇，或傷於理。"③都是非常中
肯的批評。如《離騷》"鷙鳥之不群兮"，周氏注云："《禽經》：'庶鳥
雄大雌小，鷙鳥雄小雌大。'不群，言不與凡鳥爲伍也。《東齊志》：
'人見二鷹鳥擲卵，相上下接之，蓋習飛也，其胎教乎！'未破卵而
英鷙鳳成，故曰自前世固然也。"④姑無論其荒誕不經，即便"未破
卵"，亦不可以"前世固然"説之。這樣的解釋對於《楚辭》主題大
義的申發可以説毫無幫助。

三、尚趣風氣與《楚辭》

(一)《楚辭》刊印

　　潘美月稱明代在印刷技術方面，有了極重要的新發展，這可

①［明］周拱辰：《離騷草木史》（清嘉慶六年癸亥［1803］聖雨齋刊本）卷三，頁
　42a—42b。
②洪湛侯主編：《楚辭要籍解題》（武漢：湖北人民出版社，1984），頁 99。
③李中華、朱炳祥：《楚辭學史》（武漢：武漢出版社，1996），頁 168。
④［明］周拱辰：《離騷草木史》卷一，頁 11a。

以從版畫、套色印刷及銅活字印刷三方面來說明。① 而明代刊印的《楚辭》著作，亦頗有呈現。整體而言，明人所刊《楚辭》著作，頗有善本。如前所言，正德十三年黃省曾刊《楚辭章句》、天啓六年蔣之翹刊《七十二家評楚辭》等皆是。又如隆慶五年（1571）豫章朱多煃夫容館刊本，卷首有王世貞序，亦爲佳本。吳勉學之所讎刻《校刊楚辭本》，黃靈庚以爲字體娟秀，校讎精審，當屬善槧。再如毛晉爲晚明著名書賈，以刊印善本著稱。其與戈汕合編《屈子》，姜亮夫譽爲一時善本。其內容爲總評一卷、章評一卷、譯韻一卷、譯字一卷、參疑一卷、《列傳》一卷。其總評、章評所收各家詳情如下：

總評		劉知幾、蘇轍、洪興祖、朱熹、汪彥章、祝堯、高似孫、陳傅良、李塗、葉盛、姜南、茅坤、王世貞、劉鳳
章評	《離騷》	賈島、宋祁、高似孫、朱熹、祝堯、嚴滄浪、李塗、蔣之翰、馮覲、張之象、陳深、陳第
	《九歌》	張銳、呂延濟、姚寬、洪興祖、朱熹、楊慎、馮覲、張之象、陳深、陳第
	《天問》	洪興祖、馮覲、陳深
	《九章》	洪興祖、朱熹、馮覲、張之象、陳深、陳第
	《遠遊》	洪興祖

執此表於其他評本相較，所收各家大抵相同。蓋此書之集評部分以整理綜合各評本爲務，以精校取勝，新說則未有納入。此外，毛氏對南宋錢杲之《離騷集傳》的印行，亦頗可稱道。《離騷集傳》一書，毛晉汲古閣偶得其宋刊本，稱其"世間絕無"，於是影寫

---

① 潘美月：《中國圖書發展史》（佛光大學教資系光碟版，2004）。

數册,以廣流傳。然今日所存的幾個本子中,孰爲宋代原刊,孰爲毛氏影寫,已難以分辨,足見汲古閣技術之高明。

潘美月指出,套印書籍(用兩種顏色配合刷印一部圖書),始於元代,如"中央圖書館"所藏的元至正元年(1341)中興路(湖北江陵)資福寺所印的《金剛般若波羅密經》即是。書籍套印一般要兩種方法:一種是將兩種顏色全塗在一塊版上,然後覆紙套印,明人稱之爲雙印。一種是將幾種顏色分塗在大小相同的幾塊木版,然後依次逐色套印,這才是真正的套版印刷,明代萬曆間才被廣泛應用。晚明之世,湖州一代出版業極爲發達,如凌氏(凌稚隆、凌濛初)、閔氏(閔齊伋、閔齊華)等皆爲出版世家,刊印了大量書籍,質量及技藝亦高。而明代《楚辭》著作中,最早採用雙色套印者當爲湖州陳深《批點本楚辭》。此書今日較易見者皆爲萬曆二十八年(1600)朱墨套印本,正文前有王穉登行書《史記·屈原賈生列傳》,末題"萬曆庚子九月既望王穉登書",一本於《離騷》前有"三閭大夫"像,題曰"大德九年八月念五日吳興趙孟頫畫",《九歌》後亦有屈原行吟圖。無論書法、繪畫,皆影寫而刊印。此書《楚辭》原文爲墨印,評語皆爲行書朱印,賞心悦目。閔齊伋陳深同鄉後輩,其於萬曆四十八年(1620)所刊《楚辭》,内容多沿襲陳深之書,亦無注文,而套印多達三四色,技法可見。

至若《楚辭》圖册之出版,則推陳洪綬《繡像楚辭》。陳洪綬爲蕭山人,萬曆四十四年(1616)隨同鄉先輩來欽之讀《楚辭》,因而繪《九歌人物十一幅》並《屈子行吟圖》一幅。其《題來風季離騷序》云:

> 丙辰,洪綬與來風季學《騷》於松石居。高梧寒水,積雪霜風,擬李長吉體,爲長短歌行,燒燈相詠。風季輒取琴作激作楚聲,每相視,四目瑩瑩然,耳畔有寥天孤鶴之感,便戲爲

此圖，兩日便就。嗚呼！時洪綬年十九，風季未四十，以爲文
章事業前途於邁，豈知風季羈魂未招，洪綬破壁夜泣，天不
可回。①

其畫皆用白描，綫條細膩簡潔，與詩境頗能結合。其後來欽之刊
印《楚辭述注》，遂將陳洪綬圖附於書後。此外，明末清初尚有蕭
雲從《離騷圖》。蕭氏於崇禎十五年（1642）中副榜，不就銓選，加
入複社，隱居故鄉蕪湖。順治二年（1645），清軍進駐蕪湖，蕭雲從
"取《離騷》讀之，感古人之悲鬱憤懣，不覺潸然泣下"，遂繪製《離
騷圖》，並請刻工湯復刊印。全書計有《離騷》一圖、《九歌》九圖、
《天問》五十四圖、《遠遊》五圖（《遠遊》圖今不可見），兼有李公麟、
張渥、陳洪綬諸家之長。乾隆修《四庫全書》，命門應兆補繪，合璧
流傳至今。

（二）《楚辭》集評

孫琴安指出，弘治以後稱爲中國評點文學的全盛期。② 文學
流派的迭起，以及心學的流行、講學的普及，促成了評點之盛行。
此外，由於晚明社會經濟的發展，新興市民階層對書籍的需求日
益增加，因此書商也相應不斷增加書籍的供給。書商所刊印的書
籍往往以迎合大衆口味爲主，而評點本正是這類書籍的典型。如
歸有光、茅坤、李贄、陳仁錫、鍾惺、譚元春、金聖歎等，已將此道作
爲宣揚一己之文學思想的工具，並不以評點爲俗。就評點形式而
言，内文有眉批、尾批、夾批、側批、題下批、總批、圈點，書前多有

①［明］陳洪綬：《寶綸堂集》（上海：上海古籍出版社影印清康熙三十年
　［1691］刊本，2010），卷一。
②孫琴安：《中國評點學史》（上海：上海社會科學院出版社，1999），頁 87—88。

凡例、讀書法，書後多有總評、集評。《楚辭》評本也不例外。評點
文學的特點和不足，孫琴安總結爲：一、重直覺和主觀感受；二、短
小精悍，生動活潑；三、帶有較多的鑑賞性；四、終究停留在感性認
識的階段；五、太瑣碎，只注意一篇一章，一字一句，從而忽略了對
某一文學體裁或文學現象整體上的把握和觀察，更缺少理論上的
闡述。①

　　明人對屈騷之評點，亦可追溯至弘治時。常熟文士桑悦任長
沙通判三年（1490—1493），催科無績，難以勝任愉快，於是讀騷自
解，時有批點。其後，桑批本落入蔣之翹家，蔣氏刊印《七十二家
評楚辭》時，便將桑評納入書中。筆者曾撰文統計，桑評現存共二
十五條，所涉及的內容可歸納爲五點，亦即：《楚辭》文本注釋，字、
句、章法分析，文體研究，作者考辨，感悟式批評。② 不過，《七十
二家評楚辭》刊印於天啓六年（1626），年代較晚。而現存最早的
明代《楚辭》評點著作，當推萬曆前期的陳深《批點本楚辭章
句》。③ 此書雖有"章句"之名，卻爲白文，不錄王逸之語。起"楚
辭附錄"《史記·屈原列傳》，眉間錄陳沂、茅坤、楊慎、余有丁、董
份、王鏊、唐順之、柯維騏、黃省曾、樓昉、何孟春諸家批。正文中

---

① 孫琴安：《中國評點學史》（上海：上海社會科學院出版社，1999），頁 9—10。
② 見拙著：《桑悦及其〈楚辭評〉考論》，《清華學報》新 36 卷第 1 期（2006.6），
　　頁 237—272。
③ 按：刊印於明萬曆十四年（1586）的馮紹祖觀妙齋《楚辭章句》提及所謂"陳
　　氏楚辭"，可見陳書付梓必早於此年。考陳深有《批點本楚辭章句》、《諸子
　　品節·屈子》及《秭歸外志》三種楚辭學著作，《諸子品節》、《秭歸外志》分
　　別爲子部及史部方志類書籍，不宜稱爲"陳氏楚辭"。然《批點本楚辭章
　　句》現存最早刊本爲萬曆二十八年（1600）庚子凌毓枬校陳深批點二色套
　　印本，在馮書之後。筆者以爲，陳深此書必初刊於萬曆十四年以前。

有眉語，朱文刊印，録賈島、蘇轍、李溟，下及何景明、王慎中、唐順之、張之象、汪道昆、劉鳳諸家語，而洪、朱兩家猶多。每卷後附《楚辭疑字音義》。此外，陳深本人的眉批也爲數不少，其内容大致可分爲三類，一爲章法分析，二爲文字鑑賞，三爲考據，而尤以前二者爲當行，最見慧心。至萬曆十四年，馮紹祖刊印《楚辭章句》。此書前有《議例》，書後有《楚詞附録》收《史記·屈原傳》、《各家楚詞書目》、《楚辭章句總評》，正文眉間則録入諸家評語。其《議例》謂評語收録了洪興祖、朱熹、張之象《楚範》、陳氏《楚辭》、洪邁《容齋隨筆》、楊慎《丹鉛》諸録、王世貞《藝苑卮言》以及馮氏祖父馮覲（小海公）之評語。由此可見，馮氏以王逸《章句》爲底本，而"洪朱兩家間有裨益處，爲標其概於端"，蓋矯陳深《批點本楚辭章句》白文之不便。①

　　蔣之翹天啓六年刊印的《七十二家評楚辭》，改以朱熹《楚辭集注》爲底本，然其集評則是在陳深、馮紹祖二書的基礎上進一步擴充而成。七十二家中，蔣之翹之眉批特其一家，而所論頗具特色。明代評家之言多爲詞章賞析，而蔣氏在批語中，很少言及章法，獨於用字非常在意。如《湘君》："采薜荔兮水中，搴芙蓉兮木

---

① 馮書正文之眉批有鍾嶸、呂向、劉知幾、洪邁、王應麟、沈括、葛立方、洪興祖、朱熹、樓昉、劉次莊、祝堯、何孟春、楊慎、陳深、張之象、馮覲、張鳳翼十八人之語，各篇總評則有劉安、張銳、呂延濟、姚寬、劉知幾、賈島、宋祁、蘇軾、洪邁、李塗、高似孫、洪興祖、朱熹、樓昉、嚴羽、祝堯、楊慎、馮覲、王世貞、張之象、陳深二十一人之語。《楚辭章句總評》録揚雄、魏文帝、沈約、庾信、劉勰、劉知幾、皮日休、蘇轍、葛立方、洪興祖、朱熹、祝堯、高似孫、汪彦章、陳傅良、李塗、葉盛、何孟春、姜南、張時徹、唐樞、茅坤、王世貞、劉鳳二十四人之言。

末"，蔣氏眉批："'采薜荔'二語峭甚。"①《山鬼》："君思我兮然疑作"，眉批："只'然疑作'三字，便寫盡懷人不見、搔首踟躕情景。"②進而言之，蔣氏論《騷》，固不囿於區區字法，首重者在於氣格。《離騷》總評云："《離騷經》以複弄奇，以亂呈妙，直是龍文蜃霧，令人不可擬著。其警策外，語語石破天驚，鬼泣神嘯。"③如是不一而足。

　　蔣書刊行既久，遂有剽剥盜印者。其著名者即沈雲翔《楚辭評林》，又名《八十四家評楚辭》。沈氏《題識》云："《楚辭》行世者，向惟七十二家評本爲善，然尚有未盡，如宋蘇子由、國朝汪南溟、王遵巖、余同麓等十餘家，在所遺漏，兹復輯入，彙成八十四家。搜羅校訂，自謂騷壇無減也。"④姜亮夫云："按所增十二家，除所舉蘇轍、汪道昆、王慎中、余有丁外，爲姜南、董份、郭正域、葛立方、吳國倫、張之象、呂延濟、金蟠。蓋襲蔣之翹評本，而略爲增補者也。其所列總評四十八家，亦全襲蔣氏原文。"⑤故四庫館臣稱此書"蓋坊賈射利之本"，⑥良有以也。

　　明人被斥爲剽竊舊書者，還有來欽之《楚辭述注》五卷，姜亮夫論云："來氏以朱熹《集注》本爲據，以爲詳體乎屈原之言之志，則朱子所爲予之奪之者，可類推也。故僅取屈原賦二十五篇。于晦翁之《集注》，稍稍裒多益寡，或加删節，謂之《述注》。凡熹所謂

①［明］蔣之翹編：《七十二家評楚辭》（明天啓六年［1626］刊本）卷二，頁 4a。
②同前注，頁 13a。
③同前注，卷一，頁 23b。
④見［明］沈雲翔：《楚辭評林·題識》（臺南：莊嚴文化事業有限公司據首都圖書館藏明崇禎十年［1637］吳郡八詠樓刻本影印，1997）。
⑤姜亮夫編：《楚辭書目五種》，頁 324。
⑥［清］永瑢主編：《四庫全書總目》，頁 1270。

《續離騷》者以下三卷，及《後語》全部，皆删而不録。而又採擇諸家評語，載之眉邊。並輯入陳洪綬屈子像及《九歌》十二圖，以成本書。實無所發明。明人習陋好名，來氏此刊，可爲代表。列來氏子姓之説至四五家，則以屈子書作顯揚宗親之用矣！"①此書於崇禎間數次重印，而每次重印時眉語皆有增益。若劉辰翁、王弇州、胡應麟、張鳳翼等人之語，固係傳抄得來，不待贅言。即來氏親朋之語，亦未必全無發明者。

此外，其他楚辭學著作亦每有集評部分。如陳深《諸子品節·屈子》、陳仁錫《古文奇賞·楚辭》、《諸子奇賞·屈子》、陳淏子《周文歸·楚辭》、潘三槐《屈子》、陸時雍《楚辭疏》、周拱辰《離騷草木史》等皆是，或爲大型子部或集部書籍，或爲《楚辭》新注。其集評往往酌采陳深、馮紹祖、蔣之翹等人之書，而增以新條目。如此編排，固可推知晚明讀者對評點之需求。

（三）《楚辭》編纂

明代前期，已有大型集部書籍的編纂。如洪武間慶王朱㮵編刊《文章類選》，宣德、正統間吳訥所纂《文章辨體》等書，皆録有《楚辭》篇章。明代中葉以後，學者、坊賈除了這類總集外，還編纂了不少大型子部書籍，以投讀者之好。這些書籍往往選録不少屈騷作品，且多有評點，若爲集部則合稱楚辭，若爲子部則有屈子、宋子等名稱。時代較早者，當推萬曆十九年（1591）陳深所編《諸子品節》五十卷。此書卷二十六、二十七收録了屈原名下的全部作品及宋玉的部分作品。其《凡例》曰：

> 不佞所採掇者，乃晚周以後，西京以前，爲其世代近古，

---

① 姜亮夫編：《楚辭書目五種》，頁 76。

文辭奧雅。故取其諸子衆家，及《史》《漢》記載，無問真雁
[贋]，雜陳於前，而摘其尤傑異者而輯録之，爲之品騭，爲之
節文，以便作者臨池器使，故總命之曰《諸子品節》。①

故此，《諸子品節》將屈原、賈誼、司馬相如、揚雄的辭賦，以及《喻
巴蜀檄》、《難蜀父老》、《劇秦美新》等文都置於子部，實際上並不
合於傳統的四部分類法。該書的"雜鈔""錯列"顯示出坊賈對讀
者好全喜博心理的迎合，而滿眼的圈點、眉批又突顯了八股作法
的功利性質，故四庫館臣斥之爲"書肆陋本"。②《諸子品節》將各
書分爲内品、外品、雜品，"内品之蘊藉之精深，外品之雄名之獨禪
[擅]，雜品之珠聯玉屑之足矜也"。③《凡例》又曰："不佞於《老
子》、《莊子》、屈宋騷辭及《孫子兵法》，一句爲一義者，皆全録之，
不遺一字，所以見畸人瑋士構思落筆，學問之所自來。不如是，不
足探其底也。"④其卷二十六、二十七的"外品"所收録的屈、宋作
品，詳細分卷情况如下：

卷次	細目	篇名
卷二十六	屈子一	《離騷經》、《九歌》
卷二十七	屈子二	《天問》、《九章》
	屈子三	《遠遊》、《卜居》、《漁父》
	宋子一	《九辯》、《招魂》、《大招》

---

①［明］陳深：《諸子品節》（臺南：莊嚴文化事業有限公司據遼寧大學圖書館
　藏明萬曆十九年［1591］刻本影印，1995），頁250。
②［清］永瑢主編：《四庫全書總目》，頁1119。
③［明］陳深：《諸子品節》，頁251。
④同前注，頁250。

　　朱熹論《大招》一篇的作者云:"《大招》不知何人所作,或曰屈原,或曰景差,自王逸時已不能明矣。"①陳深亦於《大招》篇題下注云:"此篇閑靚簡古,其爲原作無疑。"②既然如此,竟將此篇納入《宋子》之中,實屬不倫。究其原因,蓋僅爲卷次及細目分配均勻之考慮而已。

　　《諸子品節》卷二十六、二十七的注文大抵删節朱熹《楚辭集注》而成,篇題下偶注己見,而眉間時有評語,且與《批點本楚辭集評》互見者並不多。其論評方式亦大抵與《批點本楚辭集評》類近,以"選詞遣調鍊字諸法"爲主,然值得注意之處有兩點。第一,評語中保留了不少《秭歸外志》的内容,即認爲屈原並未沉江,相關評語已見引於前節。第二,對於《楚辭》諸篇的作者問題,陳深也有獨見。如《九辯》眉批:

　　　　《九辯》妙辭也,悽惋寂寥。世傳宋玉作。然玉他辭甚多,率荒淫靡嫚,與此不類。知爲原作無疑。③

從文風的差異來論證《九辯》實乃屈原所作。其後,焦竑也提出了類似的説法:

　　　　《九辯》謂宋玉哀其師而作,熟讀之,皆原自爲悲憤之言,絕不類哀悼他人之意。蓋自作與爲他人作,旨趣故當霄壤,乃千百年讀者,無一人覺其誤,何邪?④

清末民初以來,又有吳汝綸、梁啓超、劉永濟、譚介甫等承襲此説,而溯其源,陳深實爲肇端者。其次,《招魂》一篇,陳深亦認爲是屈

_____

①［宋］朱熹:《楚辭集注》,頁145。
②［明］陳深:《諸子品節》,頁681。
③同前注,頁674。
④［明］焦竑:《焦氏筆乘》,頁76—77。

原所作。該篇題下注云：

> 此篇深至讓《騷》，悽婉讓《章》，閑寂讓《辯》，而宏麗則大
> 過之。原蓋設以招隱，亦寓言也。①

直接斷定《招魂》乃屈原"設以招隱"而作，卻無進一步的論證。但無論如何，當今學界一直認爲司馬遷以後，黃文煥是第一個將《招魂》著作權歸諸屈原的學者，不知陳深早於黃氏五十餘年提出了類似見解。黃文煥之論自陳深而來，亦未可知。總而觀之，陳氏之論雖能不苟同於古人，然未能提出具説服力的推論方法，故影響不大。且《諸子品節》搜羅删選諸子書，詳加評點，好大好全，論文多於論學，自難免坊賈射利之譏。

　　陳書出後，又有《二十九子品彙釋評》二十卷（萬曆四十四年［1616］初刊）與《諸子彙函》二十六卷（天啓五年［1625］初刊），二書的内容、體例與陳書非常相似，②亦皆收録屈騷作品，前者稱爲《屈子》，後者稱屈作爲《玉虚子》，宋作爲《鹿溪子》。與陳書最爲不同的是，二書一題爲"翰林三狀元會選"，前列焦竑（1540—1620）、翁正春（1553—1626）、朱之蕃（萬曆二十三年［1479］進士）三人名，一題爲歸有光（1506—1571）編，但館臣認爲作者皆係僞託。③《二十

---

① ［明］陳深：《諸子品節》，頁 678。

② 按：類似大型子書尚有陳仁錫《諸子奇賞》，《四庫全書》、《四庫全書存目叢書》、《續修四庫全書》、《四庫禁燬叢書》、《四庫未收書輯刊》、《叢書集成》初、二、三編皆未收入。臺北"國家圖書館"有藏，著録爲明天啓刊本，其卷卅五即爲《屈子》。北京清華圖書館藏有陳仁錫《屈子奇賞附宋玉》一卷，即《諸子奇賞》卷卅五之單行本。由於此書之評點與《諸子品節》、《二十九子品彙集釋》及《諸子彙函》無互見之處，故本文不作討論。

③ 《二十九子品彙釋評》一書，今人李劍雄從四庫之説，認爲並非焦竑所編。見李劍雄：《焦竑評傳》（南京：南京大學出版社，1998），頁 328。

九子品彙釋評·屈子》的眉批多自《補注》、《集注》割裂,且已有偽託評語的現象。而《玉虛子》58 家中,僅樓迂齋(昉)、洪景廬(邁)、朱晦庵(熹)及吕東萊(祖謙)爲宋人,其餘 54 家皆爲明人。即使據《諸子彙函》《諸子評林姓氏》,宋 12 家,元 3 家,而明代竟達 176家。① 挾本朝人物之名望以招徠顧客,聲勢浩大。② 而據筆者統計,《玉虛子》108 條評語中,有一百條皆自他書剽竊,佔去全部評語的 92.6%,數量驚人。剩下待考的 8 條,即使全部有本有據、或編者自創,也不過佔 7.4% 而已。《玉虛子》最主要剽竊對象者厥爲《諸子品節》及《二十九子品彙釋評》,所轉引之評語、注文共 81條。另 19 條則係抄襲、黏合古籍爲之。值得注意的是,這 100 條剽竊而來的評語,大部分在《玉虛子》中改頭換面,歸於賢達名下,行爲鄙陋惡劣。然而陳深、焦竑之名,絕不見於《玉虛子》,此殆剽竊者心虛之故。《補注》、《集注》,以及《朱子語類》論《楚辭》之語,明代讀者必多詳知,而《玉虛子》竟仍敢偽託他人,可謂毫無忌憚。覽觀此三書之評語,自《屈子品節》原創獨見,至《屈子品彙》真偽互見,及《玉虛子》之大規模假託賢達,可知晚明出版事業中作偽風氣的日益興起。這一類的偽書自然逃不過學者的法眼,但它們根本不是爲學術而出版的。它們的讀者對象大約是新近暴發、追

① 題[明]歸有光:《諸子彙函》(臺南:莊嚴文化事業有限公司據遼寧省圖書館藏明天啓五年[1625]刻本影印,1995),頁 8—13。
② 按:如宋潛溪(濂)、方希古(孝儒)、解大紳(縉)、岳季方(正)、彭彦實(華)、邵國賢(寶)爲館閣中人,陳白沙(獻章)、莊定山(昶)、王陽明(守仁)、羅整庵(欽順)、唐荆川(順之)乃理學大家,李空峒(夢陽)、康對山(海)、王渼陂(九思)、李于麟(攀龍)、王鳳洲(世貞)、宗方城(臣)爲文章鉅子,羅近溪(汝芳)、李卓吾(贄)、馮開之(夢楨)、袁中郎(宏道)、余向麓(有丁)爲心學後勁,楊升庵(慎)爲考據宗師。

求名人效應、附庸風雅之徒。①

　　萬曆、天啓之際，這類書籍質量較好的，應推陳仁錫《古文奇賞・楚辭》及《諸子奇賞・屈子》。《古文奇賞》《文賞》初集自序作於萬曆戊午（四十六年），《諸子奇賞》刊於天啓六年，可知二書的《楚辭》評注相去只有八年左右。《古文奇賞》卷一所收《楚辭》作品，計有《離騷》、《九歌》、《天問》、《九章》、《遠遊》諸篇，《卜居》、《漁父》以下不收，卷末附“音義”一卷。《離騷》、《九歌》、《天問》、《九章》、《遠遊》篇末皆有後敘，蓋採王逸之説。注文較簡略，多參考王逸、洪興祖、朱熹舊注。唯《天問》注文切割柳宗元《天對》以附之。評語大抵皆陳仁錫自爲，側批以疏通文義、析論章法爲主。側批因限於版式空間，故篇幅不廣，數量亦遠不及眉批之多。至若眉批或抒己見，或徵舊説，篇幅不一，達九十餘條。而《諸子奇賞》前集卷三十五之《楚辭》作品，《離騷》、《九歌》、《天問》、《九章》、《遠遊》、《卜居》、《漁父》皆收，是爲《屈子》；又有《九辯》、《招魂》兩篇，合稱《宋玉》。注文視《文賞》爲簡，側批甚少，性質亦近於《古文奇賞》。眉批八十餘條，以抒發己見爲主，甚少徵引舊説。據筆者統計，兩書屈騷部分重見之眉批共有 6 條，爲數甚少。換言之，兩書眉批大率皆爲原創，沿襲迻録者不多。蓋《諸子奇賞》編纂之意，爲補《古文奇賞》不足，進一步闡釋屈騷諸篇的義理、辭章。總體而言，筆者以爲兩書之眉批有強調屈騷地位、標舉屈原人格及探析作品辭章的意義。如《離騷》“余將遠逝而自疏”句，《諸子奇賞》眉批：

---

① 見拙著：《歸有光編〈玉虛子〉辨僞》，《漢學研究》第 24 卷第 2 期（2006.12），頁 449—482。

　　忠厚懇惻，可風可雅，蓋遠逝非其志也，況巫咸乎！①

指出屈原念念不忘故君故國，遠行並非其本意，這就是屈原的忠
厚之處。又如"雖萎絕其亦何傷兮，哀衆芳之蕪穢"句，《古文奇
賞》眉批云：

　　淵明無思，天路本此。②

陶詩《歸園田居》中有"常恐霜霰至，零落同草莽"之句，而陳仁錫
指出，草木零落是天然之事，陶淵明之恐，只是純粹擔心農事。而
屈原之憂心，卻一如朱熹所説："此衆芳雖病而落，何能傷於我乎？
但傷善道不行，如香草之蕪穢耳。"③持陶詩與《離騷》相比對，使
讀者更能了解屈原的比喻之意。如是不贅。

四、結語

　　近人嵇文甫指出，明朝中葉以後，學者漸漸厭棄爛熟的宋人
格套，爭出手眼，自標新意，表現爲心學和古學運動。心學與古學
看似相反，但其打破當時傳統格套的精神則一。影響所及，博學
與尚趣的風氣在士林間頗爲盛行，尚趣肇乎師心，博學主於師古。
且博學之風並非純爲考據，尚有助於文人之間適玩賞、涵養性情。
換言之，學術之古學與心學、文學之師古與師心、士風之博學與尚
趣，皆可謂一體兩面。博學與尚趣式的士風，肇端於洪武建國之
際，經過在吳中地區百餘年的醞釀，在明代後期於全國大爲流行。
在博學的風氣下，《楚辭》著述者如何展開名物考據，在尚趣的風

①［明］陳仁錫：《諸子奇賞》前集，卷三十五，頁 8b。
②同前注，頁 2a。
③［宋］朱熹：《楚辭集注》，頁 7。

氣下，人們如何詮釋屈原人格，如何解讀、傳播《楚辭》文本，是筆者關注的重點。本文主體共分爲兩部分，從《楚辭》之小學、文體、考據三方面探討博學風氣之内涵，從《楚辭》之刊印、集評、編纂三方面探討尚趣風氣之體現，以見明代後期，作爲經典的《楚辭》在明代傳播與接受的過程。

第四章　張鳳翼及其《楚辭》眉批

一、引言

張鳳翼爲晚明著名文人，以戲曲創作知名於世。張氏平生著作甚多，精於古文辭，與王世貞、胡應麟等後七子派人物多有過從，然文學主張則有所差異，與其同代之李贄、徐渭皆爲晚明師心說的先聲。張氏留心於屈騷，除在《文選纂注》中重注《楚辭》外，其名下又有《楚辭合纂》十卷，於楚騷篇章時有評點。張氏論騷之語於萬曆前期即見重於世，馮紹祖《觀妙齋楚辭集評》、陳深《批點本楚辭集評》、陳第《屈宋古音義》、蔣之翹《七十二家評楚辭》、題焦竑《二十九子品彙釋評》、來欽之《楚辭述注》等書，於其説頗有徵引。①然而，系統研究張鳳翼《楚辭》論者至今乏人。本文主體共分爲四節：第一節概述張鳳翼的生平，並以吴中文氏及後七子派成員爲例，管窺其交遊狀況；第二節考察張鳳翼的著述，初步考述其文集《處實堂集》的編刊情形，並就《楚辭合纂》的真僞提出看法；第三節考論張鳳翼的詩文觀，主要歸納爲論作者心志、論詩文作法及論文壇風氣三目；第四節以諸家集評所見張鳳翼《楚辭》眉

---

① 按：諸書所見張氏之説，大率皆排印於各頁之眉間，縱非手寫，本文仍以
　“眉批”稱之，以利論述。

批爲中心，輔以《處實堂集》與《談輅》中的相關論述，探析其《楚辭》評點之內容與特色，歸結爲探研比興、討論文意、辨析文體三部分。

二、張鳳翼生平與交遊

（一）生平概述

　　張鳳翼（1527—1613），字伯起，號靈虛，別署泠然居士，長洲（今蘇州）人。曾祖昶，字景春，好讀書，著《吳中人物志》；祖準；父沖，字應和，賈而俠者。皆有聞於時。鳳翼嘉靖六年（1527）生，生五齡，猶不言。一日見大父掃除，遽謂姆："汝當代掃。"聞者異之。稍長，日益開敏，補諸生。已入太學，皆屈其曹。嘉靖四十三年（1564）舉於鄉。四上春官報罷，遂棄去，讀書養母，恥以詩文字翰結交貴人。因先輩經商，家道小康，或賣字、鬻書自給，歷三十年以終其身。性至孝，童子時，父怒捽其髮，遽曰："徐之，是中有簪，末銳，懼傷大人手。"父意遂解。母年九十餘卒，鳳翼年七十一，鬚髮一夕盡白。卒於萬曆四十一年（1613），享壽八十七。初，鳳翼與弟獻翼、燕翼並有才名，吳人以比皇甫汸兄弟，曰："前有四皇，後有三張。"善書，平生臨二王最多，其墨跡流傳至今者不爲罕覯。①

---

① ［清］李銘皖修，［清］馮桂芬纂：《蘇州府志》（臺北：成文出版社據清光緒九年［1883］刊本影印，1970），頁 2092。參見譚正璧：《論張鳳翼及其〈紅拂記〉》（《河北大學學報（哲學社會科學版）》1981年第 3 期）、徐朔方《論張鳳翼——湯顯祖同時代的曲家論之一》（《藝術百家》1988年第 2 期）及楊海中《略論張鳳翼及其戲劇創作》（《中州學刊》1990年第 6 期）。

（二）交遊管窺：以文氏家族及後七子派爲例

張鳳翼家居吳中，與文徵明家族及後七子中人交誼匪淺。然而，其文學思想仍保持著吳中自明初以來博學尚趣的傳統，與後七子師古之說和而不同。後七子領袖王世貞嘗爲張鳳翼詩文集作序，盛言吳中前輩文徵明對於張鳳翼之器重：

> 吳人於古今文辭推王文恪公（鏊），於詩推徐迪功（禎卿），於書推祝京兆（允明），文待詔一旦以屬之伯起。待詔時猶老壽無恙，每伯起一造門，輒倒屣出迎，把臂促膝，盡爾汝之分，且復自歎，以得尚伯起晚。①

文徵明認爲，張鳳翼除了在書法上可與祝允明比肩外，詩可與徐禎卿方駕，古文亦能直追王鏊之後，故引以爲摯友，有相逢恨晚之歎。正因如此，文氏家族與張鳳翼往還密切，如文徵明長子文彭（壽承）有《走筆和張伯起郊園感懷》、②《次張伯起見懷韻》，③次子文嘉（休承）有《送周公瑕之金陵次張伯起韻》、④《次張伯起韻》，⑤文彭之子文肇祉有《張伯起同王玄靜吳恭先攜榼過塔影園》、⑥《立秋逢七夕和張伯起韻》、⑦《張伯起畜駕鵞數十於池客來呼之

---

① ［明］王世貞：《張伯起集序》，《弇州四部稿》（臺北：臺灣商務印書館影印文淵閣《四庫全書》，1983），《續稿》卷四十五，頁 15a。

② ［明］文彭：《博士詩集》，載《文氏五家集》（臺北：臺灣商務印書館影印文淵閣《四庫全書》，1983）卷七，頁 28a。

③ 同前注，卷八，頁 5b。

④ ［明］文嘉：《和州詩集》，同前注，卷九，頁 29b。

⑤ 同前注，頁 32b。

⑥ ［明］文肇祉：《錄事詩集》，同前注，卷十二，頁 13b—14a。

⑦ 同前注，卷十三，頁 8b—9a。

即至》等詩作。①而張鳳翼也稱許文徵明父子道：

> 文太史詩，雖未必上超開元，佳者亦不失大曆。……迨
> 國博、郡博之作，但謂之文家詩。今觀壽承"妾家住近江淹
> 宅，曾讀銷魂《別賦》來"、休承"五百年來幾摹本，翠禽猶在最
> 高枝"等句……亦各有奇致。②

稱文徵明之作至少可與中唐詩人比肩，而文彭、文嘉之作亦有奇
致，堪謂惺惺相惜。

至於後七子領袖王世貞，僅年長張鳳翼一歲，二人相識非早，
然亦頗爲相得。王氏之言曰：

> 余所善彭年孔嘉每謂余："不恨伯起不識公，恨公不識伯
> 起。"然余卒卒竟無由識之，而又數年，乃始定交，已相得
> 懽甚。③

定交後，王世貞與張鳳翼過從甚頻，亦時有詩文唱酬。考王氏《弇
州四部稿》中如《贈張伯起應試南都》、④《張伯起作懷賢行念予與
彭孔嘉病中有日日禮醫王語戲作俚句爲答》、⑤《仲春望後二日與
彭孔嘉章道華劉子威魏季朗張伯起張幼于舍弟敬美過袁魯望遇
雪探韻得先字》、《春日同彭孔嘉黃淳父周公瑕章道華劉子威袁魯
望魏季朗舍弟過張伯起幼于園亭探韻得梅字》、《與周公瑕袁魯望
張伯起舍弟訪要離墓分韻得幽字》、⑥《虎丘寺同子與孔嘉淳父公

---

① ［明］文肇祉：《録事詩集》，載《文氏五家集》，卷十四，頁 14b。
② ［明］張鳳翼：《談輅》（上海：上海古籍出版社據北京大學圖書館藏明萬曆
　　刊本影印，1995）卷下，頁 31a。
③ ［明］王世貞：《張伯起集序》，《弇州四部稿》，《續稿》卷四十五，頁 15a。
④ 同前注，卷十九，頁 8b—9a。
⑤ 同前注，卷二十，頁 8a。
⑥ 同前注，卷三十七，頁 9a—10b。

瑕伯龍舍弟送別袁魯望張伯起會試北上得陽字》、①《送張伯起兄弟會試》、②《東行訪張伯起不遇飲幼于別館》、③《張伯起丈創悔世緣閉關繕性投詩見貽超然之致聊爾有答》等詩，④又有書信兩封。王氏且爲張氏詩文集作序，爲其求志園作記。⑤這些皆顯示著二人的密切交往。王世貞嘗贈詩張鳳翼云：

> 我愛張平子，清標冠吳趨。夷然忘《四愁》，不復賦《三都》。白苧明下童，寶珙酒家胡。一草《思玄》篇，棄之忽若無。……縱復浮名至，是身安得居？拂軫報知音，毋令流水孤。⑥

將張鳳翼比作東漢的張衡，然又謂其已從“身在江湖，心存魏闕”的情感中超脫出來，與世推移，詩酒自適，棄浮名如敝屣，篇末更以高山流水爲喻，把張氏引爲知音。由於王世貞對張鳳翼的推挹，當時的後七子派與張鳳翼也每有過從。如後七子另一位領袖李攀龍，亦與張鳳翼有過從，其去世時，張氏有《挽李于鱗》。⑦其與王世貞之弟王世懋亦每有唱酬贈答。此外，與張氏最爲投契者尚有胡應麟。考胡氏《少室山房集》，其贈張氏之詩計有《寄張伯起》、⑧《張伯起

---

① ［明］王世貞：《張伯起集序》，《弇州四部稿》，《續稿》卷四十五，頁 16a。
② 同前注，頁 17a。
③ 同前注，卷五十一，頁 10a—10b。
④ 同前注，《續稿》卷六，頁 4a—4b。
⑤ ［明］王世貞：《求志園記》，同前注，卷七十五，頁 5a—6b。
⑥ ［明］王世貞：《張伯起丈創悔世緣閉關繕性投詩見貽超然之致聊爾有答》，同前注，《續稿》卷六，頁 4a—4b。
⑦ ［明］張鳳翼：《挽李于鱗》，《處實堂集》（臺南：莊嚴文化事業有限公司據北京圖書館藏明萬曆刊本影印，1997）卷三，頁 20b。
⑧ ［明］胡應麟：《少室山房集》（臺北：臺灣商務印書館影印文淵閣《四庫全書》，1983）卷二十四，頁 10b—11a。

煖閣小集夜同過幼于園》、①《過張伯起幼于園中二君各出小影索
余題即席賦二首·其一》、②《張伯起幼予邀集別墅觀白公石戲
贈》、《伯起園池中鸂鷘數十頭甚馴擾戲贈二首》、③《湖上酒樓聽歌
王檢討敬夫汪司馬伯玉二樂府及張伯起傳奇戲作·其三》諸作,④
且又有《跋張伯起詩卷》之文。⑤胡應麟亦將張鳳翼引爲同調:

　　　　伐木懷同調,連枝愜共吟。圍爐冬閣煖,秉燭夜堂深。
　　月倚孤城桿,風交萬户砧。龍唇絃絶久,拂拭爲知音。⑥

張鳳翼在戲曲上的成就,胡應麟亦非常肯定,其詩云:

　　　　掩徑頻年侶博徒。陽春堂上白雲孤。才聞北里歌《紅
　　拂》,又見東園演《竊符》。⑦

對於張鳳翼倚聲博戲的才子生活,胡應麟不無稱羨之意。其《跋
張伯起詩卷》則曰:

　　　　癸未過吳門,訪伯起曲水園。出素卷索書得此,乃《洞山
　　十絶句》。書端縝温厚,鋒穎内藏,詩亦穩妥清適,雅與書稱,
　　當是伯起合作。此君四十即輟試禮闈,鑿坏蓬蓽,真古之遺
　　隱。無奈翰墨爲累。又傳奇數本,俊語灼灼人口耳。⑧

---

①［明］胡應麟:《少室山房集》,卷三十三,頁 11a。

②同前注,卷三十六,頁 3a。

③同前注,卷七十一,頁 5b。

④同前注,卷七十六,頁 13a—13b。

⑤同前注,卷一百一十,頁 5a。

⑥［明］胡應麟:《張伯起煖閣小集夜同過幼于園》,同前注,卷三十三,頁 11a。

⑦［明］胡應麟:《湖上酒樓聽歌王檢討敬夫汪司馬伯玉二樂府及張伯起傳奇
　戲作·其三》,同前注,卷七十六,頁 13a—13b。

⑧［明］胡應麟:《湖上酒樓聽歌王檢討敬夫汪司馬伯玉二樂府及張伯起傳奇
　戲作·其三》,同前注,卷一百一十,頁 5a。

以“穩妥清適”評價張鳳翼的詩歌，以“俊語灼灼人口耳”評價張鳳翼的戲曲，又譽之爲“古之遺隱”。由王世貞、胡應麟等後七子派中堅人物與張鳳翼之相得，可知張鳳翼在嘉靖至萬曆時期的文壇上有一定影響力。

三、張鳳翼的著述

　　張鳳翼有著作多種，今日亡佚者亦復不少，如《四書句解》、《瑞蘭閣景行録》、《清河逸事》、《自訂年譜》、《國朝詩管花集》等，天壤間殆已無餘。然其現存著作，至少有八種之多，唯其中《楚辭合纂》有僞託之嫌。本節首先於第一目考述《處實堂集》的編刊情況，第二目就《楚辭合纂》的真僞問題提出一些看法，復於第三目就張氏現存的其他六種著述作一考略。

（一）《處實堂集》

　　《千頃堂書目》卷二十四著録《處實堂前集》十二卷《後集》六卷，①《蘇州府志・藝文》同之。②《續文獻通考》卷一百九十三僅著録《處實堂集》八卷。③《四庫總目・別集類存目》云：

　　　　是編詩四卷，文三卷，末一卷曰《談輅》，則其筆記也。鳳
　　　翼才氣亞於其弟獻翼，故不似獻翼之狂誕，而詞采亦復少遜。

---

① ［清］黄虞稷：《千頃堂書目》（臺北：臺灣商務印書館影印文淵閣《四庫全書》，1983）卷二十四，頁 27b。
② ［清］李銘皖修，［清］馮桂芬纂：《蘇州府志》，頁 3244。
③ ［清］高宗皇帝主編：《續文獻通考》（臺北：臺灣商務印書館影印文淵閣《四庫全書》，1983）卷一百九十三，頁 19b。

生平好填詞，集中多論傳奇之語。《千頃堂書目》載鳳翼《處實堂前集》十二卷，《後集》六卷，與此本皆不符，未喻其故。①考今人所編《四庫全書存目叢書》影印之北京圖書館藏萬曆刊本，正集八卷，其八即《談輅》。王世貞《弇州四部稿·續稿》中卷四十五有《張伯起集序》，疑即正集之原序，不知何故未有收錄。續集則爲十卷，以十干排之，如卷一、二之首頁第一行下分別有"甲乙稿"字樣。其詳情如下：卷一、二爲甲乙稿，三、四爲丙丁稿，五、六爲戊己稿，七、八爲庚辛稿，九、十爲壬癸稿。各稿皆先詩而後文，與正集前四卷爲賦、詩，而後四卷爲文，在編排上有所差異。筆者以爲，續集以十干分稿，有繫年之意。茲舉例言之：

一、甲乙稿卷二《羅明府元配錢夫人墓志銘》："萬曆辛巳十一月十二日，羅明府元配錢夫人卒。越二年，明府將舉夫人柩葬之吳縣……屬予志其幽宮。"②辛巳而越二年，即萬曆十二年甲申（1584）。

二、戊己稿卷五有七律題作《己丑夏五大旱，撫臺周公虔禱不雨，按院李公將至。先是，戊子秋旱，李公下車即雨》。③戊子、己丑即萬曆十六（1588）、十七年（1589）。

三、庚辛稿卷八《蔭桐葉君六十介壽歌序》云："歲辛卯，處士甲子既周。"④辛卯即萬曆十九年（1591）。

————————

①［清］永瑢主編：《四庫全書總目》（中華書局，1965），頁1602。
②［明］張鳳翼：《羅明府元配錢夫人墓志銘》，《處實堂續集》（臺南：莊嚴文化事業有限公司據北京圖書館藏明萬曆刊本影印，1997年）卷二，頁28a。
③［明］張鳳翼：《己丑夏五大旱撫臺周公虔禱不雨按院李公將至先是戊子秋旱李公下車即雨》，同前注，卷五，頁17b。
④［明］張鳳翼：《蔭桐葉君六十介壽歌序》，同前注，卷八，頁12a。

四、壬癸稿卷九《元旦二首》其一云："壬辰頒曆下堯天。"①壬辰即萬曆二十年（1592）。

由以上數例可以推知，續集十卷所收，大率乃張氏於萬曆十二年至廿一年間之作品。

又《續修四庫全書》亦收《處實堂集》，乃北京大學圖書館所藏萬曆刊本，計有正集八卷、續集十卷及後集六卷。正、續集之編次內容悉同於北圖本，書首亦無王世貞序。唯後集乃北圖本所無，當即《千頃堂書目》所錄《後集》六卷。且後集書首有祁承爜《處實堂後集序》，題"庚戌春日茂苑舊令山陰祁承爜序於善果寺之僧舍"。查庚戌即萬曆三十八年（1610），時張鳳翼年八十四。

祁氏《後集序》云："先生於嘉、隆間已有《處實堂集》，此其續也。"②可知《處實堂集》之正集八卷（或亦包括續集在內）於嘉靖末葉至隆慶（1567—1572）年間業已刊行。試推想之，蓋張氏於嘉、隆間編成正集八卷，邀王世貞作序。此後新稿附益於正集，合稱前集十二卷。其後新稿日多，又將萬曆十二年至廿一年間之作品編爲續集十卷，遂有前集十二卷及正集八卷續集十卷兩種版本。張氏耄耋之際，復將萬曆廿一年以後之新作編爲六卷，題曰後集，邀祁承爜作序。換言之，後集面世前，讀者所見當有正集八卷本（四庫館臣所見者）、前集十二卷後集六卷本（黃虞稷所見者）

---

① ［明］張鳳翼：《元旦二首》其一，《處實堂續集》，卷九，頁 11a。

② ［明］祁承爜：《處實堂後集序》，載［明］張鳳翼：《處實堂後集》（上海：上海古籍出版社據北京大學圖書館藏明萬曆刊本影印，1995），頁 3a。按：曹學佺編《明五集》收張氏之作，稱其集爲《處實齋集》。然觀祁序，可知曹書乃手民之誤。

及正集八卷續集十卷本(北圖所藏者)。而北大藏本,包括正集八卷、續集十卷及後集六卷,應爲後集面世後之合訂本,内容最爲齊備。

此外,《明史・藝文志》之著録爲"張鳳翼《處實堂前後集》五十三卷",①卷數亦不相同,姑録以待考。

(二)關於《楚辭合纂》的真僞

張鳳翼之《楚辭》眉批,除收録於諸家集評外,亦見於其名下之《楚辭合纂》一書。此書傳世甚少,據崔富章所記,有浙江圖書館所藏兩部及重慶圖書館一部。此外,北京國家圖書館、復旦大學圖書館亦有藏本。筆者所見浙圖藏本共十卷,其目次如下:

表一　《楚辭合纂》目次概略

卷一	離騷經	卷六	大招、惜誓、弔屈原、反離騷
卷二	九歌、天問	卷七	招隱士、七諫
卷三	九章	卷八	哀時命、九懷
卷四	遠遊、卜居、漁父	卷九	九歎
卷五	九辯、招魂	卷十	九思

四庫館臣論朱熹《楚辭集注》:"是編並削《七諫》、《九懷》、《九歎》三篇,益以賈誼二賦。陳振孫《書録解題》謂以'《七諫》以下,詞意平緩,意不深切,如無病而呻吟者也'。晁氏《續離騷》凡二十卷,《變楚辭》亦二十卷。《後語》刪爲六卷,去取特嚴。而揚雄《反

---

① 《明史》(北京:中華書局,1997),頁2442。

騷》爲舊録所不取者，乃反收入。《自序》謂：‘欲因《反騷》而著蘇
氏、洪氏之貶詞，以明天下之大戒也。’”①由《合纂》卷六、卷七可
知，此書編次大抵依據朱注，又删去賈誼《鵩鳥賦》，而躋揚雄《反
離騷》入正編之中。且仍將《七諫》、《九懷》、《九歎》附驥於卷八至
十，以備存覽。值得注意的是，一如崔富章所言，此書“首王世貞
序，即夫容館刊《楚辭章句》序，惟開頭‘梓《楚辭》十七卷，其前十
五卷，爲漢中壘校尉劉向編集’，此本改‘十七卷’爲‘十卷’，‘前十
五卷’爲‘前八卷’，餘皆同”。崔氏又記此書“卷端題：‘楚辭卷
一’。次行題：‘漢王逸章句　宋朱熹集注　明張鳳翼合纂’。三
行：‘離騷經第一’，雙行小字引班固、顏師古、洪興祖、王逸、張鳳
翼諸説。四行起王逸小序，五行起入正文。每半葉九行，行二十
字，小字雙行。白口，左右雙邊。眉間鑴鍾惺、張鳳翼、劉辰翁、胡
應麟、陳繼儒、陸時雍、王世貞諸家評語”。②鄭振鐸認爲，此書並
非張鳳翼所編：

　　　　此本乃明末坊賈所爲。折衷漢、宋王、朱二注，復附以劉
　　辰翁、張鳳翼、鍾伯敬諸家注評。卷首王世貞《序》，疑亦竊取
　　之他本者。作爲《楚辭》讀本之一，固亦未必遂遜陸時雍、蔣
　　之翹也。③

筆者以爲，鄭氏之語甚爲有理，茲進而由序文、刊年、注文及眉批
四方面而論之：

　　第一、序文之疑：崔富章謂《合纂》前王世貞序實乃夫容館刊
《楚辭章句》序，且“惟開頭‘梓《楚辭》十七卷，其前十五卷，爲漢中

---

①［清］永瑢主編：《四庫全書總目》，頁 1268。
②崔富章：《楚辭書目五種續編》（上海：上海古籍出版社，1993），頁 80。
③鄭振鐸：《西諦書跋》（北京：文物出版社，1998），頁 204。

疊校尉劉向編集’，此本改‘十七卷’爲‘十卷’，‘前十五卷’爲‘前八卷’”。考姜亮夫嘗論萬曆間張京元《删注楚辭》云：“其録焦竑序，則取自汪瑗《楚詞蒙引》乙卯焦竑序，而易其後截，余疑其僞，蓋援名流以自重，固明人惡習之一也。”①如前文所言，王世貞與張鳳翼乃多年知交，故嘗爲其《處實堂集》作序。若張氏編成《合纂》而請序，王氏斷無將舊文改頭換面、權充新作之理。且王氏序曰：“吾友豫章宗人用晦，得宋《楚辭》善本梓而見屬序。”②而張鳳翼亦有《懷用晦諸王孫》詩，③用晦即宗室朱謀㙔，別號夫容館主人者。可知王世貞、張鳳翼與朱氏皆有交情。若王世貞“一稿兩投”，爲友者情何以堪？復查夫容館《楚辭章句》梓於隆慶五年（1571），王世貞序當作於此際。時《紅拂記》早已流傳於世，《處實堂集》正集八卷亦已刊行，固知張鳳翼斷非藉藉無名之輩；其文學主張與王世貞亦有牴牾，更不必援引王世貞自重，删改其文而冠於己書之首。

　　第二、刊年之疑：《合纂》書中並未紀録刊印年代，然據其集評略可考見。此書評者有鍾惺、陸時雍等人，年輩皆晚於張鳳翼。鍾惺於萬曆三十八年（1610）方成進士，四十二年至四十六年期間，與譚元春評選《古唐詩歸》，以致“承學之士，家置一編”，聲名乃顯。陸時雍仕途蹉跎，天啓年間（1621—1627）刊印《楚辭疏》，始爲人知。④則《合纂》之付梓，蓋當更晚在崇禎之世。而張鳳翼

---

①姜亮夫：《楚辭書目五種》，頁80。

②［明］王世貞：《楚辭序》，《弇州四部稿》卷六十七，頁18a。

③［明］張鳳翼：《懷用晦諸王孫》，《處實堂集》卷三，頁53b。

④案：《楚辭疏》部分内容以眉批形式收録於蔣之翹於明天啓六年（1626）刊印之《七十二家評楚辭》，則《楚辭疏》之問世時間更早於此年。

卒於萬曆四十一年(1613)，享壽八十七，時《詩歸》、《楚辭疏》皆未面世。又崔富章謂此書"重慶圖書館藏本，四册。扉頁鐫：'楚屈宋騷辭　陳眉公鍾伯敬評點。'"①蓋此書刊印於天啓、崇禎之際，故坊賈於扉頁僅標以當代陳繼儒、鍾惺等名士以招徠顧客，不復措意於去世已久之張鳳翼矣。

　　第三、注文之疑：張鳳翼中年編《文選纂注》，其自序謂纂注之方法道："語有背馳則曲其長而委其短，事多疊肆則筆其一而削其餘。時或鼎新乎己意，亦期不詭於聖經。故每因一字之益而意以彰，緣片言之損而辭以達，非若齊丘攘《化書》於譚峭、郭象竊《解義》於向秀也。"②知其於李善及五臣舊注有所損益，添以己意，非如西晉郭象竊向秀之《莊子解義》、南唐宋齊丘改譚峭《化書》爲《齊丘子》而已。查其注文，已見確時時有之。《文選纂注》卷七《離騷經》提下小注云："諸注同異不一，今參用唐宋各家而折衷之。"③此文亦見引於《合纂》，④故崔富章謂《合纂》書名之意爲"綜王逸、洪興祖、朱熹之説而斷以己意"。⑤然考《合纂》注文，幾全係割裂王、洪、朱氏舊注而成，新意罕見，與《文選纂注》之方法頗有逕庭。

　　第四、眉批之疑：陳深《批點本楚辭集評》、蔣之翹《七十二家評楚辭》中，陳、蔣之評語縱非佔絶對多數，其量亦頗爲引人注目。讀《文選纂注》，知張鳳翼於屈騷亦頗爲究心；而據本文附表統計，

---

①崔富章：《楚辭書目五種續編》，頁81。
②［明］張鳳翼：《文選纂注序》，《文選纂注》(臺南：莊嚴文化事業有限公司據廣西師範大學圖書館藏明萬曆刊本影印，1997)，頁1b—2a。
③同前注，卷七，頁41a。
④題［明］張鳳翼：《楚辭合纂》(浙江省圖書館藏明末刊本)卷一，頁1a。
⑤崔富章：《楚辭書目五種續編》，頁80。

《合纂》篇幅達十卷，又題張氏所纂，然全書所録張氏眉批僅 19 條而已。故重慶圖書館藏本之扉頁可輕易改題"陳眉公鍾伯敬評點"，毋乃此書所録張氏評語未豐之故乎！考諸書集評中之張氏眉批，往往採自《文選纂注》。如《合纂》之《離騷》題下注、《招魂》序下注，即是如此。然馮紹祖《觀妙齋楚辭集評》收録張氏眉批 4 條（附表第 4、7、12、23 條）、陳深《批點本楚辭集評》收録 2 條（附表第 13、23 條）、題焦竑《二十九子品彙釋評・屈子》收録 5 條（附表第 4、7、11、12、13 條），除第 11 條外，亦悉《文選纂注》之注文，卻皆不見於《合纂》。復如蔣之翹《七十二家評楚辭》所收張氏眉批共 11 條，見於《合纂》者亦僅有 6 條而已。若此書乃張鳳翼手編，則其眉批之選録標準似堪質疑。其次，《合纂》眉批之文字有出現奪訛情況者。如《招魂》序下注云："此必原死而玉作以招之也。舊説皆云生死，殊未妥。"①何謂"生死"，令人費解。查《文選纂注》之《招魂》題下注云："舊説皆云施之生時以諷諫楚王，殊未妥。"②文義方愜。若《合纂》乃張氏手編，校勘當不至如是。

　　由以上四點可以進一步印證鄭振鐸之説，亦即《合纂》十卷非張鳳翼自編。然而鄭振鐸認爲此書"作爲《楚辭》讀本之一，固亦未必遂遜陸時雍、蔣之翹也"，可見仍有可取之處。進而言之：自萬曆前期馮紹祖《觀妙齋楚辭集評》、陳深《批點本楚辭集評》等書出後，《楚辭》集評之書面世者紛至沓來。如四庫館臣批評沈雲翔所編《楚辭評林》之語，多少道出了這些集評之書的面貌："是書成於崇禎丁丑，因朱子《集注》，雜採諸家之説，標識簡端，冗碎殊

---

① 題[明]張鳳翼：《楚辭合纂》卷五，頁 9b。
② [明]張鳳翼：《文選纂注》卷七，頁 63a。

甚。"①其言雖是，但晚明所見文獻至今日亡佚者又不知凡幾，這些被清人認爲價值不高的集評，在當今看來卻保存了不少前人佚說。當然，晚明有少數集評質量低劣，如舊題歸有光《諸子彙函》收錄屈原作品十一篇，名曰《玉虚子》。其108條評語（包括眉批與總評）中有100條是剽襲、黏合《諸子品節・屈子》、題焦竑《二十九子品彙釋評・屈子》及其他古籍，僞託明朝賢達爲之。②相形之下，《合纂》所收劉辰翁、王世貞、胡應麟、陳繼儒、陸時雍、鍾惺諸家評語大率非僞造之語。而張鳳翼名下19條眉批中亦有8條互見於《文選纂注》及其他《楚辭》集評。正如羅劍波所説，《合纂》所載各家評語仍與陸時雍《楚辭疏》、蔣之翹《七十二家評楚辭》及來欽之《楚辭述注》多有相同者。而蔣之翹所刊書校選精審，其中所選張鳳翼語應當可靠。③進而言之，張氏著作散亡不少，其中殆有論及《楚辭》之處；其點評屈騷之語，或平日言後而爲友徒所記、或記於書眉而爲後人所錄，皆未可知。故其餘獨存於《合纂》之11條眉批，在沒有進一步證據的情況下，不可驟斷爲僞，當仍視作張鳳翼之語爲宜。而張氏名下另外獨見於《七十二家評楚辭》的5條眉批中的4條亦可作如是觀。④

（三）其他現存著述叢考

張鳳翼的著作，除《處實堂集》及《楚辭合纂》外，目前尚存者

---

① ［清］永瑢主編：《四庫全書總目》，頁1270。

② 見拙著：《歸有光編〈玉虚子〉辨僞》，《漢學研究》第24卷第2期（2006.12），頁449—482。

③ 羅劍波：《明代楚辭評點研究》（復旦大學中文系博士論文，2008年），頁168。

④ 案：此5條中有1條爲五臣注文，誤作張氏語，詳見本書頁164注2。

計有《夢占類考》、《海内名家工畫能事》、《談輅》、《文選纂注》、《陽春六集》(殘)、《敲月軒詞稿》(殘)六種。兹考述如下:

一、《夢占類考》——黄虞稷《千頃堂書目》卷十三著録《夢占類考》十二卷。①《明史·藝文志》同之。②《蘇州府志·藝文》亦然。③《續文獻通考》卷一百八十二題作《占夢類考》十二卷。④《四庫總目·子部術數類存目》仍作《夢占類考》,提要云:"是編取六經子史及稗官野乘所言夢兆之事,排比成書。分爲三十四類。大抵摭集原文,略採後人之論,及以己見附之。然亦僅據其善惡已然之述,而於所謂占事知來者,茫乎未得其術。則亦僅鈔撮故事之書,而不可據以候际吉凶。於占之名,頗無當也。"⑤今有《四庫全書存目叢書》及《續修四庫全書》影印本,所據皆爲萬曆十三年(1585)信陽王祖嫡刻本。

二、《海内名家工畫能事》——《續文獻通考》卷一百八十八著録《海内名家工畫能事》二卷。⑥《蘇州府志·藝文》同之。⑦《四庫總目·子部藝術類存目》云:"是編採輯前人論畫緒言,然語多淺近,僅可以教俗工。中有戴逵、王維論畫之辭,尤出於依託,鳳翼不能辨也。"⑧此書今未見。

---

① [清]黄虞稷:《千頃堂書目》卷十三,頁 27b。
② 《明史》,頁 2442。
③ [清]李銘皖修,[清]馮桂芬纂:《蘇州府志》,頁 3244。
④ [清]高宗皇帝主編:《續文獻通考》卷一百八十二,頁 21a。
⑤ [清]永瑢主編:《四庫全書總目》,頁 951。
⑥ [清]高宗皇帝主編:《續文獻通考》卷一百八十八,頁 8b。
⑦ [清]李銘皖修,[清]馮桂芬纂:《蘇州府志》,頁 3244。
⑧ [清]永瑢主編:《四庫全書總目》,頁 975。

　　三、《談輅》——《千頃堂書目》卷十二著録張鳳翼《談輅》三卷。①《蘇州府志・藝文》同之。②《續修四庫全書》據遼寧大學藏萬曆刊本影印者即分爲上、中、下三卷，符於《千頃堂書目》之言。考《四庫全書存目叢書》所收北京圖書館藏《處實堂集》正集卷八即《談輅》，而續集卷四、卷六及卷八之後半皆有《談輅續》，然合而觀之，猶不及三卷本之篇幅。蓋張氏《處實堂正續集》刊印在先，其時《談輅》條目未宏，故附於文集而行世。其後條目日增，乃輯而獨立成書，即今日所見之三卷本耳。此外，叢書《百陵學山》收有《談輅》一卷，當自三卷本或《處實堂集》所擷取者。

　　四、《文選纂注》——《千頃堂書目》卷三十一著録《文選纂注》十二卷。③《續文獻通考》卷一百九十七同之。④《蘇州府志・藝文》亦然。⑤此書今有《四庫全書存目叢書》據廣西師範大學圖書館藏萬曆刊本影印本。書首自序題於萬曆庚辰（八年，1580）。張氏編撰此書時，曾致函友人沈懋學曰：“文選之役，本欲盡洗故箋，一出智臆。弟恐歲不我與，或不能竟，故不得不有所因。然創自己見者，十恆二三，自諒於藝林不無小補。”⑥《四庫總目・別集類存目》云：“是書雜採諸家詮釋《文選》之説，故曰纂注。然所引多不著所出。夫詮釋義理，可以融會群言，至於考證舊文，豈可不明依據。言各有當，不得以朱子《集傳》、《集注》藉口也。其論《神女賦》王字譌玉、玉字譌王，蓋採姚寬《西溪叢語》之説，極爲精審。

---

①［清］黃虞稷：《千頃堂書目》卷十二，頁 38a。
②［清］李銘皖修，［清］馮桂芬纂：《蘇州府志》，頁 3244。
③同前注，卷三十一，頁 11a。
④［清］高宗皇帝主編：《續文獻通考》卷一百九十七，頁 25a。
⑤［清］李銘皖修，［清］馮桂芬纂：《蘇州府志》，頁 3244。
⑥［明］張鳳翼：《與君典書》，《處實堂集》卷五，頁 34a—34b。

其注無名氏《古詩》,以‘東城高且長’與‘燕趙多佳人’分爲兩篇,十九首遂成二十。不知陸機擬作,文義可尋,未免太自用矣。"①

五、《陽春六集》——此爲張鳳翼的戲曲集。明人沈德符《顧曲雜言》有《張伯起傳奇》條云:"伯起少年作《紅拂記》,演習之者遍中國。後以丙戌上太夫人壽,作《祝髮記》,則母已八旬,而身亦耳順矣。其繼之者,則有《竊符》、《灌園》、《炭庾》、《虎符》,兵刻函,爲《陽春六集》,盛傳於世,可以止矣。暮年值播事奏功,大將楚人李應祥者求作傳奇,以侈其勳,潤筆稍溢,不免過於張大,似多此一段蛇足,其曲今亦不行。"②李應祥所求作之傳奇即《平播記》,明代後期似已不見傳本。《炭庾記》今亡,唯於《群音類選》等曲選中尚有佚曲。此外清代佚名《別本傳奇彙考標目》尚著録《蘆衣記》、《泠然亭傳奇》、《玉燕記》,不詳所據。今有隋樹森、秦學人、侯作卿校點《張鳳翼戲曲集》,北京中華書局出版。

六、《敲月軒詞稿》——此爲張鳳翼的散曲集,共一卷,收套曲三套、小令五首,俱南曲。今已失傳。有盧前《飲虹簃所刻曲》輯本。此外,郭英德指出明刊《方來館合選古今傳奇萬錦清音》亦選有張氏散曲若干。③

此外,張氏與皇甫汸協助張德夫修纂隆慶《長洲縣志》十四卷附《藝文志》十卷,與徐日葵修纂天啓《江山縣志》十卷,二書皆成於衆手,茲不細論。

---

① [清]永瑢主編:《四庫全書總目》,頁1602。
② [明]沈德符:《顧曲雜言》(臺北:臺灣商務印書館影印文淵閣《四庫全書》,1983),頁14a。
③ 郭英德:《稀見明代戲曲選本三種敘録》,《清華大學學報(哲學社會科學版)》2007年第3期,頁76。

四、張鳳翼詩文觀考論

　　張鳳翼以戲曲創作見稱於世,其戲曲之藝術風貌、道德關懷、傳播流布以及劇作思想,今人時有論述。①張氏於詩古文辭亦爲擅場,早歲與弟獻翼、燕翼皆以此道聞名,乃至文徵明稱張氏之詩文可與徐禎卿、王鏊比埒。王世貞《張伯起集序》云:

　　　　伯起才不能盡,發而爲樂府新聲。天下之愛伯起新聲甚於古文辭,伯起夷然不屑也。其所應時制,自諸生升太學上舍,屢試輒甲,然僅用以得京兆薦,至公車輒報罷,則毋不稱伯起之才,而歎其屈。伯起復夷然不屑也,獨於古文辭有所搆結,則益工。諸岳牧令長上事徙罷,不得伯起言無以榮父,不得伯起言無以子兄,不得伯起言無以弟吉凶慶弔,不得伯起言無以參其事。以是伯起之搆結日益繁,而其傳亦日以廣。②

張鳳翼早年所作戲曲僅《紅拂記》一部,乃十九歲新婚時作。其後張氏長年困於場屋,於古文辭多有留意,其文名亦日高。絕意仕進後,方才於詩古文辭之外,又開始了戲曲撰構。張氏論創作之

---

①案:如有譚正璧《論張鳳翼及其〈紅拂記〉》、徐朔方《論張鳳翼——湯顯祖同時代的曲家論之一》、楊海中《略論張鳳翼及其戲劇創作》、史春燕《〈紅拂記〉盛傳探因》、《從〈祝髮記〉、〈虎符記〉看張鳳翼戲曲的道德關懷》、《淺論張鳳翼戲曲的藝術風貌》、《論張鳳翼戲曲中的俠義精神》、田興國《“識”字劇壇標赤幟 公義私情求兼美——張鳳翼劇作思想論》、朱偉明《案頭與場上——試論張鳳翼劇作的傳播流布》、盧勁波《〈紅拂記〉在明代的傳播》等,詳本文參考書目。
②［明］王世貞:《張伯起集序》,《弇州四部稿・續稿》卷四十五,頁 15b。

語,王世貞亦有紀録:

> 吾發於吾情而止於性,發於意而止於調。反之我而快,
> 質之古而合,以爲如是足耳。且夫辭達者,孔父之訓也。一
> 經一緯,宛然理矣,而加組焉,弗敢爲也。一宮一商,悠然音
> 矣,而加繁焉,弗敢爲也。①

朱熹嘗云:"性是未動,情是已動,心包得已動未動。蓋心之未動
則爲性,已動則爲情。"②又云:"性纔發,便是情。情有善惡,性則
全善。"③可見張鳳翼謂"吾發於吾情而止於性",乃自言其文情雖
有洸洋恣肆的特色,本意卻都與儒家性善的宗旨相符。他不求文
藻雕琢、五音繁會,只望達致孔子所云"辭達而已"的標準,力圖在
師古(質之古)與師心(反之我)之間找到一個平衡的契合點。"發
於情而止於性,發於意而止於調"及"辭達而已"當是張鳳翼最爲
人所瞭解的創作方針、論文指標,故爲王世貞寫入其文集序中。
進而言之,張鳳翼《處實堂集》及《談輅》中論析詩文之語,亦非罕
覯。故本節擬整理分析相關資料,以見其詩文觀之特色。

(一)論作者心志

　　楊海中指出,張鳳翼雖與王世貞交往頗厚,但當後七子倡言
復古風靡國人之時,張氏頗不以爲然,以嚴厲的態度批評那些一
味復古者。④這從其《與人論文書》中可以知其涯略:

> 苟操觚者但寫胸臆而無意於立門户,法古者師其意義而

---

① [明]王世貞:《張伯起集序》,《弇州四部稿·續稿》卷四十五,頁 15b—16a。
② [宋]黎靖德編:《朱子語類》(北京:中華書局,1986)卷五,頁 19。
③ 同前注,頁 14。
④ 楊海中:《略論張鳳翼及其戲劇創作》,《中州學刊》(1990 年第 6 期),頁 97。

　　不効其口胳，論文者玩其所可解而不眩其所難識，敦和平而
　　黜詭誕，尚顯易而略艱深，又烏知今文之不爲古乎？①

張鳳翼認爲文學創作的目的是爲了寫胸臆，手段是師其意不師其
詞，而評論者更不應僅僅著眼於鉤章棘句，矜爲玄妙。這番言論
無疑點出了師古説者的最大弊病。

　　而自《詩大序》揭櫫"詩言志"之説後，歷代論詩者從者甚夥。
張鳳翼於《文國博和州詩集序》一文中强調了此説：

　　夫詩言志也。爲詩不以志，即馳聲騁調，足以博名高，不
　　足以攄性靈，胡談古詩者？②

這與前文所論"發於情而止於性，發於意而止於調"之説互爲印
證。在張氏看來，文辭和聲調是外在的形式，心志性情才是作品
的靈魂。美好的文辭、悦耳的聲調固然令人欣喜，但也可能掩飾
内容的淺陋。作者有可能以這種形式美贏得世俗的高名，但論者
卻無法以此斷定作者的優劣。因此，張鳳翼又以唐人白居易"根
情、苗言、華聲、實義"之説爲基礎，③聲言論詩要求作者之心：

　　論詩當觀樹木，其心術根也，人品幹也，學力枝葉也，辭
　　華花萼也。若專就詩論詩，而不求其心，亦非深於詩者。故
　　觀"結廬"之什，則知閒雅出於素履；讀"聞笛"之詠，則知慷
　　慨發於由衷。苟非其人，則華而不實，雖能大言，終是
　　恍惚。④

孟子云："頌其詩，讀其書，不知其人，可乎？是以論其世也。是尚

---

①［明］張鳳翼：《與人論文書》，《處實堂續集》卷六，頁7b—8b。
②［明］張鳳翼：《文國博和州詩集序》，同前注，頁18a—18b。
③［唐］白居易：《與元九書》，《白居易集》（北京：中華書局，1979），頁960。
④［明］張鳳翼：《談輅》卷下，頁4b。

友也。"①張鳳翼所謂求其心,便有孟子"知人"之意。他以陶淵明《飲酒》詩及李白《春夜洛城聞笛》詩爲例,認爲陶淵明的閒雅、李白的慷慨皆出於天性和素習,不可力强而致。若非其人,縱然能模仿得形似,始終缺乏神韻。如前所言,朱熹提出"性則全善",張鳳翼也因而倡言作者心志之正。《談輅》論陸機道:

> 陸士衡詩云:"玄冕無醜士,冶服使我妍。"(案:此爲《吳王郎中時從梁陳作詩》中語。)然則潤身生色之云非乎? 夫徒見玄冕之妍,則必以冠可彈而不可挂,褐可釋而不可服,所謂知進而不知退者也。迫其及也,乃思華亭鶴唳,晚矣。②

史載陸機好游權門,與賈謐親善,又曾爲成都王司馬穎平原內史,後遭穎所害。臨終時歎道:"華亭鶴唳,豈可復聞乎!"③在張鳳翼看來,正因陸機攀附權貴,乃至最終死於非命。這種干進務入的心態發而爲詩,自然會出現"玄冕無醜士,冶服使我妍"之類的句子。

對於友人詩作之臧否,張鳳翼仍是立足於心志性情。如其在回覆友人沈懋學的信中論沈氏詩云:

> 《扇頭詩》翩翩讀之爽神,若"片雲歸鳥狎,孤徑落花深"、"積雨迷村塢,行藏付釣磯"諸聯,尤爲警絕。惟"二月病愁增柳絮,一生心事問梅花"等語,氣骨稍弱,且揆之詩讖,似非壯年所宜耳。④

---

①[宋]孫奭疏:《孟子注疏》(臺北:藝文印書館影印清嘉慶二十年[1815]阮元南昌府學刊本,1985),頁 186。

②[明]張鳳翼:《談輅》卷下,頁 2b。

③見《晉書》(北京:中華書局,1997),頁 1480。

④[明]張鳳翼:《復沈殿撰君典書》,《處實堂集》卷五,頁 27b。

張鳳翼所批評的沈懋學詩作於春日，時梅花已落，柳絮正飛，故有此語。然張氏蓋認爲，沈氏堂堂鬚眉，又身居木天清貴之地，詩作當有雄健淵雅之度；梅柳本即纖柔之物，於詩中又隱喻著病愁與死亡，實爲不祥，故以"氣骨稍弱"論之，且目爲詩讖。由此可知，張鳳翼强調的心志，也包涵了積極正面的人生態度。故徐朔方謂張鳳翼"比徐謂少六歲，比湯顯祖大二十三歲，卻差不多在同時對後七子作出批判，成爲後來公安派的先聲"；①楊海中亦稱張氏："早公安派'獨抒性靈，不拘格套'半個世紀提出進步的文學新主張，開風氣之先，是值得稱道的。"②誠哉斯言。

　　正因張鳳翼主張推求作者的心志，故也承繼了孟子之言，强調"不以辭害意"。《孟子・萬章上》云：

　　　　咸丘蒙問曰："……《詩》云：'普天之下，莫非王土；率土之濱，莫非王臣。'而舜既爲天子矣，敢問瞽瞍之非臣如何？"曰："是詩也，非是之謂也，勞於王事而不得養父母也。曰：'此莫非王事，我獨賢勞也。'故説詩者，不以文害辭，不以辭害志；以意逆志，是爲得之。如以辭而已矣。《雲漢》之詩曰：'周餘黎民，靡有孑遺。'信斯言也，是周無遺民也。"③

孟子指出，"普天之下，莫非王土；率土之濱，莫非王臣"及"周餘黎民，靡有孑遺"等詩句，前者乃自言勤勞王事而不能奉養父母，後者實謂西周滅亡後赤地千里的景象。因此，必須探求原作者之意，靈活理解，絶不能太過拘泥於字面。張鳳翼則舉了唐人杜牧

---

① 徐朔方：《論張鳳翼——湯顯祖同時代的曲家論之一》，《藝術百家》（1988年第 2 期），頁 113。
② 楊海中：《略論張鳳翼及其戲劇創作》，《中州學刊》（1990 年第 6 期），頁 97。
③〔宋〕孫奭疏：《孟子注疏》，頁 163。

的《赤壁》爲例：

> "東風不與周郎便，銅雀春深鎖二喬。"自是詩人之致。
> 要之事理，操下江陵以來，師已老，氣已驕，而東吳君臣以精
> 勵之識、兢業之念應之，即無火攻之便，亦足以固守，豈有破
> 亡之理，而使二喬爲所虜哉！故曰：説詩者不以辭害意。①

從政治和軍事的角度來分析曹魏和孫吳的形勢，即使没有赤壁火
攻，孫吳也不可能亡國。但是在文學的角度，爲了凸顯赤壁之戰
在歷史上的決定性意義，自可作出一些藝術誇張。以政治和軍事
的理性來考察、衡量詩歌的内容，一定會有些不合理處。假如採
取"不以辭害意"的閱讀態度，這些疑問就可迎刃而解了。

（二）論詩文作法

張鳳翼持著"辭達而已"的主張，故對文勝於質的文學形式頗
有微詞。其《吳淞漫稿序》云：

> 今之摛藻者，疇不驚奇誕瑰瑋哉！乃若循矩蠖、尚恓惶
> 以寫成其感慨，發其隱憂，無俟鉤奇抉異，令齷齪束人口，而
> 言言實証實悟者，其人可想也。②

前後七子提倡文必秦漢、詩必盛唐，一時操觚之士靡然從之。而
張鳳翼以爲，奇誕瑰瑋的辭采、鉤奇抉異的筆法，自可駭人聽聞，
吸引讀者的注意力；但在好奇尚華的文風下，作品千篇一律、衆口
一詞，無疑會造成審美的麻痺。如果遵循傳統的寫作方式，用樸
實的文字表達心中的感慨隱憂，反而更能感動讀者。抑有進者，
如果作者没有個人的心志性情，即使文辭古雅，也只是貌似而非

---

① ［明］張鳳翼：《談輅》卷下，頁 3b—4a。
② ［明］張鳳翼：《吳淞漫稿序》，《處實堂續集》卷四，頁 9b。

神似：

> 動援屈宋所攄，不過蘭椒鸞鴟、招魂筮夢之類，以爲屈宋
> 在是乎？動推少陵，然所襲不過乾坤宇宙、百年萬里之類，以
> 爲少陵在是乎？①

王逸《離騷序》論述《楚辭》的寫作手法道："《離騷》之文，依《詩》取興，引類譬諭，故善鳥香草以配忠貞，惡禽臭物以比讒佞，靈脩美人以媲於君，宓妃佚女以譬賢臣，虯龍鸞鳳以託君子，飄風雲霓以爲小人。"②杜甫則有《登岳陽樓》"乾坤日夜浮"、《詠懷古跡其五》"諸葛大名垂宇宙"、《登高》"萬里悲秋常作客，百年多病獨登臺"等名句。學騷、學杜之人，模擬時往往會採用這些帶有屈、杜烙印的詞彙以營造一種形似的感覺，而作品卻不一定具有屈、杜的情操。徐朔方即指出，張氏此語有針對李攀龍之意。③李攀龍模仿樂府以漢魏之作爲限，其《古樂府序》云："胡寬營新豐，士女老幼相攜路首，各知其室，放犬羊雞鶩於通塗，亦競識其家。"④以爲善用其擬者，雖似不嫌，故貽人贋古之譏。此外，對於友人的求教，張鳳翼亦侃侃而言，無所顧忌。如其《答陳金部汝化書》曰：

> 律之時調翩翩，皆佳什也。如較之唐人則不無可議。大
> 都詩不貴多而貴精，不貴速而貴妥，故正平之文不加點固善，
> 而左思之十年後成亦傳。李杜之聯篇累帙固重，而沈宋之人
> 不百篇亦珍，良有以矣。且詩題一字亦與詩有關涉，不宜放

①［明］張鳳翼：《文國博和州詩集序》，《處實堂續集》卷六，頁 18a—18b。
②［漢］王逸：《楚辭章句》（臺北：藝文印書館影印明馮紹祖萬曆丙戌刊本，1974）卷一，頁 2a。
③徐朔方：《論張鳳翼——湯顯祖同時代的曲家論之一》，《藝術百家》（1988年第 2 期），頁 113。
④［明］李攀龍：《古樂府序》，《李攀龍集》（濟南：齊魯書社，1993），頁 1。

過。若松竹梅等題，乃下里所自課，匪大雅所規。凡此類勿
斬刪裁。吳中新刻《唐詩正聲》，頗具近體風格，其他若《河嶽
英靈》、《中興間氣》、《國秀》等集，與夫《品彙》，中唐以上，可
以佐之。字法、句法悉取諸此，而通篇抑揚頓挫，對偶胥從此
出，久之則神來者自生，不必遠步少陵而近趨何李也。①

張鳳翼認爲多數作者未必有禰衡的捷才，或如李杜般多產，因此
作詩時持著貴精不貴多、貴妥不貴速的態度，未嘗不能追步左思、
沈宋。換言之，張氏希望在創作時多斟酌、多推敲，以期字穩句
妥、脣吻流便而標題切合。再者，張鳳翼雖然認爲一代有一代之
文章，但在學習的階段，還是取法中唐以上的作品爲宜。熟參妙
悟之後，這些佳作的風格與技巧在學習者心中內化，下筆便如有
神了。其次，張鳳翼對於典故運用非常注重，且每有討論。某些
文句的出處，張鳳翼有所鉤稽，如其論李白《春夜讌桃李園序》云：

> 葛洪自序云：“大塊秉我以尋常之短羽，造化假我以至駑
> 之蹇足。”李白《春夜讌桃李園序》有曰：“陽春召我以煙景，大
> 塊假我以文章。”蓋本諸此。②

葛洪之語出自《抱朴子內篇·自序》，此文亦見錄於《晉書·葛洪
傳》，其語原作：“豈況大塊稟我以尋常之短羽，造化假我以至駑之
蹇足？”③與李白“況陽春召我以煙景，大塊假我以文章”的句型及
造語極爲相似。故張鳳翼以爲前者爲後者所自出，良有以也。對
於典故的選擇，張鳳翼也顯示出比較通達的態度，沒有當時唯古
是尚的習氣：

---

① ［明］張鳳翼：《答陳金部汝化書》，《處實堂集》卷五，頁 24a。
② ［明］張鳳翼：《談輅》卷下，頁 6a。
③ 《晉書》，頁 1912。

"何無忌酷似其舅",此晉人語也。唐人詩句便用之:"似
舅即賢甥。"夫唐人用晉人事,猶今人用宋人事也。前輩有以
用宋元事爲不佳者,亦未之思乎?①

《晉書·何無忌傳》:"何無忌,劉牢之之甥,酷似其舅。"②"似舅即
賢甥"則係王維《送嚴秀才還蜀》詩句。因此,張鳳翼指出王維詩
出自《晉書》,並據而提出,唐人用典時並未厚古薄今,故當世之人
亦須學習,不應以用宋元典故爲不佳。

(三)論文壇風氣

明代自前後七子主盟文壇後,天下墨客翕然嚮從,形成師古
的流派,打破了臺閣文臣獨掌文衡的局面。然而,師古派在發展
的過程中,也逐漸形成了黨同伐異的習氣。對於這樣的情況,張
鳳翼的態度是頗有保留。他在《文國博和州詩集序》以吳中文壇
爲例,扼要陳述了文風演變的情況:

> 吾吳號爲文獻者,千秋於茲矣。國初高、楊、張、徐並稱
> 作者,迨文太史與徐迪功相先後,雖聲調殊塗,而氣韻懸合,
> 亦各言其志而已。當時有同聲相和之美,無文人相輕之嫌,
> 則猶存古之道也。降是則家珠人璧,異同紛出,伸彼則抑此,
> 自高則卑人,雅道日漓,良可慨矣。③

明初的高啓、楊基、張羽、徐賁合稱吳中四士,並無相輕之舉,其後
文徵明與徐禎卿同時,前者繼續著崇雅尚趣的風格,後者逐漸轉
向師古一派,但張鳳翼認爲兩人各言其志,也並無攻訐之事。此

---

① [明]張鳳翼:《談輅》卷下,頁 2b。
② 《晉書》,頁 2215。
③ [明]張鳳翼:《文國博和州詩集序》,《處實堂續集》卷六,頁 18a—18b。

後，人人以操觚爲能，高自標舉，目中無人，於是造成了"雅道日漓"的狀況。張氏還認爲，這種伸彼抑此、自高卑人的行徑，在前七子領袖李夢陽、何景明之間就已開始了：

> 讀何李集，知二君少甚相得，迨才望並盛，各立門户，則李漸嫉何，何不覺也。聞何易簀時，囑門人以集序屬李，而相知者窺李之微，竟不以屬，殆亦有見。文人自立門户者，喜人效其口脗，便謂是他路裏人。無論果是如何，極口許可。若各立門户，才望相垺，必遭詆毁。故有識者寧爲郤掃，毋事游揚。①

何景明去世前，希望請李夢陽爲自己的文集寫序，而李夢陽身邊的人並未將此意轉達。張鳳翼認爲，這是因爲那些人窺探李夢陽的隱衷，知道何氏才望日盛早已引起李氏的妒忌。李夢陽不爲何景明集作序的原因是否如張鳳翼所説，尚待考證。但張氏據而指出，當時論文者多以文學主張異同爲標準，不以文學成就的高下爲依歸，卻非常具有針對性。當然，張鳳翼也清楚這種黨同伐異的風氣自古就有：

> 劉季緒才不能逮作者而好詆訶文章，掎摭利病，此習日甚一日。加以夤緣請托，遂令西施却坐，嫫母入帷，田巴大行，魯連退舍。欲望孫康於異代，豈易易哉！昔徐陵爲一代文宗，未嘗詆訶作者，宜其令終也。②

據曹植《與楊德祖書》所載，劉表之子劉修（季緒）"才不能逮作者而好詆訶文章，掎摭利病"，而戰國時田巴曾在稷下毁五帝、罪三王、訾五霸，使衆人口服，但魯連一説便使其終身杜口。《文選》李

---

① ［明］張鳳翼：《談輅》卷下，頁 30b—31a。
② 同前注，頁 2a。

善注引《孫氏世録》:"晉孫康家貧,常映雪讀書,清介,交遊不雜。"①《陳書・徐陵傳》謂徐氏"爲一代文宗,亦不以此矜物,未嘗訕訶作者"。②田巴、劉修皆好訕訶他人,故張鳳翼舉不黨同的孫康和不伐異的徐陵以比照之。張氏甚至相信,徐陵得享高壽而善終,就因爲他没有以筆舌賈禍。他認爲古人真要提出中肯批評時,最佳的辦法莫過於"但言所長":

> 昔人作文,但言所長,則其短自見。或言一人之長,則一人之短自見,猶有忠厚之意焉。晚近世好於文字中譏評人,甚至於駡詈。吾聞駡詈成文章,不聞文章成駡詈也。此習不戒,必有以筆舌賈禍者。③

不直接指摘別人的短處,讓他自己領會,這就是忠厚之意。非但不含蓄,更叫囂駡詈之,這種習氣在張鳳翼的時代非常普遍,在張氏看來卻是亟須警戒的。

此外,張鳳翼還會舉出一些例子,對輕易臧否作品的行爲作出告誡。如其在《談輅》云:

> 陶淵明《閒情賦》,昭明以爲白璧微瑕。宋廣平《梅花賦》,皮日休以爲嫵媚語。不知"萬物僵仆"四語,豈果以嫵媚卒乎?何蕭之誤,蘇長公議之;而皮之誤,未有人攻之者?可見作文固難,論文尤難。④

在齊梁唯美文風盛行之際,昭明太子是罕見的肯定陶淵明文學成

---

① [梁]蕭統編,[唐]李善注:《昭明文選》(鄭州:中州古籍出版社據 1935 年國學整理社影印本影印,1990)卷四十二,頁 592。
②《陳書》(北京:中華書局,1997),頁 335。
③ [明]張鳳翼:《談輅》卷下,頁 5b。
④ 同前注,頁 5a—5b。

就的人物。由於昭明對艷情文學頗有微詞，故其爲陶淵明作品編
集撰序時寫道："白璧微瑕，惟在《閒情》一賦。揚雄所謂勸百而風
一者，卒無諷諫，何足搖其筆端！惜哉，無是可也。"①故其《文選》
亦不錄茲篇。直至汴宋之時，蘇軾駁斥昭明太子："淵明《閒情
賦》，所謂'《國風》好色而不淫'，正使不及《周南》，與屈、宋所陳何
異？而統大譏之，此乃小兒彊作解事者。"②蘇軾所駁，仍有可商
榷處，茲不具論；然此後學者多左祖蘇軾，以爲《閒情賦》當有所寄
託，張鳳翼亦然。又，盛唐名相宋璟曾作《梅花賦》，皮日休論曰：
"余常慕宋廣平之爲相，貞姿勁質，剛態毅狀，疑其鐵腸與石心，不
解吐婉媚辭。然覩其文而有《梅花賦》，清便富豔，得南朝徐、庾
體，殊不類其爲人也。"③查《梅花賦》中有"若夫瓊英綴雪，絳萼著
霜。儼如傅粉，是謂何郎。清馨潛襲，踈蘂暗覷，又如竊香，是謂
韓壽"等語，蓋爲皮氏謂此作"得南朝徐、庾之體"的緣故。然張鳳
翼指出，該作終篇時以"萬木僵仆，梅英載吐；玉立冰潔，不易厥
素；子善體物，永保貞固"數語相勉，④主旨在斯，而皮日休僅將之
視爲"清便富豔"的"婉媚辭"，洵然以偏概全。進而言之，張鳳翼
又提出，昭明論《閒情賦》有所偏頗，數百年後乃得蘇軾正之；皮日
休論《梅花賦》也有所偏頗，其後竟無人正之。因此，爲了不使不

---

① ［梁］蕭統著，俞紹初校注：《昭明太子集校注》（鄭州：中州古籍出版社，
　　2001），頁200。
② ［宋］蘇軾：《〈文選〉去取失當》，《東坡全集》（臺北：臺灣商務印書館影印文
　　淵閣《四庫全書》，1983）卷九十二，頁40a。
③ ［唐］皮日休：《桃花賦·序》，載［宋］姚鉉主編：《唐文粹》（臺北：臺灣商務
　　印書館影印文淵閣《四庫全書》，1983）卷六，頁11a。
④ ［唐］宋璟：《梅花賦》，載［元］劉壎編：《隱居通議》（臺北：臺灣商務印書館
　　影印文淵閣《四庫全書》，1983）卷五，頁2a。

周詳的偏頗言論影響後世，最好還是慎言。其次，前後七子好從
文學流變的角度歸結各朝文學的風貌，並評騭其高下。如王世貞
《藝苑巵言》云："西京之文實，東京之文弱，猶未離實也。六朝之
文浮，離實矣。唐之文庸，猶未離浮也。宋之文陋，離浮矣，愈下
矣。元無文。"①把握不同時代的文學風貌，固然對文學創作和理
論大有裨益，但如果這種歸結出來的特徵化爲一種成見，導致論
文時有失客觀，就不妙了。張鳳翼於《談輅》論曰：

> 今論詩者，必以爲唐不如漢、宋元不如唐，似矣。獨不思
> 風會之流，時各有盛，古詩則盛於漢魏，流而六朝，漸覺綺靡。
> 初唐諸賢力挽之，其體漸正。近體至盛唐固臻妙境，至晚唐
> 宋元，亦有合調者。必曰兩漢盛唐後無詩，直至何李始復古，
> 然則宋元以至國初諸君，豈無一言幾於古哉？要之作詩者不
> 必有徯徑，論詩者不可有成心。②

換言之，張鳳翼認爲在從宏觀視野掌握時代文風、考尋其共性之
餘，也要由微觀角度來瞭解不同作者的風貌。如果機械地宣稱
"文必秦漢、詩必盛唐"或西京文實、東京文弱、六朝文浮、唐文庸、
宋文陋、元無文，無疑只注意到大體而忽略了小節。

五、諸家集評所見張鳳翼《楚辭》眉批析論

　　張鳳翼身爲失志文人，對於屈騷懷著特別的情感。如其五古
《感興》便對《楚辭》作出了很高的評價：

> 接輿歌鳳衰，漁父詠滄浪。《魯論》光簡編，《楚騷》耀篇

---

① ［明］王世貞：《藝苑巵言》，《弇州四部稿》卷一百四十六，頁2a。
② ［明］張鳳翼：《談輅》卷下，頁4a。

　　章。玄猿嘯空山,孤鶴鳴高崗。疇云焉用文,采藻庸何傷?①
將《楚辭》與《論語》相提並論,且對屈原作品及前此的《接輿》、《滄
浪》等楚歌作品持肯定態度,喻之爲高崗鶴鳴。正因張鳳翼肯定
屈原忠君愛國的精神,故並不認爲其作品有以文害意之瑕疵。他
更提出“采藻庸何傷”的反問,相信美麗的文藻更能彰顯屈原之
志。南宋高元之嘗云:“忠臣義士,殺身成仁,亦云至矣,然猶追琢
其辭,申重其意,垂光來葉,待天下後世之心至不薄也,而劉勰猥
謂‘枚、賈追風以入麗,馬、揚沿波而得奇’,‘顧盼可以驅辭力,咳
唾可以窮文致’。徒欲酌奇玩華,艷溢錙毫,至於扶掖名教,激揚
忠塞之大端,顧鮮及之。如此,則原之本意,又將復亡矣!”②此語
可與張鳳翼之詩相互發明。

　　再者,對於和屈原相關的民俗,張鳳翼也作過一些考辨。早
在蕭梁之時,吳均於《續齊諧記》中就記載了端午祭屈的習俗:

　　　　屈原以五月五月投汨羅水,而楚人哀之,至此日,以竹簡
　　貯米,投水以祭之。漢建武中,長沙區曲,白日忽見一士人,
　　自云三閭大夫,謂曲曰:“聞君當見祭,甚善。但常年所遺,恒
　　爲蛟龍所竊,今若有惠,可以楝葉塞其上,以彩絲纏之,此二
　　物蛟龍所憚也。”曲依其言。今世人五月五月作糉,並帶楝葉
　　及五花絲,遺風也。③

張鳳翼在《靈均對》中駁斥了此俗之妄:

────────────

①〔明〕張鳳翼:《感興》,《處實堂集》卷一,頁18a。
②〔宋〕高元之:《變離騷序》,載〔明〕葉盛:《水東日記》(北京:中華書局,
　　1980),頁241。
③〔梁〕吳均:《續齊諧記》(臺北:臺灣商務印書館影印文淵閣《四庫全書》,
　　1983),頁8a。

　　　　原始者多好爲牽合附會，乃有幽冥不根之論。以理揆
　之，殆無是事也。夫笛奏而龍角應，簫鳴而鳳來儀，聲音之感
　且爾，而況忠信之感物乎！故宋均立德，猛虎渡河，卓茂行
　化，蝗不入境，韓愈立信，鱷魚遠徙，未有忠如靈均，獨不足以
　感魚龍而顧爲所侵也。且以靈均之秉直介、輕死生，使爲商
　之臣可採薇于商山，爲漢之使可嚙雪于北海，又豈有既死之
　軀而復爲人乞食者哉?①

張鳳翼認爲屈原生既爲直臣，死亦當是忠鬼，以其浩然之氣感動
魚龍而不爲所侵。實際上，先民知屈原諫君不聽，赴水而死，故將
糉子投於水中以表對賢人的敬重，同時也獲得一種心理上的補償
與慰藉。又恐水中衆多的生物，乃有將糉子"帶楝葉及五花絲"以
防食物遭到掠奪。這正是先民質樸良善心態的表現。張鳳翼之
駁斥似有拘泥之嫌，但畢竟呈現了儒家對端午習俗的一種看法。

　　此外，張氏在《文選纂注》中重新注解楚騷諸篇，也時有獨見。
如其注《離騷》"鳳皇之受詒兮，恐高辛之先我"云："言我得賢人如
鳳皇者，將往就聘之。又恐帝嚳先我而得。帝嚳喻諸國賢君
也。"②與王逸、洪興祖、朱熹、汪瑗之説頗爲不同。然因限於篇
幅，有關《文選纂注》的楚騷注文情況，請俟另文探析。

　　觀嘉靖年間，新的《楚辭》專著尚屈指可數，僅有桑悦《楚辭
評》、周用《楚詞注略》、馮惟訥《楚辭旁注》、汪瑗《楚辭集解》等寥
寥幾種而已。至萬曆一朝，《楚辭》評點著作即有陳深《批點本楚
辭集評》、《諸子品節·屈子》、馮紹祖《觀妙齋楚辭集評》、馮夢禎
《讀本楚辭集評》、林兆珂《楚辭述注·集評》、題焦竑《二十九子品

———————

① [明]張鳳翼：《靈均對》，《處實堂集》卷六，頁33a。
② [明]張鳳翼：《文選纂注》卷七，頁48b。

彙釋評・屈子》、毛晉《屈子・楚辭集評》、陳仁錫《古文奇賞・楚
辭》、閔齊伋《評點楚詞》等多種。張鳳翼有關屈騷之言論,亦往往
見於這些集評本,且大抵以眉批形式載録之,略可見其影響。如
《文選纂注》中的某些屈騷注文最早爲馮紹祖所採用,在其《觀妙
齋楚辭集評》中以眉批形式出現。其後又由陳深《批點本楚辭集
評》、題焦竑《二十九子品彙釋評・屈子》、《楚辭合纂》等書所迻
録。這些眉批除了有一部分乃《文選纂注》的注文,還有一部分爲
不見於張氏著作的佚説。張鳳翼的《楚辭》眉批散見於晚明各家
集評本中,其中比較重要的有《楚辭合纂》19 條、馮紹祖《觀妙齋楚
辭集評》4 條、陳深《批點本楚辭集評》2 條、蔣之翹《七十二家評楚
辭》11 條及題焦竑《二十九子品彙釋評・屈子》5 條、沈雲翔《八十
二家評楚辭》10 條及來欽之《楚辭述注》6 條,共七種。其中沈雲
翔、來欽之二書的眉批幾乎全部迻録自前五種集評本,兹不細論。
筆者從這五書中輯出張鳳翼的《楚辭》眉批,去其重複,合共 28
條,詳見附表。而這 28 條中,共有 8 條採自《文選纂注》之注文。
兹再將所有資料的互見狀況表列如下:

表二　《楚辭》:集評諸書眉批及《文選纂注》注文之互見情況

《選》:張鳳翼《文選纂注》　　　　《批》:陳深《批點本楚辭集評》
《合》:題張鳳翼《楚辭合纂》　　　《七》:蔣之翹《七十二家評楚辭》
《觀》:馮紹祖《觀妙齋楚辭集評》　《彙》:題焦竑《二十九子品彙釋評・屈子》

	《選》	《合》	《觀》	《批》	《七》	《彙》
a.《合》	2	11	0	0	7	0
b.《觀》	4	—	—	1	0	2
c.《批》	2	—	—		1	1
d.《七》	1	—	—	—	4	0
e.《彙》	4	—	—	—	—	1

＃以灰底標示者爲各書所獨有之眉批。

　　以 a 列爲例,《楚辭合纂》有 2 條互見於《文選纂注》,7 條互見於《七十二家評楚辭》,其餘三書則皆無互見者;而《楚辭合纂》獨有之眉批則計 11 條之多。此外,《七十二家評楚辭》獨有之眉批計 4 條,題焦竑《二十九子品彙釋評·屈子》獨有之眉批計 1 條。《七十二家評楚辭》一書,姜亮夫譽爲善本,是也,然偶有誤題竄亂之處。如《山鬼》篇列張鳳翼眉批:"'處幽篁'二句,喻己不得見君,讒邪填塞,難以前進,所以索居於此。"①考此語出自《文選》五臣注:"言己處江山竹叢之間,上不見天,道路險阻,欲與神游,獨在諸神之後,喻己不得見君。讒邪填塞,難以前進,所以索居於此。"②可見其狀。又《二十九子品彙釋評》乃僞託之書,其中眉批者之名號往往不可信。該書中唯一繫於張鳳翼名下的眉批,内容爲:"'蕙肴蒸兮蘭(案:此處奪一"藉"字),奠桂酒兮椒漿',當曰'蒸蕙肴'對'奠桂酒'。今倒用之,謂之蹉對。"③查此條出自宋沈括《夢溪筆談》,④明代胡震亨《唐音癸籤》亦稱其説,並非張鳳翼之語,故本文不作討論。本節以諸家集評所見張鳳翼《楚辭》眉批爲中心,將這些資料分爲探研比興、討論文意及辨析文體三類,分目而論述之。

---

①[明]蔣之翹:《七十二家評楚辭》(上海圖書館藏明天啓六年[1626]忠雅堂刊本)卷二,頁 12b。

②[梁]蕭統編,[唐]呂延濟等五臣注:《文選》(臺北:臺灣"國家圖書館"景印南宋陳八郎刻本,1981)卷十七,頁 4a。

③題[明]焦竑等:《二十九子品彙釋評》(臺南:莊嚴文化事業有限公司據北京圖書館藏明萬曆四十四年[1616]刻本影印,1995)卷十一,頁 49b。

④[宋]沈括著,胡道静校證:《夢溪筆談校證》(上海:古典文學出版社,1957),頁 515。

（一）探研比興

　　《周禮・春官・大師》及《詩大序》皆指出詩有六義,孔穎達《毛詩正義》:"賦比興是詩之所用,風雅頌是詩之成形。用彼三事,成此三事,是故同稱爲義。"①鄭玄《周禮》注:"賦之言鋪,直鋪陳今之政教善惡。比,見今之失,不敢斥言,取比類而言之。興,見今之美,嫌於媚諛,取善事以喻勸之。"②換句話說,比即比喻,而興則是觸景生情的聯想,透過客觀的物象來寄託主觀的情思。如此的客觀物象經創作主體的情感活動而被塑造成一種藝術形象,亦即所謂意象。進而言之,客觀的景所以能生胸中的情,二者間必然也有契合之處。如《詩經・關雎》中的雎鳩,鄭玄《箋》云:"王雎之鳥,雌雄情意至,然而有別。"③若鄭說可信,則此詩對雎鳩的書寫也有比喻之意在焉,非徒興起而已。因此歷來比興並提,良有以也。然而,前人在閱讀的過程中,也每有過度運用比興手法詮釋文本之弊。如蘇軾云:"古今詩人衆矣,而杜子美爲首,豈非以其流落飢寒,終生不用,而一飯未嘗忘君也歟?"④清初仇兆鼇則謂杜詩"無一字無來歷"。⑤ 故今人啓功認爲蘇說"太無道理",

---

① [唐]孔穎達疏:《毛詩正義》(臺北:藝文印書館影印清嘉慶二十年[1815]阮元南昌府學刊本,1985),頁 16。
② [唐]賈公彥疏:《周禮注疏》(臺北:藝文印書館影印清嘉慶二十年[1815]阮元南昌府學刊本,1985),頁 356。
③ [唐]孔穎達疏:《毛詩正義》,頁 20。
④ [宋]蘇軾:《王定國詩集序》,《東坡全集》卷三十四,頁 11b。
⑤ [清]仇兆鼇:《杜詩詳注》(臺北:臺灣商務印書館影印文淵閣《四庫全書》,1983)補注卷下,頁 58a。

仇注"割裂了杜詩,歪曲了原意,流弊很大"。①清人張惠言稱温庭筠《菩薩蠻》十四首乃"感士不遇也,篇法仿佛《長門賦》",又謂係"《離騷》初服之意"。②其失亦同於蘇、仇。

王逸《離騷序》言《楚辭》"依《詩》取興,引類譬諭","善鳥香草以配忠貞,惡禽臭物以比讒佞","虬龍鸞鳳以託君子,飄風雲霓以爲小人"。故王逸注文便以此法求之,如其注《離騷》"朝搴阰之木蘭兮,夕攬洲之宿莽"二句,即是一證。③今人張元勛將這種方式稱爲"寄託説",且謂此説"是狹義於那些把屈原也硬拉進詩中與神鬼交往的注釋"。又舉《九歌》爲例道:"這裏面,除了神與巫,是没有詩人的發言的。'寄託説'的主張者們往往不顧這些,石破天驚般地突然指出某句是屈原之言,某事是屈原之行,屈原被兀然推到神鬼的舞臺上,唐突其間,頗似一幕荒誕劇。"④屈騷的寫作手法雖不離比興寄託之宗,但若求之過深未免膠柱鼓瑟。故此,張鳳翼對於王逸的過度詮釋作出了一些批評。他以《離騷》中"前望舒以先驅兮"數句爲例,針對《離騷序》而討論道:

> 以上望舒、飛廉、鸞鳳、雷師,但言神靈爲之擁護耳。初無善惡之分也。舊注牽合,且以飄風雲霓爲小人。然則《卷阿》之言"飄風自南",《孟子》之言"若大旱之望雲霓",亦皆象

---

① 啓功著,趙仁珪、萬光治、張廷銀編:《啓功講學録》(北京:北京師範大學出版社,2005),頁16。
② [清]張惠言輯,[清]董毅續輯:《詞選》(臺北:廣文書局,1970)卷一,頁1a。
③ 王氏注云:"言己旦起陞山采木蘭,上事太陽,承天度也;夕入洲澤采取宿莽,下奉太陰,順地數也。動以神祇自救誨也。木蘭去皮不死,宿莽遇冬不枯,以喻讒人雖欲困己,己受天性,終不可變易也。"[漢]王逸:《楚辭章句》卷一,頁3a。
④ 張元勛:《九歌十辨》(北京:中華書局,2006),頁42—43。

小人耶？①

拈出《詩經》及《孟子》中的文例，駁斥王逸將《楚辭》中飄風、雲霓簡單比擬成小人的弊端。又如同篇"余以蘭爲可恃兮，羌無實而容長。委厥美以從俗兮，苟得列乎衆芳。椒專佞以慢慆兮，樧又欲充夫佩幃"幾句，王逸注云："蘭，懷王少弟，司馬子蘭也……言子蘭棄其美質正直之性，隨從諂佞，苟欲列於衆賢之位，無進賢之心也。……椒，楚大夫子椒也。……樧，茱萸也，似椒而非，以喻子椒似賢而非賢也。"②若蘭、椒皆爲真名，則樧則不宜純是比喻。此外，後文更有"覽椒蘭其若茲兮，又況揭車與江離"二句，揭車、江離更不似人名。故張鳳翼曰：

> 此言椒蘭，指賢人之改節者。舊注直以爲指子蘭、子椒，
> 然則下文揭車、江離又誰指哉？③

蘭、椒、樧、揭車、江離，皆改節賢人之喻體，靈活看待蘭、椒與子蘭、子椒之聯繫即可，不必勉強坐實。非僅王逸注有這樣的問題，五臣注亦復如此。如《離騷》"路不周以左轉兮，指西海以爲期"二句，五臣云："我所行之道，當過不周山而左行，俱會西海之上。過不周者，言道不合於世。左轉者，君子尚左。"④將"不周"、"左轉"語意求之太深。張鳳翼於"靈氛告余以吉占兮"句上眉批：

> 自此至"聊假日以媮樂"，皆敘其遠行所歷之道。⑤

認爲直須將這段解釋爲神遊時所經歷的道路即可，不必穿鑿附

---

①張元勛：《九歌十辨》，卷一，頁 16a。

②同前注，頁 22b。

③同前注。

④［梁］蕭統編，［唐］呂延濟等五臣注：《文選》卷十六，頁 29b。

⑤［明］蔣之翹：《七十二家評楚辭》卷一，頁 20b。

會。所論平實而易於令人接受。

　　其次，《九歌》爲有寄託的作品抑或純粹的祀神之辭，古來也一直有爭論。王逸《九歌序》云：

> 屈原放逐，竄伏其域，懷憂苦毒，愁思沸鬱。出見俗人祭祀之禮，歌舞之樂，其詞鄙陋。因爲作《九歌》之曲，上陳事神之敬，下見己之冤結，託之以風諫。①

若如王逸所解，則“上陳事神之敬”與“下見己之冤結”的兩重旨意在《九歌》十一篇中乍合乍離，既有牴觸，又復會通，不可致詰。對於王逸的這種解會方式，朱熹表達了不認同的態度，其《楚辭集注·目録序》即謂王氏“遽欲取喻立説、旁引曲證以强附於其事之已然，是以或以迂滯而遠於性情，或以迫切而害於義理”。②因此，朱熹對王逸有關《九歌》的論述作了修定：

> 原既放逐，見而感之，故頗爲更定其詞，去其泰甚。而因彼事神之心，以寄吾忠君愛國，眷戀不忘之意。是以其言雖若不能無嫌於燕昵，而君子反有取焉。③

朱熹認爲《九歌》基本内容仍是祀神，而忠君愛國之思只是屈原創作時的一種心態和寄託。言下之意，就是不宜將其篇章字句與忠君愛國之思二者分别對號入座。張鳳翼將朱熹這一層看法更明確地揭示出來，並提出要訂正王逸的注文：

> 原見祝詞鄙陋，因爲更定，且以事神之言，寫忠君之意。然詞之所指，惟在神耳。舊注牽合附會，一爲正之。④

---

①［漢］王逸：《楚辭章句》卷二，頁 1b—2a。
②［宋］朱熹：《楚辭集注》（臺北：文津出版社，1987），頁 3。
③同前注，頁 29。
④題［明］張鳳翼：《楚辭合纂》卷一，頁 1a。

如王逸注《湘君》"望涔陽兮極浦,横大江兮揚靈"句:"屈原思念楚國,願乘輕舟,上望江之遠浦,下附郢之陂,以渫憂患,横度大江,揚己精誠,冀能感悟懷王,使己還也。"①張鳳翼則認爲:

> 駕飛龍以下皆指湘君而言,思望之詞也。舊注以爲屈原自敍,疑誤。②

又"桂櫂兮蘭枻"以下"采薜荔兮水中,搴芙蓉兮木末。心不同兮媒勞,恩不甚兮輕絶"諸句,王逸解作:"屈原言己執忠信之行,以事於君,其志不合,猶入池涉水而求薜荔,登山緣木而采芙蓉,固不可得也。""婚姻所好,心意不同,則媒人疲勞,而無功也。屈原自喻行與君異,終不可合,亦疲勞而已也。""人交接初淺,恩不甚篤,則輕相與離絶。言己與君同姓共祖,無離絶之義也。"③其義亦皆牽强。而張鳳翼簡單指出:

> "桂櫂"以下,言勤苦潔清以候神也。④

正合乎其"詞之所指,惟在神耳"的看法,足以破除歷來某些學者對《九歌》牽强附會的解釋,讓讀者得以瞭解這組作品原本的面貌。

復次,張鳳翼對於朱熹《楚辭集注》也有一些意見,其言云:

> 朱晦翁注《離騷》,依詩起例,以六義分章釋之。余謂原一往情深,纏綿反覆,豈爲是拘拘者? 故不敢從。⑤

朱熹《詩集傳》在各篇各章下都注標明"賦也"或"比也"、"興也"、

---

① [漢]王逸:《楚辭章句》卷二,頁 5a。
② 同前注,頁 5a。
③ 同前注,頁 5b—6a。
④ [明]陳深批點:《批點本楚辭集評》(臺北"國家圖書館"藏明萬曆二十八年朱墨刊本)卷二,頁 3a。
⑤ 題[明]張鳳翼:《楚辭合纂》卷一,頁 2a。

"興而比也"、"賦而比也"、"比而興也"、"賦而興也"、"賦而興又比"等修辭手法,其《楚辭集注》也沿襲了這套方法。《離騷》全文93章,朱熹注"賦也"13章,"比也"12章,"賦而比也"11章,"比而賦也"57章。其餘篇章,朱熹雖未詳論,然元代祝堯《古賦辯體》亦循此法,將其餘屈作及宋玉《九辯》一一分析之,茲不詳述。朱熹此舉,固能簡明扼要地點出《楚辭》各篇的修辭手法,但也降低了這些作品有更多解讀方式的可能性。正因如此,明、清《楚辭》注家未必遵循朱熹這套方式。如年輩稍晚於張鳳翼的劉永澄,其《離騷經纂注》之明刊本遵從《楚辭集注》,各段之下標明賦比興,至其五世孫劉穎於乾隆間重印此書,乃將賦比興之語悉皆刪去。劉穎之見解未嘗不與張鳳翼相近。

(二)討論文意

張鳳翼對於《楚辭》篇章的探析,除了修辭手法的研究外,也包含了對文意的討論。詳而言之,可分爲篇旨討論、章旨討論、前後文討論及感性點評等。無論全篇作品或部分章節,張鳳翼會在有必要的情況下歸納旨意。如《九章·惜誦》篇,朱熹於題下注云:

> 此篇全用賦體,無他寄託。其言明切,最爲易曉。而其言作忠造怨、遭讒畏罪之意,曲盡彼此之情狀。爲君臣者,皆不可以不察。①

此篇誠如朱熹所論,而王逸亦僅在開端"惜誦以致愍兮,發憤以杼情"二句下注道:

> 言己貪忠信之道,可以安君。論之於心,誦之於口,至於

---

① [宋]朱熹:《楚辭集注》,頁78。

身以疲病,而不能忘。……己身雖疲病,猶發憤懣,作此辭賦,陳列利害,渫己情思,以風諫君也。①

其言猶嫌冗贅。故張鳳翼簡要歸結道:

惜誦致湣[愍],發憤抒情,章旨已盡。②

巧妙地以屈原自己的文字歸結了此篇的主旨。此外,對於一些篇章的創作背景,張鳳翼也有新見。如《卜居》篇,王逸序曰:

屈原體忠貞之性而見嫉妒。念讒佞之臣承君順非而蒙富貴;己執忠直,而身放棄,心迷意惑,不知所爲。乃往至太卜之家,稽問神明,決之著龜,卜己居世,何所宜行,冀聞異策,以定嫌疑,故曰卜居也。③

其《漁父序》則曰:

屈原放逐在江湘之間,憂愁嘆吟,儀容變易,而漁夫避世隱身,釣魚江濱,欣然自樂。時遇屈原川澤之域,怪而問之,遂相應答。④

王逸相信太卜、漁父皆是現實生活中與屈原有互動之人,而張鳳翼認爲:

《卜居》、《漁父》爲原幽憤寄託之作,豈當時實有是事?叔師小序固矣。⑤

張氏之説,蓋源自北宋洪邁。元人祝堯《卜居序》云:

此原陽爲不知善惡之所在,假託著龜以決之,非果未能

①[漢]王逸:《楚辭章句》卷四,頁 2a。
②題[明]張鳳翼:《楚辭合纂》卷三,頁 1b。
③[漢]王逸:《楚辭章句》卷六,頁 1a。
④同前注,卷七,頁 1a。
⑤題[明]張鳳翼:《楚辭合纂》卷四,頁 5b。

審於所向而求之神也。居謂立身所安之地,非居處之居。洪
景廬云:"自屈原詞賦假爲漁父、日者問答之後,後人作者悉
相規倣。司馬相如《子虚》、《上林》以子虚、烏有先生、亡是
公,楊子雲《長楊賦》以翰林主人、子墨客卿、班孟堅《兩都賦》
以西都賓、東都主人,張平子《兩京賦》以馮虚公子、安處先
生,左太沖《三都賦》以西蜀公子、東吳王孫、魏國先生。皆改
名換字,蹈襲一律,無復超然新意稍出於規矩法度者。"愚觀
此言,則知詞賦之作莫不祖於屈原之《騷》矣。①

可知宋人即已懷疑《卜居》、《漁父》所紀錄之事並非實有,只是作
者以虛設主客答問的方法帶出旨意而已,所言極讜。其後元代祝
堯、明代吳訥等皆承此説,故張鳳翼亦從之。又如《招魂》的作者、
所招之人招生魂或招死魂的問題,一直是研究《楚辭》者的討論焦
點。王逸序曰:

　　《招魂》者,宋玉之所作也。……宋玉憐哀屈原,忠而斥
棄,愁懣山澤,魂魄放佚,厥命將落,故作《招魂》。欲以復其
精神,延其年壽,外陳四方之惡,內崇楚國之美,以諷諫懷王,
冀其覺悟而還之也。②

朱熹之説亦近之。而張鳳翼則云:"此必原死而玉作以招之也。
舊説皆云施之生時以諷諫楚王,殊未妥。"③查蔣之翹《七十二家
評楚辭》引用張氏此説,改作:"或原死而玉作以招之。"④已無張

---

①[元]祝堯:《古賦辯體》(臺北:臺灣商務印書館影印文淵閣《四庫全書》,
　　1983)卷二,頁12b—13a。
②[漢]王逸:《楚辭章句》卷九,頁1a。
③[明]張鳳翼:《文選纂注》卷七,頁63a。
④[明]蔣之翹:《七十二家評楚辭》卷七,頁1b。

氏原有之決斷口氣。蓋張氏該處並未進一步申述己見，其證據無從得知。故蔣氏轉引之際，亦不得不勉爲其難，稍微改動文字以求放寬語氣。此外，對於章節的主旨、內容和特色，張鳳翼時有論述。如《招魂》"朕幼清以廉潔兮"諸句上眉批："自'朕幼清'至'愁苦'六句，乃宋玉代爲屈原之詞。"①此論承自朱熹《楚辭集注》，無待多言。

　　對於一篇之中前後文的呼應，張鳳翼也有所注意，並就其脈絡加以鉤沉。如《離騷》"雖信美而無禮兮，來違棄而改求"二句，張鳳翼認爲：

　　　　"信美"二句，蓋自寓去國之意。②

查前文"哀高丘之無女"句，《文選纂注》云："女即下宓妃之流，喻賢也。"③後文"懷朕情而不發兮，余焉能忍與此終古"句，《文選纂注》云："言我懷忠信之情，無所啓發，安能忍而與昏主終居乎？復將遠去也。"④張氏以求女爲求賢之喻，屈原既無賢可求，己身又獲罪於昏主，無所進諫，遂萌生"來違棄而改求"的去意。又賈誼《鵩鳥賦》"禍兮福所倚，福兮禍所伏。憂喜聚門兮，吉凶同域"句，張鳳翼批曰：

　　　　禍福倚伏，正所謂"斡流推還，轉續變化"也。⑤

原賦前文爲："斡流而遷兮，或推而還。形氣轉續兮，變化而嬗。沕穆亡間，胡可勝言！"《文選纂注》云："言萬物變化遷轉，

---

①［漢］王逸：《楚辭章句》卷九，頁 1b。

②［明］蔣之翹：《七十二家評楚辭》卷一，頁 15a。

③［明］張鳳翼：《文選纂注》卷七，頁 47b。

④同前注，頁 48b。

⑤［明］蔣之翹：《七十二家評楚辭》卷八，頁 7b。

反覆無定。"①可知"禍福倚伏"四句,正爲前文六句作了進一步的闡析。

　　再者,張鳳翼還有少數眉批以感性點評爲主,如《離騷》"思九州之博大兮,豈唯是其有女"二句,眉批:"情至之語,宛轉迷離。"②"抑志而弭節兮"諸句,眉批:"意彌悲促。"③《招魂》"層臺纍榭"句一大段描寫居室之美的文字,眉批:"語氣沉而厚。"④如此不一而足。這些評語短短幾字,以靈動飛揚的文字,點出了作品段落的佳處。

　　再如《遠遊》一篇,王逸序曰:

　　　　屈原履方直之行,不容於世,上爲讒佞所譖毀,下爲俗人所困極,章皇山澤,無所告訴。及深惟元一,修執恬漠,思欲濟世,則意中憤然,文采秀發;遂敍妙思,託配仙人,與俱遊戲,周歷天地,無所不到;然猶懷念楚國,思慕舊故,忠信之篤,仁義之厚也。是以君子珍重其志而瑋其辭焉。⑤

觀其所論,仍不離"懷念楚國,思慕舊故,忠信之篤,仁義之厚"等語,與其他篇章的敍述幾無區別,但這無疑也忽視了《遠遊》之作的特殊性。張鳳翼則論云:

　　　　《遠遊》亦詩之漫興,不盡如叔師所序。⑥

────────

①［明］張鳳翼:《文選纂注》卷七,頁47b。
②題［明］張鳳翼:《楚辭合纂》卷一,頁11a。
③同前注,頁14b。
④同前注,卷五,頁12b。
⑤［漢］王逸:《楚辭章句》卷五,頁1a—1b。
⑥題［明］張鳳翼:《楚辭合纂》卷四,頁1a。

宋人趙彥材於杜甫《絕句漫興九首》題下注云：“題名漫興，蓋書眼前之景而漫成耳，別無譏誚。”①可知所謂漫興，即隨興而至、信筆而成的詩作。張鳳翼之後，陸時雍亦承其說而申論云：

> 《遠遊》之序，叔師謂原章皇山澤，無所告訴，乃深惟元一，修執恬漠，思欲濟世。晦翁亦謂陋世俗之卑狹，悼年壽之不長，思欲制鍊形魄，排空御氣。而不明其無聊之感，有托之情，則不免癡人說夢矣。②

對於屈原來說，放逐固然對於他的生命造成嚴重的打擊。然而，屈原作爲一個博學多聞、感情充沛的詩人，在文學創作時是否會獨沽一味地將作品主題定爲“懷念楚國，思慕舊故，忠信之篤，仁義之厚”，而別無它選？這顯然是不太可能的。陸氏又言：

> 《遠遊》其蕩思也。蕩思自娛，漫興遣愁……惟醉與夢，良於解憂，則《遠遊》之作，實瀛島之一夢也。③

換句話說，蓋屈原在流放之所，百無聊賴，忽思長生久視之道，遂作《遠遊》，以爲遊戲之筆墨耳。誠如張宏所說，《遠遊》“悲時俗之迫阨兮”至“形枯槁而獨留”十八句的開場白，“一如《離騷》的行文，重在描述精神處於極度孤獨苦悶、以至於迷離恍惚、神與形分離的情狀。這正是詩人進入‘輕舉而遠遊’幻想境界的心理基礎和現實原因”。④創作動機固然源自投閒置散、壯志難酬的現實，

---

①［宋］郭知達編：《九家集注杜詩》（臺北：臺灣商務印書館影印文淵閣《四庫全書》，1983）卷二十二，頁 8b。

②［明］陸時雍：《楚辭條例》，《楚辭疏》（上海：上海古籍出版社編《續修四庫全書》據復旦大學圖書館藏明緝柳齋刻本影印，1995），頁 4a。

③［明］陸時雍：《讀楚辭語》，同前注，頁 9a。

④張宏：《秦漢魏晉遊仙詩的淵源流變論略》（北京：宗教文化出版社，2009），頁 74。

但這畢竟是間接的，所謂“無聊之思”方爲主因。故張鳳翼、陸時雍謂此篇爲漫興之作，堪稱慧眼。

　　復次，對於《楚辭》篇章、尤其是屈宋作品中的意蘊，張鳳翼會特別挖掘其出處、鉤沉其影響。如《離騷》“荃不察余之中情兮，反信讒而齌怒”二句，眉批云：

　　　　即“匪躬之故”，然語較加婉而痛。①

考《周易·蹇卦·六二》：“王臣蹇蹇，匪躬之故。”王弼注：“私身遠害，執心不回，志匡王室者也。”②以《易》解騷，洽中肯綮。相對於《周易》之古樸，《離騷》此二句自然踵飾增華，婉轉哀痛更甚。張鳳翼又論《九章》云：

　　　　《思美人》、《悲回風》，便是後世詩題。③

所謂詩題之“題”，可以是標題，也可以是主題或題材。誠如殷光熹所論：“《思美人》這個題目，是後世輯録者根據詩篇首句原文所加。”④《悲回風》、《惜往日》亦然。然而，與《詩經》作品相比，這幾個詩題已更具備概括全篇的功能，與《關雎》、《野有蔓草》、《綿》等僅以篇首爲題者頗有差異。換言之，《九章》這幾篇作品的標題同時也點出了主題。如“思美人”一題承載了美人香草的託喻傳統，“悲回風”一題則點出了“人禀七情，應物斯感”的感物書寫模式。張鳳翼之言，頗具慧眼。

　　當然，張鳳翼之論亦有可斟酌處。又如《湘夫人》終篇“捐余

---

①題［明］張鳳翼：《楚辭合纂》卷一，頁 3b。

②［唐］孔穎達疏：《周易正義》（臺北：藝文印書館影印嘉慶二十年［1815］阮元南昌府學刊本，1985），頁 92。

③題［明］張鳳翼：《楚辭合纂》卷三，頁 13b。

④殷光熹：《楚辭論叢》（成都：巴蜀書社，2008），頁 66。

袂兮江中"六句,與《湘君》文字如出一轍。張鳳翼認爲:

> 此結與《湘君》相同。想九作亦原之雜作,非出一時,故
> 不檢點耳。①

正如今人聶石樵所説,《九歌》描寫的方面很廣,既有南方的沅湘,也有北方的黃河和西方的巫山,並且包括各種神祇。要描寫、加工的素材這樣廣闊,必需經過一個搜集整理的過程,這個過程可能比較長,因此它不是一時一地之作。②然而,這些篇章有一共同主題,非如《九章》般"後人輯之,得其九章,合爲一卷,非必出於一時之言也"。③且以二《湘》來説,王逸認爲湘君爲舜,湘夫人爲娥皇、女英;韓愈則認爲一係娥皇、一係女英。後世雖衆説不一,然二篇之間關係密切,卻是不爭的事實。今人張元勛説得好:"細玩二《湘》,姑不論其內容上的應對與連貫,僅就形式上的雷同與複沓之完美觀之,令人不難想像詩人構思時的雕琢與搭配,真可謂煞費苦心! 其結尾一段最爲典型……如此連珠合璧、駢儷偶行之作,謂之夫婦神的唱和詩實在並不過分。"④張鳳翼不仔細辨析二《湘》文字上的異同,僅由文字形式上的相似,推測二篇因非作於一時一地,文字遂有雷同之處,實在有失武斷。

(三)辨析文體

　　傅剛指出,文體辨析有三個基本內容,一是辨類別,二是辨風格,三是辨源流。而就《典論·論文》可知,文章體裁與文章風格

---

① 題[明]張鳳翼:《楚辭合纂》卷二,頁 4b。
② 聶石樵:《屈原論稿》(北京:人民文學出版社,1992),頁 187。
③ [宋]朱熹:《楚辭集注》,頁 73。
④ 張元勛:《九歌十辨》,頁 66。

其實是一體兩面:不同體裁規定了不同風格,所謂"奏議宜雅,書論宜理,銘誄尚實,詩賦欲麗",而不同的風格便是各體裁間的區別和界限。①對於《楚辭》作品的風格和源流,張鳳翼時有所論述。其《談輅》論騷體與七言的關係道:

> 客問:"詩自四言而五言,自五言而七言,如琴之有五絃然後有七絃乎!"予曰:"不然。昔人謂五言始蘇李,故云河梁體。前此《易水歌》則七言二句,《拔山歌》則七言四句,《大風歌》則七言三句,是秦漢之際已有七言矣! 豈因五言而漸益哉!"②

關於七言詩的起源,歷來衆說紛紜。如南宋嚴羽《滄浪詩話》論詩體道:"《風》《雅》《頌》既亡,一變而爲《離騷》,再變而爲西漢五言,三變而爲歌行雜體,四變而爲沈宋律詩。五言起於李陵蘇武,或云枚乘,七言起於漢武《柏梁》,四言起于漢楚王傅韋孟,六言起於漢司農谷永,三言起於晉夏侯湛,九言起於高貴鄉公。"③此說蓋是在昭明太子《文選序》及唐五臣注的基礎上發展起來的。④ 但是,將四言、楚騷、五言、歌行、七言諸體(甚或僅四、五、七言三體)因著時代的先後串連成單一的發展脈絡,未免忽略了各體之間交相影響的可能。張鳳翼以爲,秦漢之際的荊軻《易水歌》、項羽《垓下歌》、劉邦《大風歌》等楚歌作品已可視爲七言,故將五言算作七

---

① 傅剛:《昭明文選研究》(北京:中國社會科學出版社,2000),頁 53。《典論·論文》見[梁]蕭統編,[唐]李善注:《昭明文選》卷五十二,頁 720。

② [明]張鳳翼:《談輅》,《處實堂集》卷八,頁 17a—17b。

③ [宋]嚴羽著,郭紹虞校釋:《滄浪詩話校釋》(北京:人民文學出版社,1961),頁 48。

④ 見[梁]蕭統:《文選序》,載[梁]蕭統編,[唐]呂延濟等五臣注:《文選》,序,頁 2a—b。

言的祖禰，有不妥貼之處。這種説法也爲張氏友人胡應麟所認
同："七言古詩，概曰歌行。余漫考之，歌之名義，由來遠矣。《南
風》、《擊壤》興於三代之前，《易水》、《越人》作於七雄之世，而篇什
之盛，無如《騷》之《九歌》，皆七古所始也。"①認爲上古的《南風
歌》"可以解吾民之愠兮"、《擊壤歌》"帝力於我何有哉"之句與戰
國《越人歌》、《易水歌》，以及《楚辭·九歌》皆爲七言之祖。然而，
這些句子多爲騷體，非如後世純粹的七言。而《合纂》所録張氏眉
批更將七言的源頭追溯至屈原《天問》"薄暮雷電，歸何憂？厥嚴不
奉，帝何求"數句，其上批云：

　　　　人言七言始於《柏梁》，不知濫觴於此。②

所論更爲妥當。其後，清初顧炎武《日知録》則認爲中二《招》去掉
"些"、"只"等字就是七言詩。③七言起源於《楚辭》的看法，民國以
後的梁啓超、羅根澤、容肇祖以及日人青木正兒皆從之。今人李
立信更指出，漢人所謂之七言，顯然包括由七言組成之騷體在内。
這種騷體七言，在兩漢時已甚普遍，《垓下歌》就是其典型。④亦有
學者提到，《天問》的句式多爲四言，兼有三言、五言、六言、七言，
偶有八言。由此可見，張鳳翼乃較早點明屈原作品與七言關係的
學者。

　　對於後世作家模擬屈、宋之作，張鳳翼也會指出其參照者爲

①［明］胡應麟：《詩藪》（臺南：莊嚴文化事業有限公司明刻本影印，1997）内
　　編卷一，頁1a。
②題［明］張鳳翼：《楚辭合纂》卷二，頁21a。
③顧炎武著，黄汝成集釋：《日知録集釋》（長沙：嶽麓書社，1994），頁743—
　　744。
④李立信：《七言詩之起源與發展》（臺北：新文豐出版有限公司，2001），頁
　　129—130。

何篇。如東方朔《七諫·沉江》"秋草榮其將實兮"等句,眉批:"語
襲《九辯》而有餘致。"①同篇《自悲》"願離群而遠舉"等句,批曰:
"此《遠遊》剩語,卻自佳。"②王褒《九嘆·逢紛》"心愁愁而思舊
邦"等句,批曰:"本《騷》辭而少變化。"③劉勰《辨騷》云:"自《九
懷》已下,遽躡其跡,而屈、宋逸步,莫之能追。"④蓋因這些紀念屈
原的作品多代屈原立言,故語多襲用而少有別出機杼之處。不
過,這些作品與屈、宋作品的互文性,也是近代學者頗爲究心的一
個環節。張鳳翼於晚明即能注意於此,可謂難能。

六、結語

　　張鳳翼有關屈騷的論述,除了其自撰《文選纂注》外,大率見
於晚明各家《楚辭》集評著作之中。由於《文選纂注》自清代以後
不彰於世,其餘材料散亂紛紜,而張氏名下的《楚辭合纂》於民國
前期即爲鄭振鐸斷爲坊賈僞託,故有關張鳳翼的《楚辭》研究内涵
一向乏人問津。本文自各家集評中蒐羅了張氏眉批,在介紹張氏
生平、考索著述情况、探析詩文觀的基礎上,對其《楚辭》研究作了
初步的考察。總觀張氏的《楚辭》眉批,以討論文本、分析技法者
居多,有關作者的評述相對較少。然筆者認爲,張鳳翼對於屈騷
的論述與其詩文觀有一致之處。如張氏論作者心志,提出"心術
根也,人品幹也,學力枝葉也,辭華花萼也",認爲"不求其心,亦非

---

① 題[明]張鳳翼:《楚辭合纂》卷七,頁 3b。
② 同前注,頁 7b。
③ 同前注,卷九,頁 2a。
④ [梁]劉勰著,范文瀾注:《文心雕龍注》(臺北:開明書店,1993),頁 47。

深於詩者",而其《靈均對》稱許屈原"秉直介,輕死生,使爲商之臣
可採薇于商山,爲漢之使可嚙雪于北海",可謂一脈相承。換言
之,張鳳翼對《楚辭》辭華的推崇,正是基於對屈原心術、人品和學
力的肯定。正因如此,他在論述詩文作法時批評同代某些文人
"動援屈宋所摭,不過蘭椒鸞鴟、招魂筮夢之類",正合乎韓愈所謂
"師其意,不師其詞",如果不懂得取法屈原的人格,模仿其文辭亦
是枉然。假如繼續抱殘守缺地片面強調文必秦漢、師必盛唐,黨
同伐異,就更不足爲訓了。在強調屈原人格的前提下,張鳳翼較
仔細地從探研比興、討論文體和辨析文體三方面分析了《楚辭》作
品的特色。值得注意的有幾點:一、大力反對傳統的寄託説——
亦即割裂《楚辭》文句,簡單地與屈原忠君愛國思想相比附,提出
《九歌》"以事神之言,寫忠君之意。然詞之所指,惟在神耳"。二、
認爲七言始於《天問》中"薄暮雷電,歸何憂?厥嚴不奉,帝何求"數
句以及其後的《易水歌》、《垓下歌》、《大風歌》等楚歌作品,而非漢
武帝時代的《柏梁詩》。三、提出《遠遊》類似後世的漫興,乃屈原
在流放時百無聊賴的解悶之作。此外,如其根據前後文來探討某
些字句的涵義,也時有新見。由於篇幅的限制,筆者所依據的材
料以眉批爲主,以致張鳳翼《楚辭》研究的全貌尚未能窺,這是本
章的不足。

附錄：《楚辭》集評諸書所見張鳳翼眉批彙錄

《選》：張鳳翼《文選纂注》

《合》：題張鳳翼《楚辭合纂》

《觀》：馮紹祖《觀妙齋楚辭集評》

《批》：陳深《批點本楚辭集評》

《七》：蔣之翹《七十二家評楚辭》

《彙》：題焦竑《二十九子品彙釋評·屈子》

《八》：沈雲翔《八十四家評楚辭》

《述》：來欽之《楚辭述注》

	章/句	張評	選	合	觀	批	七	彙	八	述
1.	離騷經題下注	諸注同異不一，今參用唐宋各家而折衷之。	7:41a	1:1a						
2.	序下注	朱晦翁注《離騷》，依詩起例，以六義分章釋之。余謂原一往情深，纏綿絗反覆，豈是勉拘者？故不敢從。		1:2a						
3.	反信讒而齌怒	即"匪躬之故"，然語較加婉而補。		1:3b			1:5b		1:9b	
4.	前飛廉使先驅兮	以上望舒、飛廉、鸞鳳、雷師，但言神靈奉之擁護耳。初無善惡之分也。舊注奉合，目以飄風雲霓為小人。然則《卷阿》之言"飄風自南"，《孟子》之言"若大旱之望雲霓"，亦皆象小人耶？	7:47a－47b		1:16a			11:8a		

續表

章/句	張評	選	合	觀	批	七	彙	八	述
5. 雖信美而無禮兮	“信美”二句，蓋自寓去國之意。					1:15a			1:21b
6. 思九州之博大兮	情至之語，宛轉迷離。		1:11a						
7. 余以爲蘭之可恃兮	此言椒蘭，指賢人之改節者。舊注直以爲指子蘭，子椒，然則下文揭車，江離又誰指哉？	7:50b	1:13a①	1:22b		1:19b	11:12a		
8. 靈氛告余以吉占兮	自此至“聊假日以婾樂”，皆敘其遠行所歷之道。					1:20b		1:45b	
9. 抑志而弭節兮	意瀾悲促，當是卒章。		1:14b						1:24a
	以上《離騷》								
10. （九歌 序 下注）	原見祝詞鄙陋，因爲更定，且以事神之言，寫忠君之意。然詞之所指，惟在神耳。舊注奉合附會，一爲正之。	7:52a	2:1a						

① 此本作：“舊注以爲指子蘭，子椒，則揭車，江離何指？”《七十二家》本同之。

續表

章/句	張評	選	合	觀	批	七	彙	八	述
11. 蕙肴蒸兮蘭藉	"蕙肴蒸兮蘭[藉],奠桂酒兮椒漿",當曰"蒸蕙肴"對"奠桂酒",今倒用之,謂之蹉對。						11:49b		
12. 駕飛龍兮北征	駕飛龍以下皆指湘君而言,思望之詞也。舊注以為屈原自敘,疑甚誤。	7:53b		2:5a			11:51a	2:7b	
13. 桂櫂兮蘭枻	"桂櫂"以下,言勤苦縈清以候神也。	7:54a			2:3a		11:51b		
14. 捐余玦兮江中	此結與《湘君》相同。想九作亦原之雜作,非出一時,故不檢點耳。		2:4b						2:8a
15. 余處幽篁兮終不見天	處幽篁兮終不見天二句,喻己不得見君,讒邪填塞,難以前進,所以索居於此。					2:12b		2:26b—27a	
			以上《九歌》						
16. 薄暮雷電	人言七言始於《柏梁》,不知濫觴於此。		2:21a						3:17a
			以上《天問》						

續表

章/句	張評	選	合	觀	批	七	彙	八	述
17. 惜誦以致 湣兮	惜誦致湣，發憤抒情，章旨已盡。		3:1b			3:1b①		3:2a	
18. 《思美人》 題下	《思美人》、《悲回風》，便是後世詩題。		3:13b						4:19b
			以上《九章》						
19. 《遠遊》序 下注	《遠遊》亦詩之漫興，不盡如叔師所序。		4:1a						5:1a②
			以上《遠遊》						
20. 《卜居》序 下注	《卜居》、《漁父》爲原懷幽憤寄託之作，豈當時實有是事？叔師小序固矣。		4:5b			5:8b③		5:18a	
			以上《卜居》						

① 此本作："起句已盡章旨。"《八十四家》本同之。

② 此本無"不盡如叔師所序"七字。

③ 此本無"叔師小序固矣"六字。《八十四家》本同之。

續表

章/句	張評	選	合	觀	批	七	彙	八	述
21. 觀抄秋之遙夜兮	此西京建安之所祖。		5:6a			6:7a		6:13a	
			以上《九辯》						
22. 《招魂》序下注	此必原死而王作以招之也。舊說皆云生死，殊未妥。	7:63a	5:9b			7:1b①		7:1b	
23. 朕幼清以廉潔兮	自"朕幼清"至"愁苦"六句，乃未王代為屈原之詞。	7:63a		9:1b	9:1b				
24. 層臺纍樹……朱塵筵些	語氣沉而厚。		5:12b			7:5a②		7:8b	
			以上《招魂》						
25. 《沉江》秋草榮其將實兮	語襲《九辯》而有餘致。		7:3b						

① 此本作："或原死而王作以招之。"《八十四家》本同之。
② 此本無"而"字。《八十四家》本同之。

續表

章/句	張評	選	合	觀	批	七	彙	八	述
26.《自悲》顧離群而遠舉	此《遠遊》剩語，卻自佳。		7:7b						
以上《七諫》									
27.《逢紛》心愁愁而思舊邦	本騷辭而少變化。		9:2a						
以上《九嘆》									
28.禍兮福所倚	禍福倚伏，正所謂"輪流推遷，轉續變化"也。					8:7b		8:14a	6
以上《鵩賦》①									
總計條數		8	19	4	2	11	5	10	6

① 按:《楚辭合纂》不收《鵩賦》；且此此條眉批之內容亦不見於《文選纂注》之《鵩賦》注。

第五章　張鳳翼《文選纂注·楚辭》初探

一、引言

　　穆克宏指出,宋元明三代選學漸衰,至清代而昌明。[1]林聰明則曰:明代以時文取士,文選之學益廢。選學家或輯注釋,或加評點,或採腴詞,然著述不多,類不足觀。[2]林氏檢核書目,得明代文選學著作二十四家,以張鳳翼《文選纂注》爲最早。此書共十二卷,《千頃堂書目》卷31著録,[3]《續文獻通考》卷197同之。[4]《蘇州府志·藝文》亦然。[5]此書今有《四庫全書存目叢書》據廣西師範大學圖書館藏萬曆刊本影印本。書首自序題於萬曆庚辰(八

①穆克宏:《昭明文選研究》(北京:人民文學出版社,1998),頁69。

②林聰明:《昭明文選研究初稿》(臺北:文史哲出版社,1986),頁142。

③[清]黃虞稷:《千頃堂書目》(臺北:臺灣商務印書館影印文淵閣《四庫全書》,1983)卷三十一,頁11a。

④[清]高宗皇帝主編:《續文獻通考》(臺北:臺灣商務印書館影印文淵閣《四庫全書》,1983)卷一百九十七,頁25a。

⑤[清]李銘皖修,[清]馮桂芬纂:《蘇州府志》(臺北:成文出版社據清光緒九年[1883]刊本影印,1970),頁3244。

年,1580),其言略云六臣注之長處爲"參經例傳,探賾索隱",然而注文"錯舉則紛遝而無倫,雜述亦糾纏而鮮要。或旁引效顰,或曲證添足,或均簡而重出,或比卷而三見。蓋稽古則有餘,發明則不足","令覽者不終篇而倦生"。①張氏編撰此書時,曾致函友人沈懋學曰:

> 《文選》之役,本欲盡洗故箋,一出胸臆。弟恐歲不我與,或不能竟,故不得不有所因。然創自己見者,十恆二三,自諒於藝林不無小補。②

可見其本意另作新注,後恐年事漸高,無法完成,只好退而求其次,在舊注的基礎上作增删;且謂在如此著述方式下,已見尚能有十之二三。故王書才指出:爲一般讀者著想、從一般讀者角度出發,是此本的可取之處。③不過,四庫館臣僅將此書收入存目類,提要云:

> 是書雜採諸家詮釋《文選》之説,故曰纂注。然所引多不著所出。夫詮釋義理,可以融會群言,至於考證舊文,豈可不明依據。言各有當,不得以朱子《集傳》、《集注》藉口也。其論《神女賦》"王"字誤"玉"、"玉"字誤"王",蓋採姚寬《西溪叢語》之説,極爲精審。其注無名氏《古詩》,以"東城高且長"與"燕趙多佳人"分爲兩篇,十九首遂成二十。不知陸機擬作,

---

①[明]張鳳翼:《文選纂注》(臺南:莊嚴文化事業有限公司《四庫全書存目叢書》據廣西師範大學圖書館藏明萬曆刊本影印,1997),自序,頁22—23。
②[明]張鳳翼:《與君典書》,《處實堂集》(臺南:莊嚴文化事業有限公司《四庫全書存目叢書》據北京圖書館藏明萬曆刊本影印,1997)卷五,頁34a—34b。
③王書才:《明清文選學研究述評》(北京:中華書局,2008),頁51。

文義可尋,未免太自用矣。①除稱許張鳳翼能採用姚寬舊説而訂正《神女賦》内文外,可謂罕有正面評價。館臣的攻訐可歸納爲兩點:一、引用成説不注明出處;二、不重考據,妄分篇章。②明人師心自用的風氣,自清初已遭顧炎武大力批評。四庫館臣如此評價,實爲一脈相承。但難以否認的是,對於《文選》文本的解讀,張鳳翼是站在文學家、鑑賞家的角度,而四庫館臣則站在學者、考據家的角度。切入角度既不同,《纂注》受到抨擊也不足爲怪。

民初以還,有關張鳳翼及其《文選纂注》幾無研究專著。至2008年,蘇州大學碩士生姜冰發表學位論文《張鳳翼詩歌與〈文選纂注〉研究》,其中第四章爲"張鳳翼《文選纂注》研究",分爲"《文選纂注》的創作與出版過程"及"《文選纂注》的特點"兩節,謂此書有"删繁就簡,通俗易懂"及"精審謹慎,真知灼見"的優點,亦有"不明出處,引人誤解"及"過於武斷,盲目自信"的缺失。③限於研究範圍及論文篇幅,姜氏關於《文選纂注》對舊注之取捨的研究猶待更全面及深入的探討。有見及此,本章擬就《文選纂注·楚辭》作一通盤考察。

二、《文選纂注·楚辭》對舊注之運用

《纂注》計十二卷,楚辭《作品》皆在卷七,所收篇目無異於舊

---

① [清]永瑢主編:《四庫全書總目》(北京:中華書局,1965),頁1602。
② 參《文選纂注》卷六頁68a,70b—71a。
③ 姜冰:《張鳳翼詩歌與〈文選纂注〉研究》(蘇州大學中文系碩士論文,2008),頁37—45。

本,即《離騷經》、《九歌》之《東皇太一》、《雲中君》、二《湘》、《少司命》、《山鬼》六篇、《九章》之《涉江》一篇、《卜居》、《漁父》、宋玉《九辯》五章、《招魂》及淮南小山《招隱士》,共 17 篇。李善於諸篇全用王逸《楚辭章句》,五臣則自有新注。張鳳翼於《離騷經》題下雙行小注云:

　　　　諸注同異不一,今參用唐宋各家而折衷之。①

所謂唐宋諸家之説,除李善所用王逸《章句》、五臣注外,尚有洪興祖《楚辭補注》及朱熹《楚辭集注》。整體而言,《離騷經》多用王説,《招魂》多用朱説,《九辯》並采五臣及朱説,其餘篇章則以兼用衆説爲主。至於洪説,則主要於部分解題、訓釋、注音時運用。張鳳翼很少直接迻録舊注,而多有撮寫增删。在這個過程中,亦時而表達一己之見。本節將分目考察《纂注》運用諸書之情況。

(一)《纂注》於王逸《章句》之運用

　　明人王鏊云:"朱子之注《楚辭》,豈盡朱子説哉! 無亦因逸之注,參訂而折衷之? 逸之注,亦豈盡逸之説哉! 無亦因諸家之説,會粹而成之? 蓋自淮南王安、班固、賈逵之屬,轉相傳授,其來遠矣。則注疏之學,亦何可廢哉!"②認爲《章句》具有不可取代的價值。今人李大明也指出,王逸《章句》總結了兩漢三百多年屈騷評論、擬騷創作、《楚辭》訓解等方面的重要成果,張揚屈原精神,主張經世致用,爲一集大成之作。③在《纂注》中,採用《章句》之處可

---

① [明]張鳳翼:《文選纂注》卷七,頁 41a。

② [明]王鏊:《重刊王逸注楚辭序》,《震澤集》(臺北:臺灣商務印書館影印文淵閣《四庫全書》,1983),頁 280—281。

③ 李大明:《漢楚辭學史(增訂本)》(北京:中國社會科學出版社,2004),頁 345。

謂比比皆是。如《離騷經》"皇覽揆余於初度兮，肇錫余以嘉名"二句下，《章句》云：

> 言父伯庸觀我始生年時，度其日月，皆合天地之正中，故始錫我以美善之名也。①

《纂注》除將"美善之名"改爲"善名"外，幾乎一無更易。②其次，《纂注》有更多注文採取了刪撮的方法。如"扈江離與辟芷兮，紉秋蘭以爲佩"下，《章句》云：

> 行清潔者佩芳，德仁明者佩玉，能解結者佩觿，能決疑者佩玦，故孔子無所不佩也。言已修身清潔，乃取江離、辟芷，以爲衣被；紉索秋蘭，以爲佩飾；博采衆善，以自約束也。③

《纂注》的文字則遠爲簡約：

> 言已脩身清潔，被服香草也。④

蓋張鳳翼以爲此二句文義甚顯，不必一一細解，捨本逐末耳。再者，《章句》有引用故籍爲證者，《纂注》亦有轉錄。如《東皇太一》"蕙肴蒸兮蘭藉"句，《章句》云：

> 藉，所以藉飯食也。《易》曰"藉用白茅"也。⑤

"藉用白茅"之語出自《周易·大過·初九》，孔穎達正義曰："以柔處下，心能謹慎，薦藉於物用潔白之茅，言以潔素之道奉事於上也。"⑥

---

① [漢]王逸章句，[宋]洪興祖補注：《楚辭補注》（北京：中華書局，2002），頁 4。
② [明]張鳳翼：《文選纂注》卷七，頁 41b。
③ [漢]王逸章句，[宋]洪興祖補注：《楚辭補注》，頁 5。
④ [明]張鳳翼：《文選纂注》卷七，頁 41b。
⑤ [漢]王逸章句，[宋]洪興祖補注：《楚辭補注》，頁 56。
⑥ [唐]孔穎達：《周易正義》（臺北：藝文印書館影印清嘉慶二十年[1815]阮元南昌府學刊本，1989），頁 70。

王逸此處引《易》證《騷》，甚爲熨貼，故《纂注》亦從而引用之。①對於《章句》之説，《纂注》還有所增補。如《涉江》"帶長鋏結之陸離兮，冠切雲之崔嵬"句，《章句》云：

> 言己内修忠信之志，外帶長利之劍，戴崔嵬之冠，其高切青雲也。②

而張鳳翼認爲，長劍、高冠不僅是對服飾的描寫，也是對品德的陳述：

> 帶長劍，冠切雲，所謂奇服也。言握利器而秉高行也。③

所言較《章句》更爲合理而充實。

　　不過，由於王逸站在儒家的詩教立場解讀屈騷，故也時有誤解之處，後世如洪興祖、朱熹諸家每有糾正，然猶未能盡。故詮釋於《章句》未洽處亦有所修正批駁。訓釋方面，如《雲中君》"靈連蜷兮既留"之"靈"字，《章句》云：

> 靈，巫也。楚人名巫爲靈子。④

朱熹《集注》亦從之。⑤然《纂注》則駁曰：

> 靈，神也。楚人名巫爲靈子，若曰神之子也，非即以巫爲靈也。⑥

《離騷經》"靈均"之"靈"，《章句》即云："靈，神也。"⑦而此處竟因"楚人名巫爲靈子"的舊説，遂將"靈"與"巫"相等同，無疑混淆了

---

① ［明］張鳳翼：《文選纂注》卷七，頁 52b。

② ［漢］王逸章句，［宋］洪興祖補注：《楚辭補注》，頁 129。

③ ［明］張鳳翼：《文選纂注》卷七，頁 57b。

④ ［漢］王逸章句，［宋］洪興祖補注：《楚辭補注》，頁 58。

⑤ ［宋］朱熹：《楚辭集注》（臺北：文津出版社，1987），頁 31。

⑥ ［明］張鳳翼：《文選纂注》卷七，頁 53a。

⑦ ［漢］王逸章句，［宋］洪興祖補注：《楚辭補注》，頁 4。

《雲中君》"靈"與"靈子"的概念。張鳳翼指出,楚人所以"名巫爲靈子",是因爲巫師能溝通天人,有如神靈之子。所論甚爲合理。辭章方面,如《湘君》"駕飛龍兮北征"句下,《章句》云:

> 屈原思神略畢,意念楚國,願駕飛龍北行,丞還歸故居也。①

王逸對《湘君》的認知誤區,在於將虛構的祀神過程與實有的流放經歷混爲一談,以致詮釋時搖擺於這兩條軸綫間,主旨不清。《纂注》則曰:

> "駕飛龍"以下皆指湘君而言,想望之辭也。舊注以爲屈原自敍,疑誤。②

明清以還,學者對於"駕飛龍"等句的主角或指爲湘君,或指爲迎神者,各有不同,然鮮有將其定爲屈原本人者。換言之,諸家的基本一致點在於將這幾句解爲祭神的"想望之辭",而非屈原流放時的實況。張鳳翼雖對王逸之説持有懷疑,但已有此認知,可謂得風氣之先。

(二)《纂注》於五臣注之運用

四庫館臣論《文選五臣注》云:"今觀所注,迂陋鄙俚……而以空疏臆見,輕詆通儒(李善),殆亦韓愈所謂'蚍蜉撼樹'者歟?"③蓋五臣注以辭章賞析爲旨歸,不重文獻考據,且所言也時有未洽。然館臣又曰:"疏通文意,亦間有可採。唐人著述,傳世已稀,固不

---

① [漢]王逸章句,[宋]洪興祖補注:《楚辭補注》,頁60。
② [明]張鳳翼:《文選纂注》卷七,頁53b。
③ [清]永瑢主編:《四庫全書總目》,頁1685。

必竟廢之也。"①可見亦瞭解其特色何在。就屈騷而言,唐人注解本尠,且李善注全用王逸《章句》,故五臣注自有其價值。洪興祖補注《楚辭》,亦抄錄五臣注文於《章句》下,學者稱便。張鳳翼《纂注》也以文學賞析爲宗,故於五臣注時有採掇,所採之説包括了解題與詞句兩方面。解題方面,如《少司命》之職掌,《章句》、《補注》與《集注》皆未明言。唯五臣注云:

> 司命,星名,主知生死,輔天行化,誅惡護善者也。②

《文選》不收《大司命》,然五臣此語則概二司命而言之。《纂注》於《少司命》題下小注云:

> 司命,星名,主知生死。③

文雖較五臣注簡略,然於"登九天兮撫彗星"句又注云:"撫持彗星,欲掃除邪惡也。"④此言雖由《章句》而來,卻仍呼應了五臣"誅惡護善"之意。

至於五臣有關詞句的論述,《纂注》參酌更多。如《招魂》篇首"朕幼清以廉潔兮"等句,玩味語氣及内涵,非屈原之語莫屬。然王逸以後多以此篇爲宋玉所作,《章句》於此段僅作文字訓釋,於敘述者身份無所論及,如此可能造成理解上的誤差。而五臣注云:

> 皆代原爲辭。⑤

可見司馬遷把《招魂》與屈原的《離騷》、《天問》、《哀郢》並稱而"悲

①［清］永瑢主編:《四庫全書總目》,頁1685。

②［梁］蕭統編,［唐］吕延濟等五臣注:《文選》(臺北:"中央圖書館"景印南宋陳八郎刻本,1981)卷十七,頁3b。

③［明］張鳳翼:《文選纂注》卷七,頁55b。

④同前注,頁56a。

⑤［梁］蕭統編,［唐］吕延濟等五臣注:《文選》卷十七,頁9a。

其志”,良有以也。然此段在體裁上近乎大賦虛設主客答問的小引,東漢至晚明間的學者大率以《招魂》作者爲宋玉,將此段視爲“代爲屈原之詞”也有未嘗没有一定的理據。故朱熹《集注》亦跟從五臣之説。①張氏《纂注》亦從之曰:

> 自“朕幼清”至“愁苦”六句,乃宋玉代爲屈原之詞。②

其説正承五臣而來。段落以外,《纂注》在句、詞解釋上時亦採用五臣之説。如《涉江》“船容與而不進兮,淹回水而疑滯”句,《章句》曰:

> 言士衆雖同力引櫂,船猶不進,隨水回流,使己疑惑,有還意也。疑一作凝。③

屈原諫君放逐,意志甚決,不容有疑。王逸解爲“使己疑惑”未安。此處“疑”作“凝”是。五臣云:

> 疑滯者,戀楚國也。④

參《離騷經》曰“僕夫悲余馬懷”,以主角身邊之人畜側寫其不捨心態,與《涉江》“船容與而不進”相勘,其揆一也。故五臣解爲“戀楚國”,視《章句》爲穩妥。故《纂注》據五臣之説曰:

> 疑滯者,若有戀也。⑤

增一“若”字,更能點出屈原那種似有似無的依戀故都之情。同篇“苟余心其端直兮,雖僻遠之何傷”句,《章句》曰:

> 言我惟行正直之心,雖在遠僻之域,猶有善稱,無害疾

---

① [宋]朱熹:《楚辭集注》,頁133。
② [明]張鳳翼:《文選纂注》卷七,頁63a。
③ [漢]王逸章句,[宋]洪興祖補注:《楚辭補注》,頁130。
④ [梁]蕭統編,[唐]吕延濟等五臣注:《文選》卷十七,頁5a。
⑤ [明]張鳳翼:《文選纂注》卷七,頁58a。

也。故《論語》曰"子欲居九夷"也。①

此兩句文義本淺,實無須如此詳作字面解釋。而五臣則云:

　　　　原自解之辭也。②

指出此爲屈原自我寬慰之語,可謂一針見血,因此《纂注》亦全從之。③此外,《纂注》還會在五臣注的基礎上增加個人的意見。如《離騷經》"爲余駕飛龍兮,雜瑶象以爲車"二句,五臣注云:

　　　　飛龍喻道。瑶,玉也。象,牙也。以比君子之德。言我
　　　遠游,但駕此道德以爲車。④

《纂注》於此説有所參考修訂:

　　　　龍,神物。象,象牙也。與玉間雜而爲車,喻神氣爲馭,
　　　道德爲車也。⑤

沿襲了五臣"道德爲車"之説,並增加了"神氣爲馭"的詮解。

(三)《纂注》於洪興祖《補注》之運用

洪興祖《補注》乃補正王逸《章句》之作,在《章句》的基礎上申述己説,於王逸既補足未詳,糾正疏漏,旁徵博引,且於舊籍多標明出處。而《纂注》對於《補注》的徵引,正以解題及訓釋爲主。如《九歌》諸篇下的解題或注文,多爲洪興祖所補。以《湘君》爲例,洪興祖據劉向《列女傳》、《禮記》注及韓愈《黄陵廟碑》考據二湘即虞舜二妃,又據王逸、郭璞之説而平議曰:

―――――――――

① [漢]王逸章句,[宋]洪興祖補注:《楚辭補注》,頁130。
② [梁]蕭統編,[唐]吕延濟等五臣注:《文選》卷十七,頁5a。
③ [明]張鳳翼:《文選纂注》卷七,頁58a。
④ [梁]蕭統編,[唐]吕延濟等五臣注:《文選》卷十六,頁29a。
⑤ [明]張鳳翼:《文選纂注》卷七,頁51a。

　　　《離騷》、《九歌》既有湘君，又有湘夫人。王逸以爲湘君
　　者，自其水神。而謂湘夫人，乃二妃也。從舜南征三苗不反，
　　道死沅湘之間。《山海經》曰："洞庭之山，帝之二女居之。"郭
　　璞疑二女者，帝舜之后，不當降小水爲其夫人，因以二女爲天
　　帝之女。以余考之，璞與王逸俱失也。堯之長女，娥皇爲舜
　　正妃，故曰君。其二女女英，自宜降曰夫人也。故《九歌》詞
　　謂娥皇爲君，謂女英帝子，各以其盛者推言之也。《禮》有小
　　君、君母，明其正，自得稱君也。①

所論頗具說服力。故《纂注》依其說而簡言之云：

　　　湘君，湘水神堯長女舜正妃也。②

　　　湘夫人，堯次女，舜次妃也。正妃稱君，故降稱夫人。③

可見其與《補注》的傳承關係。在訓釋方面，如《雲中君》"思夫君
兮太息"之"夫"字，王逸無注，而《補注》云：

　　　《記》曰："夫夫也，爲習於禮者。"上夫，音扶。④

此語出自《禮記・檀弓上》，注疏即謂"'夫夫'，上音扶，下如
字"，⑤可知音扶者乃語詞。《纂注》則曰：

　　　"夫"即《禮記》是［曰］"夫之［夫］"之夫。⑥

雖略有手民之誤，然可知其以《補注》之說爲可從。

　　對於《補注》的某些觀點，《纂注》亦有不贊同者。如《離騷經》

---

①［漢］王逸章句，［宋］洪興祖補注：《楚辭補注》，頁 64。

②［明］張鳳翼：《文選纂注》卷七，頁 53b。

③同前注，卷七，頁 54b。

④［漢］王逸章句，［宋］洪興祖補注：《楚辭補注》，頁 59。

⑤［唐］孔穎達：《禮記正義》（臺北：藝文印書館影印清嘉慶二十年［1815］阮
　元南昌府學刊本，1989），頁 134。

⑥［明］張鳳翼：《文選纂注》卷 7，頁 53b。

"名余曰正則,字余曰靈均"句,《章句》云:

> 靈,神也。均,調也。言正平可法則者,莫過於天;養物
> 均調者,莫神於地。高平曰原,故父伯庸名我爲平以法天,字
> 我爲原以法地。①

古名字相應,平、原與正、均爲同義詞,屬於互訓的關係。《補注》
則曰:

> 《史記》屈原名平,《文選》以平爲字,誤矣。正則以釋名
> 平之義,靈均以釋字原之義。②

《文選》於篇題下所標作者皆以字不以名,而《離騷經》題下卻標
"屈平",蓋以"平"爲字。故洪興祖引《史記》爲據,以"正則"解
"平","靈均"解"原","平"爲名,"原"爲字,並批駁《文選》之説。
然《纂注》云:

> 正,平也。則,法也。高平曰原。正則猶云原也,言平正
> 可法則也。靈,神也。均,調也。猶云平也。舊注以平爲名,
> 以原爲字,與前引自牴誤。且《選》中若明遠、文通之類皆猶
> 字。舊題下云平,則知亦字也。③

張鳳翼認爲《文選》之説,未必無所本;且"正則"未嘗無"原"義,
"靈均"未嘗無"平"義。若因此而推論"平"爲名、"原"爲字,會有
扞格。昭明手編的《文選》三十卷原本今已不存,然無論李善注或
五臣注本,騷類所收屈作題下皆作"屈平"。進而言之,李善注於
騷類全用《章句》,於今日頗具校勘價值。唐時的《楚辭》傳本,是
否有以原爲名而平爲字的可能? 這仍是值得思考的。

---

①〔漢〕王逸章句,〔宋〕洪興祖補注:《楚辭補注》,頁4。
②同前注。
③〔明〕張鳳翼:《文選纂注》卷七,頁41b。

(四)《纂注》於朱熹《集注》之運用

南宋朱熹《楚辭集注》汲取了《章句》與《補注》的訓詁成就，並將《楚辭》研究推向一個新的階段。此書的學術價值有三：一爲辯證王、洪誤説，二爲别有創見，三爲探求作者言外之意，闡發微詞奥義。兼以朱熹理學宗師的地位，此書在元明清三代流傳廣泛，影響甚巨。故此，《纂注》於《集注》之説也頗有參用。

對於《楚辭》諸篇的篇題，《集注》較舊注時有更爲合理的新説。如《九章》之題，《章句·九章序》云：

> 《九章》者，屈原之所作也。屈原放於江南之壄，思君念國，憂心罔極，故復作《九章》。章者，著也，明也。言己所陳忠信之道，甚著明也。卒不見納，委命自沈。楚人惜而哀之，世論其詞，以相傳也。[①]

以"著"、"明"二字釋"章"，可謂求之過深。而《集注·九章序》則曰：

> 屈原既放，思君憂國，隨事感觸，輒形諸聲。後人輯之，得其九章，合爲一卷，非必出於一時之言也。[②]

《史記》收録《懷沙》全文，又言及《哀郢》，卻並未提到"九章"之名。最早提到《九章》的是《楚辭》的編纂者劉向，其《九嘆·憂苦》云："嘆《離騷》以揚意兮，猶未殫於《九章》。"[③]大概劉向在編纂《楚辭》時，才把屈原這九篇作品合在一起，稱爲《九章》。朱熹之説，

①［漢］王逸章句，［宋］洪興祖補注：《楚辭補注》，頁120—121。
②［宋］朱熹：《楚辭集注》，頁73。
③［漢］王逸章句，［宋］洪興祖補注：《楚辭補注》，頁300。

平實近理。故《纂注》徵用此説。①《集注》對於篇旨的修正，《纂注》亦有所參酌。如《集注》論《山鬼》篇云：

> 以上諸篇皆爲人慕神之詞，以見臣愛君之意。此篇鬼陰而賤，不可比君，故以人況君，鬼喻己，而爲鬼媚人之語也。②

姑勿論“鬼陰而賤，不可比君”的道學之語，若從内文來看，山鬼似乎處於比較“主動”的位置，與前篇諸神的“被動”的受祭位置不同。故朱熹提出“人況君，鬼喻己”之説，不爲無見。《纂注》於題下即引用了朱熹之説。③

次者，朱熹除了斟酌採用王洪舊説外，往往嘗試爲之分出段落脈理，如此無疑結合了訓詁和辭章探究，避免了注文流於瑣碎，故亦常爲《纂注》所重視。如《離騷經》“蘇糞壤以充幃兮，謂申椒其不芳”句下，《集注》云：

> 自念之詞止此。④

篇中靈氛勸屈原遠逝，而屈原不欲離開楚國，故有此語。朱熹所斷甚然，而《纂注》從之。⑤後文中，屈原又徵求巫咸的意見。巫咸看法亦與靈氛相近，希望屈原趁年富力强之時早到他國謀求際合。“恐鵜鴂之先鳴兮，使夫百草之不芳”句下，《集注》又云：

> 以上皆巫咸辭。⑥

而《纂注》亦從之。⑦對於一些文句的探析，《纂注》對《集注》也時

---

① ［明］張鳳翼：《文選纂注》卷七，頁 57a。
② ［宋］朱熹：《楚辭集注》，頁四十四。
③ ［明］張鳳翼：《文選纂注》卷七，頁 56a。
④ ［宋］朱熹：《楚辭集注》，頁 20。
⑤ ［明］張鳳翼：《文選纂注》卷七，頁 49b。
⑥ ［宋］朱熹：《楚辭集注》，頁 2。
⑦ ［明］張鳳翼：《文選纂注》卷七，頁 49b。

有跟從。如《山鬼》"怨公子兮悵忘歸,君思我兮不得閒"句下,《章句》分別云:

> 公子,謂公子椒也。言己所以怨公子椒者,以其知己忠信而不肯達,故我悵然失志而忘歸也。
>
> 言懷王時思念我,顧不肯以閒暇之日召己謀議也。①

五臣則云:

> 君縱相思,爲小人在側,亦無暇召我也。②

皆附會曲解,有膠柱鼓瑟之嫌,難怪朱熹批評爲"曲義碎説",③繼而指出:

> 公子,即所欲留之靈脩也。鬼采芝於山間而思此人,雖怨其不來,而亦知其思我之不能忘也。④

《纂注》則撮寫爲:

> 山鬼雖怨公子之不來,而亦知其必思己也。⑤

誠然曲得文衷。對於某些難以索解的文字,《纂注》亦能採納《集注》之見。如《招魂》中巫陽"掌夢上帝其命難從"一段,《章句》解云:

> 巫陽言如必欲先筮問,求魂魄所在然後與之,恐後世怠慢,必去卜筮之法,不能復修用。但招之可也。⑥

然上帝既已請巫陽筮問,若遵從帝命,正可強調卜筮之法的重要;若越過筮問而直接招魂,反倒有可能導致"後世怠慢"。故

---

① [漢]王逸章句,[宋]洪興祖補注:《楚辭補注》,頁81。
② [梁]蕭統編,[唐]呂延濟等五臣注:《文選》卷十七,頁4b。
③ [宋]朱熹:《楚辭集注》,頁46。
④ 同前注,頁45。
⑤ [明]張鳳翼:《文選纂注》卷七,頁57a。
⑥ [漢]王逸章句,[宋]洪興祖補注:《楚辭補注》,頁198。

《章句》雖勉强言此段大略，卻頗有紕繆，難合邏輯。《集注》
則曰：

> 此一節巫陽對語不可曉，恐有脱誤。然其大意以謂帝命
> 有不可從者：如必筮其所在而後招以與之，則恐其離散之遠，
> 而或後之，以至徂謝，且將不得復用巫陽之技矣。①

在質疑有闕文的前提下，以人命危淺爲著眼點，提出筮慢招快，並
將恐怕"不能復用"者由"卜筮之法"改換爲"巫陽之技"，文理遠爲
通順。故《纂注》全部採録。②

三、《文選纂注·楚辭》之創見

由於《纂注》的編寫宗旨以辭章賞析爲主，故其可取的創見亦
多在這一方面。至於訓詁考訂始終非張鳳翼所長，故難免瑕瑜互
見之憾。兹依次而論之。

（一）對寄託説的批評

王逸《離騷序》言《楚辭》"依《詩》取興，引類譬諭"，"善鳥香草
以配忠貞，惡禽臭物以比讒佞"，"虯龍鸞鳳以託君子，飄風雲霓以
爲小人"。故王逸注文便以此法求之，如其注《離騷》"朝搴阰之木
蘭兮，夕攬洲之宿莽"二句，即是一證。③今人張元勛將這種方式

---

① ［宋］朱熹：《楚辭集注》，頁134。
② ［明］張鳳翼：《文選纂注》卷七，頁63b。
③ 王氏章句云："言己旦起陞山采木蘭，上事太陽，承天度也；夕入洲澤采取
　　宿莽，下奉太陰，順地數也。動以神祇自救誨也。木蘭去皮不死，宿莽遇
　　冬不枯，以喻讒人雖欲困己，己受天性，終不可變易也。"［漢］王逸：《楚辭
　　章句》（臺北：藝文印書館影印明馮紹祖萬曆丙戌刊本，1974）卷一，頁3a。

稱爲"寄託説",且謂此説"是狹義於那些把屈原也硬拉進詩中與神鬼交往的注釋"。又舉《九歌》爲例道:"這裏面,除了神與巫,是没有詩人的發言的。'寄託説'的主張者們往往不顧這些,石破天驚般地突然指出某句是屈原之言,某事是屈原之行,屈原被兀然推到神鬼的舞臺上,唐突其間,頗似一幕荒誕劇。"①屈騷的寫作手法雖不離比興寄託之宗,但若求之過深未免膠柱鼓瑟。故此,張鳳翼對於王逸的過度詮釋作出了一些批評。他以《離騷》中"前望舒以先驅兮"數句爲例,針對《離騷序》而討論道:

> 以上望舒、飛廉、鸞鳳、雷師,但言神靈爲之擁護耳。初無善惡之分也。舊注牽合,且以飄風雲霓爲小人。然則《卷阿》之言"飄風自南",《孟子》之言"若大旱之望雲霓",亦皆象小人耶?②

拈出《詩經》及《孟子》中的文例,駁斥王逸將《楚辭》中飄風、雲霓簡單比擬成小人的弊端。又如同篇"余以蘭爲可恃兮,羌無實而容長。委厥美以從俗兮,苟得列乎衆芳。椒專佞以慢慆兮,樧又欲充夫佩幃"幾句,王逸注云:"蘭,懷王少弟,司馬子蘭也……言子蘭棄其美質正直之性,隨從諂佞,苟欲列於衆賢之位,無進賢之心也。……椒,楚大夫子椒也。……樧,茱萸也,似椒而非,以喻子椒似賢而非賢也。"③若蘭、椒皆爲真名,則樧則不宜純是比喻。此外,後文更有"覽椒蘭其若兹兮,又況揭車與江離"二句,揭車、江離更不似人名。故張鳳翼曰:

> 此言椒蘭,指賢人之改節者。舊注直以爲指子蘭、子椒,

---

① 張元勛:《九歌十辨》(北京:中華書局,2006),頁42—43。

② [明]張鳳翼:《文選纂注》卷七,頁47a—b。

③ [漢]王逸:《楚辭章句》卷一,頁22b。

　　然則下文揭車、江離又誰指哉？①

蘭、椒、椴、揭車、江離，皆改節賢人之喻體，靈活看待蘭、椒與子
蘭、子椒之聯繫即可，不必勉强坐實。

　　其次，《九歌》爲有寄託的作品抑或純粹的祀神之辭，古來也
一直有争論。王逸《九歌序》云：

　　　　屈原放逐，竄伏其域，懷憂苦毒，愁思沸鬱。出見俗人祭
祀之禮，歌舞之樂，其詞鄙陋。因爲作《九歌》之曲，上陳事神
之敬，下見己之冤結，託之以風諫。②

若如王逸所解，則“上陳事神之敬”與“下見己之冤結”的兩重旨意
在《九歌》十一篇中乍合乍離，既有牴觸，又復會通，不可致詰。對
於王逸的這種解會方式，朱熹表達了不認同的態度，其《楚辭集
注·目録序》即謂王氏“遽欲取喻立説、旁引曲證以强附於其事之
已然，是以或以迂滯而遠於性情，或以迫切而害於義理”。③因此，
朱熹對王逸有關《九歌》的論述作了修定，朱熹認爲《九歌》基本内
容仍是祀神，而忠君愛國之思只是屈原創作時的一種心態和寄
託。④言下之意，就是不宜將其篇章字句與忠君愛國之思二者分
别對號入座。張鳳翼將朱熹這一層看法更明確地揭示出來，並提
出要訂正王逸的注文：

　　　　原見祝詞鄙陋，因爲更定，且以事神之言，寫忠君之意。
然詞之所指，惟在神耳。舊注牽合附會，一爲正之。⑤

──────────

①［漢］王逸：《楚辭章句》卷一，頁22b。

②同前注，卷二，頁1b—2a。

③［宋］朱熹：《楚辭集注》，頁3。

④同前注，頁29。

⑤［明］張鳳翼：《文選纂注》卷七，頁52a。

對於《文選》所録《九歌》諸篇的詮釋,張鳳翼基本上就採取了這種
態度。

(二)對篇章的解讀

張鳳翼對《楚辭》諸篇的解讀,大體而言仍以參照舊説爲主,
而避免濫用寄託説。在篇旨及文本兩方面,《纂注》皆有所究心。
如關於《招魂》篇旨,《章句》序曰:

> 《招魂》者,宋玉之所作也。招者召也。以手曰招,以言
> 曰召;魂者身之精也。宋玉憐哀屈原,忠而斥棄,愁懣山澤,
> 魂魄放佚,厥命將落,故作招魂。欲以復其精神,延其年壽,
> 外陳四方之惡,内崇楚國之美,以諷諫懷王,冀其覺悟而還
> 之也。①

是以其爲宋玉招屈原之生魂、同時諷諫君王之作。《集注》之序
則曰:

> 《招魂》者,宋玉之所作也。古者人死,則使人以其上服
> 升屋履危,北面而號曰:"皋!某復。"遂以其衣三招之,乃下,
> 以覆尸。此禮所謂復。而説者以爲招魂、復魂,又以爲盡愛
> 之道而有禱祠之心者,蓋猶冀其復生也如是,而不生則不生
> 矣,於是乃行死事。此制禮者之意也。而荆楚之俗,乃或以
> 是施之生人,故宋玉哀閔屈原無罪放逐,恐其魂魄離散而不
> 復還,遂因國俗,託帝命、假巫語以招之。以禮言之,固爲鄙
> 野,然其盡愛以致禱,則猶古人之遺意也。是以太史公讀之
> 而哀其志焉。若其譎怪之談、荒淫之志,則昔人蓋已誤其識

---

①［漢］王逸章句,［宋］洪興祖補注:《楚辭補注》,頁197。

於屈原,今皆不復論也。①

大體上仍從《章句》之説,唯不復言及"諷諫懷王",而著重宋玉對於其師屈原的關愛之情。明代後期開始,有關《招魂》作者及所招爲生魂或死魂之意見歧出。最早爲萬曆間陳深遥承司馬遷之舊,重提此篇爲屈原所作的看法,惜論述甚爲不足。②至明末黄文焕、清初林雲銘、蔣驥、近代游國恩等皆以爲屈原自招生魂。換言之,清代以至民初,有關作者的爭論雖多,但學者仍多傾向將這篇視爲招生魂之作。另一方面,與蔣驥時代接近的顧成天在《讀騷列論》中較早提出此篇爲屈原招懷王亡魂的作品,③清末張裕釗、馬其昶等皆從之,然此説在清代的接受度相對不足。而萬曆時的張鳳翼較顧成天更早提出了招死魂之説,《纂注·招魂》題下注曰:

> 此必原死而玉作以招之也。舊説皆云生時欲以諷楚王,殊未妥。④

雖仍沿襲《章句》、《集注》之説,將作者定爲宋玉,且篇幅甚慳,卻有兩處值得注意。其一,認爲此篇爲宋玉招屈原之死魂而作;其二,支持《集注》的看法,淡化了諷諫君主的寄託説内涵。故明末蔣之翹、沈雲翔等人的《楚辭》集評本皆迻録此語。

其次,對於一些篇章段落的内容,張鳳翼也有自己的看法,比較顯著的就是二《湘》。茲以《湘君》爲例,將張氏的新説表列如下:

---

① [宋]朱熹:《楚辭集注》,頁133。
② 見拙著:《屈騷纂緒》(臺北:臺灣學生書局,2008),頁51—90。
③ [清]顧成天:《讀騷列論》(臺南:莊嚴文化事業有限公司據上海圖書館藏清乾隆六年[1741]刻本影印,1997)。
④ [明]張鳳翼:《文選纂注》卷七,頁63a。

	原文	《纂注》
1.	望涔陽兮極浦,橫大江兮揚靈。	"駕飛龍"以下,皆指湘君而言,思望之詞也。舊注以爲屈原自敍,疑誤。
2.	揚靈兮未極,女嬋媛兮爲余太息。	女,謂湘君也。歎息,神爲人所感動也。
3.	橫流涕兮潺湲,隱思君兮陫側。	人爲神所感動也。
4.	桂櫂兮蘭枻,斲冰兮積雪。	"桂櫂"以下,言勤苦潔清以候神也。
5.	朝騁騖兮江皋,夕弭節兮北渚。	言神之翱翔,若或見之也。
6.	鳥次兮屋上,水周兮堂下。	言望神不至,而俯仰所見如此。
7.	捐余玦兮江中,遺余佩兮澧浦。	與環即還,與玦即絕。捐玦者,不欲神之我絕也。遺珮,以要之也。①

　　從上表可見,張鳳翼確然屏除了《章句》的寄託説,將全篇單純解作迎神不遇的纏綿悱惻之辭。通過字解句析,比較有條理地貫通了全篇的大意。如王逸注"望涔陽兮極浦,橫大江兮揚靈"句,以爲"屈原思念楚國,願乘輕舟,上望江之遠浦,下附郢之隖,以渫憂患,橫度大江,揚己精誠,冀能感悟懷王,使己還也"。②《纂注》則以其附會過甚,指出諸句乃祭者思望湘君的幻想之辭。又"桂櫂兮蘭枻"以下"采薜荔兮水中,搴芙蓉兮木末。心不同兮媒勞,恩不甚兮輕絕"諸句,王逸解作:"屈原言己執忠信之行,以事於君,其志不合,猶入池涉水而求薜荔,登山緣木而采芙蓉,固不可得也。""婚姻所好,心意不同,則媒人疲勞,而無功也。屈原自喻行與君異,終不可合,亦疲勞而已也。""人交接初淺,恩不甚

---

① [明]張鳳翼:《文選纂注》卷七,頁5a。
② [漢]王逸:《楚辭章句》卷二,頁5a。

篤，則輕相與離絶。言己與君同姓共祖，無離絶之義也。"①其義亦皆牽強。而張鳳翼簡單指出其爲祭者勤苦潔清的候神之語。② 皆合乎"詞之所指，惟在神耳"的看法，足以破除歷來某些學者對《九歌》牽強附會的解釋，讓讀者得以瞭解這組作品原本的面貌。復如《湘君》"捐余玦兮江中"句，《章句》云："先王所以命臣之瑞。故與環即還，與玦即去也。"《補注》贊同此説，而進一步證成之：

> 玦，古穴切，如環而有缺。《左傳》曰："佩以金玦，棄其衷也。"《荀子》曰："絶人以玦。"皆取弃絶之義。《莊子》曰："緩佩玦者，事至而斷。"《史記》曰："舉佩玦以示之。"皆取決斷之義。③

實則弃絶、決斷二者皆有了斷的含意，似以遺玦象徵人神之間的隔絶。而《集注》僅云：

> 此言湘君既不可見，而愛慕之心終不能忘，故猶欲解其玦珮以爲贈，而又不敢顯然致之以當其身，故但委之於水濱，若捐棄而墜失之者，以陰寄吾意，而冀其或將取之。④

於是則全然忽略了玉玦的文化内涵。而《纂注》將遺玦的舉動解作"不欲神之我絶"，既照顧到玦作爲器物的象徵意義，也切合了温柔敦厚的篇旨。

---

① [漢]王逸:《楚辭章句》卷二，頁 5b—6a。
② [明]陳深批點:《批點本楚辭集評》(臺北"國家圖書館"藏明萬曆二十八年[1600]朱墨刊本)卷二，頁 3a。
③ [漢]王逸章句，[宋]洪興祖補注:《楚辭補注》，頁 63。
④ [宋]朱熹:《楚辭集注》，頁 35。

四、餘論

　　本文引言已指出，四庫館臣對《纂注》的批評主要在兩方面：一、引用成説不注明出處；二、不重考據，妄分篇章。針對引用成説方面，本文第二、三節分別以《楚辭》篇章爲中心，考察《纂注》如何採用舊注，以及其個人的創見何在。此處則就此書不重考據訓詁之弊略作舉證。

　　《纂注》一書以辭章賞析爲主，考據訓詁其非其長，故亦多取舊説而斟酌之。然而，某些新見卻完全建基於文本解讀，而無視於固有文獻。如《東皇太一》"靈偃蹇兮姣服"，《章句》釋"偃蹇"曰："偃蹇，舞貌。"《補注》則曰："言神降而託於巫也，下文亦曰'靈連蜷兮既留'。偃蹇，委曲貌。一曰衆盛貌。"①然《纂注》則訓"偃蹇"爲"舒徐自得之貌"。②如此理解，蓋因後文有"君欣欣兮樂康"句，遂以降於巫身之神有舒徐自得之情態，然如此解釋則從未見於故籍，未足爲訓。又如《湘君》"君不行兮夷猶"，《章句》釋"夷猶"曰："夷猶，猶豫也。"③《集注》從之。④而《纂注》竟訓爲"自得貌"，⑤不知何據。再觀《離騷經》"思九州之博大兮，豈惟是其有女？曰勉遠逝而無狐疑兮，孰求美而釋女？何所獨無芳草兮，爾何懷乎故宇"數句，《纂注》云：

---

①［漢］王逸章句，［宋］洪興祖補注：《楚辭補注》，頁 56。

②［明］張鳳翼：《文選纂注》卷七，頁 52b。

③［漢］王逸章句，［宋］洪興祖補注：《楚辭補注》，頁 59。

④［宋］朱熹：《楚辭集注》，頁 32。

⑤［明］張鳳翼：《文選纂注》卷七，頁 52b。

　　　二女及爾皆汝也。言天下廣大,豈惟楚國有汝乎? 在他國亦必有同志者,汝固當遠去而無疑矣。設有求賢臣者,必不舍汝而他之也。芳草,賢人也。猶云何處無賢可與,而汝獨懷故居乎?①

如抽離來看此段,"豈惟是其有女"之"女"與"孰求美而釋女"之"女"僅相隔一句,似乎解成一義(汝)爲宜。若"豈惟楚國有汝乎"之解未嘗不佳。然而,鑑於此段之前有三次求女的文字,故朱熹云:"女如字,'釋女'之女音汝。……言天下之大,非獨楚有美女,但當遠逝而無疑,豈有美女求賢夫而舍汝者乎?"②所言更爲合理。

① [明]張鳳翼:《文選纂注》卷七,頁49a。
② [宋]朱熹:《楚辭集注》,頁19—20。

第六章　郝敬《藝圃傖談》的楚辭論

一、引言：郝敬的生平與著作

　　郝敬（1558—1629），字仲輿，號楚望，湖廣京山人。父郝承健，舉於鄉，官至肅甯知縣。郝敬幼稱神童，性跅弛，嘗殺人繫獄。李維楨爲其父執，援出之，館於家。始折節讀書，舉萬曆十七年（1589）進士，歷知縉雲、永嘉二縣，並有能聲，升任禮科給事中，又調戶科給事中。萬曆廿四年（1596），山東稅監陳增貪橫，爲益都知縣吳宗堯所奏。神宗不欲加罪於陳增，朝堂諸人噤若寒蟬。唯郝敬上奏云："開採不罷，則陛下明旨不過爲愚弄臣民之虛文。乞先停止，然後以宗堯所奏下撫按勘核，正增不法之罪。"神宗置若罔聞，更將吳宗堯削職爲民。郝敬再上言："陛下處陳增一事，甚失衆心。"神宗惱怒，傳旨奪俸一年，後又貶爲江陰知縣。因出言耿直，不擅逢迎，遭朝廷考績者斥爲浮躁，一再降職罰俸，遂辭職歸里，築園著書，不通賓客。《五經》之外，《儀禮》、《周禮》、《論》、《孟》各著爲解，疏通證明，一洗訓詁之氣。卒年七十二。黄宗羲《明儒學案》稱"明代窮經之士，先生實爲巨擘"，①另

---

① ［明］黄宗羲：《明儒學案·諸儒學案下三》（北京：中華書局，1986），頁1314。

《明史》、①余廷燦《存吾文稿》皆有傳。②

　　郝敬之師李維楨乃後七子殿軍，身爲楚人，推崇屈宋，標舉楚風。③今人李聖華論云："和三袁一樣，李維楨自標'楚人'、'楚風'，所不同的，他取法屈原，既沿屈子情辭，又師傳屈子精神。"④而另一方面，和李攀龍相比，李維楨的師古説已較圓融，曾就楊慎《三蘇文定》作評注。李聖華又言："李維楨取法屈原，除身自'楚人'外，當與歷史變遷及個人遭際有關。他才富學博，在翰院與許國齊名。"⑤這種治學和論文方式，對郝敬有很大影響。郝敬著作富贍，經學有《九經解》一百六十五卷，包括《周易正解》、《易領》、《尚書辨解》、《毛詩原解》、《毛詩序説》、《周禮完解》、《儀禮節解》、《禮記通解》、《春秋直解》、《論語詳解》、《孟子説解》、《談經》。此外，趙慎畛《榆巢雜識》云：

　　　京山郝楚望先生……杜門掃軌二十年，著述甚富，統名《山草堂集》。分內外編。內編名目：《談經》、《易領》、《問易》、《學易枝言》、《毛詩序説》、《春秋非左》、《四書攝提》、《時習新知》、《閑邪記》、《諫草》、《小山草》、《嘯歌》、《藝圃傖談》、

────────

① 見《明史》（北京：中華書局，1997），頁7386。

② ［清］余廷燦：《存吾文稿》（上海：上海古籍出版社據清刊本影印，2002），頁61—62。

③ ［明］李維楨《楚遊稿序》略云："楚方城爲城、漢水爲池、用以治詩，氣不欲餒；物産豐富，用以治詩，蓄不欲寡；民風妖冶、激宕，用以治詩，情態不欲乏，味不欲薄，色澤不欲枯，追琢不欲疏曼；楚俗好鬼而重巫覡，靈氛所占，可謂奇詭，用以治詩，興寄物象變不欲窮"。《大泌山房集》（臺南：莊嚴文化事業有限公司據北京師範大學圖書館藏明萬曆三十九年［1611］刻本［卷八十、卷八十一、卷九十一至卷九十三配鈔本］影印，1997），頁783—784。

④ 李聖華：《晚明詩歌研究》（北京：人民文學出版社，2002），頁68。

⑤ 同前注。

《史漢愚按》、《制義》、《讀書通》,共十六卷。外編名目:《批點
《左氏》新語》、《批點《史記》瑣瑣》、《批點《前漢書》瑣瑣》、《批
點《後漢書》瑣瑣》、《批點《三國志》瑣瑣》、《批點《晉書》瑣
瑣》、《批點《南史》瑣瑣》、《《北史》瑣瑣》、《批點《舊唐書》瑣
瑣》、《批選杜詩》、《批選唐詩》、《皆談》,共十二卷。①

郝敬所作詩文,結爲《小山草》十卷。清人陳田批評郝敬論詩雖厚
雅薄鄭,然"其所自作,殊多淺率,不副其言"。②然郝氏之詩,仍有
可誦之篇,如七律《山莊即事》:

　　　　嵐光拂曙影童童。春氣薰林林欲紅。隔浦人來呼渡子,
　　看花客到問園公。苦吟得句逢春草,行藥[樂]無心過水東。
　　酒伴城中勞折柬,柴車巾破畏天風。③

郝敬雖以經學見稱於後世,然學殖甚爲繁厚,嘗自謂"早歲出入佛
老,中年依傍理學,垂老途窮,乃輸心大道"。④可知其一生學術興
趣變化雖大,於三教無所不窺,而最終歸本於儒家。

　　明代中葉以後,《楚辭》研究頗爲興盛,新著層出不窮。作爲
屈原故里的湖北,也出現了好幾種楚辭學著作。如夏鼎《楚辭韻
寶》、⑤汪陛延《離騷注》、⑥魯彭《離騷賦》、王萌《楚辭評注》、熊仕

①[清]趙慎畛:《榆巢雜識》(揚州:江蘇廣陵古籍刻印社,1995),頁636。
②[清]陳田:《明詩紀事》(北京:中華書局,1993),庚籤卷十六,頁2538。
③同前注。
④[明]郝敬:《時習新知·自序》(臺南:莊嚴文化事業有限公司據中國科學
　院圖書館藏明萬曆崇禎間郝洪範刻山草堂集增修本影印,1995)。
⑤[清]沈用增纂,朱希白等修:《孝感縣志》(臺北:成文出版社據清光緒八年
　[1882]刊本影印,1976),頁988—989。
⑥[清]楊承禧等纂,張仲炘等修:《湖北通志》(臺北:華文出版社據清宣統三
　年[1911]修、1921年增刊本影印,1967),頁3474。

徵《離騷存疑》等，①不一而足。雖然這些著作多已不存，然顧名思義，猶可知道明代湖北人對《楚辭》的研究涵蓋了辭章賞析、訓詁、音韻及創作等範疇。專著之外，其他著作中論及《楚辭》者亦爲數不少，晚明經學家郝敬的《藝圃傖談》便是其一。有明一代，以經學家之身份而研究《楚辭》者爲數寥寥；而《藝圃傖談》一書傳世甚鮮，人多不知。有見及此，本章嘗試以《藝圃傖談》爲本，勾勒郝敬詩論的内涵，進而探析其楚辭論。

二、郝敬《藝圃傖談》詩論概述

郝敬雖以經學知名，於詩文亦甚爲究心，論詩尤爲推崇《詩經》。其言云：“《三百篇》所以高絶千古，惟其寄興悠遠。”②天啓三年（1623），暮年的郝敬刊印詩文集《小山草》十卷及詩話《藝圃傖談》四卷。其《藝圃傖談題辭》云：

> 方内目楚爲“傖楚”，楚人爲“楚傖”。楚風氣剽悍，人卞急而少淹雅。辭林啁不文人，亦曰“傖父”。陸機以此目左思，不知左雅能賦也。《三都》出，駟不及舌也。余生江介，其龐駆本天性……年過四十，懸車下帷，不窺户外二十餘年。後生聞其名，希識其面孔也。惟日取古聖賢書，漱其芳液自潤。非古聖賢書，一切摘弗視也。夫豈以一日之文儒，而能陶冶半世之傖父乎？晚節浸淫百家，旁蒐藝圃，心有所會，手口自語，然未離其類也。命曰《藝圃傖談》，蓋地之相去，朝市

---

① ［清］楊承禧等纂，張仲炘等修：《湖北通志》，頁 1924。
② ［明］郝敬：《讀詩》，載周維德集校：《全明詩話》（濟南：齊魯書社，2005），頁 2855。

爲都，山林爲鄙。時之相後，後進爲君子，先進爲野人。今處
山林，避朝市，談先進，猶日西夕而講學於雞鳴昧旦之事也。①

郝敬自命爲"楚傖"，除有替楚地"剽悍"、"麤駔"、"卞急而少淹雅"
的民風解嘲之意以外，亦反映出自己"非古聖賢書，一切擿弗視"、
"處山林，避朝市"而被世俗目爲不合時宜（"日西夕而講學於雞鳴
昧旦之事"）的"傖父"、"不文人"之情形。郝氏既曰"旁涉藝圃"，
則書名之"藝"乃謂詞章，而非僅爲六藝之藝。《藝圃傖談》全書共
四卷，卷一論古詩，卷二論辭賦、樂府，卷三論唐詩，卷四論雜文、
閒燕語。前三卷闡析詩體源流甚詳，第四卷則論古文和時文。清
人陳田謂郝敬：

> 其論詩文有《藝圃傖談》四卷。謂古詩四言，太音沖漠，
> 漢、魏增一言，便多逸響。如兵法改車戰爲步騎，龍虎風雲，
> 奇變百出。更增七言，如長驅野戰。又謂少陵詩如"王郎酒
> 酣拔劍斫地歌莫哀"，與太白詩《蜀道難》、《天姥吟》、《北風
> 行》等篇，氣格壯麗，雅意寖微。大抵以四五言束縛千古之詩
> 人，溢出一字，便爲不雅。固哉，仲輿之論詩！②

郝氏以醇儒自居，極力強調《詩經》的地位，因此論詩以四言、五言
爲雅，理所自然。然對於詩之六義，郝敬作出有條理的歸納論析：

> 六義不越情、事、辭三者而已。感動爲情，即境爲事，敷
> 陳爲辭。興因情發，比觸境生，賦以辭成。風主情，雅主事，
> 頌主辭。情有悲歡，故風多感動。境爲實事，故雅多獻替。
> 辭本聲音，故頌用登歌。③

----

①［明］郝敬：《藝圃傖談·題辭》，載周維德集校：《全明詩話》，頁 2875。
②［清］陳田：《明詩紀事》，庚籤卷十六，頁 2538。
③同上注，庚籤卷一，頁 2878。

既然是"感動爲情，即境爲事"，故情、事都須以真實爲尚。至於辭，則著重平淡純樸。郝敬推舉《詩經》，以《楚辭》、漢魏古詩爲次，列唐詩於最末，我們不能把這種思想等同於李攀龍式的簡單的文學退化觀，因爲郝敬提出的論點並非單純以時代先後爲準繩，而是基於情志與辭章的雅鄭、正淫、真僞。本節擬將郝敬《藝圃傖談》的詩論分爲雅鄭之辨、性情之正、真僞之判等三點來論述。

（一）雅鄭之辨

今人田南池論《藝圃傖談》云：

（郝氏）作爲正統儒者，其詩話《藝圃傖談》頗抒己見。不滿朱熹擅改詩序，重性情，輕聲偶；進而對漢樂府、近體詩多有微詞，連李、杜亦不例外。雖不無偏激，卻也成一家之言。①

所言甚是。郝敬在《説詩》一書中就大力提倡詩序的價值，認爲其言皆嘗經聖人之剪裁：

詩序首句函括精約，法戒凜然，須經聖裁，乃克有此。其下毛公申説，乍讀似闊略，尋思極得深永之味。後人不解，詆爲淺陋。千古寸心，得失自知，此言詩所以難也。②

因此，對於朱熹修改詩序之舉，郝敬非常不以爲然。他是如此批評朱熹的：

詩不熟《三百》，不知古人温柔敦厚之義。然不讀古序，何由知《三百》？近世博士，家守朱傳，淺率固陋，温厚之意斬

---

① 田南池：《藝圃傖談解題》，載吳文治主編：《明詩話全編》（南京：江蘇古籍出版社，1997），頁 5896。
② ［明］郝敬：《説詩》，載周維德集校：《全明詩話》，頁 2856。

然。自古詩絶響，末學遂恣其狂謔，安得户曉之？①

郝敬認爲《詩經》三百篇全係温柔敦厚之作，這似乎落入了漢儒説詩的窠臼。實際上，毛詩序的美刺説誠然切合了郝敬的想法；而朱熹將部分鄭衛之音斥爲淫詩，也就是將這些篇章歸爲"志鄭"之作，這在郝敬是難以接受的。西口智也指出：郝敬認爲古序的作者是比子夏更前的不知名者所爲。由於他對孔子具有强烈的信賴感，因此對古序持尊重態度。②同樣道理，郝敬對漢樂府、唐近體及李、杜的微詞，也是基於其儒者的詩教觀而發。所謂鄭，乃相對於雅而言。詩歌的心志性情和辭藻聲調，郝敬將之分爲"雅"、"鄭"兩類。所謂雅作，郝敬形容其特色爲："其志中正，其氣和平，其詞温柔敦厚。"③至於鄭聲的特色則在於"淫"："鄭聲壯浪而繁促，繁促則不和，壯浪則不平，故曰淫也。淫者，放也，過度則放。"④雅、鄭與心志性情、辭藻聲調相配合，便出現幾種可能：

> 雅與鄭，志與辭之分也。有志與辭俱雅者，有志雅辭鄭者，有志鄭辭雅者。志辭俱雅者，《關雎》、《鹿鳴》、《清廟》之類是也。志鄭辭雅者，《三百篇》鮮矣。後世吴王女《紫玉歌》、漢武帝《李夫人歌》之類是也。志雅辭鄭者，鄭衛之風，《桑間》、《溱洧》之類是也。志辭俱鄭者，《三百篇》無之。後世漢唐以來，閨情、怨歌行、子夜讀曲、采蓮歌曲之類是也。⑤

郝敬認爲，《詩經》所録多是"志辭俱雅"及"志雅辭鄭"的作品，極

---

① [明]郝敬：《藝圃傖談》卷一，頁 2886。
② [日]西口智也著，李寅生譯：《郝敬的詩序論》，《貴州文史叢刊》2000 年 4 月號，頁 3。
③ [明]郝敬：《藝圃傖談》卷一，頁 2877。
④ 同前注。
⑤ 同前注，頁 2878。

少"志鄭辭雅"及"志辭俱鄭"者,此論未必符合事實。但吾人由此可知,郝敬判別詩作優劣的準則,就在於心志性情的雅或鄭,而辭藻聲調則是第二義。對於雅和鄭,郝敬有如此定義:

> 《三百篇》經聖人考訂,其志中正,其氣和平,其詞溫柔敦厚,此之謂雅。秦漢以來,爲辭賦,敷演富麗,尚有委蛇忠厚之情,無凌厲排傲之氣。漢魏未遠風雅,六朝靡麗,亦不失溫柔。至唐人四韻近體興,古意遂亡矣。大都古今雖異,聲音之道,終不越鄭雅兩途。雅聲平淡,鄭聲壯浪而繁促。繁促則不和,壯浪則不平,故曰淫也。……男女之情,聖人不能無。《關雎》不淫,樂不過其節耳。有情欲之感,而無惱溺之私,雖鄭而非鄭也。若其舒慘過度,雖微男女之私,亦淫也。①

郝敬所認知雅的作品,必須有中正的情志、和平的風格、溫柔敦厚的文辭,以及平淡的聲調。孔子曰:"鄭聲淫。"郝敬認爲淫就是情志、聲調的"舒慘過度",而不僅是男女在情慾上的惱溺。

唐代的近體詩,郝敬將之斥爲鄭聲。究其原因,聲律形式是其一。郝敬論聲律云:

> 《河圖》中五,爲天地之合。故五數中和,天地之完聲也。樂盈而反,以反爲節,風雅四言爲正始。一倡三嘆,有餘音者也。三言促而聲短,七言繁而聲長,後世歌行,長短參差,馳騁放宕,流散敗度,去古愈遠。《三百篇》而後,惟五言近雅。②

> 五言生於五聲,《易》以四象成五位。故四五言者,天地之中聲。進而六七太長,反而二三太短。短則驟,長則放。

①［明］郝敬:《藝圃傖談》卷一,頁 2875。
②同前注,頁 2880。

驟與放，皆鄭聲也。①

借助《周易》術數之說，提出四言、五言爲中和的雅音、完聲，如果偏離了這樣的節奏音律，就屬於過度，只能算做淫哇的鄭聲。再者，文體的淆亂也是鄭聲産生的原因：

> 詩與文異；文主義，詩主聲；文體直，詩體婉；文之辭即志，詩之志或非辭；文有正志無反辭，詩無邪思有旁聲。②

> 詩書異體，傳記敘事，與風雅殊。然敘事用韻，傳記多有之。而繁冗杳雜，六義未備，不可以爲詩。自近體興，溫厚氣散，並有韻之文，一切收以爲詩矣。衆體雜糅，則雅鄭混淆。故凡詩斷然以四五言莊重溫厚爲雅，五言而後，不可復加矣。加則淫，淫則鄭。天地之氣，過則淫，自然之理也。③

郝敬認爲，近體詩將“有韻之文，一切收以爲詩”，導致各種體裁雜糅，雅鄭混淆莫辨。但即使押韻的文字，也不能驟爾歸爲詩歌，而要先看它是否運用了六義的方法。詩以婉轉爲尚，可能言在此而意在彼；文則直寫胸臆，辭志如一，二者在風格上截然不同。郝敬又以爲，將詩、文混同爲一的，實惟杜甫肇端，韓愈爲繼：

> 詩極變於杜甫，而韓愈效之。先輩謂甫“以詩爲文”，愈“以文爲詩”。詩文同而體別也，詩近性情，文直寫胸臆；文所難言者，詩以詠之。《五經》同文而別有風雅，其來遠矣。夫既謂之詩，又焉可以爲文？鹵莽混同，自是後人馳騁之習，非詩之正體也。④

---

① ［明］郝敬：《藝圃傖談》卷一，頁 2881。
② 同前注，頁 2882。
③ 同前注，頁 2881。
④ 同前注，卷三，頁 2911。

因此，《五經》立意雖然相同，表達形式卻不相似，或爲散文，或爲詩歌，可見詩文之辨體，由來已久。勉强將婉轉温厚的詩與直寫胸臆的散文黏合起來，結果只能是兩不相似。

(二)性情之正

要達到雅的境地，除了要注重聲律的中和、詩文的辨體外，郝敬認爲必須求性情之正。而性情則來自"興"：

> 詩言微婉，托物爲比，陳辭爲賦，感動爲興，三義合而詩成。朱子斷以某詩爲賦，某詩爲興，某詩爲比，非也。詩有無比者，未有無賦與興者。興不離比，比興不離賦。①

西口智也將之稱爲"一詩三義説"，進而推論道："'喜怒哀樂'因爲是以'興'爲基礎的，所以作爲'性情之道'的詩所表現的便是整個'興'的要素了。"②所言極是。那麽，性情之道的實際內容有哪些呢？郝敬指出：

> 《三百篇》多實事、實理、實境、實情，所以爲性情之道，可興可觀也。降而爲《騷》，枝葉雖繁，本乎忠義。故精彩溢發，光烈不磨。興起百世，良非偶耳。下迨漢魏，爾雅真率，猶爲近古。六朝靡曼，然無割强躁厲之病。至唐人限聲偶，爲近體，以之程士，士射聲利，巧言綺語，妝演效顰，無喜强笑，無悲强啼，但取唱酬，不關性地。其擅場者，以一種伊鬱隱僻之情爲元氣，一種强直亢厲之語爲元聲，讀之不可卒曉，按之全

---

① [明]郝敬：《毛詩原解》(臺北：新文豐出版有限公司據清光緒趙尚輔校勘湖北叢書本影印，1984)卷一《關雎》注。
② [日]西口智也著，李寅生譯：《郝敬的賦比興論》，《陝西師範大學繼續教育學報》2004 年 6 月號，頁 63。

無實趣,性情之道,風教之體,有何干涉?①

《詩大序》:"吟詠情性,以風其上。"楊慎《升庵詩話》亦云:"《詩》以道性情。"②郝敬以爲性情雖然包括了七情六慾,但並非一切性情都可由詩歌來體現:

> 詩以道性情,其言委婉,有和平之致,非謂凡人之詩,即凡人之性情也。性情未必和平,爲詩未有不和平者。③

人類受到外界的刺激,就會產生七情六慾,擾亂了固有的中正和平之心,故云"性情未必和平"。但郝敬認爲,詩歌創作的目的是爲了"致中和",通過寫作而使失衡的性情重新導正到委婉、和平的境地。此外,郝敬還指出,環境的歷練,是詩風温柔敦厚的重要肇因:

> 蓋性情之理,不緼鬱則不厚,不磨練則不柔。是以富貴者少幽貞,困頓者多委蛇。昔人謂"詩窮始工",《三百篇》大抵遭亂憤時而作。④

韓愈即指出:"歡愉之辭難工,而窮苦之辭易好。"⑤至歐陽修則正式提出"詩窮而後工"之說:"予聞世謂詩人少達而多窮,夫豈然哉! 蓋世所傳詩者,多出於古窮人之辭也。凡士之蘊其所有,而不得施於世者,多喜自放於山巔水涯之外;見蟲魚草木風雲鳥獸之狀類,往往探其奇怪,内有憂思感憤之鬱積,其興於怨刺,以道

---

① [明]郝敬:《藝圃傖談》卷三,頁 2903。
② [明]楊慎:《升庵詩話》卷十一《詩史》條,載丁福保輯:《歷代詩話續編》(北京:中華書局,1983),頁 868。
③ [明]郝敬:《藝圃傖談》卷三,頁 2912。
④ 同前注,頁 2904。
⑤ [唐]韓愈:《荆潭唱和詩序》,[唐]韓愈著,馬其昶校注:《韓昌黎文集校注》(上海:上海古籍出版社,1986),頁 262。

羈臣寡婦之所歎，而寫人情之難言。蓋愈窮則愈工。然則非詩之
能窮人，殆窮者而後工也。"①換言之，歐陽修認爲作者受到困險
環境的砥礪，心中鬱積了幽憤感慨，才會寫出優秀的作品。然《詩
大序》云：治世之音安以樂，亂世之音怨以怒，亡國之音哀以思。
郝敬稱"《三百篇》大抵遭亂憤時而作"，似乎只片面强調了《詩經》
中屬於變風變雅的亂世之音和亡國之音，忽略了正風雅頌這些治
世之音。"大抵"一詞，確有言過其實之嫌，但郝敬此處主要是舉
變風雅來說明"窮而後工"的理念而已，發出此語之動機，吾人尚
可理解。

　　其次，如前文所言，郝敬稱"男女之情，聖人不能無"，對男女
之情並不抱持否定的態度：

　　　　性情之道，惟男女最切近，而感人易入，故美刺多託男
　　女。聖人蔽以一言，曰："思無邪。"思苟無邪，雖鄭衛之音，亦
　　可以觀也。②

他甚至認爲各種性情中，男女之情最容易引起讀者的共鳴，故《詩
經》的《桑中》、《溱洧》等作品正是由男女之情的書寫來入手，而美
刺則是終極目的。下至漢代，樂府興起，多言男女情事，這當然也
是真性情的流露：

　　　　性情之道，男女最真，故樂府辭多男女，樂其所自生也。
　　男女諧，陰陽合，樂之實也。樂盈而返，不以禮節之，亦不可
　　行，故樂府爲淫聲。③

---

①［宋］歐陽修：《梅聖俞詩集序》，《歐陽修全集》（北京：中華書局，2001），
　頁612。
②［明］郝敬：《藝圃傖談》卷二，頁2898。
③同前注，頁2902。

但郝敬卻指出，樂府中所表達的情感並沒有像《詩經》般受到禮的調節，於志於辭皆遠雅近鄭，因此將之歸爲淫聲。但即便如樂府淫聲，尚且發自真情。若唐代近體，則往往連性情也難以覓得：

> 漢魏人以情境爲詩，多真逸；六朝人以辭彩爲詩，多艷麗。雖艷麗而文生於情。若唐人以名利筌蹄爲詩，限聲偶，襲格套，如今對股時文。時文不離經傳，而何益於名理？近體不離歌詠，而何關於性情？①

既然詩以道性情爲主，在郝敬看來以科舉爲誘因、以聲律爲桎梏而缺乏性情的唐人近體，自然就算不上佳作了。

(三)真僞之判

在郝敬看來，《詩》的性情之道在於真實，不僅作者的性情要真，連感觸的事件、闡發的道理、營造的境界也要真實，也就是所謂實事、實理、實境、實情。作爲儒者的郝敬，對於理非常重視。他論述道：“詩須有實情實理，浮浪無根，則違性情之理。”②換言之，性情就是理，建立在現實的基礎上。故此，郝敬對嚴羽“詩有別趣，非關理也”的説法有一定程度的保留：

> 嚴儀卿謂“詩有別趣，非關理也”，天下無理外之文字。謂詩家自有詩家之理則可，謂詩全不關理，則謬矣。詩不關理，則離經叛道，流爲淫蕩。文字無義理，則無意味、無精彩。《三百篇》純是義理凝成，所以精光千古不磨。③

他認爲有義理的詩歌才能算佳作，而義理的多寡足以影響作品的

---

①［明］郝敬：《藝圃傖談》卷一，頁 2885。
②同前注，頁 2882。
③同前注，頁 2887。

意味和可讀性。而在所有詩歌中，只有《詩經》方可達到義理充盈
的境界。他又批評嚴羽以後的論詩者不重視《詩經》：

> 嚴儀卿以禪喻詩，以理爲詩障，謂"詩有別趣，非關理
> 也"。近世遂以聲華相尚，謂盛唐、漢魏爲詩家最上乘。本意
> 尊盛唐，援漢魏爲先導耳。苟真尊漢魏，奈何又上遺《三百
> 篇》乎？既以盛唐、漢魏爲最上乘詩，將置《三百篇》於何地？
> 問之，則曰："《三百篇》不可與詩等也。"夫謂不可與詩等者，
> 亦陽尊而陰絀之。其絀之云者，乃所謂理障也。論理，未有
> 過於《三百篇》者矣。①

郝敬指責時下論詩者"本意尊盛唐，援漢魏爲先導"、對《詩經》"陽
尊而陰絀之"，絀而不談的的原因是《詩經》有所謂"理障"，所言不
無偏激之失。蓋嚴羽也指出"非多讀書，多窮理，不能極其至"。
然而，郝敬説"論理未有過於《三百篇》者"，可見作爲理學家的郝
敬爲了撥正嚴羽之論帶來的負面影響，遂以理之真實爲詩歌的基
礎，進而伸延至事件、環境和性情之真實，這與其他論詩者相比顯
得格外突出。

　進而言之，事件與環境實爲一體。郝敬云："六義不越情、事、
辭三者而已。感動爲情，即境爲事，敷陳爲辭。興因情發，比觸境
生，賦以辭成。"②正因"詩以道性情"，而"興因情發"，故如前引西
口智也所言，"作爲'性情之道'的詩所表現的便是整個'興'的要
素"。不過，郝敬也認爲辭、情、境（事）三者缺一不可：

> 凡詩，辭、情、境三者合，乃爲真詩。辭、情合，境不合，爲

---

①［明］郝敬：《藝圃傖談》卷三，頁 2903—2904。
②同前注，卷一，頁 2878。

　　假詩。辭與境合,情不合,爲浮詩。情、境合,辭不合,爲鈍詩。①

對於境,亦即觸發事的環境,郝敬也十分强調。他指出如果所呈現的環境與情、辭不合,詩作就會顯得虚假。如果情不合,只是未能深至,辭不合,只是語言駕馭能力不足,尚不至於虚假。郝敬相信《楚辭》和漢魏六朝古詩尚能保持,而唐代的近體詩在聲律、對偶上本來限制已多,"即有欲言之志,束於聲偶,迫迮不得舒,如澤雉困樊中,驪駒伏轅下,神氣索然",②兼以近體又是科舉考試的内容之一,導致作者在創作時往往"不關性地"。他批評唐詩道:

　　　　古詩有是情者,或不必即爲是辭;有是辭者,或不必定有是事。如孟子所論《雲漢》、《北山》之類云爾。後世詩有是辭,全無是事。詠是詩,全無是心。如韋應物"春潮帶雨晚來急",穎川何嘗通潮? 戴叔倫"萬里未歸人",去家半日程耳。但取成句,不關情境,豈非誕耶?③

孟子所論《雲漢》、《北山》等詩,出自《萬章上》,其言曰:

　　　　咸丘蒙曰:"舜之不臣堯,則吾既得聞命矣。《詩》云:'普天之下,莫非王土;率土之濱,莫非王臣。'而舜既爲天子矣,敢問瞽瞍之非臣如何?"曰:"是詩也,非是之謂也,勞於王事而不得養父母也。曰:'此莫非王事,我獨賢勞也。'故説詩者,不以文害辭,不以辭害志;以意逆志,是爲得之。如以辭而已矣。《雲漢》之詩曰:'周餘黎民,靡有孑遺。'信斯言也,是周無遺民也。孝子之至,莫大乎尊親;尊親之至,莫大乎以

---

① [明]郝敬:《藝圃傖談》卷一,頁2888。
② 同前注,頁2882。
③ 同前注,頁2887。

天下養。爲天子父，尊之至也；以天下養，養之至也。《詩》
曰：‘永言孝思，孝思惟則’，此之謂也。《書》曰：‘祗載見瞽
瞍，夔夔齋栗，瞽瞍亦允若’，是爲父不得而子也。”①
孟子認爲，不能以《北山》篇“普天之下，莫非王土；率土之濱，莫非
王臣”之句爲指標，質疑“瞽瞍之非臣”，也不宜以《雲漢》篇“周餘
黎民，靡有孑遺”之句來斷定周民全部死於犬戎之禍。陳良運説
得好：詩是講究文采的，有文采的藝術語言，允許修飾、誇張，必要
的誇張、修飾是爲了更有力地達作者心裏所深深蘊含的情感和願
望，因此讀者不能據其誇飾的文采去曲解其辭，更不能以曲解之
辭去歪曲作者的本意。②這也就是郝敬所謂“有是情者，或不必即
爲是辭；有是辭者，或不必定有是事”。他進而認爲，後世的一些
作品“有是辭，全無是事；詠是詩，全無是心”，也就是説以本無其
事而虛構附會，本無其情而爲文造情。韋應物筆下的滁州並未通
潮，“春潮帶雨晚來急”就是虛構其境；戴叔倫離家半日，“萬里未
歸人”就是爲文造情。這些在郝敬看來皆不可取。

三、《藝圃傖談》楚辭論淺析

宋代以來，理學家對於屈騷往往抱持著負面的觀點。早在北
宋前期，何群即上書曰：“三氏取士，皆舉于鄉里而先行義。後世
專以文辭就。文辭中害道者，莫甚于賦，請罷去。”其説深得石介

---

① [漢]趙岐注，[宋]孫奭疏：《孟子注疏》（臺北：藝文印書館影印清嘉慶二十
　　年[1815]阮元南昌府學刊本，1989），頁163。
② 陳良運：《中國詩學批評史》（南昌：江西人民出版社，1995），頁47。

之稱讚。①魏了翁亦道：

> 《離騷》作而文辭興。蓋聖賢詩書，皆實有之事，雖比興
> 亦無不實。自莊周寓言，而屈原始託卜者漁父等爲虛辭，相
> 如又託之亡是公等爲賦，自是以來多謾語。②

文學創作，"事出於沉思，義歸於翰藻"，然於純儒看來則是一派空言，徒以辭藻鏗悅爲事，而無益於社稷民生。及至朱熹，看法開始有所改變："《楚詞》不甚怨君。今被諸家解得都成怨君，不成模樣。"③但另一方面，朱熹卻仍謂屈原"馳騁於變風變雅之末流"，"忠而過，過於忠"，其行不合中庸。朱熹對屈原的批評影響明代前期理學家甚鉅。故此，明代前期幾乎没有新的楚辭學專著面世，朱熹《楚辭集注》大抵是唯一流行的《楚辭》本子。成化間，何喬新重刊朱注作序，認爲《楚辭》作爲辭賦之祖，導致後世文人捨質逐華、爲文害道。只有經朱熹删注，《楚辭》方才大義昭然，讀者可以放心閱讀了。④ 弘治、正德以後，隨著朝政的敗壞、文學師古說的出現和心學的興起，楚辭學著作方逐一面世。然而，弘治至

---

① [明]黄宗羲：《宋元學案》（北京：中華書局，1986），頁 110。
② 同前注，頁 78。
③ [宋]黎靖德編：《朱子語類》（北京：中華書局，1986）卷一百三十九，頁 1。
④ [明]何喬新《楚辭序》："孔子之删《詩》，朱子之定《騷》，其意一也。詩之爲言，可以感發善心，懲創逸志，其有裨於風化也大矣。《騷》之爲辭，皆出於忠愛之誠心，而所謂'善不由外來、名不可以虛作'者，又皆聖賢之格言。使放臣屏子，呻吟詠嘆於寂寞之濱，則所以自處者，必有其道矣。而所天者幸而聽之，寧不淒然興感，而迪其倫紀之常哉！此聖賢删定之大意也。讀此書者因其辭以求其義，得其義而反諸身焉，庶幾乎朱子之意，而不流於雕蟲篆刻之末矣。"（見《椒邱文集》[臺北：商務印書館影印文淵閣《四庫全書》，1983]，頁 138—139。）

萬曆初年的理學家（包括心學家）對《楚辭》的態度依然疏遠。如王陽明在龍場悟道前雖曾作有《弔屈原賦》，但創立心學後則鮮有相關之論。他如王廷相、湛若水、王畿、王艮、羅欽順、錢德洪等人，亦莫不罕言屈騷。唯焦竑《筆乘》有數則論及屈騷音韻及作者問題，可謂鳳毛麟角。至於焦氏名下的《二十九子品彙》中雖有評注《楚辭》的部分，然此書係坊賈贗品，不足爲據。因此，作爲理學家的郝敬在其四卷本詩話《藝圃傖談》中有專卷討論辭賦，相關資料也時或見於其餘三卷，十分引人注目。他指出：

> 詩變爲辭，辭變爲賦。世運遞降，漸染成習氣矣。人世間渾是習氣用事，而文章一途爲甚。文章習氣，辭賦一途尤甚。辭自屈、宋首唱新聲，自東方朔以下成習氣矣。賦惟司馬相如首唱，揚雄以下成習氣矣。自是愈趨愈下，迄於今濫惡而不可勝道也。或曰：“文章本乎性靈，未有不習而能工者，子謂之習氣，何也？”曰：“性靈根於理，習氣生於辭。辭本於理，雖習亦性也。理没於辭，雖性亦習也。經傳諸子之文，多根於理，諸史紀事爲次。惟辭賦一家，既無根本，並無事實，徒然浮沉於辭，所以爲習氣。”①

先秦諸子的著作以理爲鵠，史書以事爲本，唯獨屈原、宋玉的作品以辭章藻麗爲主。他們的詩歌雖有真情實境，但既非申發義理，也非紀録史實，無所依傍。魏了翁之語將辭賦斥爲“虛辭”、“謾語”，正是郝敬“既無根本，並無事實”之意。更有甚者，辭賦的寫作方式一旦形成格套，模擬者便可能本無其情而以追求藻飾聲悅爲務，無病呻吟，效顰逐影，這就是所謂“習氣”。不過值得注意的是，宋明諸儒因漢賦“麗以淫”、“勸百諷一”、“並無事實”的弊端，

---

① ［明］郝敬：《藝圃傖談》卷二，頁 2891。

上溯屈原,將楚騷、漢賦一併否定,可謂以偏概全。而郝敬則强調作品的原創性,以無習氣、不落前人窠臼者爲佳,將屈、宋等創始者與東方朔以下的摹擬者區隔開來,這一方面蓋受朱熹《楚辭集注》删去《七諫》、《九嘆》、《九懷》、《九思》的影響,另一方面當亦出於對鄉邦文獻的眷顧。因此,郝敬論騷,是在尊崇《詩經》的大前提下,將《楚辭》視爲《詩經》的嫡系繼承者和漢賦、樂府、古詩的祖禰,從文學史的座標上承認了《楚辭》不可替代的地位,這與其理學前輩相比,始終是難能可貴的。本節將分目探析郝敬的楚辭論。

(一)論《楚辭》之淵源

對於《詩三百》與《楚辭》之間的傳承,郝敬是持肯定態度的。而對於二者之間的異同,郝氏也頗有獨見。他以爲:

> 《騷》與《三百篇》,聲調絕殊,而長言嗟嘆,温厚之意,與《風》《雅》同。①

《詩經》與《楚辭》思想內蘊之"温厚"雖然相同,但音節韻律卻頗有差異。《詩經》作品以四言爲主,騷體則爲雜言長句,間以"兮"、"些"等語助。之所以有如此差異,是因爲創作的情志有所不同:

> 騷者,古詩之流,而與詩略異。詩,志也;騷,躁也。心中躁擾不寧,發爲長歌,曼衍周折,鼓舞跌宕,以宜其擾擾不寧之思,謂之騷。詩體静正,騷體動蕩;詩言志,騷言辭也。……與《詩三百》有辨,《詩三百》醇乎雅,而騷浸淫乎入鄭矣。②

---

① [明]郝敬:《藝圃傖談》卷二,頁 2897。
② 同前注,頁 2894。

相比之下，屈、宋等人在創作騷體時往往"心中躁擾不寧"，不及《詩經》作者之中正和平，因此作品中的情緒較《詩經》爲波折起伏、輾轉連綿，文辭則豔耀陸離、搖蕩心魄。由於過多的情緒表露在詩句中，以致情溢於辭，有失中庸之則，故郝敬將屈騷歸爲鄭聲。不過，《楚辭》除了繼承《詩經》的溫厚之風，也沿襲了《詩經》義理充盈的特色：

> 詩道性情，爲其溫柔敦厚，如《三百篇》，理精而事核，辭近而旨遠。深淺適宜，詳略有體。故可觀可興，是謂性情。變而爲辭，如屈平之《離騷》，事辭雖繁，本忠臣義士之心，爲比物託興之辭。當艱難坎坷之時，抒憤惋不平之氣。雖馳騁汗漫，而真情實境。論其世，知其人，故足風也。宋玉以弟子哀師，與屈原同。賈誼事遠，而遭際相似，於情亦近。①

對於屈原的忠臣義士之心、宋玉的弟子哀師之情、賈誼的落寞失志之慨，郝敬是充分肯定的。即使如《離騷》"一篇之中，三致志焉"，有嫌繁蕪，措辭也"馳騁汗漫"，文勝於質，但這些都是真性情的流露，與溫柔敦厚的《詩經》一脈相承。《離騷》以外，郝敬指出《九歌》也善於承襲詩教的作品：

> 《九歌》清婉溫亮，不可目爲冶麗，妙在憂思鬱陶，而圓轉無迹，若祝頌，若祈懇，又若思慕然。臣子不得於君父，怨慕而不敢言，蘊結而不忍絕。故其聲容辭氣如此，所謂事君父如神明者矣。②

蓋如《湘君》"時不可兮驟得，聊逍遙兮容與"、《湘夫人》"思公子兮未敢言"、《山鬼》"思公子兮徒離憂"等句，在郝敬看來皆是

---

①［明］郝敬：《藝圃傖談》卷二，頁2891。
②同前注，頁2894。

"上陳事神之敬,而下見己之冤結,托之以風諫"之意。①因此,屈騷能够如《詩經》般膾炙人口,不在於辭章的華麗,而在於義理的正當:

> 其(屈原)忠憤苦節,本事足貴,所以堪傳。凡辭因人重,因道顯,因事傳。聖人刪詩,義亦如此。人匪屈平,即能爲《楚辭》,烏足貴乎?②

> 詩賦不能涵泳性情,文字不能發揮義理,將安用之? 況復背理傷道,宣驕導淫,雖極工,衹爲妖耳。《五經》、《論》、《孟》,所以與天地不朽也。③

所謂"辭因人重,因道顯,因事傳",亦即"論其世,知其人"。如果其人不足論,即使作品文從藻麗,亦不堪齒及。

在論析《詩經》與《楚辭》的傳承關係時,郝敬還順帶指責了當時後七子師古説的弊端:

> 古今文章,弊於摹擬。不摹而肖者,人物之於天地是也。夫善肖者不齊而同,新豐之作,門巷雞犬相似而實非也。騷何嘗摹擬《三百篇》? 以擬《三百篇》亦似。④

後七子領袖李攀龍曾自嘆不博古,不能悉徵古籍,又曰:"胡寬營新豐,士女老幼相攜路首,各知其室,放犬羊雞鶩於通塗,亦競識其家。"⑤以爲善用其擬者,雖似不嫌。故其模仿樂府,以漢魏之作爲限,五古以魏晉爲限,五七言律以初唐爲主。故李氏之作雖

---

①[漢]王逸章句,[宋]洪興祖補注:《楚辭補注》(北京:中華書局,2002),頁55。

②[明]郝敬:《藝圃傖談》卷二,頁2892。

③同前注,頁2897。

④同前注,頁2892。

⑤[明]李攀龍:《古樂府序》,《李攀龍集》(濟南:齊魯書社,1993),頁1。

儼然漢唐,卻終貽贋古之譏。郝敬深悉師古説者泥古之失,遂提出取法前人作品須做到"不摹而肖"、"善肖者不齊而同"的層次。換言之,他以爲屈原創作的《楚辭》,是師《詩三百》之意而不師其詞的:

> 《離騷》、《天問》、《九章》,別是一段肝膈,一副話言。與《三百篇》蒼素不同,而温柔敦厚,委蛇旁魄之情同。適得事父事君,可興可怨之體。《三百篇》後,妙於學詩者,無如屈平。①

由於師其意而不師其詞,使温柔敦厚、委蛇旁魄的詩教得以繼承,而又不會流於拾人牙慧,陳腔濫調。當然,屈騷如何化用《詩經》,郝敬也有舉例説明:

> 騷體自《三百篇》已有之。《伐檀》"河干",即《離騷》之音節也。"南箕""北斗",即《天問》之託興也。屈平敷演爲大篇,非全創也。②

參《詩·魏風·伐檀》云:

> 坎坎伐檀兮,寘之河之干兮,河水清且漣猗。不稼不穡,胡取禾三百廛兮?不狩不獵,胡瞻爾庭有縣貆兮?彼君子兮,不素餐兮!

全詩句式多用"兮"字,與騷體運用語助、參差錯落的風格相似,故郝敬謂《伐檀》即《離騷》之音節。至於《天問》一篇的創作動機,王逸《楚辭章句》所謂呵壁問天、以洩憤懣的説法爲大多數學者所贊同。嘉靖間學者周用云:

> 自"遂古之初"以下十一章,皆因天設問,此非原本意,特

假此發端，猶是婉辭。①

明末李陳玉論《天問》第一大段道：

> 屈子非不知其故，特欲問下面人事種種，先爲是迂遠之言，此文字之妙也。②

皆認爲此篇前段有關自然現象的發問，只是後文的發端、鋪墊，人事的興替才是屈原所在意之處。而《詩·小雅·大東》云：

> 維南有箕，不可以簸揚。維北有斗，不可以挹酒漿。

同樣是以天象、自然爲比興，帶入人事的種種。故郝敬認爲《詩經》的這種方法爲《天問》所繼承。總而言之，郝氏在這裏從句式、寫作手法兩方面證明了《詩經》與《楚辭》之間的源流關係。

（二）論《楚辭》之辭章

對於《楚辭》的鑑賞，郝敬是甚有心得的。他説：

> 初學讀《楚辭》不知味，祇緣意思躁率。凡詩賦須優遊諷味，始能動人。汎濫涉獵，不領其情興，猶之文字而已。讀《楚辭》，須舂容三復，乃得其沉痛悲婉之致。③

郝敬此論，蓋受王世貞《藝苑卮言》的影響：

> 擬騷賦勿令不讀書人便竟騷覽之。須令人裴回尋咀，且感且疑。再反之，沉吟歔欷，又三復之，涕淚俱下，情事欲絶。④

---

① ［明］周用：《楚詞注略》（上海圖書館藏清順治九年［1652］周之彝刊本），頁10a。

② ［明］李陳玉：《楚詞箋注》（清康熙十一年［1672］魏學渠刊本）卷二，頁4a。

③ ［明］郝敬：《藝圃傖談》卷二，頁2894。

④ ［明］王世貞：《藝苑卮言》，收入丁福保輯：《歷代詩話續編》，頁962。

不過在王世貞的基礎上，郝敬進一步點出了初學者"竟騷覽之"的壞處：那就是只感到"躁率"，卻看不到"沉痛悲婉之致"。如前所言，郝敬指出屈原在創作時的確是"心中躁擾不寧，發爲長歌，曼衍周折，鼓舞跌宕，以宜其攪擾不寧之思"。但郝敬認爲"躁率"只是屈作的表象，只是在遭讒蒙垢之後的"憤惋不平之氣"而已。"沉痛悲婉之致"才是屈原的本色。如果只是囫圇吞棗，沒有心平氣和地涵詠品味，再三觀覽，不可能感受到字裏行間這份温厚的情志。

　　進而言之，郝敬對《楚辭》諸篇的特色、作者、内容每有新説和闡發。其言云：

> 《離騷》悲矣，《九歌》婉矣，《天問》怨矣，《九章》直矣，《遠遊》放矣。此真屈子之作，其《卜居》、《漁父》二篇，意味淺率，將是後人摹擬。故《漁父》篇終，歌滄浪，諷其爲自取之耳。豈其自敍而云然乎？①

以"悲"、"婉"、"怨"、"直"、"放"五字分別概括《離騷》、《九歌》、《天問》、《九章》和《遠遊》的風格與特徵，言簡而意賅。《漁父》一篇的《滄浪歌》，亦見於《孟子·離婁》，其言曰：

> 孟子曰："不仁者，可與言哉？安其危而利其菑，樂其所以亡者。不仁而可與言，則何亡國敗家之有？有孺子歌曰：'滄浪之水清兮，可以濯我纓；滄浪之水濁兮，可以濯我足。'孔子曰：'小子聽之！清斯濯纓，濁斯濯足矣，自取之也。'夫人必自侮，然後人侮之；家必自毀，而後人毀之；國必自伐，而後人伐之。《太甲》曰：'天作孽，猶可違；自作孽，不可活。'此

---

① ［明］郝敬：《藝圃傖談》卷二，頁 2892。

之謂也。"①

孔子以"自取"二字概括此詩的大意,而孟子又闡發道:一人的榮
辱、一家的盛衰,乃至一國的興亡,就繫於其自身。換言之,漁父
認爲處世要因應世界的治亂而採取不同的態度,而孟子更指出,
如果錯誤判斷時勢、逆時背道而遭致失敗,就是咎由自取。在郝
敬看來,漁父歌滄浪,乃是諷刺屈原落得行吟澤畔、顔色憔悴、形
容枯槁的境地,實是他自己種下的禍根;如果此篇是屈原自作,語
氣必然不會如此。可惜的是,對於《卜居》一篇,郝敬只是與《漁
父》相提並論,卻未有進一步挑出文中的疑點來申辨其僞。

　　有關《招魂》篇,郝敬有這樣的看法:

　　　　《招魂》者,屈子沉江後,宋玉哀之之辭。舊注謂屈原放
　　江南時,恐其魂魄離散而作,迂也。招魂,古之復禮也。執死
　　者衣,升屋噑招,在始死既絕之後,非生復也。②

《招魂》之作者,王逸認爲是宋玉,洪興祖、朱熹等學者皆承王氏之
説,影響甚大。如朱熹曰:"宋玉哀閔屈原無罪放逐,恐其魂魄離
散而不復還,遂因國俗,託帝命,假巫語以招之。"③萬曆前期的學
者陳深則在《諸子品節》中提出《招魂》乃屈原所作:

　　　　此篇深至讓《騷》,悽婉讓《章》,閑寂讓《辯》,而宏麗則大
　　過之。原蓋設以招隱,亦寓言也。④

無論王逸所言宋玉招屈原之魂,或陳深所説屈原自招,所招皆是

---

①楊伯峻:《孟子譯注》(臺北:河洛圖書出版社,1977),頁170。

②[明]郝敬:《藝圃傖談》卷二,頁2893。

③[宋]朱熹:《楚辭集注》(臺北:文津出版社,1987),頁133。

④[明]陳深:《諸子品節》(臺南:莊嚴文化事業有限公司據遼寧大學圖書館
　藏明萬曆十九年[1591]刊本影印,1995),頁678。

生魂。然郝敬率先提出了不同的看法。他引用《禮記·禮運》中
有關復禮的記載,認爲此禮只有在亡故後方能施行,足見其不迷
信朱注的精神。

再如《九辯》,今人一般認爲《九辯》乃宋玉晚年自憐之作,與
屈原關係不大。但王逸、朱熹等皆以此篇乃宋玉悲憫其師之作,
明代學者大抵從之。而萬曆之際,焦竑就提出《九辯》爲屈原所
作,其言謂"《九辯》謂宋玉哀其師而作,熟讀之,皆原自爲悲憤之
言,絶不類哀悼他人之意"。①可惜純粹從文辭的風格上立論,所
言尚屬空泛。郝敬則云:

> 《九辯》是屈原之筆⋯⋯如以《九辯》爲宋玉述屈原之志,
> 則章内不當云"性愚陋以褊淺,信未達乎從容",此二語可謂
> 著針阿師顯門。②

從《九辯》文本中找出内證,指出如果此爲宋玉哀師之作,不當對
其師有所斥責,因而證明該篇非宋玉所作。其説值得參考。然而
在别的條目,郝敬對自己這個看法卻並非那麼肯定:"宋玉《九
辯》,即《天問》之意。問與辯,皆疑惑審度之辭。或是屈原自作,
未可知。"③與《九辯》類似,郝敬對《九歌》的著作權也有所懷疑。
他一方面承襲前人成説,認爲是屈原的作品,而另一方面又懷疑
是楚人追思屈原所作:

> 《九歌》或是屈原既死,楚人追思,祭祀求神之作,即宋玉
> 《招魂》之類。不然,則原將死,而作之生前者也。猶春秋魯、
> 晉之大夫祈死,與後世生祭之類。忠憤之誠,芳潔之志,悽惋

---

① [明]焦竑:《焦氏筆乘》(上海:商務印書館,1935),頁76—77。
② [明]郝敬:《藝圃傖談》卷二,頁2893。
③ 同前注。

之情具見，專在禱祀爾。①

他甚至還認爲，《九歌》乃宋玉哀悼其師的作品：

> 《九歌》流麗，辭人之辭也，是宋玉筆，與《招魂》相似。
> 《招魂》擬《天問》而作，招遠遊之魂也。《九歌》擬《九章》，用
> 陽九之數也。②

郝敬僅憑《九歌》風格悽惋、流麗，與他所認知的屈原文風不近似，遂將之歸在楚人、以至宋玉的名下，毋乃過於武斷。此外，郝氏又道：

> 王逸謂《九歌》爲屈原祀鬼神之詞，不知何據？楚俗未有
> 東皇太乙等神，不宜今古頓異也。屈原愁苦中不宜作此流麗
> 靡曼之語。謂爲原死後，楚人祭祀作，近是。原以忠死，楚人
> 以爲明神，哀敬而歌之。後世遂謂楚俗尚鬼，可笑也。③

此論可謂膠柱鼓瑟。儒家自漢武帝獨尊之後，大毀淫祠。中原文化傳入楚地後，當地原有的文化色彩也逐漸淡漠。明代去戰國幾二千年，明代的楚地無東皇太一等神，並不能因之推斷戰國楚地無此等神。實際上，郝敬也指出了古代作品著作權淆亂的一個重要原因：

> 自《三百篇》古序不明，凡辭似其人者，即謂其人自作。
> 《九辯》宋玉作，而似屈原，《三百篇》之遺法也。但《九歌》殊
> 不似屈原，而《九章》語法情致，大與《離騷》諸篇類。且中有
> 譏刺語，切中原病。④

---

① ［明］郝敬：《藝圃傖談》卷二，頁 2893。
② 同前注。
③ 同前注。
④ 同前注，頁 2894。

現代學者認爲《惜往日》有"臨沅湘之玄淵兮，遂自忍而沈流"之句，《悲回風》自"凌大波而流風兮，託彭咸之所居"兩句後以大量篇幅描繪沉淵後的情境，故兩篇的文風雖與屈騷相近，卻不太可能是屈原手筆；蓋後人哀悼屈原而代言之作，後因作者名聲不彰，遂歸於屈原名下。郝敬所謂"凡辭似其人者，即謂其人自作"，這種方法本非客觀，且排除了作者嘗試創作各種風格之作品的可能。

(三)論《楚辭》之影響

辭、賦之間有著直接的傳承關係，然二者又存在著顯著的差異。昭明《文選》即有"賦"、"騷"兩體。自宋元辨體之學興起，學者對這兩種文體之間的異同展開了更爲細緻的剖析。如與郝敬同代的後七子羽翼胡應麟《詩藪》就説：

> 騷與賦句語無甚相遠，體裁則大不同。騷複雜無倫，賦整蔚有序。騷以含蓄深婉爲尚，賦以誇張宏巨爲工。①

這段文字顯示，要辨別文體的異同，不能只注意句式，更要看章法和情調。試想屈原行吟澤畔時，心煩慮亂，情思恍惚。故發而爲辭，文義或許層次繁複，但傷感事物、幽憂憤悱的情調則一以貫之。而賦是從辭發展而來，兩漢諸作以極盡描摹爲能事，脈絡分明，而章法、情調卻與《離騷》大相逕庭。而郝敬在討論《楚辭》與漢賦之間的傳承關係時，對屈原和司馬相如都推崇備至，因爲他們各自爲一種新文體的始創者：

> 辭賦小伎，無甚關名理，而揚葩扢藻，別自當家。輪央維

---

① [明]胡應麟：《詩藪》(臺南：莊嚴文化事業有限公司據南開大學圖書館藏明刻本影印，1997)，頁630。

新,則有目快睹;轉相蹈藉,神奇化朽腐,不欲觀之矣。辭始
屈平,賦始相如,《離騷》、《子虛》,天真逸趣,浮於毫楮之間。
至宋玉《招魂》極豐腴而情至,不失爲騷。東方朔、揚雄以下,
遂成煙火矣。如班固、張衡、左思擬《子虛》亦極豐腴,而不失
爲《子虛》,至揚雄以後,則肥贅爲糟粕矣。①

除了屈原、司馬相如兩位始創者外,郝敬對於辭體的繼承者宋玉、
賦體的繼承者班固、張衡、左思皆給予了一定的肯定。但對揚雄
諸作,則直斥爲肥贅、糟粕。他進一步批評揚雄"大抵模擬相如,
而傷於膠刻。杜撰而不顧其安,堆積豐腴而不勝肥笨","多鹵拙,
少森秀,尚雕琢而乏天真"。②早在《文心雕龍》中,劉勰就對揚雄
賦的腴麗作出了批評:"及揚雄《甘泉》,酌其(按:指《上林賦》)餘
波,語瓌奇則假珍于玉樹,言峻極則顛墜于鬼神。"又謂其《校獵
賦》"鞭宓妃以饟屈原"、"虛用濫形"。③郝敬之論蓋有所本。總而
觀之,郝敬論詩,並非全然基於時代的先後來判斷作品的優劣。
他亦非常注意作品的靈動自然,典故不能失於堆砌,文字不能雕
琢喪真。因此,揚雄雖在班、張、左三氏之前,其賦並不符合郝敬
的標準,故貶抑之。屈原雖然開啓後世追琢辭章的先河,但郝敬
認爲屈作的佳處仍在於一個情字,而不在於辭藻的富麗。因此,
郝敬對於劉勰《辨騷》是持有異議的:

　　劉勰謂《離騷》"朗麗綺靡","金相玉式,艷溢錙毫",其實
《楚辭》之靡麗者,宋玉以下諸家,非屈原也。屈原祇是情至。

①［明］郝敬:《藝圃傖談》卷二,頁 2895—2896。
②同前注,頁 2896。
③［梁］劉勰著,范文瀾注:《文心雕龍·夸飾》(香港:商務印書館,1960),頁
　　1389—1390。

後人無其情,學其靡麗,遂以朗麗目騷,膚於騷者耳。①
劉勰云:"《騷經》、《九章》,朗麗以哀志;《九歌》、《九辯》,綺靡以傷
情。"對於屈、宋諸作的認知是有根據的。郝敬之所以強調屈作只
是情至而非"朗麗綺靡",和他在論詩時所設的前提有關:如果他
承認屈作這一點特色,那麼也就默認屈子開了漢人追辭逐句的先
河,同時也淡化了屈作的"詩之六義"。抑有進者,不僅是寫作背
景,楚騷與漢騷在文字本身也有著顯著的不同:

> 騷之言擾也,勞雜不寧之義。故其辭以屯結宛轉爲致。
> 錯而不亂,重複而不煩,絶而若續,往而若還,急而愈緩,坦慢
> 而愈迫。十盤九轉,使人心柔氣下,靡靡難持,斯通於騷者
> 矣。賈誼、東方朔以下,騁其材具鋒穎,一瀉直盡。豐腴莊整
> 有餘,而困輪盤鬱不足。與騷戾矣。②

楚騷曼衍周折、而漢騷一瀉而盡,二者在行文上大有逕庭。即便
如賈誼,其情雖真,而其辭過直,故也受到郝敬的非議。至於東方
朔及以後的辭體作家,郝敬指責更多:

> 《楚辭》以屈、宋爲真騷。非獨其辭至,情本至也。屈原
> 傷君而隱痛,宋玉哀師而含悽。故情迫而文深,意結而語塞。
> 後人無其情緒,空擬其辭。憫其窮而吊之,高其潔而贊之。
> 語雖佳,天趣乏矣。文采聲華之仿佛,祇覺重贅。如剪綵爲
> 花,終非含煙帶露之姿。故辭賦惟始作爲擅場,再三蹈襲,同
> 芻狗矣。詩有工於三百者,終媿風雅,辭有工於屈、宋者,終
> 非楚辭。③

---

① [明]郝敬:《藝圃傖談》卷二,頁 2894。
② 同前注,頁 2893。
③ 同前注,頁 2893—2894。

東方朔以下諸人擬騷，辭非不肖，而本無傷讒流落之感，
強泣不哀。善學者，不摹而似。必知足而爲屨，勞且拙矣。
或曰擬古如作新豐，豈其然乎！豈其然乎！①

郝氏看來，東方朔等兩漢之人本身没有屈宋的遭際和感情，只是
流於習氣，摹仿楚騷的體式。郝敬在辨析、解釋詩、辭(騷)、賦之
間的源流異同之時，一樣注重作品之理。他甚至以此對朱熹《楚
辭集注》作出了批評：

朱元晦取荀卿、揚雄以下諸人之作，附益《楚辭》。辭雖
楚而其人如息夫躬、柳宗元、王安石輩，行誼學術，概無足觀。
下至蔡琰，以三醮之婦，失身於犬羊，亦取其辭，列於三閭後，
何其濫也！……君子讀其書，論其人，故夫六籍之尊也，以尼
父；《楚辭》之重也，以屈平。苟非其人，辭雖工，弗貴也。②

所謂文如其人，在郝敬看來，西漢息夫躬以告密起家，蔡文姬失身
匈奴，柳宗元投靠王叔文黨，王安石變法亂政，作者本身大節有
虧，其作品亦未足與議。而朱熹《楚辭集注》的《後語》部分卻收録
了息夫躬《絶命詞》、蔡文姬《悲憤詩》、《胡笳》、柳宗元《招海賈
文》、《懲咎賦》、《閔生賦》、《夢歸賦》、《弔萇弘文》、《弔樂毅》、《乞
巧文》、《憎王孫文》、王安石《書山石辭》、《寄蔡氏女》等作品。實
際上，朱熹在書中已將選録這些作品的原因説得很明白，如息夫
躬《絶命詞》小敘云："躬以利口作姦，死不償責。而此詞乃以發忠
忘身，號于上帝，甚矣，其欺天也。特以其詞高古似賈誼，故録之。
而備其本末如此，又以見文人無行之不足法也。"③而郝敬對朱熹

①［明］郝敬：《藝圃傖談》卷二，頁 2894。
②同前注，頁 2892。
③［宋］朱熹：《楚辭集注》，頁 245。

的批駁，實有因人廢言之失。

　　除漢賦外，郝敬也論及漢樂府與《楚辭》的關係：

　　　　漢《郊祀》等歌，大抵仿《九歌》而變其體。然《九歌》清遠
　　　流麗，漢歌煩促結澀。《九歌》志在君而寓意於神，故悠揚委
　　　蛇；漢歌專媚鬼神，興致索然矣。①

所謂"煩促結澀"，郝敬有進一步的論述：

　　　　武帝郊廟，更縮爲三字，傷煩促，舍天地祖宗功德不稱，
　　　專信方士禱祀，望氣迎靈，語似符呪，淪爲妖妄矣。②

　　　　《練時日》章，三言繁促，亡國之音。③

　　　　漢郊廟歌，如《練時日》、《天馬》、《華燁燁》之類，創爲三
　　　言，長短參差，煩響急節，險怪幽僻，一似梵唄神呪，一似巫覡
　　　歌哭，豈肅雝大雅之音！④

郝敬以"繁促"形容《練時日》等漢武帝時代的郊祀樂曲——"繁"
是指句數之多，"促"是指每句字數少而引致急促之感，更結合武
帝迷信方士的史實，斥其作之妖妄，貶爲"險怪幽僻"的"梵唄神
呪"、"巫覡歌哭"和"亡國之音"。蓋因郝敬認爲四言、五言才是天
地之間的"正聲"，無論六言以上還是三言以下，皆非中和之音。
然而，郝敬在稱許"寓意於神"的《九歌》時，卻迴避了一個重要問
題：楚辭爲雜言體，各句字數或短或長。如《離騷》"苟余情信姱以
練要兮"、《九歌·湘君》"期不信兮告余以不閒"皆長達九字，遠遠
超過了郝敬標榜爲"正聲"的四言和五言，但郝氏仍讚賞其"清遠

----

① ［明］郝敬：《藝圃傖談》卷二，頁 2898。
② 同前注。
③ 同前注，頁 2899。
④ 同前注，頁 2880。

流麗"、"悠揚委蛇",可謂標準不一。抑有進者,《漢書》紀録的《天馬歌》雖爲三言(如"太一況,天馬下"),《史記》的版本卻作騷體(如"太一貢兮天馬下")。故有學者認爲三言的形式其實是在抄寫時省略了句中"兮"字的結果。郝敬之説,似有未安。

四、結語

　　作爲晩明的著名儒者和經學家的郝敬,因致力於《詩經》的研究,故也將目光拓展至歷代詩歌之上,留下詩話《藝圃傖談》,這種情況可説並不多見。郝敬推舉《詩經》,以《楚辭》、漢魏古詩爲次,列唐詩於最末。這並非單純以時代先後爲準繩的文學退化觀,而是基於情志與辭章的雅鄭、正淫、真僞。郝敬認爲雅的作品必須有中正的情志、和平的風格、溫柔敦厚的文辭,以及平淡的聲調,而符合這些條件的只有四言和五言詩,如果偏離了這樣的節奏音律,就屬於鄭聲。音律以外,文體的淆亂也是鄭聲産生的原因。即使押韻的文字,没有運用六義的方法,直寫胸臆而不以婉轉爲尚,也不能算作雅音。其次,郝敬認爲詩歌必須求性情之正,亦即具備實理、實境(事)、實情。換言之,不僅作者的性情要真,連感觸的事件、闡發的道理、營造的境界也要真實。除理以外,郝敬認爲辭、情、境(事)三者缺一不可,不能本無其事而虚構附會,本無其情而爲文造情。總而言之,郝敬雖然對四、五言詩歌有著近乎迷信的推舉,但他對辭、情、境(事)等創作因素與詩之六義對應起來加以論述,卻有相當的合理性。

　　在尊崇《詩經》的大前提下,郝敬將《楚辭》視爲《詩經》的嫡系繼承者和漢賦、樂府、古詩的祖禰。他認爲《詩經》的作者中正和平,而屈、宋等人在創作騷體時往往"心中躁擾不寧",故作品呈現

出波折起伏、輾轉連綿的情緒，豔耀陸離、搖蕩心魄的文辭。基於
這個認知，郝敬將屈騷歸爲鄭聲。不過，他也認爲《楚辭》除了繼
承《詩經》的溫厚之風，也沿襲了《詩經》義理充盈的特色。郝敬還
指出"躁率"只是屈作的表象，只是憤惋不平之氣的呈現而已。在
這種氣韻下隱藏的是屈原的沉痛悲婉的溫厚之致。此外，郝敬對
《楚辭》諸篇的特色、作者和内容時有新説和闡發。例如他懷疑
《漁父》並非屈原自作，蓋因漁父的滄浪之歌有譏諷屈原之意。關
於《楚辭》對後世的影響，郝敬承襲前人之説，認爲辭爲賦祖。不
過，他同時對屈原和司馬相如都推崇備至，將他們目爲一種新文
體的始創者。對於後來的辭家、賦家，郝敬則以爲每下愈况，尤其
是對東方朔、揚雄諸人，貶斥尤甚。此外，劉勰對《楚辭》"朗麗綺
靡"、"金相玉式，艷溢錙毫"的推許，郝敬不以爲然。他以爲屈作
的佳處仍在於性情，而非辭藻。次者，郝敬提倡"文如其人"之説，
批評朱熹《楚辭集注》收録息夫躬、蔡文姬、柳宗元、王安石等傳統
儒家視爲大節有虧之人的作品，則無疑有因人廢言之失。抑有進
者，他以"繁促"形容以三言爲主的《練時日》等漢武帝時代的郊祀
樂曲，貶爲"險怪幽僻"的"梵唄神呪"、"巫覡歌哭"和"亡國之音"，
認爲和"志在君而寓意於神"的《九歌》相去甚遠。然而，郝敬忽略
了三言殆爲騷體在抄寫時略去"兮"字的形式，又迴避了騷體的句
子往往超出四言或五言的字數，故其論未必具説服力。但無論如
何，郝敬從文學史的座標上承認了《楚辭》不可替代的地位，這與
其理學前輩相比，始終是難能可貴的。

第七章　陳仁錫及其《楚辭》眉批

一、引言

兩漢以來,揚雄、班固、顏之推、朱熹等人指摘屈原露才揚己、顯暴君惡、過於中庸,在君主極權、理學獨大的明代前期,屈作的刊印、楚騷的討論皆乏人問津。直至弘治、正德之際,心學興起、帝王荒政、經濟發展,《楚辭》研究的情況也逐漸興盛。萬曆開始,評點之風流行。就《楚辭》而言,馮紹祖所刊觀妙齋《楚辭章句》,陳深雙色套印白文《楚辭》、《諸子品節‧屈子》,張鳳翼《楚辭合纂》,林兆珂《楚辭述注》,戈汕、毛晉《屈子》,閔齊伋《評點楚詞》等書皆是,考其形式,不外條例、圈點、眉批、側批、總評、集評等等。萬曆、天啓時,陳仁錫(1581—1636)先後編印《古文奇賞》及《諸子奇賞》,二書皆有評注《楚辭》的部分。《諸子奇賞》的《楚辭》部分,更曾獨立流傳,名爲《屈子奇賞》。不過,由於二書篇幅巨大,兼以清代以後幾未重刊,往往不爲人知。兼以陳仁錫早年爲文頗受性靈派影響,釋褐後又身居翰林,濡染臺閣文風,然當今學者注意猶有不足。職是之故,本文首先介紹其生平著述,爬梳其文學思想,以收知人論世之效;繼而以《古文奇賞》及《諸子奇賞》眉批爲中心,考探陳仁錫《楚辭》研究的内涵,以見其如何在屈騷的相關論述中呈現其文學思想。

二、陳仁錫生平及著作概述

陳仁錫(1581—1636)，字明卿，號芝臺，長洲(今蘇州)人。父允堅爲萬曆二十三年(1595)進士，歷知諸暨、崇德二縣。仁錫生於明神宗萬曆九年(1581)。十九歲，舉萬曆二十五年鄉試。聞武進錢一本善《易》，往師之，得其指要。久不第，益究心經史之學，多所論著。天啓二年(1622)，始得殿試第三名，授翰林院編修。三年(1623)，丁内艱。服闋，起故官，尋直經筵，典誥敕。魏忠賢冒邊功，矯旨錫上公爵，給世券。仁錫當視《鐵券文》草，持不可。魏黨以威劫之，仁錫堅拒曰：“自有視草者，何必我？”不數日，仁錫里人孫文豸以誦《步天歌》遭捕下獄，供詞連及仁錫及文震孟，罪將不測。有密救者，仁錫得削籍歸。崇禎改元，召復故官。進右中允，署國子司業事，再直經筵。以預修神、光二朝實録，進右諭德，乞假歸。崇禎九年(1636)，即家起南京國子祭酒，甫拜命而得疾卒，年五十六。福王時贈詹事，謚文莊。①天啓二年，陳仁錫與同鄉文震孟皆入翰林，《明史》謂二人皆“老成宿學”，“海内咸慶得人”。陳仁錫少而好學，中歲考取探花，身居翰林，又與文震孟交誼甚深，與王鐸、黃道周、倪元璐、鄭之玄等以清流自居，時人目爲東林黨人，故於天啓、崇禎間頗爲知名。陳氏原籍所居曰無夢園，《百城煙水》云：“無夢園，在孔夫子巷。陳太史芝臺諱仁錫公別墅，其自署齋聯云：‘流水之間心自得，浮雲以外夢俱無。’中有息

---

① 《明史》(北京：中華書局，1997)，頁 7394—7395。

浪、見龍峰諸勝。"①可略見其襟抱。陸雲龍所編《十六名家小品》,陳氏即爲其一。朱彝尊《明詩綜》、陳田《明詩紀事》等皆録有其詩作。仁錫長子名濟生,字皇士,少師黄道周、劉宗周。明亡後隱居奉母,著書甚多,编有《啓禎遺詩》,所收多忠臣義士之作。卒後門人私謚節孝先生。②

　　《明史》本傳稱陳仁錫"講求經濟,有志天下事,性好學,喜著書,一時館閣中博洽者鮮其儔"。③陳氏著作繁富,存目於《四庫全書總目》者即有十一種之多。四庫館臣論其《易經頌》:"大抵據文臆斷之處多,而研究古訓之處少,蓋仁錫文士,於經學本非專門也。"④非僅如此,陳氏所纂《八品函》,選録作品涵蓋詩賦書啓、子史佛道等書,而皆以辭章賞論爲主。可見陳氏以文學角度閱讀、研究文籍的取向。其著作知見者今仍不在少數,今據《明史·藝文志》、《四庫全書總目》、《蘇州府志》等簿録,表列如下:

表一　陳仁錫著作一覽

序號	書名	存佚	備註
1.	《易經疏義統宗》三卷	存	
2.	《羲經易簡録》八卷附《繫辭十篇書》十卷	存	
3.	《易經頌》十二卷	存	

①[清]徐崧、張大純纂輯:《百城煙水》(南京:江蘇古籍出版社,1999),頁193。陳田《明詩紀事》頁3243引。
②[清]李銘皖修,馮桂芬纂:《蘇州府志》(臺北:成文出版社據光緒九年[1883]刊本影印,1970)卷八十七,頁2104。
③《明史》,頁7395。
④[清]永瑢主編:《四庫全書總目》(北京:中華書局,1965),頁64。

序號	書名	存佚	備注
4.	《大易同患淺言》二卷	待考	
5.	《重校注釋古周禮》六卷	存	又名《周禮句解》
6.	《考工記句解》一卷	待考	
7.	《周禮五官考》一卷	存	
8.	《周禮合解》十八卷	存	又名《周禮注疏》
9.	《四書考》二十八卷附《考異》一卷	存	
10.	《四書語録》一百卷	待考	
11.	《四書析義》十卷	待考	
12.	《四書衍疑》十卷	待考	
13.	《四書備考》八十卷	待考	
14.	《中庸淵天紹易測》六卷	待考	
15.	《孝經小學詳解》八卷	待考	
16.	《五經旁注》十九卷	存	
17.	《五經疏義統宗五種》十二卷附《周禮》二卷	存	
18.	《六經圖考》三十六卷	待考	
19.	《考古詳訂遵韻海篇朝宗》十二卷	存	
20.	《國史日録》四十卷	待考	
21.	《皇明世法録》九十二卷	存	
22.	《刑曹》五卷	存	
23.	《壬午書》二卷	待考	
24.	《漕政考》二卷	待考	

續表

序號	書名	存佚	備注
25.	《八編類纂》二百八十五卷《八編類纂圖》二卷《六經圖》六卷	存	
26.	《堯峰山志》六卷	存	
27.	《西湖月觀》一卷	存	
28.	《全吳籌患預防録》四卷	存	
29.	《籌邊圖説》	待考	
30.	《諸子奇賞》前集五十一卷、後集六十卷	存	
31.	《潛確居類書》一百二十卷	存	
32.	《白松堂集》	待考	
33.	《無夢園初集》三十四卷	存	
34.	《無夢園遺集》八卷	存	
35.	《翠娛閣評選陳明卿先生小品》二卷	存	爲明陸雲龍編《十六名家小品》三十二卷之一家
36.	《古文彙編》二百三十六卷	存	
37.	《古文奇賞》二百零一卷	存	計《初集》二十二卷、《續集》三十四卷、《三集》二十六卷、《四集》五十三卷、《明文奇賞》四十卷、《廣文苑英華》二十六卷
38.	《蘇文奇賞》五十卷	存	
39.	《蘇雋》五卷	存	
40.	《西漢文定》六卷	存	

序號	書名	存佚	備注
41.	《八品函》二十三卷	存	計《詩品彙函》四卷、《賦品烏函》二卷、《文品苧函》三卷、《書品同函》二卷、《啓品有函》二卷、《史品赤函》四卷、《子品金函》四卷、《逸品繹函》二卷
42.	《皇明策程文選》六卷	存	
43.	《尺牘奇賞》十五卷	存	
44.	《國朝詩餘》五卷	存	

　　除了上述四十四種著作之外，陳仁錫還曾重編或評閱《國語》、《史記》、《漢書》、《後漢書》、《三國志》、《資治通鑑》、楊甲《八編經世類纂本六經圖》、真德秀《大學衍義》、胡廣《周易大全》、邱濬《大學衍義補》、詹淮《性理綜要》（一名《性理標題彙要》）、薛應旂《甲子會紀》等書。

三、陳仁錫文學思想考略

　　晚明陸雲龍所編《十六名家小品》，可謂倡導性靈作者的一部選集。陳仁錫於書中位列一家，與屠隆、徐渭、董其昌、湯顯祖、黃汝亨、王思任、袁宏道、曹學佺、陳繼儒、袁中道、鍾惺等人並列。這些作者有七子派者（如屠隆），有性靈說先驅者（如徐渭），有公安派者（如袁氏兄弟），以及其他才士名流。四庫館臣謂陸氏此書

"大抵輕佻猥薄,不出當時之習",①雖主要就編選者陸氏而論,然
亦涉及諸家之文學取向。黃卓越指出,學界長期以來習慣於以
"師古"與"師心"二派的衝突作爲中晚明文學發展的主綫,然後將
人物悉作刻板的歸類,即或歸於"師古"一派,或歸在"師心"一派。
雖然這一說明性的界限在許多情況下可以得到證明,因此也還是
可以應用的,但絕對化之後,便會大大壓縮了現象的豐富性。②師
心説的主要概念在於"性靈"。正如黃氏所言,這個概念在屠隆、
李維楨、王世懋、王世貞等人處已間有使用,而一般學術界論述性
靈説,主要以公安派和竟陵派的思想爲主。③觀此十六位小品作
者,他們對於性靈的看法雖各有差異,在當世卻畢竟呈現出"師
心"的傾向。陸雲龍評陳仁錫小品文云:

　　　　澹色清香,悠然自遠。《張澹斯文集序》④

　　　　筆有雲煙,生機滿紙。《剡溪記》⑤

　　　　詩書山水,樂有主人。分竹分蓮,可以無夢。《再出山與
　　相知書‧其三》⑥

　　　　四時有湖,而獨詞春,猶是紅粉心長。《題春湖詞》⑦

今人劉紅虹亦認爲陳氏爲文好"字排句比",其小品中有"動態

①［清］永瑢主編:《四庫全書總目》,頁 1765。
②黃卓越:《明中後期文學思想研究》(北京:北京大學出版社,2005),頁 213。
③同前注,頁 238。
④［明］陸雲龍編:《皇明十六家小品》(臺南:莊嚴文化事業有限公司據明崇
　　禎六年［1623］陸雲龍刻本影印,1997),頁 506。
⑤同前注,頁 530。
⑥同前注,頁 537。
⑦同前注,頁 542。

美”，反映出“閑士雅致生活”。①陳仁錫擔任館閣重臣以前，長期困於科場，故當世流行的性靈師心之説對他不無影響。李贄曾云：

> 性格清沏者音調自然宣暢，性格舒徐者音調自然疏緩，曠達者自然浩蕩，雄邁者自然壯烈，沈鬱者自然悲酸，古怪者自然奇絶。有是格，便有是調，皆情性自然之謂也。②

李贄、三袁等鑑於前後七子擬古之弊，強調情性亦即天真自然的趣味，故無論其文的格調是宣暢、疏緩、浩蕩、壯烈、悲酸、奇絶，都繫於作者的本性内涵，只要是發於自然的天真之音，即是佳作。袁宏道更倡言“獨抒性靈，不拘格套”，③便是連章法也不要了。

袁中道晚年則就文壇風氣的變化作出了較爲持平的審視批判：

> 性情之發，無所不吐，其勢必互異而趨俚；趨於俚又變矣，作者始不得不以法律救性情之窮。法律之持，無所不束，其勢必互同而趨浮；趨於浮又將變矣，作者始不得不以性情救法律之窮。夫昔之繁蕪有持法律者救之；今之剽竊，又將有主性情者救之矣，此必變之勢也。④

此處所言主性情即三袁師心説一派，主法律者即七子師古説一派，兩派的主張看似扞格，實可兼容並蓄。僅主性情者文趨於繁

---

① 劉紅虹：《晚明山水遊記小品文試論》，《益陽師專學報》1993 年 7 月號，頁 36—37。

② ［明］李贄：《讀律膚説》，《焚書》（北京：中華書局，2008）卷三，頁 132—133。

③ ［明］袁宏道：《敘小修詩》，［明］袁宏道著，錢伯城箋校：《袁宏道集箋校》（上海：上海古籍出版社，1981），頁 188—189。

④ ［明］袁中道：《花雪賦引》，《珂雪齋集》（上海：上海古籍出版社，1989），頁 459。

蕪,僅主法律者文趨於剽竊。所謂"言之有物"、"言之有序",性情即物,法律即序,二者不可偏廢。

然陳仁錫自入翰林後,飽讀中秘之書,文風亦有所改變。何偉然云:

> 玄宰(董其昌)、伺初(張鼐)、明卿三太史,或以沖淳,或以娟好,或以淵泫,皆玉局妙才,自稱仙手。陳之如瑚璉之在宗廟,望之如肅度珂玉而前,味則玉饋之酒,美如肉,色則碧瀾丹爐,寸寸秋容,真所謂巖嶺高而雲霞氣軒,林藪深而蕭瑟音清者矣。且明卿道開目廣,揭無盡之藏,磨人鈍眼,懸書滿世,天宇爲闢,功猶非渺。①

對陳仁錫評注古文、編撰圖書之功大爲稱許,並以"淵泫"一語褒表其文。觀當時葉向高身爲臺閣大老,時代又處於前後七子之後,與公安三袁同時,故能總結師古、師心二說之失。②與葉向高一樣,陳氏身居翰林,故何偉然目之爲臺閣作家;而其中進士前久困場屋,强調文章技法,故其文學思想有多元化的傾向。因此,本節從經世之用、和平之思、正側俱佳、有情有法四方面討論陳仁錫的文學思想。

(一)經世之用

身居翰林的陳仁錫繼承了臺閣傳統,對於明初開國元勳劉基、宋濂的作品非常推崇:

---

① [明]何偉然:《皇明十六家小品序》,載[明]陸雲龍編:《皇明十六家小品》,頁146—147。
② 詳參拙著:《葉向高及其楚辭論探賾》,載《屈騷纂緒》(臺北:臺灣學生書局,2008),頁120。

自古人文之盛，未有踰本朝者也。文成一出即沉毅，文
憲立談即雍雅。……長謀略則文成參帷幄，擅國華則文憲總
儒學。①

正因劉、宋二人，一運籌帷幄，一領袖儒林，故發爲文章，沉毅雍
雅。陳仁錫還引用明宣宗《賜儒臣詩》云：

朝廷治化重文教，旦暮切磋安可無？諸儒志續漢仲舒，
豈直文采凌相如？②

足見陳氏遵循了官方對於文學功用的規範，以爲人臣要像董仲
舒一般贊翊國君推行儒術才算盡責，不能徒以司馬相如般含筆
腐毫、藻飾太平爲務。這與當時臺閣大老葉向高的見解頗爲
接近：

吾以爲文章，神明之所寓也，萬有之所肖也，名物事變之
所綜也，忠臣孝子、奇人高士微情奧衷之所托也。③

在葉氏看來，文章地位所以崇高，乃因其爲天地造化所憑藉，故能
描摹萬有，窮究事理，寄託了忠臣孝子、奇人高士的思想情感。換
言之，作爲詞臣者，始終沒有把文章的意義局限於“獨抒胸臆”，卻
是依舊强調其社會功能、教化作用。

對於當世之文，陳仁錫在《萊陽左進士稿序》中有如此論述：

文章之道，孔子概之學《詩》。興觀，象也；樂群，儀也；怨
慕，衷也；忠孝，性也；辨物，名也。文之可喜者多而可怨者少，

---

①［明］陳仁錫：《明文奇賞序》，《無夢園初集》（上海：上海古籍出版社據明崇
　禎六年［1633］張一鳴刻本影印，1995），頁 596。
②同前注，頁 597。
③［明］葉向高：《黄離草序》，《蒼霞草》（北京：北京出版社據北京大學圖書館
　藏明天啓刻本影印，2000）卷六，頁 48b。

可以悦耳目者多而可以事君父者少。①

陳氏之語，乃是從《論語・陽貨篇》檃括而來："小子何莫學夫《詩》？《詩》可以興，可以觀（興觀，象也），可以群（樂群，儀也），可以怨（怨慕，衷也）。邇之事父，遠之事君（忠孝，性也）。多識於鳥獸草木之名（辨物，名也）。"陳仁錫所謂文之可怨者，便是"可以事君父者"，亦即不平則鳴，出於對君上的戀慕而就朝政表達衷誠的作品。至於可喜者，就是"可以悦耳目者"，亦即休閒娛樂、愉情怡性的文字。

明代中葉後，篇幅短小而内容雋永、展現人生閒情逸趣的小品文興起。這些小品文大都信手信腕、直抒胸臆，短小而流麗清新。作品形式上没有一定的章法，内容上也非代聖人立言。陳仁錫本人纂有《尺牘奇賞》，其小品又爲陸雲龍編爲二卷，亦是箇中作手。他並不反對作文要可喜、悦耳目，只是認爲當世具有可怨、事君父功效的作品較少。陳氏甚至以西漢爲例，提出"政事即文章"的説法：

> 一切西漢之政事，皆西漢之文章。（劉）歆所移讓，豈政事遠遜，故托文章以寫不平之感耶？多士倘雕蟲自薄，何關世風？……無政事也，焉得有文章？②

在陳仁錫看來，西漢的士大夫皆有心於國是，並非一味以舞文弄墨爲務。如劉歆在仕途上不得志，才會撰寫《移讓太常博士書》。因此，政事乃是文章寫作的肇因和基礎。陳氏又謂古今文章家"能使民作鄒魯"，③亦是此意。

---

① ［明］陳仁錫：《萊陽左進士稿序》，《無夢園初集》，頁 549。
② ［明］陳仁錫：《代觀風序》，同前注，頁 538。
③ ［明］陳仁錫：《傅三雨詩序》，同前注，頁 546。

(二)和平之思

　　陳仁錫身當師心説盛行之世,非常看重性情。陳氏所推崇的性情爲何? 他認爲,主要在於一個"真"字:

　　　　文章真無古今矣。真則可今可古。①

可知其以"真"爲基點,不以古廢今,主張一代有一代之文,受到了師心説的影響。不過,"真"是有一定標準的。其《春秋同門稿序》論曰:

　　　　文以性情貴,得百才士不如得一性情之士。何以知性情之士? 其文不遠于性情者是。本朝得性情之正莫如薛敬軒先生,得性情之達莫如王陽明先生,得性情之端莫如陳白沙先生,皆吾師云。②

薛瑄《讀書録》雖有論文之語,本人卻並不以能文著稱。王陽明早年以辭章知名,然悟道以後即視詩文爲小道而不爲。唯陳獻章之詩崇尚理性,追求理趣,尤其是力主性情與自然的取向,對晚明詩壇有一定的影響。③

　　當然,陳仁錫將薛瑄、陳獻章和王陽明三位理學宗師視爲性情之士,似乎落入儒家思想的窠臼,泯滅了文學創作與思想著作的界綫,但他將正、達和端視爲性情之極致,卻亦可放諸文學創作。《禮記·玉藻》:"目容端。"孔疏:"目宜端正不邪睇而視之。"④《尚書·

---

① [明]陳仁錫:《黄慎軒先生集序》,《無夢園初集》,頁519。
② [明]陳仁錫:《春秋同門稿序》,同前注,頁519。
③ 王忠閣:《陳莊體及其在明代詩壇的歷史地位》,《河南師範大學學報(哲學社會科學版)》2001年5期,頁89。
④ [唐]孔穎達疏:《禮記正義》(臺北:藝文印書館影印清嘉慶二十年[1815]阮元南昌府學刊本,1985),頁569。

洪範》:"無偏無陂,遵王之義。"僞孔傳云:"偏,不平;陂,不正。言
當循先王之正義以治民。"①故所謂端、正,本義指姿勢、型態的不
偏不陂,引伸成思想行爲的無反無側之意。又《尚書・舜典》:"明
四目,達四聰。"僞孔傳云:"廣視聽於四方,使天下無壅塞。"②又
《中庸》:"中也者,天下之大本也。和也者,天下之達道也。"孔疏:
"'和也者,天下之達道也'者,言情慾雖發而能和合,道理可通達
流行,故曰天下之達道也。"③達即暢通流行而無壅塞之意。不偏
不陂、通達無礙,便是陳仁錫對文章性情的要求。

　　故此,陳仁錫在《擬鹽臺觀風後序》中提到:

　　　　竊計文章淳漓之故,不越"和平"兩言。④

《玉稠山房大題選序》亦指出,佳作一定要有"和平之思":

　　　　文章之道,太上神聽和平,其次終風暴笑,顧我則笑。使
　　不和不平、暴而不笑,則無有宇宙,安有文章? 今詩家擬陶者
　　日侈,未必陶也。然何以不學李、學杜、學漢學魏而學陶? 蓋
　　猶有和平之思焉。⑤

《詩・小雅・伐木》:"神之聽之,終和且平。"鄭箋云:"以可否相增
減,曰和平齊等也。此言心誠求之,神若聽之,使得如志,則友終
相與和而齊功也。"⑥由此可知,陳仁錫認爲上佳的文字,要有中

---

①[唐]孔穎達疏:《尚書正義》(臺北:藝文印書館影印清嘉慶二十年[1815]
　　阮元南昌府學刊本,1985),頁 173。
②同前注,頁 43。
③[唐]孔穎達疏:《禮記正義》,頁 879。
④[明]陳仁錫:《擬鹽臺觀風後序》,《無夢園初集》,頁 554。
⑤[明]陳仁錫:《玉稠山房大題選序》,同前注,頁 541。
⑥[唐]孔穎達疏:《毛詩正義》(臺北:藝文印書館影印清嘉慶二十年[1815]
　　阮元南昌府學刊本,1985),頁 327。

正和平的思想、敦睦倫誼的功用,亦即"得性情之正"者。(有關
《終風》,下文再論。)

　　在陳仁錫看來,陶淵明的作品便符合了"得性情之正"的條
件。昭明太子《陶淵明集序》云:

　　　　處百齡之內,居一世之中,倏忽比之白駒,寄遇謂之逆
　　旅。宜乎與大塊而盈虛,隨中和而任放,豈能戚戚勞於憂畏,
　　汲汲役於人間!①

認爲陶淵明之所以能自適自得、樂天知命,就是以"隨中和"爲基
礎的。葉向高也將性情與和平之思結合論述,認爲人只有治世才
會得性情之和,創作中正和平的詩歌:

　　　　昔師乙之對子貢曰:"其人寬而靜、柔而正者,宜歌《頌》;
　　廣大而靜、疏達而信者,宜歌《大雅》;恭儉而好禮者,宜歌《小
　　雅》。"斯所謂君聲者與! 言之不足而長言之,其本乎性情
　　者耶?②

葉向高指出,人們處於不同的歷史階段,會有不同的性情和感觸,
因此無論盛世還是衰世,都會產生詩歌,只不過性情抒發的方式
不太一樣。

　　袁宗道在《讀淵明傳》中更論道:

　　　　淵明夷猶柳下,高臥窗前,身則逸矣;瓶無儲粟,三旬九
　　食,其如口何哉? 今考其終始,一爲州祭酒,再參建威軍,三
　　令彭澤,與世人奔走祿仕,以厭饞吻者等耳。觀其自薦之辭

────────

① [梁]蕭統著,俞紹初校注:《昭明太子集校注》(鄭州:中州古籍出版社,
　2001),頁199。
② [明]葉向高:《轂城山館詩敘》,《蒼霞草》(北京:北京出版社《四庫禁燬書
　叢刊》據北京大學圖書館藏明天啓刻本影印,2001)卷五,頁36b。

曰:"聊欲絃歌,爲三徑資。"及得公田,亟命種秫,以求一醉。
由此觀之,淵明豈以藜藿爲清,惡肉食而逃之哉? ……然自
古高士,超人萬倍,正在見事透徹,去就瞥脱,何也? 見事是
識,去就瞥脱是才,其隱識隱才如此,其得時而駕,識與才可
以推也。①

正如李贄所説:"穿衣吃飯,即是人倫物理。"②要葆全真性,並非
餐風飲露、不食人間煙火,而是洞明練達於人倫物理,發而中道。
李贄爲袁氏之師,陳仁錫亦曾替其《藏書》及《續藏書》作序,譽爲
衡鑑、蓍龜,③故李贄之見及袁宗道對陶淵明的推崇,從旁佐證了
陳仁錫"今詩家擬陶者日侈"之説。而袁氏從"非於酒肉不動心、
於出處無權衡"的入世角度詮釋陶淵明,也爲陳仁錫將作爲隱士
的陶淵明與儒家人倫扣上關係,進而強調陶詩的"和平之思"合乎
儒家的中庸思想。

　　陶淵明之外,陳仁錫對於屈原的性情也非常推崇。 如他稱許
《累瓦編》的作者吳安國(托翁)云:

　　　　高冠長劍,中情好修,傲立於冰崖雪巘間,發爲文章,爾
　　雅深醇。 抑先生愛《楚詞》滋蘭樹蕙,將効之國家耳? 遍上下
　　而求索,思自達於君而不可得,且柰之何?④

陳仁錫以爲,如屈原般中情好修、愛國忠君,發爲文章方能爾雅深
醇。 換言之,文章雅醇和平,就是性情的最佳體現。

―――――――

① [明]袁宗道:《讀淵明傳》,《白蘇齋類集》(上海:上海古籍出版社,1989),
　　頁 188—189。
② [明]李贄:《答鄧石陽》,《焚書》卷一,頁 4。
③ [明]陳仁錫:《藏書序》,《無夢園初集》,頁 603。
④ [明]陳仁錫:《纍瓦編序》,同前注,頁 551。

(三)正側俱佳

陳仁錫强調文學的社會功能，推崇性情之正，體現出其作爲臺閣文臣的精神面貌。進而言之，由於長期受到師心性靈之説的影響，對於有真性情而未必得其正的文學作品，陳仁錫也有所肯定。其《纍瓦編序》云：

> 文章之道，情性爲主。知塗巷之歌可風，不知可雅可頌，皆是物也。①

陳仁錫認爲，無論廟堂之雅頌，還是塗巷之風，只要是發乎性情的作品，便無須判其高下。故此，陳氏才會如前文所説，認爲文章之道是："太上神聽和平，其次終風暴笑，顧我則笑。使不和不平、暴而不笑，則無有宇宙，安有文章？"又《詩·邶風·終風》："終風且暴，顧我則笑。"孔疏云："言天既終日風，且其間有暴疾，以興州吁既不善，而其間又有甚惡，在我莊姜之傍，顧視我則反笑之，又戲謔調笑而敖慢，己莊姜無如之何，中心以是怊傷。"②此詩以傷悼州吁不善爲主旨，自不能列於正風。而陳仁錫卻以其描寫"暴疾"、"虐浪"之態頗爲傳神，仍視爲佳文章。

和平之思等而下之，便是性情暢達卻未必得其正者。觀袁中道《感懷詩》有云："山村松樹裏，欲建三層樓。……右手持《净名》，左手持《莊周》。下層貯妓樂，置酒召冶遊。"③左東嶺據而闡釋道，公安派文人有求佛道以自我解脱的願望，有讀書吟詩的精

---

① [明]陳仁錫：《纍瓦編序》，《無夢園初集》，頁 551。
② [唐]孔穎達疏：《毛詩正義》，頁 79。
③ [明]袁中道：《感懷詩五十八首》其十，《珂雪齋集》（上海：上海古籍出版社，1989），頁 192。

神享受,更有聽歌狎妓的感官快活。欲集所有快活於一身,此乃公安派自適人生理想的特徵。①在傳統儒家將“德”、“色”置於對立面的語境中,推舉聲色等肉體享樂自然不可謂“正”。陳仁錫崇正而不廢側,似乎與公安派有類近之處。不過作爲臺閣文臣,他始終認爲,性情呈現於文字之時,不能肆意而發,還是需要有所剪裁:

> 兩司馬,才情一也,子長情至,長卿情侈。夫能使人主讀之凌虚,而文章之道不尊。②

陳氏舉司馬遷和司馬相如爲例,指出二人皆才情兼備,而司馬遷在書寫《史記》時,恰如其分地投注了性情,如斯便足;司馬相如作爲賦體,舖張揚厲,靡麗閎衍,其《大人賦》勸百而諷一,使漢武帝讀後飄飄有凌雲之志,情性過於中正,如此即是“侈”。

除了要避免“侈”,陳仁錫又提出文章要“正側俱佳”:

> 嘗論文字如美人,浮香掠影,皆其側相。亦須正側俱佳。今文字日媚日薄,可斜視不可正觀,如美人可臨水不可臨鏡。③

所謂“側”即不正,如《南史·袁湛傳》云:“爲文惠太子作《楊畔歌》,辭甚側麗。”④又如《舊唐書·温庭筠傳》云:“能逐絃吹之音,爲側豔之詞。”⑤側麗、側豔皆有綺靡浮豔的含義,亦即陳仁錫所説“日媚日薄”的文風。陳仁錫强調“正”,卻也不反對“側”;但在

---

① 左東嶺:《明代心學與詩學》(北京:學苑出版社,2002),頁275。
② [明]陳仁錫:《縶瓦编序》,《無夢園初集》,頁551。
③ [明]陳仁錫:《冒起宗詩草序》,同前注,頁568。
④ 《南史》(北京:中華書局,1997),頁709。
⑤ 《舊唐書》(北京:中華書局,1997),頁5079。

四庫館臣看來，自然就"輕佻猥薄"了。

（四）有情有法

儘管陳仁錫非常看重性情，甚至對於《終風》等未得性情之正的作品也有所肯定，但他並未忽視文章律法的重要性。明代中後期的茶陵派、前後七子皆注重詩文的格調。陳國球認爲，明代復古派詩論要復古，目的是希望通過向古代傳統學習，以求達到與古代盛世詩歌同樣的水平。①廖可斌則謂明代復古派重視詩歌的調，即情感、文采、音韻等方面的主張，來批評理學家文學觀及詩歌的理化傾向；同時又以强調詩歌的格，即思想內容、法度和語言等方面的主張，來反對詩歌中的俗化傾向。②非僅詩歌，文章亦然。袁宏道"不拘格套"的主張，顯然是站在七子對立面而發。比勘之下，陳仁錫的看法與七子派較爲接近。

陳氏常常把文章和武備相提並論，如《續古文奇賞序》云：

　　文，兵也。兵，禮也……蓋武事之不張，繇文心之不足。故兵以武爲植，以文爲種。兵法有之："人人、正正、辭辭、火火。"又曰："世能祖祖，鮮能下下。"夫火火，文士之武心也。下下，武士之文心也。

陳氏所引兩段資料出自《司馬法》及《黃石公三略》。所謂"人人、正正、辭辭、火火"，李零認爲是"人必得其人、正必得其正、辭必得其辭、火必得其火"之義。③而"世能祖祖，鮮能下下"，吳樹平則解

---

①陳國球：《明代復古派唐詩論研究》（北京：北京大學出版社，2007），頁300。

②廖可斌：《明代文學復古運動研究》（上海：上海古籍出版社，1994），頁115。

③李零譯注：《司馬法譯注》（石家莊：河北人民出版社，1992），頁42—43。

釋爲“以尊祖之禮祭祀祖先”及“愛撫下民”之義。①陳仁錫將“火火”詮釋爲文士以筆翰操生殺權，亦即其《傅三雨詩序》中所謂“擊強”。②將“下下”詮釋爲武士雖能奮勇殺敵卻仍有謙遜之心。

　　陳氏又把兵法比喻爲文法：

　　　　世人不識，曰文必莊馬，兵必孫韓。裂文法與兵法爲二，譬之木人舞中節拍，舞罷索然，奚法以示人？③

對於文法，陳仁錫提出過一些意見，如其引用庾信論詩之言曰：

　　　　寧律不諧，不使句弱，寧字不工，不使語俗。④

若詩句過於和諧悅耳，就會産生優美柔弱之感；用字如果俗白，則可能令作品流於俚俗。

　　陳氏更論俚俗道：

　　　　自古有小心之文，無放膽之文。放膽者，其文必俚。⑤

所謂“放膽者”不知是否意有所指，然其論與前引袁中道“性情之發，無所不吐，其勢必互異而趨俚”的看法是非常接近的。又如“用奇不用偶”：

　　　　（文章之道）用奇不用偶，文用偶而極弱。……夫始于奇、終于奇、餘于奇，一篇總是乾局，故單提也，單收也，數行不整齊也，皆用奇之妙也。⑥

---

① 婁熙元、吴樹平譯注：《吴子譯注・黄石公三略譯注》（石家莊：河北人民出版社，1992），頁61。
② ［明］陳仁錫：《傅三雨詩序》，《無夢園初集》，頁546。
③ 同前注。
④ 同前注。
⑤ ［明］陳仁錫：《傷寒指南序》，同前注，頁580。
⑥ ［明］陳仁錫：《吴音序》，同前注，頁539。

所謂奇句，就是不對偶的句子。"始于奇"即單提，予人先聲奪人
之感；"餘于奇"即數行不整齊，有奇崛挺拔之勢；"終于奇"即單
收，可在篇末營造出高潮。

　　文章技法對於士子的時文寫作有直接的參考價值，晚明趙南
星、葉向高等人皆有所論述，陳仁錫亦然。如其《小題先範序》
即云：

　　　今日之文，患有情而無式。
　　　文章惟法可以御情。①

陳仁錫認爲，當時的文學作品雖不無真性情，卻往往没有好的章
法加以規範和駕馭。他將這種情況歸咎於當局對於士子寫作入
門的文體八股文的要求不足：

　　　司文者禁淫哇而未嘗與之習風雅，怒鴟梟而未嘗與之學
　　　鸞鳳，惡稂莠而未嘗與之播嘉種，於是法長苦而情長奢。其
　　　初法不足，情有餘，究竟尺幅之內，情亦少矣。何也？法可
　　　久，情不可久也。②

他批評官方並未積極對八股文的內容樹立典範，以致學子無所
適從，縱有性情，卻没有良法。加上八股文篇幅短小，性情也無
法充分地呈現出來。讀者最後從作品中可以看到的，只剩下並
不圓熟的技法而已。他又指出，八股文是練習文法的重要途徑：
"凡事有成法，而鬼神之道行乎其間，則八比之文可與聖賢酬
酢矣。"③

---

①［明］陳仁錫：《小題先範序》，《無夢園初集》，頁552。
②同前注。
③同前注。

四、《古文奇賞》及《諸子奇賞》
編纂及評注情況述略

覈諸現存文獻,陳仁錫評注之《楚辭》篇章共見於三處,即《古
文奇賞》(後稱《文賞》)、《諸子奇賞》(後稱《子賞》)及《文品苔函》
(後稱《文函》)三書。《文賞》僅收陳氏所認定的屈原作品,即《離
騷》至《遠遊》二十三篇。《子賞》在《文賞》的篇什基礎上增收《卜
居》、《漁父》二篇,合稱《屈子》,又附《九辯》、《招魂》二篇,合稱《宋
玉》。《文函》僅收錄《涉江》一篇。此外,《史品赤函》(後稱《史
函》)則錄有《史記·屈原列傳》。《文函》、《史函》屬《八品函》之二,
編刊於崇禎年間,時代視《文賞》、《子賞》爲晚。且《文函》所見《楚
辭》作品只有一篇,《史函》所收《屈原列傳》刪去了《懷沙》、《漁父》部
分,不能歸入《楚辭》作品之林,故後文僅作附論,不擬專節探討。

(一)《古文奇賞》及《諸子奇賞》的編纂情況

《文賞》包括《初集》二十二卷、《續集》三十四卷、《三集》二十
六卷、《四集》五十三卷、《明文奇賞》四十卷,合《廣文苑英華》二十
六卷,共二百零一卷,其卷帙可謂浩繁。查《四庫全書存目叢書》
縮印本,初集自序題於萬曆戊午(四十六年,1618)孟冬日,二集自
序題於天啓辛酉(元年,1621)長至日,三集自序題於天啓甲子(四
年,1624)初夏日,而四集自序題於天啓乙丑(五年,1625)中秋日,
先後相距七年,足見編纂時間之久。考陳仁錫於天啓二年(1622)
得殿試第三名,授翰林院編修。三年(1623),丁內艱。服闋,起故
官,尋直經筵,典誥敕。因得罪魏忠賢而削籍,至崇禎即位,召復
故官。可知陳仁錫未中進士前,已著手於《文賞》初、二集,至於

三、四集，則當爲丁艱時所作。

　　四庫館臣論《文賞》初集云：

　　　　是書初集自屈平《離騷》至南宋文天祥、王炎午，依時代
　　編次。前有萬曆戊午自序，謂折衷往古，有一代大作手，有一
　　代持世之文，有一代榮世之文，其目録内即以此三者或標注
　　人名之下，或標注篇題之旁。而於漢文中又各分類標。題或
　　以人爲類，則分天子、侯王、郡守相、皇太子、藩國、將帥、邊
　　塞、學者。或以事爲類，則分應制、薦舉、彈駁、乞休、理財、議
　　禮、災異、籌邊、議律、訟冤、治河、策士、奏記。其最異者，又
　　別立一代超絶學者、一代超絶才子之目。自漢以後，又改此
　　例，仍以時代爲序。體例殊爲龐雜。①

查《古文奇賞略紀》云：

　　　　有大作手，如屈原等是也；有持世之文，如魯仲連等；有
　　榮世之文，如蘇秦《説齊閔王》等。②

其目録内即以此三者或標注人名之下，或標注篇題之旁。“持世”
一語出自佛家，本有“住持世間安穩豐饒”、“消滅衆生一切災禍疾
病”、“能持財寶，滿世人願”等意，③至《文賞》則有維繫世道人心

────────

① ［清］永瑢主編：《四庫全書總目》，頁 1762。
② ［明］陳仁錫：《古文奇賞紀略》，《古文奇賞》（臺南：莊嚴文化事業有限公司
　　據浙江圖書館藏明萬曆四十六年［1618］刻本影印，1997）初集，集部 352
　　册，頁 2a。案：此《四庫存目叢書》本《古文奇賞》之眉批時有漫漶不清處，
　　故以北京大學圖書館藏本覈之。
③ 案：《佛説雨寶陀羅尼經》云：“持世菩薩能雨下無量財寶，住持世間安穩豐
　　饒，因此名爲持世。誦持其真言雨寶陀羅尼，更能獲致無量財寶，積聚如
　　山高。”（［唐］不空譯：《佛説雨寶陀羅尼經》，《大正新修大藏經》［臺北：新
　　文豐出版有限公司，1992］密教部三，册 20，頁 667）

的涵義。如魯仲連抗秦蹈海的一番陳辭，解開了當時諸侯間的困局。榮世則爲對揚王休、藻飾太平、鼓吹清明之意，如蘇秦遊説齊閔王，主要是不無奉承地在齊王面前分析齊國的形勢和利害關係，藉以達到自己的使命、謀取個人利益而已。

抑有進者，陳仁錫初集自序又云：

> 大作手不數，苟不能以文持世也，且勿辱乎哉！……所謂持世、榮世二種之文，可以知矣。是集也，首屈大夫，所謂大作手，亦可以知矣。①

榮、辱相對，可見陳氏認爲，所收之文即使不能持世，至少也不會"辱世"。至於能居"大作手"之位者則非屈原莫屬，故陳仁錫《文賞》初集自序於古來芸芸作者中僅齒及屈原之名，且列其作品於卷一。

至於《諸子奇賞》，則包括前集五十一卷、後集六十卷。前集自序落款曰"丙寅孟夏古吳陳仁錫書黃河舟中"，後集自序"天啓丙寅孟冬朔日古吳陳仁錫書於燕邸"。天啓丙寅即六年（1626），而此書現存者亦僅有天啓六年三徑齋刊本，晚於《文賞》四集一年而面世。可知《子賞》亦編纂於陳仁錫丁憂期間。三徑齋主人蔣中同爲《子賞》前集作《發凡》十則，其末則曰：

> 是集評選頗繁，告成匪易，本欲彙成全集行世。而海内文人一聞明卿先生《諸子奇賞》，亟欲寓目，不啻望歲。因分前後二集。前集自成周迄于先秦，先付剞劂，以供世好。後集自漢以下，刻已將半，即走力燕都候稿，以成合璧。②

---

① ［明］陳仁錫：《自序》，《古文奇賞》，頁 1a—2b。
② ［明］蔣中同：《諸子奇賞發凡》，載［明］陳仁錫：《諸子奇賞》（臺北"國家圖書館"藏明天啓六年（1626）三徑齋刊本）前集，發凡，頁 5a—5b。

觀陳氏兩集自序皆作於丙寅之年，一在孟夏四月，一在孟冬十月，且後集題曰"書於燕邸"，與蔣氏"走力燕都候稿"之語正合。此外，北京《清華大學圖書館藏善本書目》著録云：

> 屈子附宋玉一卷
> （明）陳仁錫評選
> 明刻《諸子奇賞》本
> 一册一函
> 九行二十字，小字雙行同，白口，四周單邊，雙魚尾。①

筆者至清華大學查核此書，知此書乃《諸子奇賞·屈子附宋玉》部分之單行本。

（二）《古文奇賞》及《諸子奇賞》所收《楚辭》部分的評注概況

《文賞》初集自序作於萬曆戊午（四十六年），《子賞》刊於天啓六年，可知二書的《楚辭》評注相去只有八年左右。《文賞》卷一所收《楚辭》作品，計有《離騷》、《九歌》、《天問》、《九章》、《遠遊》諸篇，《卜居》、《漁父》以下不收。正文首題"古文奇賞卷之一"，下署"古吳陳仁錫評選"，二行題"離騷經"，下署"屈平"。版心白口，上題"古文奇賞"，中列篇名、卷次，下右作"屈平一"，左作"乙〔一〕"，蓋前者爲屈作頁碼，後者爲全卷頁碼。卷末附"音義"一卷。《離騷》、《九歌》、《天問》、《九章》、《遠遊》篇末皆有後敘，蓋採王逸之説。如《離騷後敘》云："離，別也。騷，愁也。經，徑也。"②承王逸

---

① 清華大學圖書館編：《清華大學圖書館藏善本書目》（北京：清華大學出版社，2003），頁269。
② 〔明〕陳仁錫：《古文奇賞》初集，卷一，頁8b。

以徑訓經之見。《九章後敘》云：“作《九章》以著明之。”①亦承王
逸以彰訓章之舊説。此外，後敘亦或附有近人之説者，如《天問後
敘》引陳深語云：“嘗愛曾子問[柳子厚]五十餘難，亦至奇之文。”②

　　各篇有圈點、注文、眉批、側批。圈點率爲白圈〇〇〇，蓋麗
文警語則標之。注文較簡略，多參考王逸、洪興祖、朱熹舊注。唯
《天問》注文切割柳宗元《天對》以附之。側批以疏通文義、析論章
法爲主，如《離騷》“攬木根以結茝兮”，側批：“據根本。”“貫薜荔之
落蕊”，側批：“執忠信。”③“既替余以蕙纕”，側批：“以芳而弃。”④
《湘夫人》“沅有茝兮澧有蘭，思公子兮未敢言”，側批：“湘夫人如
茝如蘭。”⑤《山鬼》：“君思我兮然疑作，雷填填兮雨冥冥，猿啾啾
兮狖夜鳴”，側批：“俱是然疑狀。”⑥《惜誦》：“忽謂之過言”，側批：
“過言奇。”⑦亦或有批駁前人成説者，如《離騷》“呂望之鼓刀兮，
遭周文而得舉”，側批：“顔之推謂原爲文常陷輕薄，何其謬歟！”⑧
總體而言，側批因限於版式空間，故篇幅不廣，數量亦遠不及眉批
之多。至若眉批部分，或抒己見，或徵舊説，篇幅不一，達九十餘
條。卷後又附有《楚辭音義》。

　　《文賞》主旨在於探討作品章法。陳氏將古今文章分爲大作
手、持世、榮世之文三類，可見其對於義理、詞章二學調和彌縫的

①［明］陳仁錫：《古文奇賞》初集，卷一，頁35b。
②同前注，頁22a。
③同前注，頁2a。
④同前注。
⑤同前注，頁10a。
⑥同前注，頁12b。
⑦同前注，頁23b。
⑧同前注，頁7a。

心態。所謂大作手,即義理詞章兼備者,持世之文即以義理勝者,
榮世之文即以詞章勝者。再觀《子賞》,據陳仁錫自序所説,其編
纂動機可謂是爲義理、詞章二學的調和彌縫作進一步的努力:

> 學莫要乎六經,人才莫急乎經濟,文章莫貴乎雄渾博大。
> 何以有諸子之刻? 蓋欲返之於六經也。以六經收諸子,不
> 若以諸子返六經。强其所厭,不若用其所喜。夫諸子多救
> 時之人,然六經治未病,諸子治已病,六經治百家之病,諸子
> 治一時之病。六經藥物皆備,而不預裁一方,病夫自取焉。
> 諸子方太具,藥太猛,乃治已也奇,治人也拙。治一國也奇,
> 治一世也拙。奇以方,拙亦以方。後之習諸子者,幾無疾而
> 呻吟,類無方而操藥,又近於入虎狼之窟,採鳥喙之毒,奚
> 取焉?①

《莊子·天下》篇云:“天下大亂,賢聖不明,道德不一,天下多得一
察焉以自好。譬如耳目鼻口,皆有所明,不能相通。猶百家衆技
也,皆有所長,時有所用。雖然,不該不遍,一曲之士也。”②《莊
子》之論在班固手中有進一步的發揮。《漢書·藝文志·諸子略
小序》既謂諸子“皆起於王道既微,諸侯力政,時君世主,好惡殊
方,是以九家之術蠭出並作,各引一端,崇其所善……今異家者各
推所長,窮知究慮,以明其指,雖有蔽短,合其要歸,亦六經之支與
流裔”,又站在儒家的立場上説:“若能修六藝之術,而觀此九家之
言,舍短取長,則可以通萬方之略矣。”③這種對於子書的態度,亦
爲後世儒者所承襲。但陳仁錫卻認爲,諸子既然爲六經流亞,學

---

① [明]陳仁錫:《諸子奇賞前集序》,載《諸子奇賞》前集,序頁 5b—7b。
② [清]郭慶藩:《莊子集釋》(北京:中華書局,1961),頁 1067。
③ [漢]班固:《漢書》(北京:中華書局,1997),頁 1746。

者亦可由諸子而返於六經。進而言之,正因爲六經内容無所弗屆,就像"藥物皆備,而不預裁一方",反而會令人困擾迷惑。而諸子各有專攻,所以更能對症下藥,只要注意其"方太具,藥太猛"、"治己也奇,治人也拙"便可。

蔣中同亦論云:

> 經之有子,如王必有伯,統必有閏。非伯無以扶王,非閏無以續統,非子無以翼經。則諸子固六經之功臣也。各各開闢,離奇矯異,自命千秋,儘有聖賢未發處。夫布帛菽粟,既已厭飫,則天孫禁臠,必相搖悦。①

可見子書不僅能在義理上補充六經的不足,亦可給予慣熟於儒書文章的讀者耳目一新之感,獲得不同的審美情趣。陳氏自序又具體舉例道:

> 諸子中大醫王四:欲反汝情性而無羼入,老子醫怯夫一大手也,故尚補;沃之清冷之淵,莊子醫熱夫一大手也,故尚瀉;無政事則俗,管子醫俗夫一大手也,故尚法;《離騷》有力於《詩》亡之後,屈子醫戇夫一大手也,故尚厚。②

非但將屈原擢入諸子之林,更將其與老子、莊子、管子並列前茅。

萬曆年間,陳深《諸子品節》録有《屈子》部分,然未説明列入子部的原因。其後題焦竑《二十九子品彙》、題歸有光《諸子彙函》等書承襲陳深體例,然皆坊賈僞託,非出於焦、歸之手,更無一字解釋之語。陳仁錫《子賞》於明代大型子部諸書中面世較晩,卻能從學理角度,指出屈騷具有思想性,乃"醫戇夫一大手",雖出現於

①［明］蔣中同:《諸子奇賞發凡》,載［明］陳仁錫:《諸子奇賞》前集,發凡,頁 1a。
②［明］陳仁錫:《諸子奇賞前集序》,載《諸子奇賞》前集,序頁 5b—7b。

《詩》亡之後，卻能保持温柔敦厚的傳統，故置屈原於諸子之列。其説雖爲一家之言，卻亦有可取之處。抑有進者，《諸子品節》、《二十九子品彙》、《諸子彙函》等大型子書，編纂質量每下愈況。如四庫館臣批評《諸子彙函》中"屈原謂之玉虚子，宋玉謂之鹿谿子，江乙謂之囂囂子，魯仲連謂之三柱子"等，"改易名目，詭怪不經"、"荒唐鄙誕，莫可究詰"。①

　　這種手法也遭到《子賞》的編者反對。蔣中同云：

　　　今坊刻將眼前數子點綴名色，若出異書，又將一二篇章裝以巧名，令耳食者相眩詫，不亦鄙陋可嗤乎？是集惟存本來面目，弗變易塗飾以誣世。②

故《子賞》前集卷三十五之《楚辭》作品，《離騷》、《九歌》、《天問》、《九章》、《遠遊》、《卜居》、《漁父》皆收，是爲《屈子》；又有《九辯》、《招魂》兩篇，合稱《宋玉》，正乃"惟存本來面目，弗變易塗飾以誣世"之意。自陳深《諸子品節》後，《子賞》亦爲首度爲宋玉作品獨立設編之書。正文前有王逸《離騷序》，首題"諸子奇賞卷之三十五"，下署"古吳陳仁錫明卿甫評選"，二行題"屈子"，三行低一格題"離騷經"。版心黑口單魚尾，上題"諸子奇賞"，中列卷次、作者（屈平、宋玉），下有頁碼。各篇皆無前後敘，唯《湘君》題下雙行小注云："此篇蓋爲男主事陰神之詞，故其情意，曲折尤多。"③實乃朱熹《楚辭集注》之説。④　此外亦有圈點、注文、

①［清］永瑢主編：《四庫全書總目》，頁 1120。
②［明］蔣中同：《諸子奇賞發凡》，載［明］陳仁錫：《諸子奇賞》前集，發凡，頁 5a。
③［明］陳仁錫：《諸子奇賞》前集，卷三十五，頁 4b。
④［宋］朱熹：《楚辭集注》（臺北：文津出版社，1987），頁 2。

眉批、側批等部分。圈點用法悉同於《文賞》。注文視《文賞》爲簡，如《惜往日》、《橘頌》注文寥寥，且幾乎皆爲注音，《漁父》全無注文。《天問》注文則於柳宗元《天對》偶爾引用而已。側批甚少，性質亦近於《文賞》。如《離騷》"忽反顧以游目兮"，側批："不合則去。"①"恐鶗鴂之先鳴兮"，側批："偷讒先至。"②《惜誦》"令五帝以折中兮"，側批："虚心。"③眉批八十餘條，以抒發己見爲主，甚少徵引舊説。

(三)《古文奇賞》及《諸子奇賞》所收《楚辭》部分的眉批情況

蔣中同《諸子奇賞·發凡》云：

> 諸子中有數種，向明卿先生摘選于《古文奇賞》，評品確當，海内久已欽服。然自校書木天館後，其大智慧通身是眼。兹集所評，片字隻句，俱出人意表，一掃向來知見，批邻導窾，悉中理解，更登峰造巔矣。④

多有溢美之言，然可知《子賞》所收作者篇章與《文賞》有重疊之處，且兩書之作一始於陳氏布衣之時，一始於入翰林之後，批點之内容多有不同處。綜觀《文賞》及《子賞》二書所收《楚辭》部分，注文乃裁剪舊注而成，幾無新意，側批數量少，篇幅短，故本文之討論乃以眉批爲中心。有關二書眉批情況，筆者初步作出統計，兹表列如下：

---

①［明］陳仁錫：《諸子奇賞》前集，卷三十五，頁 3b。
②同前注，卷三十五，頁 7b。
③同前注，頁 23a。
④同前注，發凡，頁 3b—4a。

《文賞》、《子賞》及《文函》所收《楚辭》作品眉批數量統計

	文賞	子賞	文函	重見	備注
《離騷》	19	26		4	《文賞》引《惜誓》一、《招隱士》一、《七諫·怨思》一；劉勰一、劉知幾一。
《東皇太一》	1				
《雲中君》		3			
《湘君》	1	4		1	《文賞》及《子賞》重見條文字各有詳略，《文函》無重見條。
《湘夫人》		3			
《大司命》		2			
《少司命》		2			
《東君》	1				
《河伯》	1	1			《文賞》引魏文帝一。
《山鬼》	3	1			《文賞》引柳宗元一。
《國殤》	1	2			《文賞》引馮覲一。
《禮魂》	1				《九歌》部分，《文賞》共 9 條，《子賞》共 18 條。
《天問》	3	1			
《惜誦》	4	6			《文賞》引宋玉《九辯》一。
《涉江》	2	2	5		《文函》僅收録《涉江》一篇。
《哀郢》	5				《文賞》引宋玉《九辯》一。
《抽思》	10	2			《文賞》引《招魂》一、揚雄《反離騷》一、《惜誓》一、《大招》一；黃汝亨一、馮覲一。
《懷沙》	11	3			《文賞》引《七諫·謬諫》一；蘇軾一、高似孫一、陳深一。

續表

	文賞	子賞	文函	重見	備注
《思美人》	4	3			《文賞》引陳繼儒一。
《惜往日》	2	6			
《橘頌》	4	1			
《悲回風》	4	4			《文賞》引蘇軾二、蕭統一。《九章》部分，《文賞》共 46 條，《子賞》共 27 條。
《遠遊》	14	4		1	《文賞》引葉盛一、王世貞三、楊慎一、沈約一、劉勰一。《文賞》所收止此。
《卜居》		1			
《漁父》		1			
《九辯》		4			
《招魂》		2			
總計	91	84	5	6	《文賞》引舊作 11，舊説 20，共計 31 條。

　　如前蔣中同所言，《文賞》、《子賞》二書所收篇章大率不同，重疊處則包括《楚辭》作品。就《楚辭》部分而言，蓋《子賞》編纂之意，亦爲補《文賞》不足，進一步闡釋諸篇的義理、辭章。

　　根據上表，可以了解幾點相關的情況：其一，《文賞》之《楚辭》部分眉批達 91 條，《子賞》則有 84 條，數量甚多。兩書重見之眉批共有 6 條，僅佔《文賞》《楚辭》部分全部眉批條數的 6.5%，《子賞》《楚辭》部分全部眉批條數的 7.1%，爲數甚少。換言之，兩書眉批大率皆爲原創，沿襲迻録者不多。其二，《文賞》《楚辭》部分眉批引舊作 11 條，舊説 20 條，計 31 條，佔全部眉批 1/3 强。其中引《九辯》、二《招》、《惜誓》、《招隱士》、《七諫》、《反離騷》等《楚辭》

作品者最多,他引魏文帝、沈約、蕭統、劉知幾、蘇軾、高似孫、葉盛、楊慎、馮覲、陳深、黄汝亨、陳繼儒等人之説,則以論騷之語爲主。引用之際,亦有批駁其意者。而《子賞》《楚辭》部分眉批幾乎全不引用舊説,差異甚大;唯《遠遊》眉批引北宋羅處約《題太湖》詩"逢山方得地,見月始知天"二句,然此條係自《文賞》轉録,並非原創。其三,以各篇眉批數量來看,二書條數最多者皆爲《離騷》(《文賞》19條,《子賞》26條),最少者皆爲《天問》(《文賞》3條,《子賞》1條)。若以《九歌》、《九章》等合成一篇而觀之,則《九章》條數最多(《文賞》46條,《子賞》27條)。由此可以推想,對於《楚辭》各篇的重視程度,陳仁錫的先後次序一以貫之。其四,如《離騷》之眉批,除去二書重複的4條,共得41條,幾乎覆蓋了作品的大部分章節。再如《雲中君》、《湘夫人》、二《司命》篇,《文賞》全無眉批,而《子賞》皆有。

　　此外,二書《楚辭》部分的眉批情況尚有一些值得注意之處。第一,《文賞》中《國殤》篇首眉批云:"此篇敘殤鬼交兵挫北之迹甚奇,而詞亦凄楚。固知唐人《弔古戰場文》爲有所本。"①此實馮覲之語,首見於馮紹祖《觀妙齋楚辭集評》,②陳仁錫引用而未標出處。然全卷此例鮮見,蓋一時不慎遺漏。第二,《文賞》中,陳仁錫認爲《卜居》、《漁父》並非屈原手筆,故不收。其所録者止於《遠遊》。因此《遠遊》14條眉批中,有一部分是兼論《卜居》、《漁父》或總論全部作品者。而《子賞》則補充了《卜居》、《漁父》、《九辯》、《招魂》四篇,四篇中評、注皆少。《九辯》、《招魂》合成附録,題作

①［明］陳仁錫:《古文奇賞》初集,卷一,頁14a。
②［漢］王逸:《楚辭章句》(臺北:藝文印書館影印明馮紹祖萬曆丙戌刊本,1974)卷二,頁16a。

《宋玉》。第三,如前表所示,二書重複之眉批僅 6 條而已;而眉批之議論就同篇同章而發者爲數不多,也僅 6 條。如《惜誦》篇首,《文賞》眉批:"惜誦奇絶。"①而《子賞》則眉批云:"忠臣之心長苦。"②更能點出此篇的思想。又《悲回風》首句"悲回風之搖蕙兮"處,《文賞》眉批:"忠州有屈原塔。蘇軾詩:'聲名寔無窮,富貴亦暫熱。大夫知此理,所以持死節。'第忠州《竹枝歌序》云:'傷二妃而哀屈原,思懷王而憐項羽。'此亦楚人之意,何其不倫哉!"③這段文字實爲陳深之語,見馮紹祖觀妙齋《楚辭章句·悲回風》眉批。④故《子賞》即不録此段,而眉批云:"一語模秋入神。"⑤可見陳氏在編纂《子賞》時,於舊有眉批作出甄擇取捨。第四,除前論 12 條,《子賞》其餘 72 條眉批所論及的章節皆爲《文賞》所未及者。相較之下,《文賞》眉批於辭章、義理皆有涉及,而《子賞》眉批則更加著眼於義理部分,尤其繼續發展了《文賞》强調屈騷地位、標舉屈原人格的工作。因此,在後文的論述中,筆者會將二書的内容合而論之,不擬另設篇幅,論其壁壘異同。

附帶一提,《文函》僅收《涉江》一篇,共有眉批 5 條、總評 1 條。《文函·自序》曰:

> 孫武云:"兵貴精不貴多。"一當百,百當千,千當萬,萬無敵矣。狄武襄軍夜破崑崙,只三百甲卒耳;韓忠武敗金人于大儀鎮,劍士千人;楊沂中破劉猊于藕塘,僅百餘人;精也。

---

① [明]陳仁錫:《古文奇賞》初集,卷一,頁 22a。
② [明]陳仁錫:《諸子奇賞》前集,卷三十五,23a。
③ [明]陳仁錫:《古文奇賞》初集,卷一,頁 33b。
④ [漢]王逸:《楚辭章句》卷四,頁 15a。
⑤ [明]陳仁錫:《諸子奇賞》前集,卷三十五,頁 34a。

此選法也。①

二《賞》於《涉江》篇眉批各有 2 條，文字簡約，與評語篇幅較長的風格不甚相似，與《文函》眉批、總評内容亦全無重複之處。《文函》總評曰：

> 屈原《離騷》、《九章》如《天問》等辭，多不可解。讀者不無憚其幽深玄遠。獨此《涉江》一章，多直致語，不加潤飾，且砥礪行誼，不能變心以從俗，眷戀宗國，故將愁苦而終窮。萬世以下，猶令人不能已也。②

蓋《八品函》之對象讀者與二《賞》不同，非唯文士、學子而已，故卷帙較簡，所收作品亦以淺近直致者爲尚。屈作二十五篇，僅《涉江》入選，殆其故也。

五、陳仁錫《楚辭》眉批對舊説的運用

陳仁錫的《楚辭》眉批採用舊説者甚多，或舉證之，或批判之。如前表所見，採用舊説的形式，又多見於《文賞》。本節即由檢點舊説、文本互證兩方面檢視陳氏眉批運用舊説的情況。

（一）檢點舊説

《文賞》《楚辭》作品的眉批中，引用了不少前修時賢的論騷之語。其方法之一爲標明論家名氏及書（篇）名而直接引用，如《山鬼》篇首，眉批即云：

①［明］陳仁錫：《文品芾函》（臺北“國家圖書館”藏明末刊本），自序，頁 1b—2a。
②［明］陳仁錫：同前注，卷一，頁 19a—19b。

　　柳子厚《弔文》：“委故都以從利兮，吾知先生之不忍。立而視其覆墜兮，又非先生之所志。”可謂知己。①

不過，大多數引文皆僅標論者而已，如《離騷》“理弱而媒拙兮”數句，眉批云：

　　劉知幾曰：可以方駕南、董，俱稱良直。②

此語實出自《史通·載文第十六》：“若乃宣、僖善政，其美載於周詩；懷、襄不道，其惡存乎楚賦。讀者不以吉甫、奚斯爲諂，屈平、宋玉爲謗者，何也？蓋不虛美，不隱惡故也。是則文之將史，其流一焉，固可以方駕南、董，俱稱良直者矣。”③又有論家名氏及書（篇）名皆未拈出者，如《離騷》“前望舒使先驅兮”數句，眉批云：

　　“漢武愛《騷》，淮南作傳”，有以也。④

所引文字出自《文心雕龍·辨騷》。此外，尚有間接引用者，如《離騷》末眉批云：

　　劉向尊之爲經，司馬遷以《國風》、《小雅》兼之。⑤

如此之例，不一而足。陳仁錫引用舊説的目的，往往是爲了論證《楚辭》的文本，如前文所舉諸例皆然。不過，以舊説印證文本時，陳仁錫的論述做得更加細緻、新穎，如前引《文心雕龍·辨騷》“漢武愛《騷》，淮南作傳”之語，本衆所周知者。漢武帝喜愛楚辭的原因是多方面的，與文化的發展、文學的嬗變及其個人的血緣、品味都有不小的關係。《史記·司馬相如列傳》記載：

---

① ［明］陳仁錫：《古文奇賞》初集，卷一，頁 13a—13b。
② 同前注，頁 6a。
③ ［唐］劉知幾撰，［清］浦起龍通釋：《史通通釋》（臺北：里仁書局，1980），頁 147。
④ ［明］陳仁錫：《古文奇賞》初集，卷一，頁 5a。
⑤ 同前注，頁 8b。

相如既奏《大人》之頌，天子大悦，飄飄有凌雲之氣，似遊天地之間意。①

而《離騷》"前望舒使先驅兮"數句恰在鋪敘屈原在風伯雨師、鳳凰雲霓的屏衛下往見上帝的景象。如此描寫對於《遠遊》及後來的《大人賦》皆有影響。如郭維森便指出：《遠遊》的故國思想、語法音韻與《離騷》有一致性，有些學者還認爲《遠遊》是司馬相如《大人賦》的初稿。②由此觀之，長達二千五百字的《離騷》中，陳仁錫眉批獨在"前望舒使先驅兮"數句上引用"漢武愛《騷》，淮南作傳"之語，雖未必能證明他對《離騷》、《遠遊》、《大人賦》三者間的關係有類似今人的看法，但仍可知道他認爲漢武帝喜愛辭賦主要是基於求仙思想。如此寥寥數語或許有以偏概全之虞，但卻就楚辭在漢代的傳播情況提供了新見解。

　　此外，陳仁錫的眉批引文對今人的楚辭學史研究亦有助益，如前引《離騷》末眉批云"劉向尊之爲經"，《離騷》稱經始於何時，明末至今，衆說紛紜。據魯瑞菁《"〈離騷〉稱經"與漢代章句學》一文統計，其說有五：一、屈原自題（清王闓運）；二、始於屈原弟子宋玉、景差（清陳本禮）；三、始於漢武帝時之淮南王劉安（明黃文煥）；四、西漢末劉向編輯《楚辭》之時（明王世貞）；五、始於揚雄至王充之間的東漢前期（今人李大明）。③諸家中，王世貞之生卒年代爲最早者，其說蓋出於《楚辭序》：

---

①《史記》（北京：中華書局，1997），頁 3063。
②郭維森：《〈遠遊〉讀賞》，載《楚辭鑑賞集》（北京：人民文學出版社，1988），頁 112。
③魯瑞菁：《"〈離騷〉稱經"與漢代章句學》，《靜宜人文社會學報》第一卷第二期（2007.02），頁 2—7。

　　《楚辭》十七卷，其前十五卷爲漢中壘校尉劉向編集，尊
屈原《離騷》爲"經"，而以原別撰《九歌》等章及宋玉、景差、賈
誼、淮南、東方、嚴忌、王褒諸子，凡有推佐原意而循調者爲
"傳"。①

陳仁錫之見，亦應承自王世貞。雖非原創，然據此可知明代嘉靖、
萬曆之間，有關《離騷》稱經之討論並不熱烈，可考者僅有王世貞
一家之説，至崇禎間黃文焕方有新説。

　　抑有進者，陳仁錫引用舊説時，並非無條件地贊同，亦加以有
批駁者。如《思美人》篇末眉批云：

　　或曰："古今文章無首尾者，獨莊騷兩家，蓋皆哀樂過人
者也。"恐未然。②

所謂"哀樂過人"，即作品帶有强烈的抒情色彩；所謂"文章無首
尾"，即作品不太講求起承轉合的章法。陳仁錫所引實爲陳繼儒
之説，蔣之翹《七十二家評楚辭》亦有徵引。查《懷沙》"懷質抱情
兮"一句，眉批云："自古文章家不掩其情質者，屈子一人而已。"③
《哀郢》"哀州土之平樂兮，悲江介之遺風"二句，眉批："平樂可哀，
遺風可悲。覽俗之情異乎人也。"④知陳仁錫所不認同者，當非
"哀樂過人"。

　　復觀《惜往日》"吳信讒而弗味兮"章，眉批云："頓挫變化。"⑤
《抽思》"倡曰"，眉批引馮覯曰："《離騷》斷如復亂，而縣邈曲折，又

①［明］王世貞：《楚辭序》，《弇州四部稿》（臺北：臺灣商務印書館影印文淵閣
　《四庫全書》，1983）卷六十七，頁 17a。
②［明］陳仁錫：《古文奇賞》初集，卷一，頁 31a。
③同前注，頁 29b。
④同前注，頁 26a。
⑤同前注，頁 32a。

未嘗斷、未嘗亂也。諸篇皆然。"①《懷沙》"舒憂娛哀兮"章，眉批引陳深曰："氣如纖流，迅而不滯。詞如繁露，貫而不糅。"②可知陳仁錫認爲屈作諸篇是有章法可尋的，不可以"文章無首尾"一語而含糊概括之。又如《九歌》末，陳氏於《禮魂》篇眉批道：

> 楊雄曰："原也過以浮，浮也過雲天。長卿不及也。"似未盡。③

揚雄之語出自《法言》佚文，《文選‧〈宋書‧謝靈運傳論〉》李善注引《法言》云：

> 或問：屈原、相如之賦孰愈？曰：原也過以浮，如也過以虛。過浮者蹈雲天，過虛者華無根。然原上援稽古，下引鳥獸，其著意子雲、長卿亮不可及。④

劉師培《楊子法言校補》案云："'然原'以下，似非本書。"⑤蓋以"然原上援稽古"至"子雲、長卿亮不可及"數語出自李善，而非揚雄之言。就前後文來看，所言甚是。無論揚雄或李善，雖稱司馬相如不及屈原，但仍以"浮"字概括屈作。陳仁錫稱此説"似未盡"，當是就"浮"字之論而發。前引《古文奇賞‧離騷經》"吕望之鼓刀兮，遭周文而得舉"數句側批："顏之推謂原爲文常陷輕薄，何其謬歟！"可證陳仁錫不贊同舊説以屈原爲輕薄虛浮。

---

① [明]陳仁錫：《古文奇賞》初集，卷一，頁 27b。

② 同前注，頁 29b。

③ 同前注，頁 14a—14b。

④ [梁]蕭統編，[唐]李善注：《昭明文選》（鄭州：中州古籍出版社據 1935 年國學整理社影印本影印，1990），頁 701。

⑤ 劉師培：《楊子法言校補》，載《劉申叔先生遺書》（臺北：京華書局據 1934 年寧武南氏刊本影印，1970），頁 1243。

（二）文本互證

除引用前人論騷之語外，《古文奇賞·楚辭》亦好引用其他作品與屈作諸篇進行文本互證。其引用者多爲《楚辭章句》及《楚辭集注》所收錄的騷體篇什，如宋玉《九辯》、《招魂》、景差《大招》、賈誼《惜誓》、淮南小山《招隱士》、東方朔《七諫》、揚雄《反離騷》、柳宗元《弔屈原文》等，此外亦引用了蘇軾《屈原塔》詩、《竹枝歌並敘》及昔人《太湖詩》等，然爲數不多。與前文所論述之情況類似，眉批徵引這些篇章時，或標作者，或標題目，或二者皆有，或二者皆無。至於徵引互證的原因，可以歸納爲二。其一爲文義互發，其二爲文思互較。

文義互發方面，如《離騷》“何桀紂之猖披兮，夫唯捷徑而窘步”句，眉批云：

《惜誓》云：“俗流從而不止兮，衆枉聚而矯直。”①
朱熹注《離騷》二句云：“桀紂之亂，若披衣不帶者，獨以不由正道，而所行蹙迫也。”②又注《惜誓》二句云：“枉者自以爲直，又群衆而聚合，則其黨盛，而反欲揉直以爲枉也。”③兩段一言不由正道，一謂揉直爲枉、群聚爲害，其義自有可互發之處。又如《抽思》“矯以遺夫美人”句，眉批引《招魂》：“結撰至思，蘭芳假些。人有所極，同心賦些。”④亦然。再如《惜誦》“情與貌其不變”句，眉批云：“宋玉辭：‘秋既先之以白露兮，又申之以嚴霜。’□情貌之變也。”⑤則

①［明］陳仁錫：《古文奇賞》初集，卷一，頁 1b。
②［宋］朱熹：《楚辭集注》，頁 5。
③同前注，頁 155。
④［明］陳仁錫：《古文奇賞》初集，卷一，頁 27a。
⑤同前注，頁 22b。

進一步證明情貌變化的狀態。

　　文思互較方面，如《離騷》"曰黄昏以爲期兮，羌中道而改路"句，眉批云：

　　　　"王孫兮歸來，山中兮不可以久留"，則忍矣。惟美人遲暮至此。①

陳氏所引乃淮南小山《招隱士》末二句。孫鑛論此篇云："全是急節，略無和緩。然危語特精陗，咄咄敲金擊玉。"②可謂知言。陳仁錫蓋亦認爲《招隱士》森然可怖、魂動魄悸，與傳統所認知的《離騷》怨誹不亂、溫柔敦厚的情調大有逕庭。故此，他將《離騷》"羌中道而改路"、"恐美人之遲暮"等香草美人的喻示與《招隱士》芳草王孫的淒厲感受相比，不僅呈現出兩篇的情思差異，亦展示出先秦和西漢騷體作品格調的不同。又如《抽思》"何靈魂之信直兮，人之心不與吾心同"句，眉批云："揚雄《反離騷》：'芳酷烈而莫聞兮，不如襞而幽之离房。'又曰：'何必湘淵與濤瀨。'豈知其心哉！"③即引揚雄"明哲保身"的責備來顯現屈、揚二人心思上的差距。

六、陳仁錫《楚辭》眉批的創見與價值

　　除了徵引前人作品及論騷之語外，陳仁錫在更多的眉批中表達出個人的見解。回觀本文第三節從四方面討論陳仁錫的文學思想，這在陳氏關於屈騷的論述中亦有所呈現。如陳氏認爲"三

---

①［明］陳仁錫：《古文奇賞》初集，卷一，頁 1b。
②［明］蔣之翹：《七十二家評楚辭》（北京中國科學院藏明天啓六年忠雅堂
　　［1626］刊本）卷八，頁 14a—14b。
③［明］陳仁錫：《古文奇賞》初集，卷一，頁 28a。

代以下,誰親君者? 誰疾君者? 正直忠厚,屈子一人而已",正是
著眼於屈原的經世之用。其稱許屈原從容、謹厚,則與和平之思
相呼應。陳氏雖然指出屈原其人其文"厚而正",卻又不時點撥其
中的奇字其句。又其稱《離騷》"路不周而左轉"等句有"夾右碣
石"書法,《東皇太一》"吉日兮辰良"等句爲當句對,又稱《國殤》
"敘殤鬼交兵挫北之迹甚奇,而詞亦淒楚",可見對情、法之並重。
茲基於論述之便,從强調屈騷地位、標舉屈原人格、探析作品辭章
三方面而討論其眉批的創見與價值。

(一)强調屈騷地位

自西漢以來,學者對於屈騷可謂褒貶互見。如淮南王劉安、
司馬遷推崇屈騷,相信屈原是儒家的典範,《離騷》是《風》《雅》的
直系後裔:

> 《國風》好色而不淫,《小雅》怨誹而不亂。若《離騷》者,
> 可謂兼之矣。上稱帝嚳,下道齊桓,中述湯武,以刺世事。明
> 道德之廣崇,治亂之條貫,靡不畢見。①

而東漢班固則道:

> 今若屈原,露才揚己,競乎危國群小之間,以離讒賊。然
> 責數懷王,怨惡椒、蘭,愁神苦思,强非其人,忿懟不容,沈江
> 而死,亦貶絜狂狷景行之士。②

無論稱許還是斥責屈騷,論者大多站在儒家立場,也就是説,在他
們看來,屈騷始終是儒家經典的詮釋作品。然而,陳仁錫提出了

---

① 《史記》,頁 2482。
② [漢]王逸章句,[宋]洪興祖補注:《楚辭補注》(北京:中華書局,2002),
　　頁 49。

屈騷不同於儒家經典，如《文賞》眉批云：

> "及漢宣嗟嘆，以爲皆合經術。揚雄諷味，亦言體同詩雅。"猶未盡其妙。[1]

所引爲劉勰《文心雕龍·辨騷》之語。陳仁錫認爲此言"猶未盡其妙"，正因爲無論是漢宣帝也好，揚雄也好，都只是把屈騷與儒家經術、詩雅相比附而已。在劉勰的基礎上，王世貞在《楚辭序》中更揚言：

> 藉令屈原及孔子時，所謂《離騷》者，縱不敢方響《清廟》，亦何渠出齊秦二《風》下哉！孔子不云乎："《詩》可以興，可以怨，邇之事父，遠之事君，多識于草木鳥獸之名。"以此而等屈氏，何忝也？是故孔子而不遇屈氏則已，孔子而遇屈氏，則必采而列之楚風。[2]

認爲屈作完全符合孔子對詩的要求，並不遜色於齊秦二風，假如孔、屈相遇，必爲相知。

在一般儒者看來，將屈騷列於楚風之論當然是志在拔高。但陳仁錫卻認爲，屈騷自有其崇高地位，不待錄入《詩》中方才得人稱許：

> 物色盡而情有餘者，曉會通也。文其至矣！楚無《風》而有《騷》，或曰不遇孔子耳。然以彼其人與文，豈一國之風也哉！不錄於《詩》而自存天地間可矣。[3]

爲什麼屈騷是天地間的至文？不在於其體物瀏亮、辭彩粲然，而是因爲其真誠流露、抒情性强，並能使古今作者得到共鳴。而屈

---

[1]［明］陳仁錫：《古文奇賞》初集，卷一，頁 37a。
[2]［明］王世貞：《楚辭序》，《弇州四部稿》卷六十七，頁 17b。
[3]［明］陳仁錫：《古文奇賞》初集，卷一，頁 37a—37b。

騷作爲至文,不僅不可與六經比擬,其他子、集部的作品也無法相提並論:

> 以原比左氏,比相如,比揚雄,比莊周,可謂冤極。以宋玉、劉向、王逸諸人之作合爲《楚辭》,可謂辱極。①

《左傳》文字富豔,而主旨蓋爲以史解經,《莊子》以逍遙齊物、保真全身爲貴,二者與屈原的思想大有不同。司馬相如作爲辭賦,舖張揚厲,思想内涵不足,被譏爲"華無根"。揚雄早年步司馬相如後塵而好"雕蟲篆刻",中年以後則投身儒術,且對屈原的沉江表示不理解。故陳仁錫以爲屈原跟他們道不同不相爲謀。《辨騷》云:"自《九懷》已下,遽躡其跡,而屈、宋逸步,莫之能追。"②其後學者甚至認爲宋玉的作品也無法與屈作相比。故陳仁錫覺得《楚辭》僅收録屈作即可,不必以宋玉等人的作品附麗。勉强合爲一編,對屈原來説是一種侮辱。换言之,陳氏以爲屈騷之無與倫比,非儒家、史家、道家、詞章家、訓詁家之名目可以規範限制。

(二)標舉屈原人格

陳仁錫能够强調《楚辭》獨特的地位,建基於他對屈原人格的肯定和推崇。换言之,對於前人對屈原"狂狷景行"、"露才揚己"、"顯暴君惡"、"不知求周公仲尼之道"等批評,陳仁錫必須作出申辯和反駁。首先,對於屈原的"狂狷"舉動,陳仁錫在《文賞》的《離騷》"雖信美而無禮兮,來違棄而改求"處眉批云:

> 汨羅所以異於洗耳之士。③

---

① [明]陳仁錫:《古文奇賞》初集,卷一,頁 8b。
② [梁]劉勰著,范文瀾注:《文心雕龍注》(臺北:開明書店,1993),頁 47。
③ [明]陳仁錫:《古文奇賞》初集,卷一,頁 5b。

《子賞》此處亦云：

> 宓妃無禮，更求賢良。①

屈原被放在野，仍孜孜以替楚王物色賢才爲務，可謂身在江海而心存魏闕，這與許由等不問世事的隱逸之士的行徑，實在相去甚遠。身處困境而能有這樣的行爲，主要源於屈原本身良好的品質。陳仁錫稱讚屈原“生而耿介，天命之已”，②《子賞》又論“芳與澤其雜糅兮，唯昭質其猶未虧”及“和調度以自娛兮，聊浮游而求女”數句道：

> 和調以自律，浮游以索人，非昭質未虧者能乎？③

如朱熹所説，所謂昭質乃光明之質，亦即耿介的品格。而如此品格包括了哪些内涵？《文賞》論《懷沙》“重仁襲義兮，謹厚以爲豐。重華不可遌兮，孰知余之從容”一章道：

> 重、襲、謹厚、從容，自寫得意處。④

重仁襲義，就是承襲儒家汎愛衆人、捨生取義的思想。如王逸所言：“謹，善也。豐，大也。言衆人雖不知己，猶復重累仁德及與禮義，修行謹善，以自廣大也。”⑤又朱熹云：“從容，舉動自得之意。”⑥可見昭質爲何，屈原已自言之。

　　進一步説，陳仁錫特別著重屈原之“厚”，如《懷沙》“内厚質正兮”句，《文賞》眉批：

---

① ［明］陳仁錫：《諸子奇賞》前集，卷三十五，頁 6a。
② 同前注，頁 24b。
③ 同前注，頁 7b。
④ ［明］陳仁錫：《古文奇賞》初集，卷一，頁 30a。
⑤ ［漢］王逸章句，［宋］洪興祖補注：《楚辭補注》，頁 144。
⑥ ［宋］朱熹：《楚辭集注》，頁 90。

原之人與文,厚而正。①

《離騷》"余將遠逝而自疏"句,《子賞》眉批:

> 忠厚懇惻,可風可雅,蓋遠逝非其志也,況巫咸乎!②

陳仁錫指出,屈原念念不忘故君故國,遠行並非其本意,這就是屈原的忠厚之處。又《抽思》"人之心不與吾心同"句,《子賞》眉批:

> 猶欲強人心而同之,其厚之至也夫。③

陳氏認爲,屈原不僅自心厚正,還希望身邊隨波逐流的人可以和自己一樣厚正,這就是"至厚"。他更認爲,屈原的正直忠厚是三代以下極罕見者,如《惜誦》"思君其莫我忠兮"句,《子賞》眉批:

> 三代以下,誰親君者? 誰疾君者? 正直忠厚,屈子一人而已。④

值得注意的是,陳仁錫不僅指出"親君"是忠臣的特點,還提出"疾君"一項。所謂"疾君",當爲"恨鐵不成鋼"的針砭之舉。《涉江》"余幼好此奇服兮"句,《文賞》眉批就直接將"奇服"解讀爲"忠直",亦即忠厚正直:

> 以忠直爲奇服,好奇何害?⑤

當世之人立身不正,事君不忠,故忠厚正直者反成稀有,與被衆人視爲穿著奇裝一樣怪異。正因如此,身爲忠臣的更要振聾發聵,使國君不致身陷泥淖。至於如何保持君臣間的距離,則端賴"祇敬"。

---

① [明]陳仁錫:《古文奇賞》初集,卷一,頁28b。
② [明]陳仁錫:《諸子奇賞》前集,卷三十五,頁8b。
③ 同前注,頁29a。
④ 同前注,24b。
⑤ [明]陳仁錫:《古文奇賞》初集,卷一,頁24a。

《離騷》"湯禹儼而祇敬兮"句,王逸注謂這些受命之君皆"敬天畏賢",①而同篇"又何芳之能祇"句,朱熹解釋爲英才化爲邪佞後,不能"復敬守其芬芳之節"。②故《文賞》眉批此句:

芳而能祇,所以爲芳。③

換言之,如果不能事君以敬,富於才幹者反而易於爲惡,故邪佞所欠缺者乃"祇敬",而忠良所憑依者也是"祇敬"。由於有"祇敬"的軌範,忠臣在直諫時便可進退得宜。《子賞》於《離騷》"汩余若將不及兮"句眉批云:

進修及時,中庸之流也。不得已以狷節著。④

孔子謂"用之則行,舍之則藏"。在陳仁錫看來,屈原身居草莽,仍唯恐年歲不居,汲汲自修,這與儒家的中庸之道有相合之處。縱然屈原觸忤君上而遭貶是無可諱言的,但這全然出於不得已之心,故即使稱其狷節,對於其聲名地位卻没有影響。

(三)探析作品辭章

評點文字與原文本共處一個版面,能够讓讀者在閱讀文本之際,同時理解文章内容和寫作方法。南宋以降,評點一直是文章家樂用的方法。在《文賞》與《子賞》眉批中,除了論述屈原思想者外,從文學角度探析《楚辭》作品者也爲數不少。綜而觀之,可分爲文義疏通和文辭賞析兩類。

文義疏通方面,對於原文交代得較簡略之處,陳仁錫往往會

---

①〔漢〕王逸章句,〔宋〕洪興祖補注:《楚辭補注》,頁23。

②〔宋〕朱熹:《楚辭集注》,頁23。

③〔明〕陳仁錫:《古文奇賞》初集,卷一,頁7b。

④〔明〕陳仁錫:《諸子奇賞》前集,卷三十五,頁1b。

在眉批補充。如《離騷》"世並舉而好朋兮"句,《子賞》眉批:

　　非不好朋,無與爲朋。①

指出屈原斥責舉世所好之朋,乃喻於利的朋黨,並非賢人君子所組成的群體。其次,陳仁錫非常注意詞句的前後文,並藉以進行文義闡釋。如《湘夫人》"沅有芷兮澧有蘭,思公子兮未敢言"句,《文賞》眉批:

　　湘夫人如芷如蘭。②

文中所言公子,就是祭祀者要迎接的湘夫人。蓋陳仁錫以"沅有芷兮澧有蘭"既爲起興,亦不無比喻之意,故其眉批遂有此語。再次,對於文章首尾呼應,陳仁錫也沒有忽略。如《離騷》"雖萎絶其亦何傷兮,哀衆芳之蕪穢"句,《文賞》眉批云:

　　淵明無思,天路本此。③

蓋陶詩《歸園田居》中有"常恐霜霰至,零落同草莽"之句,故陳仁錫指出,草木零落是天然之事,陶淵明之恐,只是純粹擔心農事。而屈原之憂心,卻一如朱熹所説:"此衆芳雖病而落,何能傷於我乎? 但傷善道不行,如香草之蕪穢耳。"④持陶詩與《離騷》相比對,使讀者更能了解屈原的比喻之意。不僅如此,陳仁錫還會通過眉批來點出篇章的前後照應之處。如同篇篇末"國無人莫我知兮"句又批云:

　　衆芳萎矣。⑤

---

① [明]陳仁錫:《諸子奇賞》前集,卷三十五,4a。
② [明]陳仁錫:《古文奇賞》初集,卷一,頁11a。
③ 同前注,2a。
④ [宋]朱熹:《楚辭集注》,頁7。
⑤ [明]陳仁錫:《諸子奇賞》前集,卷三十五,頁9a。

提醒讀者正因前文所言"衆芳蕪穢",導致最後有"國無人"之歎,
使全篇的香草美人意象更加得到凸顯。

　　文辭賞析方面,可細分幾點來談。其一爲論遣詞造句,兹舉
數例如下:

　　　　《山鬼》"君思我兮然疑作",眉批:"作字妙,望其君無
已也。"①

　　　　《天問》"平脅曼膚,何以肥之",眉批:"一肥字寫紂,其惡
肥如此。"②

　　　　《惜誦》"惜誦以致愍兮",眉批:"惜誦奇絶。"③

　　　　《思美人》"與纁黄以爲期",眉批:"曛黄奇。"④

　　　　《惜往日》"君含怒以待臣兮",眉批:"含字妙。"⑤

　　　　《悲回風》"編愁苦以爲膺",眉批:"愁亦可編。"⑥

四庫館臣謂鍾惺、譚元春《詩歸》"點逗一二新雋字句,矜爲玄
妙",⑦現代學者也認爲,《詩歸》的評點特色是"抉隱闡幽,望道有
見,觸處洞然,評詩在悟",⑧陳仁錫亦類似,僅以"奇"、"妙"等字
點出作者遣詞造句的不同凡響,卻不進一步申論奇妙之處何在,
這就有賴讀者自己的領悟。當然,陳氏討論詞法、句法,並非只有
"點逗一二新雋字句"這一種方式而已。如《山鬼》"君思我兮然疑

<hr />

① [明]陳仁錫:《諸子奇賞》前集,卷三十五,頁 14a。

② [明]陳仁錫:《古文奇賞》初集,卷一,頁 19b。

③ 同前注,頁 22a。

④ 同前注,頁 30b。

⑤ [明]陳仁錫:《諸子奇賞》前集,卷三十五,頁 32a。

⑥ [明]陳仁錫:《古文奇賞》初集,卷一,頁 34a。

⑦ [清]永瑢主編:《四庫全書總目》,頁 1759。

⑧ 毛洪文、鄢傳恕:《評〈詩歸〉》,《荆州師范學院學報》2002 年 4 期,頁 17。

作",《文賞》眉批：

  "君思我兮",再言淒絕。①

指出一篇之中"君思我兮不得閒"、"君思我兮然疑作"二句,同樣
字面重複出現,顯示出山鬼因對方爽約而產生的淒婉之情。此
外,他還會就文句內容作出一些略帶感發式的評論,如《離騷》"欲
少留此靈瑣兮,日忽忽其將暮",《文賞》眉批：

  少留將暮,如泣如訴。②

又《湘君》"恩不甚兮輕絕,交不忠兮怨長",《文賞》眉批：

  足見交態。③

皆是如此。

  進而言之,陳仁錫的這種評論有時不僅局限於某句,還會就
前後文而發,如《離騷》"鳳凰既受詒兮,恐高辛之先我",《子賞》
眉批：

  求美人難,遣媒更難。④

同篇"覽察草木其猶未得兮,豈珵美之能當",《子賞》眉批：

  識草木易,識玉難。⑤

兩條眉批各自涉及了兩節文本,而其文字又類近排比,于喁
相應,讓讀者更深一層地感受到屈原求賢不遇、壯志不遂的孤
寂感。

  再者,陳仁錫對於《楚辭》作品和各朝文學作品的關係也有所

---

①［明］陳仁錫：《古文奇賞》初集,卷一,頁13b。
②同前注,頁4b。
③同前注,頁10a。
④［明］陳仁錫：《諸子奇賞》前集,卷三十五,頁6b。
⑤同前注,頁7a。

究心。首先，他指出屈原作品與前代的傳承。如《離騷》"路不周
以左轉兮，指西海以爲期"句，《文賞》眉批：

　　　　即"夾右碣石"書法。①

知陳仁錫以爲《離騷》此處模仿了《禹貢》"夾右碣石"等語的地理
書寫形式。又如《哀郢》"憎愠惀之修美兮"句，《文賞》眉批：

　　　　文章沉奥，有忠質人之遺，蓋三代法物也。②

朱熹云："愠，心所緼積也。思求曉知謂之惀。"③二字較爲罕見，
故陳氏目爲"沉奥"，然以"三代法物"稱之，未免失之武斷。至於
屈作對後世作品的影響，陳仁錫所論則多在《九歌》。如《東皇太
一》"吉日兮辰良"等句，《文賞》眉批：

　　　　唐人詩文，或于一句中自成對偶，謂之當句對。《楚詞》
　　　"蕙蒸蘭藉"、"桂櫂蘭枻"、"斲冰積雪"，自齊梁以來亦
　　　如此。④

認爲唐人的當句對雖近承齊梁，然《楚辭》中如《九歌》諸篇已有這
種修辭格。⑤　又《國殤》篇首，《文賞》眉批：

　　　　此篇敘殤鬼交兵挫北之迹甚奇，而詞亦凄楚。固知唐人
　　　《弔古戰場文》爲有所本。⑥

以爲唐代李華在創作《弔古戰場文》時參考過《國殤》。此外，陳仁
錫還點出《雲中君》與《史記·伯夷列傳》、《東君》與唐人描摹太

----

①〔明〕陳仁錫：《古文奇賞》初集，卷一，頁 8a。
②同前注，頁 26b。
③〔宋〕朱熹：《楚辭集注》，頁 84。
④〔明〕陳仁錫：《古文奇賞》初集，卷一，頁 8b—9a。
⑤按："蕙蒸蘭藉"，《東皇太一》作"蕙肴蒸兮蘭藉"，若謂當句對，似欠工整。
　陳氏失檢。
⑥〔明〕陳仁錫：《古文奇賞》初集，卷一，頁 14a。

陽、以及《招魂》與《七發》的關係等,不一而足。可惜限於眉批的
篇幅,陳仁錫未就這些問題較詳盡地展開論述,但始終予後人一
些具有可能性的研究切入點。

　　再者,陳仁錫的眉批也有一小部分是純粹抒發個人情感的,
如《哀郢》"譖荏弱而難持"句,《文賞》眉批:

　　　　荏弱難持,説盡小人病痛。①

《懷沙》"夫惟黨人之鄙固兮"句,《文賞》眉批:

　　　　黨人鄙固,黨人偷樂,並快論。②

《子賞》眉批亦云:

　　　　鄙固酷似。③

如此條目雖係評論《楚辭》文本,蓋亦陳仁錫處於晚明黨爭中感同
身受之言。尤有進者,陳仁錫的眉批對於《楚辭》辨僞與編纂問題
也略有討論,然數量不多。茲亦於此拈出。陳氏認爲,《卜居》、
《漁父》並非屈原所作,故《文賞》不録。其於《文賞》的《遠遊》篇首
眉批道:

　　　　原文止此矣。《卜居》《漁父》,世所習譚,故不録。④

認爲兩篇係後人紀録屈原軼事的作品,並非屈原手筆,此説於後
世頗有雷同者。至若僅收録於《子賞》的《九辯》篇,篇首眉批云:

　　　　此前以爲屈子所作,未必然也。乃自屈而外,可傳者
　　　　此耳。⑤

─────────────

①［明］陳仁錫:《古文奇賞》初集,卷一,頁 26a。
②同前注,頁 29a。
③［明］陳仁錫:《諸子奇賞》前集,卷三十五,頁 30a。
④［明］陳仁錫:《古文奇賞》初集,卷一,頁 36a。
⑤［明］陳仁錫:《諸子奇賞》前集,卷三十五,頁 42a。

萬曆年間,焦竑、陳第確曾懷疑《九辯》作者乃屈原而非宋玉,①而
陳仁錫並不贊同二人之説。其原因在於篇中"無衣裘以御冬兮,
恐溘死不得見乎陽春"二句。句上眉批:

> 或謂屈作,非也。屈必不肯作此二語。②

子曰:"士志於道,而恥惡衣惡食者,未足與議也。"屈原雖然好芳
好潔,但流放在外卻並未抱怨衣食艱困,這從《九章》各篇可以得
知。陳仁錫以"無衣裘"兩句駁斥焦竑、陳第之説,確實獨具慧眼。
由於陳仁錫對屈原的重視遠甚於其他楚辭作家,故於《文選》所收
録的騷體篇什甚爲不滿。《文賞》眉批:

> 《文選》自《騷經》《卜居》《漁父》以外,《九歌》去其五,《九
> 章》去其八,何居?③

《文選》所收《九歌》篇章有《東皇太一》、《雲中君》、二《湘》、《少司
命》及《山鬼》,《九章》則僅收《涉江》一篇。陳仁錫蓋認爲,《楚辭》
與儒家經典一樣,"豈可重以芟夷,加之剪截",遂有此反問。

---

①如焦竑於《筆乘續編》中論道:"《九辯》,余定以爲屈原所自作無疑,只據
　《騷經》"啓《九辯》與《九歌》"兮"一語,並玩其詞意而得之。近覽《直齋書録
　解題》,載《離騷釋文》一卷,其篇次與今本不同,首《騷經》,次《九辯》,而後
　《九歌》《天問》《九章》《遠遊》《卜居》《漁父》《招隱士》《招魂》《九懷》《七諫》
　《九嘆》《哀時命》《惜誓》《大招》《九思》。按王逸《九章》注云:'皆解於《九
　辯》中。'則《釋文》篇第,蓋舊本也。以此觀之,決無宋玉所作,攙入原文之
　理。天聖十年陳説之序,反以舊本第混並,乃考其人之先後重定之,不知
　於人之先後,正自舛謬,而後人反沿襲之,可怪也。"([明]焦竑:《焦氏筆
　乘》[上海:商務印書館,1935],頁63)
②[明]陳仁錫:《諸子奇賞》前集,卷三十五,頁45a—45b。
③[明]陳仁錫:《古文奇賞》初集,卷一,頁27a。

七、結語

　　明代前期,臺閣體獨大,其興起與皇權膨脹、道學獨尊有直接的關係。由於儒家認爲屈子行徑有失中庸,《楚辭》文章華而少實,臺閣文臣皆罕言屈騷。明代中葉以後,文衡自臺閣下移郎署,注論評點屈騷的學者雖多,然而臺閣文臣仍然罕有參與。就專著而言,除周用《楚詞注略》外,陳仁錫二《賞》中的《楚辭》評點可謂表表者。蔣中同《子賞・發凡》論陳仁錫云:"先生評品古文,微顯闡幽,各有獨見,不相勦襲,揚搉必當。"①四庫館臣則批評《文賞》議論紕繆、編次不倫、分類瑣碎、去取未審,"蓋務博而不精,好分流品而無緒"。②蔣中同乃陳氏友人,四庫館臣對明人成見頗深,故褒貶或失之過當。近人施蟄存云:

　　　　陳氏所選《古文奇賞》、《明文奇賞》俱甚精當,而其所自作記述小文亦都楚楚有致。③

所言較前人爲客觀中肯。實際上,蔣中同謂陳氏評書"各有獨見,不相勦襲"之語也非盡虛誇。蓋萬曆以後,諸家楚辭評注皆以集評爲主,內容輾轉抄録者甚多,乃至有編纂者竟毫無己見。而陳仁錫《文賞》雖或引用舊説佐證,但亦時有批駁修正;至於二《賞》中獨出機杼之論,更非罕見。故本文就二《賞》編纂及評注情況作

---

① [明]蔣中同:《諸子奇賞發凡》,載[明]陳仁錫:《諸子奇賞》前集,發凡,頁2b—3a。
② [清]永瑢主編:《四庫全書總目》,頁1762。
③ 施蟄存:《無相庵斷殘録・繡園尺牘》,陳子善、徐如麒編選:《施蟄存七十年文選》(上海:上海文藝出版社,1996),頁629。

一述略後，即統計分析其眉批數量，復由檢點舊説、文本互證兩方
面討論陳氏運用舊説的方式。至於陳仁錫《楚辭》眉批的創見與
價值，本文則歸納爲强調屈騷地位、標舉屈原人格、探析作品章法
三端。明末許學夷云：

> 屈原之忠，忠而過，乃千古定論。今但以其辭之工也，而
> 謂其無偏無過，欲强躋之於大聖中和之域，後世其孰信之？
> 此不足以揚原，適足以累己耳。①

屈原諳熟儒家經典，又生長於楚國，故“謹厚”、“從容”、“耿介”等
個性固可能爲儒家影響使然。而儒家思想與“卞急少淹雅”的楚
文化磨合之際，自然會產生一些扞格。明代中葉以來，不少學者
繼承王逸援屈入儒的傳統，如陳深、汪瑗稱屈原並未投水自盡，劉
永澄稱許屈原的自修，何喬遠提出屈原有内省之功，不一而足。
唯有許學夷雖然站在儒家立場，卻明白儒家思想不能規限屈原。
相比之下，陳仁錫同樣認爲，屈騷不必仰仗《詩經》等儒家經典而
自能獨立於天地間，有其不可抹滅的價值。他論文著重有情有
法、正側俱佳，故在評點屈騷時往往特意撚出文中之情、之法，以
及正處、奇處，可見其觀照《楚辭》作品時，已不欲僅拘泥於中正和
平的審美標準。然而在標舉屈原人格時，陳氏則始終脱離不了援
屈入儒的傳統，極力稱揚屈原契合中庸之處。觀陳氏後來位至臺
閣詞臣、以道統自居，故其只能接受《楚辭》之奇，對於屈原“狂狷”
的個性特質則仍然有意迴避，不予論述。

　　此外，《史函》所録《屈原傳》總評，可以幫助讀者進一步了解
陳仁錫對屈原的看法：

> 孔子論三仁，蓋各得其本心者也。雖然，以原較比干，均

---

① [明]許學夷：《詩源辨體》（北京：人民文學出版社，1998），頁34。

死也。比干之忠，不免商王有殺諫臣之名。屈原之賢，尚免
懷王有殺宗臣之惡。當原被讒放逐，既不罹箕子囚奴之禍，
又不忍效微子去國之心，行吟澤畔，欲爲比干又不欲其主爲
下受惡。懷沙自殺，清風烈烈，直與三子爭光。百世之上，雖
曰仁可也。太史公此傳可爲千載知己。①

稱許屈原不罹囚奴之禍，不忍去國，不欲其主爲下受惡，儼然將屈
原地位提升至殷末三仁之上。

　　進而言之，陳仁錫此評亦有其針對性，如與陳氏同時的袁宗
道論道：

　　　　聖人深慮之，故於齊（管仲）、楚（屈原）二子，但被之忠清
之號，而靳以仁。夫固嚴之心，懼其弗真也。或曰：有如真忠
清矣，可以爲仁乎哉？ 曰：不然。仁體無所不包。忠與清，仁
中一事耳。今夫有木而華實枝葉附焉，指一葉而曰木在是
也，可乎？ 有山而丹砂卉石生焉，指一石而曰山在是也，
可乎？②

袁宗道根據屈原既有的"忠清"謚號，論"忠清"僅仁之一端，是以
"忠清"見稱的屈原不足以仁稱之。故陳仁錫"百世之上，雖曰仁
可也"，恰在作翻案文章。且其以孔子稱比干等爲"三仁"爲基礎，
證成屈原之人格作爲不在三仁之下，邏輯清晰，條理明貫。對了
解二《賞》眉批之意涵，甚有助益。然而可惜的是，二《賞》眉批雖
多，卻始終未有出現類似《史函·屈原傳》總評的酣暢之論。此當
由於二《賞》僅有眉批、側批，故對屈騷的評價仍有零碎散亂之憾，

①［明］陳仁錫：《史品赤函》（臺北"國家圖書館"藏明末刊本）卷三，頁20b。
②［明］袁宗道：《忠清仁辯》，《白蘇齋類集》（上海：上海古籍出版社，1989），
　　頁86—87。

且論述也不够深刻。其次，部分篇章的眉批數量過少，以致讀者無法徹底明瞭評注者之意。如前所論《涉江》，二《賞》眉批僅 4 條，篇幅簡略，究其原因，乃陳氏認爲此篇“多直致語，不加潤飾”，讀者理解無礙之故。然《天問》全篇 373 句，1560 字，而《文賞》眉批 3 條，《子賞》僅 2 條，誠然有比重失衡之疑。復次，陳仁錫在轉録舊説時，亦偶有不慎。如《文賞》的《遠遊》篇首引舊説云：“忠臣義士，殺身成仁，亦云至矣。然猶追琢其辭，申重其意，垂光來葉，待天下後世之心至不薄也。”①題爲葉盛説。此段文字出自《變離騷序》，葉盛《水東日記》雖有載録，實乃南宋高元之的作品。其後馮紹祖作《楚辭》集評時不察，將此文繫於葉盛名下，故晚明諸家皆從之，如陸時雍《楚辭疏》即爲一例。陳仁錫讀中秘書，以博學見稱，而不免此疏漏，蓋亦時俗積非勝是之故。

---

① ［明］陳仁錫：《古文奇賞》初集，卷一，頁 36a。

主要參考書目

傳統文獻

［漢］司馬遷：《史記》，北京：中華書局，1997。

［漢］班固：《漢書》，北京：中華書局，1997。

［漢］許慎著，［清］段玉裁注：《説文解字注》，上海：上海古籍出版社影印清經韻樓刊本，1988。

［漢］王逸：《楚辭章句》，臺北：藝文印書館影印明馮紹祖萬曆丙戌刊本，1974。

［漢］王逸章句，［宋］洪興祖補註：《楚辭補注》，北京：中華書局，1983。

［梁］劉勰著，范文瀾注：《文心雕龍》，香港：商務印書館，1960。

［梁］吴均：《續齊諧記》，臺北：臺灣商務印書館影印文淵閣《四庫全書》，1983。

［梁］蕭統著，俞紹初校注：《昭明太子集校注》，鄭州：中州古籍出版社，2001。

［梁］蕭統編，［唐］李善注：《昭明文選》，鄭州：中州古籍出版社據1935年國學整理社影印本影印，1990。

［梁］蕭統編，［唐］吕延濟等五臣注：《文選》，臺北："中央圖書館"

景印南宋陳八郎刻本,1981。

[唐]孔穎達疏:《周易正義》,臺北:藝文印書館影印清嘉慶二十年(1815)阮元南昌府學刊本,1989。

[唐]孔穎達疏:《尚書正義》,臺北:藝文印書館影印清嘉慶二十年(1815)阮元南昌府學刊本,1989。

[唐]孔穎達疏:《毛詩正義》,臺北:藝文印書館影印清嘉慶二十年(1815)阮元南昌府學刊本,1985。

[唐]孔穎達疏:《禮記正義》,臺北:藝文印書館影印清嘉慶二十年(1815)阮元南昌府學刊本,1989。

[唐]賈公彥疏:《周禮注疏》,臺北:藝文印書館影印清嘉慶二十年(1815)阮元南昌府學刊本,1985。

[唐]李延壽:《南史》,北京:中華書局,1997。

[唐]姚思廉:《陳書》,北京:中華書局:1997。

[唐]劉知幾撰,[清]浦起龍通釋:《史通通釋》,臺北:里仁書局,1980。

[唐]不空譯:《佛說雨寶陀羅尼經》,收入《大正新修大藏經》,臺北:新文豐出版有限公司,1992。

[唐]韓愈著,馬其昶校注:《韓昌黎文集校注》,上海:上海古籍出版社,1986。

[唐]白居易:《白居易集》,北京:中華書局,1979。

[後晉]劉昫等:《舊唐書》,北京:中華書局,1997。

[宋]姚鉉主編:《唐文粹》,臺北:臺灣商務印書館影印文淵閣《四庫全書》,1983。

[宋]孫奭疏:《孟子注疏》,臺北:藝文印書館影印清嘉慶二十年(1815)阮元南昌府學刊本,1985。

[宋]歐陽修:《歐陽修全集》,北京:中華書局,2001。

［宋］沈括著，胡道静校證：《夢溪筆談校證》，上海：古典文學出版社，1957。

［宋］蘇軾：《東坡全集》，臺北：臺灣商務印書館影印文淵閣《四庫全書》，1983。

［宋］郭知達編：《九家集注杜詩》，臺北：臺灣商務印書館影印文淵閣《四庫全書》，1983。

［宋］黃伯思：《東觀餘論》，北京：中華書局據《古逸叢書三編》影印，1988。

［宋］朱熹：《楚辭集注》，上海：上海古籍出版社，1979。

［宋］朱熹：《楚辭集注》，臺北：文津出版社，1987。

［宋］朱熹：《楚辭集注》，上海圖書館藏明萬曆間南京柏芝挺刊本。

［宋］吳仁傑：《離騷草木疏》，臺北：臺灣商務印書館，1979。

［宋］吳仁傑疏，［明］屠本畯補：《離騷草木疏補》，臺南：莊嚴文化事業有限公司據北京大學圖書館藏明萬曆刻本影印，1997。

［宋］黎靖德編：《朱子語類》，北京：中華書局，1986。

［宋］嚴羽著，郭紹虞校釋：《滄浪詩話校釋》，北京：人民文學出版社，1961。

［元］祝堯：《古賦辯體》，臺北：臺灣商務印書館影印文淵閣《四庫全書》，1983。

［元］劉壎編：《隱居通議》，臺北：臺灣商務印書館影印文淵閣《四庫全書》，1983。

［明］宋濂等：《元史》，北京：中華書局，1997。

［明］宋濂：《宋文憲集》，臺北：臺灣商務印書館影印文淵閣《四庫全書》，1983。

［明］葉盛：《水東日記》，北京：中華書局，1980。

［明］方孝孺：《遜志齋集》，臺北：臺灣商務印書館影印文淵閣《四

庫全書》,1983。

[明]楊士奇:《東里集》,臺北:臺灣商務印書館影印文淵閣《四庫
全書》,1983。

[明]夏原吉:《忠靖集》,臺北:臺灣商務印書館影印文淵閣《四庫
全書》,1983。

[明]周敘:《石溪周先生文集》,臺南:莊嚴文化事業有限公司據蘇
州市圖書館藏明萬曆二十三年(1595)周承超刻本影印,1997。

[明]吳訥、[明]徐師曾:《文章辨體序説・文體明辨序説》,北京:
人民文學出版社,1962。

[明]陳敬宗:《澹然先生文集》,臺南:莊嚴文化事業有限公司據浙
江圖書館藏清鈔本影印,1997。

[明]王直:《抑菴文集》,臺北:臺灣商務印書館影印文淵閣《四庫
全書》,1983。

[明]何喬新:《椒邱文集》,臺北:臺灣商務印書館影印文淵閣《四
庫全書》,1983。

[明]吳寬:《家藏集》,臺北:臺灣商務印書館影印文淵閣《四庫全
書》,1983。

[明]王鏊:《震澤集》,臺北:臺灣商務印書館影印文淵閣《四庫全
書》,1983。

[明]王鏊:《震澤長語》,臺北:臺灣商務印書館影印文淵閣《四庫
全書》,1983。

[明]文徵明等:《文氏五家集》,臺北:臺灣商務印書館影印文淵閣
《四庫全書》,1983。

[明]王錡:《寓圃雜記》,北京:中華書局,1984。

[明]黄佐:《六藝流別》,臺北:臺灣商務印書館影印清康熙丁卯黃
銘刻本,1973。

［明］黄省曾:《五嶽山人集》,臺南:莊嚴文化事業有限公司據南京圖書館藏明嘉靖刻本影印,1997。

［明］黄省曾撰,［明］張所敬補:《騷苑》,臺南:莊嚴文化事業有限公司據清華大學圖書館藏明萬曆二十六年(1598)潘雲獻刻本影印,1995。

［明］周用:《楚詞注略》,上海圖書館藏清順治九年(1652)周之彝刊本。

［明］楊慎:《升庵詩話》,收入丁福保輯:《歷代詩話續編》,北京:中華書局,1983。

［明］楊慎:《升庵集》,臺北:臺灣商務印書館影印文淵閣《四庫全書》,1983。

［明］楊慎:《升菴外集》,臺北:臺灣學生書局影印臺北"中央圖書館"藏明萬曆四十四年(1616)顧起元校刊本,1971。

［明］張之象:《楚騷綺語》,臺南:莊嚴文化事業有限公司據遼寧大學圖書館藏明萬曆四年至五年(1576—1577)吳興凌氏桂芝館刻文林綺繡本影印,1995。

［明］茅坤:《茅坤集》,杭州:浙江古籍出版社,1993。

［明］李攀龍:《李攀龍集》,濟南:齊魯書社,1993。

［明］汪瑗:《楚辭集解》,北京:北京古籍出版社,1994。

［明］張學禮、［明］胡文焕:《離騷直音》,北京:國家圖書館出版社影印日藏抄本,2014。

［明］王世貞:《弇州四部稿》,臺北:臺灣商務印書館影印文淵閣《四庫全書》,1983。

［明］王世貞:《藝苑卮言》,收入丁福保輯:《歷代詩話續編》,北京:中華書局,1983。

［明］李贄:《焚書》,北京:中華書局,2008。

〔明〕張鳳翼:《文選纂注》,臺南:莊嚴文化事業有限公司據廣西師
　　範大學圖書館藏明萬曆刊本影印,1997。

〔明〕張鳳翼:《處實堂集》,臺南:莊嚴文化事業有限公司據北京圖
　　書館藏明萬曆刊本影印,1997。

〔明〕張鳳翼:《談輅》,上海:上海古籍出版社據北京大學圖書館藏
　　明萬曆刊本影印,1995。

〔明〕陳深:《諸子品節》,臺南:莊嚴文化事業有限公司據遼寧大學
　　圖書館藏明萬曆十九年(1591)刻本影印,1995。

〔明〕陳深批點:《批點本楚辭集評》,臺北"國家圖書館"藏明萬曆
　　二十八年(1600)朱墨刊本。

〔明〕焦竑:《焦氏筆乘》,上海:商務印書館,1935。

〔明〕焦竑:《澹園集》,北京:中華書局,1999。

〔明〕陳第:《毛詩古音考·屈宋古音義》,揚州:江蘇廣陵古籍刻印
　　社影印清嘉慶十年(1805)虞山張氏學津討原刊本,1990。

〔明〕屠本畯:《楚騷協韻》,臺南:莊嚴文化事業有限公司據上海圖
　　書館藏明隆慶六年(1572)刻本影印,1997。

〔明〕李維楨:《大泌山房集》,臺南:莊嚴文化事業有限公司據北京
　　師範大學圖書館藏明萬曆三十九年(1611)刻本影印,1997。

〔明〕湯顯祖著,徐朔方箋校:《湯顯祖詩文集》,上海:上海古籍出
　　版社,1982。

〔明〕趙南星:《離騷經訂注》,上海圖書館藏明萬曆刊本。

〔明〕胡應麟:《少室山房集》,臺北:臺灣商務印書館影印文淵閣
　　《四庫全書》,1983。

〔明〕胡應麟:《詩藪》,臺南:莊嚴文化事業有限公司據南開大學圖
　　書館藏明刻本影印,1997。

〔明〕何喬遠:《釋騷》,福建師範大學圖書館藏清咸豐間楊浚冠悔

堂鈔本。

［明］郝敬：《時習新知》，臺南：莊嚴文化事業有限公司據中國科學院
　　圖書館藏明萬曆崇禎間郝洪範刻山草堂集增修本影印，1995。

［明］郝敬：《藝圃傖談》，載吳文治主編：《明詩話全編》，南京：江蘇
　　古籍出版社，1997。

［明］郝敬：《藝圃傖談》，載周維德集校：《全明詩話》，濟南：齊魯書
　　社，2005。

［明］郝敬：《毛詩原解》，臺北：新文豐出版有限公司據清光緒趙尚
　　輔校勘湖北叢書本影印，1984。

［明］葉向高：《蒼霞草全集》，北京：北京出版社《四庫禁燬書叢刊》
　　據北京大學圖書館藏明天啓刻本影印，2001。

［明］丁元薦：《尊拙堂文集》，臺南：莊嚴文化事業有限公司據北京
　　圖書館藏清順治十七年（1660）丁世濬刻本影印，1997。

［明］袁宗道：《白蘇齋類集》，上海：上海古籍出版社，1989。

［明］祁承爜：《澹生堂藏書目》，上海：上海古籍出版社據北京圖書
　　館藏清宋氏漫堂抄本影印，1995。

［明］許學夷：《詩源辨體》，北京：人民文學出版社，1998。

［明］袁宏道著，錢伯城箋校：《袁宏道集箋校》，上海：上海古籍出
　　版社，1981。

［明］袁中道：《珂雪齋集》，上海：上海古籍出版社，1989。

［明］劉永澄：《離騷經訂注》，上海圖書館藏明萬曆刊本。

［明］沈德符：《顧曲雜言》，臺北：臺灣商務印書館影印文淵閣《四
　　庫全書》，1983。

題［明］張鳳翼：《楚辭合纂》，浙江省圖書館藏明末刊本。

題［明］焦竑等：《二十九子品彙釋評》，臺南：莊嚴文化事業有限公
　　司據北京圖書館藏明萬曆四十四年（1616）刻本影印，1995。

題［明］歸有光:《諸子彙函》,臺南:莊嚴文化事業有限公司據遼寧
　省圖書館藏明天啓五年(1625)刻本影印,1995。

［明］陳仁錫:《古文奇賞》,臺南:莊嚴文化事業有限公司據浙江圖
　書館藏明萬曆四十六年(1618)刻本影印,1997。

［明］陳仁錫:《無夢園初集》,上海:上海古籍出版社據明崇禎六年
　(1633)張一鳴刻本影印,1995。

［明］陳仁錫:《文品苹函》,臺北"國家圖書館"藏明末刊本。

［明］陳仁錫:《史品赤函》,臺北"國家圖書館"藏明末刊本。

［明］陳仁錫:《諸子奇賞》,臺北"國家圖書館"藏明天啓六年
　(1626)三徑齋刊本。

［明］黃煜:《碧血録》,收入中國歷史研究社編:《東林始末》,上海:
　上海書店據神州國光社1951年排印本影印,1982。

［明］陸雲龍編:《皇明十六家小品》,臺南:莊嚴文化事業有限公司
　據明崇禎六年(1623)陸雲龍刻本影印,1997。

［明］蔣之翹:《七十二家評楚辭》,北京中國科學院藏明天啓六年
　(1626)忠雅堂刊本。

［明］沈雲翔:《楚辭評林·題識》,臺南:莊嚴文化事業有限公司據
　首都圖書館藏明崇禎十年(1637)吳郡八詠樓刻本影印,1997。

［明］陸時雍:《楚辭疏》,上海:上海古籍出版社據復旦大學圖書館
　藏明緝柳齋刻本影印,1995。

［明］周拱辰:《離騷草木史》,上海圖書館藏清嘉慶六年癸亥
　(1803)聖雨齋刊本。

［明］李陳玉:《楚詞笺注》,復旦大學圖書館清藏康熙十一年
　(1672)魏學渠刊本。

［明］李陳玉:《退思堂集》,上海圖書館藏明崇禎十年(1637)刊本。

［明］黃文煥:《楚辭聽直》,明崇禎十六年(1643)初刊清順治十四

年(1657)補刻本。

[明]陳洪綬:《寶綸堂集》,上海:上海古籍出版社影印清康熙三十
　　年(1691)刊本,2010。

[明]賀貽孫:《騷筏》,北京:北京出版社影印清道光丙午(1846)重
　　鑴本,2000。

[明]傅山:《霜紅龕集》,上海:上海古籍出版社據清宣統三年
　　(1911)丁氏刻本影印,1995。

[明]姜埰:《敬亭集》,臺南:莊嚴文化事業有限公司據北京大學圖
　　書館藏清康熙刻本影印,1997。

[明]黃宗羲:《宋元學案》,北京:中華書局,1986。

[明]黃宗羲:《明儒學案》,北京:中華書局,1986。

[明]錢澄之:《田間文集》,合肥:黃山書社,1998。

[明]顧炎武著,黃汝成集釋:《日知錄集釋》,長沙:嶽麓書社,1994。

[明]王夫之:《楚辭通釋》,香港:中華書局,1960。

(朝鮮)崔溥:《漂海錄》,北京:社會科學文獻出版社,1992。

[清]黃虞稷:《千頃堂書目》,臺北:臺灣商務印書館影印文淵閣
　　《四庫全書》,1983。

[清]朱彝尊:《明詩綜》,臺北:臺灣商務印書館影印文淵閣《四庫
　　全書》,1983。

[清]温睿臨《南疆繹史》,臺北:臺灣大通書局,1987。

[清]仇兆鼇:《杜詩詳注》,臺北:臺灣商務印書館影印文淵閣《四
　　庫全書》,1983。

[清]沈季友編:《檇李詩繫》,臺北:臺灣商務印書館影印文淵閣
　　《四庫全書》,1983。

[清]顧成天:《讀騷列論》,臺南:莊嚴文化事業有限公司據上海圖
　　書館藏清乾隆六年(1741)刻本影印,1997。

［清］張廷玉等：《明史》，北京：中華書局，1997。

［清］劉大櫆纂，［清］張佩芳修：《歙縣志》，臺北：成文出版社據清
　　乾隆三十六年（1771）尊經閣藏板影印，1975。

［清］高宗皇帝主編：《續文獻通考》，臺北：臺灣商務印書館影印文
　　淵閣《四庫全書》，1983。

［清］余廷燦：《存吾文稿》，上海：上海古籍出版社據清刊本影
　　印，2002。

［清］永瑢主編：《四庫全書總目》，北京：中華書局，1965。

［清］段中律修纂：《青陽縣志》，臺北：成文出版社據清乾隆四十八
　　年（1783）刊本影印，1985。

［清］胡翼修，［清］章鑅纂：《天門縣志》，天門縣署據清乾隆三十年
　　（1765）刻本石印，1922。

［清］張惠言輯，［清］董毅續輯：《詞選》，臺北：廣文書局，1970。

［清］趙慎畛：《榆巢雜識》，揚州：江蘇廣陵古籍刻印社，1995。

［清］魯曾煜等纂，［清］徐景熹修：《福州府志》，臺北：成文出版社
　　據清道光七年（1827）刊本影印，1967。

［清］徐崧、［清］張大純纂輯：《百城煙水》，南京：江蘇古籍出版
　　社，1999。

［清］吳仰賢等纂，［清］許瑤光等修：《嘉興府志》，臺北：成文出版
　　社據清光緒五年（1879）刊本影印，1970。

［清］李銘皖修，［清］馮桂芬纂：《蘇州府志》，臺北：成文出版社據
　　清光緒九年（1883）刊本影印，1970。

［清］沈用增纂，［清］朱希白等修：《孝感縣志》，臺北：成文出版社
　　據清光緒八年（1882）刊本影印，1976。

［清］劉坤一等修，［清］劉鐸、［清］趙之謙撰：《江西通志》，北京：北
　　京圖書館出版社據清光緒七年（1881）刊本影印，2004。

［清］胡有誠、［清］丁寶書：《廣德州志》，臺北：成文出版社據清光
　　緒七年（1881）刊本影印，1985。

［清］王闓運等纂，［清］陳嘉榆等修：《湘潭縣志》，臺北：成文出版
　　社據清光緒十五年（1889）刊本影印，1970。

［清］郭慶藩：《莊子集釋》，北京：中華書局，1961。

［清］陳田：《明詩紀事》，北京：中華書局，1993。

［清］陳廷鈞纂：《同治安陸縣志》，清同治十一年（1872）刻本。

［清］黃廷金修，［清］蕭浚蘭等纂：《瑞州府志》，臺北：成文出版社
　　據清同治十二年（1873）刊本影印，1970。

［清］劉繹纂，［清］定祥修：《吉安府志》，臺北：成文出版社據清光
　　緒元年（1875）刊本影印，1975。

［清］楊開第修，［清］姚光發等纂：《重修華亭縣志》，臺北：成文出
　　版社據清光緒四年（1878）刊本影印，1970。

［清］嚴辰等纂修：《桐鄉縣志》，臺北：成文出版社據清光緒十三年
　　（1887）刊本影印，1970。

［清］楊承禧等纂，［清］張仲炘等修：《湖北通志》，臺北：華文出版
　　社據清宣統三年（1911）修 1921 年增刊本影印，1934。

朱之英等纂修：《懷寧縣志》，臺北：成文出版社影印 1915 年排印
　　本，1985。

宋若霖等纂，廖必琦等修：《莆田縣志》，臺北：成文出版社據 1926
　　年重印本影印，1968。

曹剛等修：《連江縣志》，臺北：成文出版社影印 1927 年鉛印
　　本，1967。

中國科學院圖書館整理：《續修四庫全書總目提要（稿本）》，濟南：
　　齊魯書社，1996。

趙爾巽等：《清史稿》，北京：中華書局，1997。

徐世昌：《晚晴簃詩匯》，北京：中國書店據天津徐氏退耕堂 1928
年雕版影印，1988。

劉師培：《劉申叔先生遺書》，臺北：京華書局據 1934 年寧武南氏
刊本影印，1970。

劉咸炘：《推十書》，成都：成都古籍書店，1996。

楊伯峻：《孟子譯注》，臺北：河洛圖書出版社，1977。

李零譯注：《司馬法譯注》，石家莊：河北人民出版社，1992。

婁熙元、吳樹平譯注：《吳子譯注・黃石公三略譯注》，石家莊：河
北人民出版社，1992。

近人著述

人民文學出版社編輯部編：《楚辭鑑賞集》，北京：人民文學出版
社，1988。

毛文芳：《晚明閒賞美學》，臺北：臺灣學生書局，2000。

王書才：《明清文選學研究述評》，北京：中華書局，2008。

左東嶺：《明代心學與詩學》，北京：學苑出版社，2002。

任道斌：《方以智年譜》，合肥：安徽教育出版社，1983。

朱易安：《中國詩學史・明代卷》，廈門：鷺江出版社，2002。

宋克夫：《宋明理學與明代文學》，北京：中國社會科學出版
社，2013。

李大明：《漢楚辭學史（增訂本）》，北京：中國社會科學出版社，2004。

李中華、朱炳祥：《楚辭學史》，武漢：武漢出版社，1996。

李立信：《七言詩之起源與發展》，臺北：新文豐出版有限公司，2001。

李勤德：《中國區域文化》，太原：山西高校聯合出版社，1995。

李聖華：《晚明詩歌研究》，北京：人民文學出版社，2002。

李劍雄:《焦竑評傳》,南京:南京大學出版社,1998。

屈萬里、昌彼得、潘美月:《圖書版本學要略》,臺北:中國文化大學華岡出版部,1986。

昌彼得、潘美月:《中國目録學》,臺北:文史哲出版社,1986。

林拓:《文化的地理過程分析:福建文化的地域性考察》,上海:上海書店出版社,2004。

林聰明:《昭明文選研究初稿》,臺北:文史哲出版社,1986。

姜亮夫:《楚辭書目五種》,上海:上海古籍出版社,1993。

施蟄存著,陳子善、徐如麒編選:《施蟄存七十年文選》,上海:上海文藝出版社,1996。

洪湛侯主編:《楚辭要集解題》,武漢:湖北人民出版社,1984。

唐文基:《福建古代經濟史》,福州:福建教育出版社,1995。

孫琴安:《中國評點學史》,上海:上海社會科學院出版社,1999。

殷光熹:《楚辭論叢》,成都:巴蜀書社,2008。

袁震宇、劉明今:《明代文學批評史》,上海:上海古籍出版社,1996。

啓功著,趙仁珪、萬光治、張廷銀編:《啓功講學録》,北京:北京師範大學出版社,2005。

崔富章:《楚辭書目五種續編》,上海:上海古籍出版社,1993。

張元勛:《九歌十辨》,北京:中華書局,2006。

張宏:《秦漢魏晉遊仙詩的淵源流變論略》,北京:宗教文化出版社,2009。

清華大學圖書館編:《清華大學圖書館藏善本書目》,北京:清華大學出版社,2003。

陳良運:《中國詩學批評史》,南昌:江西人民出版社,1995。

陳國球:《明代復古派唐詩論研究》,北京:北京大學出版社,2007。

陳新雄：《古音研究》，臺北：五南圖書出版股份有限公司，1999。

陳煒舜：《屈騷纂緒》，臺北：臺灣學生書局，2008。

陳煒舜：《明代前期楚辭學史論》，臺北：臺灣學生書局，2011。

傅剛：《昭明文選研究》，北京：中國社會科學出版社，2000。

嵇文甫：《晚明思想史論》，北京：東方出版社，1996。

黃卓越：《明中後期文學思想研究》，北京：北京大學出版社，2005。

廖可斌：《明代文學復古運動研究》，上海：上海古籍出版社，1994。

翟忠義、李樹德：《中國人文地理學》，濟南：山東教育出版社，1991。

劉廷乾：《江蘇明代作家研究》，南京：東南大學出版社，2010。

潘美月：《中國圖書發展史》，佛光大學教資系光碟版，2004。

潘嘯龍、毛慶主編：《楚辭著作提要》，武漢：湖北教育出版社，2003。

鄭振鐸：《西諦書跋》，北京：文物出版社，1998。

穆克宏：《昭明文選研究》，北京：人民文學出版社，1998。

謝明陽：《明遺民的莊子定位問題》，臺北：臺灣大學出版中心，2001。

韓結根：《明代徽州文學研究》，上海：復旦大學出版社，2006。

聶石樵：《屈原論稿》，北京：人民文學出版社，1992。

（美）施耐德著，張嘯虎、蔡靖泉譯：《楚國狂人屈原與中國政治神話》，武漢：湖北人民出版社，1990。

（美）普拉特（Stephen R. Platt）著，黃中憲譯：《湖南人與現代中國》，臺北：衛城出版，2015。

（蘇）謝列布里亞柯夫（E. A. Serebryakov）著，李明濱、張冰編選：《中國古典詩詞論：謝列布里亞柯夫漢學論集》，北京：北京大學出版社，2018。

Hawkes, David: *The Songs of the South : An Ancient Chinese Anthology of Poems by Qu Yuan and Other Poets*, London：

Penguin Group，2011.

Ho，Ping-ti，*The ladder of success in Imperial China* ：*aspects of social mobility*，1368—1911，New York ： Da Capo Press，1976.

單篇論文

毛洪文、鄢傳恕：《評〈詩歸〉》，《荆州師范學院學報》2002 年第 4 期，頁 17—20。

王忠閣：《陳莊體及其在明代詩壇的歷史地位》，《河南師範大學學報(哲學社會科學版)》2001 年第 5 期，頁 89—93。

田興國：《“識”字劇壇標赤幟 公義私情求兼美——張鳳翼劇作思想論》，《福建師範大學學報(哲學社會科學版)》2006 年第 2 期，頁 92—97。

史春燕：《〈紅拂記〉盛傳探因》，《徐州教育學院學報》2004 年第 3 期，頁 78—80。

史春燕：《淺論張鳳翼戲曲的藝術風貌》，《徐州教育學院學報》2006 年第 4 期，頁 100—102。

史春燕：《從〈祝髮記〉、〈虎符記〉看張鳳翼戲曲的道德關懷》，《徐州工程學院學報》2007 年第 9 期，頁 23—26。

史春燕：《論張鳳翼戲曲中的俠義精神》，《藝術百家》2002 年第 2 期，頁 65—66、10。

江凌：《試論荆楚文化的流變、分期與近代轉型》，《史學集刊》第 5 期(2011.09)，頁 73—79。

朱偉明：《案頭與場上——試論張鳳翼劇作的傳播流布》，《文化遺產》2009 年第 2 期，頁 31—38 。

何文君:《明至清初江西對湖南人口的遷徙》,《湖南師範大學(社會科學學報)》第 19 卷第 3 期(1990.05),頁 90—93。

吳旻旻:《〈楚辭通釋〉的楚辭學意義解讀:兼論其於船山詩學之位置》,《臺大文史哲學報》第 76 期(2012.05),頁 159—192。

李永明:《朱熹〈楚辭集注〉成書考論》,《西南交通大學學報(社會科學版)》2008 年 4 月號,頁 49—55。

周躍雲:《湖南地理與湖湘文化》,《求索》1993 年第 3 期,頁 115—118。

金開誠、葛兆光:《汪瑗和他的〈楚辭集解〉》,收入《文史》第十九輯(北京:中華書局,1983)。

姚福申:《明代出版家毛晉及其編校特色》,《編輯學刊》1991 年 4 月號,頁 92—97。

徐朔方:《論張鳳翼──湯顯祖同時代的曲家論之一》,《藝術百家》1988 年第 2 期,頁 113。

郭英德:《稀見明代戲曲選本三種敘錄》,《清華大學學報(哲學社會科學版)》2007 年第 3 期,頁 76。

陳冠至:《明代南京的書籍市場》,《國家圖書館館刊》2014 年第 2 期(2014.12),頁 153—172。

陳煒舜:《何喬遠及其〈釋騷〉》,載中國屈原學會編:《中國楚辭學》第九輯(北京:學苑出版社,2007),頁 200—217。

陳煒舜:《張之象〈楚範〉題解》,《書目季刊》第 40 卷第 1 期(2006.06),頁 49—55。

陳煒舜:《趙南星及其〈離騷經訂注〉》,《中正大學中文學術年刊》第 8 期(2006.12),頁 125—151。

陳煒舜:《劉永澄及其〈離騷經纂注〉》,高雄師範大學《國文學報》第 6 期(2007.06),頁 97—122。

景遐東:《江南文化傳統的形成及其主要特徵》,《浙江師範大學學報(社會科學版)》2006年第4期,頁17—19。

黃建榮:《湯顯祖與楚辭的關係論析》,《江西社會科學》2009年10月號,頁106。

楊海中:《略論張鳳翼及其戲劇創作》,《中州學刊》1990年第6期,頁97。

鄒元江:《明清思想啓蒙的兩難抉擇:以湯顯祖爲研究個案》,《華中師範大學學報(人文社會科學版)》2002年第4期,頁93—99。

劉紅虹:《晚明山水遊記小品文試論》,《益陽師專學報》1993年7月號,頁36—37。

鄭學檬、袁冰凌:《福建文化内涵的形成及其觀念的變遷》,《福建論壇(文史哲版)》1990年5月號,頁71—75。

魯瑞菁:《"〈離騷〉稱經"與漢代章句學》,《静宜人文社會學報》第一卷第2期(2007年2月),頁2—7。

蹤凡:《〈辭賦標義〉的編者、版本及其賦學觀》,《社會科學》2015年第5期,頁169—176。

魏崇新:《明代江西文人與臺閣文學》,《中國典籍與文化》2004年第1期,頁32—37。

譚正璧:《論張鳳翼及其〈紅拂記〉》,《河北大學學報(哲學社會科學版)》1981年第3期,頁95—100。

盧勁波:《〈紅拂記〉在明代的傳播》,《語文學刊》2006年第5期,頁95—97。

(日)西口智也著,李寅生譯:《郝敬的詩序論》,《貴州文史叢刊》2000年4月號,頁1—7。

(日)西口智也著,李寅生譯:《郝敬的賦比興論》,《陝西師範大學繼續教育學報》2004 年 6 月號,頁 60—63。

(加)卜正民、周武:《明代中國:一個迷人和易變的世界——卜正民教授訪談錄》,《歷史教學問題》2015 年第 3 期,頁 33—42。

Herrmann, Elisabeth: "Norrland's Regional Literature as World Literature: Per Olov Enquist's Literary Work", *The Journal of Northern Studies*, Vol. 8, No. 1, 2014, pp. 143—167.

Tuan, Yi-fu: "Perceptual and Cultural Geography: A Commentary", *Annals of the Association of American Geographers*, Vol. 93, No. 4 (Dec. , 2003), pp. 878—881.

學位論文

姜冰:《張鳳翼詩歌與〈文選纂注〉研究》,蘇州大學中文系碩士論文,2008。

范宜如:《明代中期吳中文壇研究:一個地域文學的考察》,臺北:臺灣師範大學國文研究所博士論文,2001。

郭永銳:《安徽明代作家研究》,上海師範大學博士學位論文,2008。

羅劍波:《明代楚辭評點研究》,復旦大學中文系博士論文,2008。